mtb

Zum Buch:

Im strömenden Regen steht James da, vor ihm die Klippe und das brausende Meer, hinter ihm das hell erleuchtete Felsenhaus. Er bringt es nicht über sich, sich unter die beileidsbekundenden Gäste zu mischen. Mike ist tot und mit ihm scheint auch James' Traum von der Pension im Felsenhaus gestorben zu sein. Schließlich wird nun Mikes Tochter Vicky das Haus erben. Doch ist James bereit, für seinen großen Traum seine Prinzipien über Bord zu werfen und die Machenschaften seiner Mutter zu unterstützen? Oder kann er den Gefühlen nachgeben, die Vicky in ihm auslöst, sobald sie in der Nähe ist?

Zur Autorin:

Danielle Stevens' große Leidenschaft ist, neben dem Schreiben, das Reisen. Gemeinsam mit ihrem Mann hat es sie schon in viele entlegene Ecken der Welt verschlagen. Und da das Fernweh sie niemals wirklich loslässt, begleitet sie, wenn sie gerade einmal nicht verreisen kann, die Heldinnen und Helden ihrer Romane an die schönsten und romantischsten Schauplätze der Welt.

Lieferbare Titel:

Das Geheimnis der Maori-Frau
Wo die Nelkenbäume blühen
Im Tal des Kolibris

Danielle Stevens

Das Haus über den Klippen

Roman

mtb

MIRA® TASCHENBUCH
Band 25943
1. Auflage: August 2016

MIRA® TASCHENBÜCHER
erscheinen in der HarperCollins Germany GmbH,
Valentinskamp 24, 20354 Hamburg
Geschäftsführer: Thomas Beckmann

Originalausgabe

Konzeption/Reihengestaltung: fredebold&partner GmbH, Köln
Umschlaggestaltung: büropecher, Köln
Redaktion: Christiane Branscheid
Titelabbildung: Thinkstock, Getty Images, München / visualgiga / area73 / Jean-nicolas Nault
Satz: GGP Media GmbH, Pößneck
Druck und Bindearbeiten: GGP Media GmbH, Pößneck
Printed in Germany
Dieses Buch wurde auf FSC®-zertifiziertem Papier gedruckt.
ISBN 978-3-95649-584-7

www.mira-taschenbuch.de

PROLOG

Auckland, Herbst 1982

Es war ein herrlicher Morgen, mild und warm. Die Sonne färbte den Himmel im Osten in prächtiges Rubinrot, das in ein zartes Violett überging, ehe es mit dem hellen Blau des heraufziehenden Tages verschmolz. Der Anblick des Kais und der Lagerhallen rund um das Hafenbecken war hässlich, doch auf der anderen Seite der *MS Sundancer* erstreckte sich das Meer, unendlich weit und blau und wunderbar.

Wie nichts anderes sonst hatte der Ozean für Mike stets die Zukunft symbolisiert, während der Schmutz, die Maschinen und der Lärm einen Teil seiner Vergangenheit darstellten. Er wusste, dass jeder, der auch nur einen Funken gesunden Menschenverstand besaß, froh und glücklich wäre, wenn er die Chance bekäme, das, was gewesen war, hinter sich zurückzulassen. Seine Eltern, das vermochte er mit Sicherheit zu sagen, waren es.

Nicht aber er selbst.

Es war nicht die Schufterei auf der Plantage, die er vermissen würde, und ganz gewiss waren es auch nicht das beengte Wohnen, das rückständige Denken der Menschen und die Art und Weise, wie die Plantagenbesitzer wie mittelalterliche Feudalherren über ihre Arbeiter herrschten.

Nein, das alles würde Mike, ohne auch nur mit einer Wimper zu zucken, hinter sich zurücklassen. Wäre nur dieser eine Mensch bei ihm, der ihm mehr bedeutete als sein eigenes Leben.

Erneut suchte er die Menge unten am Pier verzweifelt nach einem bekannten Gesicht ab.

Erfolglos.

„… wird nicht kommen, mein Sohn.“ Die gewaltige Pranke seines Vaters legte sich von hinten auf seine Schulter und drückte sie sanft. „Tut mir wirklich leid, Junge.“

Tränen traten Mike in die Augen, doch er blinzelte heftig, um sie zurückzuhalten. Er hatte seinen Eltern schon genug Sorgen bereitet – er musste sie nicht auch noch mit seinem Liebeskummer belasten.

„Ob wir uns wohl jemals wiedersehen werden?“, fragte er leise, mehr zu sich selbst als zu seinem Vater.

Thomas Tancredi antwortete trotzdem. „Das kann ich dir nicht sagen. Vielleicht. Ich kenne mich mit so etwas nicht aus, aber … Nun, wenn es wirklich Liebe ist, wie du sagst …“

Mike war dankbar dafür, wie seine Eltern mit der ganzen Angelegenheit umgingen. Gerechnet hatte er damit nicht. Zwar waren sie immer gut und gerecht zu ihm gewesen, aber nach den Ereignissen der vergangenen Wochen hätte ihn so manch einer aus seiner Familie verstoßen.

Doch seine Eltern hielten zu ihm, obwohl sein Verhalten auch für sie nicht ohne Konsequenzen geblieben war.

Seinetwegen verließen sie nun ihre Heimat Neuseeland, um im fernen England eine ungewisse Zukunft zu beginnen. Er hatte ein schlechtes Gewissen, weil sie für ihn alle Brücken hinter sich abbrechen mussten, aber sowohl sein Vater als auch seine Mutter hatten ihm versichert, dass sie es gerne taten. Ja, dass sie es sogar als eine Chance betrachteten, in einem fremden Land neu anzufangen.

Denn zumindest eines stand fest: Mike konnte nicht länger bleiben. Er war in der weiteren Umgebung von Moananui zur *Persona non grata* geworden – und niemand konnte mit Sicherheit sagen, wie weit der Einfluss der McFarlanes tatsächlich reichte.

Fortzugehen war die einzig mögliche Entscheidung gewesen.

Er ließ den Kopf hängen, als das Horn ertönte und verkündete, dass sie jeden Moment ablegen würden. Er brauchte den Pier nicht mehr länger mit den Augen abzusuchen. Die Person, auf die er so sehnsüchtig wartete, würde nicht kommen.

Nile …

Entweder hatten seine Eltern ihn nicht gelassen, oder er wollte ihn ganz einfach nicht sehen. Was auch immer der Grund sein mochte, Mike musste sich damit abfinden, den Menschen, dem sein ganzes Herz gehörte, womöglich niemals wiederzusehen.

Dieses Mal konnte er die Tränen nicht mehr zurückhalten. Wenn er ihn doch wenigstens noch ein einziges Mal …

„Mike!“

Sofort blickte er auf, und sein Herz machte einen stolpernden Satz. War es möglich …?

„Das ist ja nicht zu fassen“, hörte er seinen Vater murmeln. „Ich kann’s nicht glauben …“

Mike erging es nicht anders. Einen Moment lang war er wie gelähmt vor Staunen und Freude. Flehentlich wandte er sich an seinen Vater. „Darf ich …?“

„Nun geht schon, Junge“, sagte der und gab ihm einen letzten aufmunternden Klaps zwischen die Schulterblätter.

Nicht, dass Mike den gebraucht hätte. Er rannte die Treppe, die zum Unterdeck führte, zwei Stufen auf einmal nehmend hinunter. Ja, er *flog* beinahe. Die teils amüsierten, teils verärgerten Blicke seiner Mitreisenden waren ihm egal. Er war nur von einem einzigen Gedanken beseelt: Nile noch ein einziges, letztes Mal in die Arme zu schließen.

Doch als er über den Landungssteg auf den Hafenkai zuschritt, wurde ihm klar, dass das vermutlich das Schlimmste war, was er Nile in diesem Moment antun konnte. Ihm die Hoffnung geben, dass es für sie womöglich doch noch irgendwo in ferner Zukunft ein Happy End geben könnte, wäre grundverkehrt. Mike liebte ihn einfach zu sehr, um ihn in Fesseln zu legen.

Denn eins stand fest: Nile würde niemals aufhören, auf ihn zu warten. Er würde seine Tage damit verbringen, nach Mitteln und Wegen zu suchen, wieder mit ihm zusammen sein zu können.

Und das durfte Mike nicht zulassen. Nicht, wo die Chance, dass es tatsächlich zu einem Wiedersehen kam, verschwindend gering war.

Es war einfach nicht fair.

Sein Herz war schwer, als er das Ende des Stegs erreichte, doch er hatte seinen Entschluss gefasst und würde nicht mehr davon abweichen.

„Nile", sagte er leise. „Was tust du hier?"

Niles schwarzes Haar war strähnig und ungekämmt. Unter seinen Augen lagen tiefe dunkle Schatten, und er war noch blasser als sonst. Tränen rollten ihm über die Wangen, und er kam sofort auf Mike zu, um sich ihm in die Arme zu werfen – doch Mike wich zurück.

Die Verständnislosigkeit und der Schmerz in Niles Augen waren nur schwer zu ertragen. Gleichzeitig wusste Mike, dass er das Richtige tat. Lieber ein Ende mit Schrecken als ein Schrecken ohne Ende. Wenn er Nile jetzt zurückstieß, würde er es ihm damit leichter machen, mit allem abzuschließen.

Das zumindest hoffte er. Es war unglücklicherweise das Einzige, was er für ihn tun konnte.

„Mike, ich …" Nile blinzelte irritiert. „Freust du dich denn gar nicht, mich zu sehen?"

„Du hättest nicht herkommen sollen", gab Mike heiser zurück. Es war schwer, so schrecklich schwer, diese Worte auszusprechen. „Siehst du denn nicht, dass das alles keinen Sinn hat? Du solltest versuchen, mich zu vergessen, Nile. Ich werde genau dasselbe tun."

Nile blickte zu ihm auf, ungläubig und zutiefst verletzt. „Aber was …? Ist das dein Ernst? Du … du willst das mit uns wegwerfen? Einfach so?"

„Es gibt kein *uns*", entgegnete Mike, verwundert, dass er überhaupt noch einen Ton hervorbekam. „Du solltest jetzt wirklich nach Hause gehen. Wissen deine Eltern, dass du hier bist?"

Nile umklammerte seinen Oberkörper mit beiden Armen, und seine Schultern bebten, doch der Blick, den er Mike zuwarf, war noch immer ungebrochen. „Ich habe mich in der Nacht rausgeschlichen, um dich noch einmal zu sehen. Du …“ Er schüttelte den Kopf. „Was ist los mit dir? Wie kannst bloß so kalt sein?“

„Geh nach Hause, Nile. Ich will deinetwegen nicht noch mehr Ärger bekommen. Dein Vater hat mich gerade noch so davonkommen lassen. Ich könnte in den Knast kommen für das, was wir getan haben, ist dir das eigentlich klar?“

Nile schluchzte auf, und Mike musste gegen den überwältigenden Drang ankämpfen, ihn an sich zu ziehen und zu trösten; seine Tränen wegzuküssen und ihm zu sagen, wie sehr er ihn liebte.

Doch er tat nichts dergleichen. Stattdessen verschränkte er die Arme vor der Brust und biss die Zähne zusammen. Eine Weile standen sie einfach nur so da, Nile vollkommen aufgelöst, während Mike sich mit Mühe und Not zusammenriss. Schließlich wandte er sich ab und ging mit heftig klopfendem Herzen zum Steg zurück.

„Einfach so?“, erklang Niles Stimme hinter ihm. „Du drehst dich einfach um und gehst?“

Mike schloss die Augen. Dies war mit Abstand das Schwierigste, was er in seinem ganzen Leben getan hatte. „Lebwohl“, sagte er leise.

Dann eilte er, ohne sich noch einmal umzublicken, die Landungsbrücke hinauf.

1. KAPITEL

34 Jahre später – Bay of Plenty, Herbst 2016

Drohend wie ein düsterer Schatten erhob sich das Haus bei den Klippen über dem Tal. Die schwarzgraue Natursteinfassade schien das wenige Licht, das durch die dichte Wolkendecke drang, zu verschlucken, und die Fenster starrten wie tote Augen über das Land.

Obwohl es mit seinen zwei Stockwerken nicht klein war, wirkte es gedrungen, klaustrophobisch.

Ein Frösteln durchrieselte Victoria. Das war es also? Das Haus, in dem ihr Vater lebte? Eines stand fest: So hatte sie es sich ganz gewiss nicht vorgestellt. Alles, was sie über Neuseeland wusste, hatte sie aus den Reiseführern, die sie sich vor dem Flug noch angeschafft hatte. Aber bisher besaß kaum etwas von dem, das sie seit ihrer Ankunft gesehen hatte, Ähnlichkeit mit den farbenfrohen Bildern aus dem Buch.

Das Land der langen weißen Wolke? Stirnrunzelnd blickte sie zum Himmel empor. Wolken gab es zweifelsohne genug. Als graue, bedrohlich wirkende Wolkendecke hingen sie über dem Tal.

Seufzend fuhr sie sich mit einer Hand durch ihr goldblondes Haar. Sie war normalerweise kein Mensch, der an Vorsehung oder böse Omen glaubte. So etwas gehörte in schlechte Gruselfilme, nicht in die Realität. Dennoch hatte sie das Gefühl, dass seit ihrer Ankunft am Flughafen von Auckland praktisch alles eine Warnung war. Die schroffen Klippen, die dunklen Wolken, das düstere Haus. Vielleicht war es ein Fehler gewesen, sich auf dieses Abenteuer einzulassen. Auch das Wetter schien ihr zu drohen. Die Landschaft war in ein kränklich gelbes Licht getaucht, und der starke Wind riss ganze Zweige von den Bäumen und wirbelte vertrocknete Blätter und Staub durch die Luft.

Sie atmete noch einmal tief durch, ehe sie den Motor ihres Mietwagens wieder startete. Nachdem das Haus in Sichtweite gekommen war, hatte sie am Fuße des Hügels geparkt, um es sich aus der Ferne anzusehen. Nun kroch der betagte Pick-up den Weg zum höchsten Punkt der Klippen hinauf.

Langsam.

Einerseits, weil die Steigung sehr stark war, aber auch, weil Vicky es im Grunde gar nicht so eilig hatte, ihr Ziel zu erreichen.

Nach mehr als vierundzwanzig Stunden Reise inklusive Zwischenstopp war sie sich immer noch nicht sicher, ob sie tatsächlich das Richtige tat. Einfach der Einladung eines Mannes zu folgen, den sie seit beinahe zwanzig Jahren nicht gesehen hatte, und dafür ihren Job zu riskieren, erschien ihr schon ein wenig verrückt. Auch wenn es sich bei diesem Mann um ihren Vater handelte.

Vater? Ist das nicht normalerweise jemand, der einen aufwachsen sieht? Jemand, der einen zum ersten Schulball begleitet und einem zujubelt, wenn man beim Wettschwimmen den ersten Platz macht. Jemand, mit dem man reden kann, wenn man Sorgen hat.

Sie schüttelte den Kopf. Es war sinnlos, darüber nachzugrübeln. Und dennoch tat sie es, und das nicht erst seit heute. Denn seit sie den Brief ihres Vaters erhalten hatte, kamen ständig die Erinnerungen an ihre Kindheit hoch. Sofern man das in ihrem Fall wirklich so nennen konnte …

Ihr Herz hämmerte heftig, als sie ihren Wagen schließlich vor dem Haus parkte. Sie wusste nicht, ob ihre Beine sie tragen würden, wenn sie ausstieg.

Alles kam ihr so falsch, so unwirklich vor. War es vielleicht besser, direkt wieder umzukehren und ihrem Vater gar nicht erst gegenüberzutreten? In diesem Fall hätte sie zwar den ganzen weiten Weg umsonst gemacht, aber …

In diesem Moment öffnete sich die Tür des Hauses, und jemand kam heraus auf die schmale Veranda.

Vicky hielt den Atem an. War *er* es? Ihr Vater?

Doch dann trat die Person aus dem Schatten, und Vicky erkannte, dass es sich um eine Frau handelte. Die Anspannung wich aus ihrem Körper wie die Luft aus einem Ballon. Aufatmend ließ sie sich gegen die Rückenlehne des Fahrersitzes sinken.

Nun hatte die Unbekannte offenbar auch sie bemerkt. Vicky verspannte sich erneut, als die Frau auf sie zugelaufen kam. Ihr erster Impuls war es, einfach loszufahren und sich nie wieder umzudrehen. Sie wusste nicht, ob sie wirklich wissen wollte, wer diese Person war. Vielleicht hatte ihr Vater ja wieder geheiratet, und sie war so etwas wie ihre Stiefmutter. Gab es vielleicht sogar Halbgeschwister?

Alles war möglich. Sie wusste so gut wie überhaupt nichts über das Leben, das ihr Vater seit seinem Fortgehen geführt hatte. Im Grunde genommen war er ihr ebenso fremd wie diese Frau, wer immer sie sein mochte. Daran änderte auch die Tatsache nichts, dass Mike Tancredi und sie miteinander blutsverwandt waren.

Vicky hatte den Ausspruch „Blut ist dicker als Wasser" schon immer für ziemlichen Unsinn gehalten. Schon mit neun Jahren hatte sie der traurigen Realität ins Auge blicken müssen, dass Familie eben nicht immer Liebe und Zusammenhalt garantierte. Streng betrachtet hatte ihre Mutter sie ebenso im Stich gelassen wie ihr Vater. Wenn auch auf drastischere Art und Weise.

Die Frau erreichte sie und klopfte ans Fenster der Fahrertür. Vicky hielt den Atem an. Es war zu spät, um davonzufahren. Und außerdem passte ein solches Verhalten auch gar nicht zu ihr. Sie war kein Mensch, der beim ersten Anzeichen von Schwierigkeiten gleich die Flucht ergriff. Und nun, wo sie einmal hier war, wollte sie die Gelegenheit auch nutzen, um endlich zu verstehen, warum ihr Vater damals einfach so verschwunden war.

Danach konnte sie sich immer noch überlegen, ob sie ihn jemals wiedersehen wollte oder nicht.

Sie atmete aus, ließ die Seitenscheibe herunter, sagte aber nichts.

Die Frau musterte sie eindringlich. Vicky schätzte sie auf Ende fünfzig, Anfang sechzig. Ihre Haut war von Wind und Sonne gegerbt, die Augen von einem so hellen Blau, dass der Kontrast zu ihrer eher dunklen Haut beinahe ein wenig irritierend wirkte. Um die Augen hatten sich, wie auch um den schmalen Mund, Fältchen in ihr Gesicht gegraben. Ihr Haar, das sie zu einem unordentlichen Knoten am Hinterkopf zusammengeschlungen hatte, war von einem dunklen, mit weißen Strähnen durchsetzten Grau.

Sie sah aus wie jemand, der hart zupacken konnte und körperliche Arbeit gewohnt war. Umso unpassender wirkte ihre Kleidung. Sie trug einen langen schwarzen Rock, eine schwarze Bluse und ebenfalls schwarze Schuhe, und schien sich, sofern Vicky ihre Haltung richtig deutete, darin auch nicht wirklich wohlzufühlen.

„Kann ich Ihnen irgendwie helfen?“, fragte die Frau.

Vicky überlegte, was sie am besten sagen sollte, kam aber erst gar nicht dazu, etwas zu erwidern.

„Wer ist das, Fiona?“, erklang eine Stimme vom Haus her. Dort stand eine zweite Frau, die Vicky bisher gar nicht bemerkt hatte. Auch sie war von Kopf bis Fuß in Schwarz gekleidet, wirkte in ihrem Strickkleid aber längst nicht so unbehaglich. Sie war etwas mehr als einen Kopf kleiner als die andere und außerdem zierlicher. Ihr Haar besaß die Farbe von frisch gefallenem Schnee. Vicky schätzte sie auf dasselbe Alter wie Fiona. Doch ihr blasser Teint und die feinen, ebenmäßigen Züge ließen sie jünger wirken.

Ihre Augen waren rot und geschwollen. Offensichtlich hatte sie geweint.

Fiona wandte sich um und schüttelte den Kopf. „Das versuche ich gerade herauszufinden", entgegnete sie. „Geh doch schon mal zum Wagen, ich komme dann gleich nach."

Die andere Frau nickte, stieg langsam die Stufen hinunter und ging auf einen klapprig aussehenden Geländewagen zu, der sicher schon einmal bessere Tage gesehen hatte.

„Nun?", fragte Fiona.

Vicky brauchte einen Moment, bis sie realisierte, dass sie gemeint war. Irgendetwas war hier geschehen, und sie wusste nicht, ob sie wirklich wissen wollte, was dahintersteckte.

Sie räusperte sich angestrengt. „Ich … Ich möchte zu Mike Tancredi. Ich sollte mich eigentlich melden, damit er mich vom Flughafen abholen kann, aber …"

Die ältere Frau schlug sich mit einem erstickten Keuchen die Hand vor den Mund. „Lieber Himmel, Sie müssen Victoria sein! Ich …" Hilfesuchend blickte sie in Richtung des Jeeps. Ihr war praktisch anzusehen, wie es hinter ihrer Stirn arbeitete. „Wir haben versucht, Sie zu erreichen, aber wir wussten ja nicht … Nun …"

„Was ist los?", fragte Vicky. Sie öffnete die Wagentür und stieg aus. „Hat mein Vater es sich vielleicht anders überlegt?" Sie spürte, wie die alte Bitterkeit in ihr aufstieg, die sie schon mehr als ihr halbes Leben lang begleitete.

Warum wunderte sie das eigentlich? Ihr Vater hatte ihre Mutter und sie damals einfach im Stich gelassen, ohne auch nur einen Gedanken daran zu verschwenden, wie sie über die Runden kommen sollten. Seinetwegen war ihre Kindheit ein einziger Albtraum gewesen. Es war typisch für ihn, dass er sie den ganzen Weg von England nach Neuseeland kommen ließ, nur um dann in letzter Minute den Schwanz einzuziehen.

„Verdammt!" Sie rieb sich mit den Handballen über die Augen, in denen sich Tränen der Frustration sammelten.

Sie würde nicht weinen. Nicht wegen eines Mannes, der keine einzige ihrer Tränen verdient hatte.

Mit einem Mal fühlte sie sich völlig leer, regelrecht ausgebrannt. „Es wird wohl besser sein, wenn ich jetzt gehe. Richten Sie meinem Vater bitte aus, dass ich hier war. Er braucht sich nicht die Mühe machen, noch einmal mit mir Kontakt aufzunehmen. Ich würde ohnehin nicht mit ihm sprechen ..."

„Victoria!", unterbrach Fiona sie sanft, aber bestimmt. „Sie verstehen nicht. Es ... ist anders, als Sie annehmen. Ihr Vater ... Mike ..."

„Wo bleibst du denn?", erklang die Stimme der anderen Frau vom Jeep her. „Wir kommen noch zu spät zur Beerdigung."

Vicky blinzelte. Schwarze Kleidung, verweinte Augen ... Sie schaute Fiona an und las in deren Blick die Antwort auf ihre unausgesprochene Frage.

Nein, nein, nein, nein, NEINNEINNEIN!

Als ihre Knie unter ihr nachgaben, kam es für sie selbst beinahe überraschend. Ihre Augen brannten, doch sie vergoss keine Tränen.

Sie fühlte sich wie betäubt. Sämtliche Geräusche drangen nur wie durch eine dicke Wattedecke an ihr Ohr. Fiona hockte vor ihr. Die Lippen der älteren Frau bewegten sich, und wie aus weiter Ferne hörte Vicky ihre Stimme. Doch was sie sagte – dass Mike Tancredi, *ihr Vater*, tot war –, ergab einfach keinen Sinn. Oder eigentlich doch.

Ein hysterisches Kichern kroch ihre Kehle hinauf. Im Grunde war es wieder wie vor neunzehn Jahren: Ihr Vater hatte sich aus der Verantwortung gezogen – dieses Mal allerdings ohne jegliche Hoffnung auf Wiederkehr.

Das Kichern wurde zu einem Schluchzen, als sich ein Arm unter ihre Achsel schob, sie in eine aufrechte Position brachte und stützte, während sich von der anderen Seite ein Arm um ihre Taille schlang.

Sie wurde die Veranda hinauf und dann ins Haus geführt, in dem es angenehm kühl und dunkel war. Die ganze Zeit über kam Vicky sich vor wie eine stille Beobachterin. Als wäre nicht sie es, der dies passierte, sondern eine fremde Person.

Erst als die beiden so unterschiedlichen Frauen sie behutsam auf einer alten braunen Velourscouch absetzten, schienen ihr Körper und ihr Geist wieder zueinanderzufinden. Jedoch nur einen Augenblick lang, bevor bleierne Müdigkeit von ihr Besitz ergriff und sie in einen leichten, unruhigen Schlaf fiel.

Als sie wieder erwachte, lag sie auf einem fremden Sofa und blickte hinauf an eine fremde Zimmerdecke. Durch die Jalousie vor dem Fenster fiel graues Tageslicht in den Raum und tauchte ihn in ein Spiel aus Licht und Schatten.

Es dauerte einen Moment, bis die Erinnerungen zurückkehrten – doch dann rollten sie wie eine Flutwelle über Victoria hinweg.

Ihr Vater war tot.

Was für eine Ironie des Schicksals! Nach über neunzehn Jahren hatte er sich bei ihr gemeldet und sie zu sich nach Neuseeland eingeladen. Und jetzt, wo sie hier war, musste sie feststellen, dass er in der Zwischenzeit gestorben war.

Wenn es nicht so verdammt traurig wäre, dachte Vicky, könnte man glatt darüber lachen …

„Geht es Ihnen wieder etwas besser?"

Überrascht setzte sie sich auf. Sie hatte nicht gemerkt, dass sich noch jemand im Raum aufhielt. Erst jetzt sah sie den Umriss einer weiteren Person im Schatten neben dem Fenster.

„Ein wenig", erwiderte sie heiser, blinzelte in die Dunkelheit und erkannte Fiona. „Wie lange habe ich geschlafen?"

„Nicht allzu lange", erwiderte die ältere Frau. „Zwanzig Minuten vielleicht. Möchten Sie ein Glas Wasser? Ich könnte Ihnen eines aus der Küche holen."

Vicky rappelte sich auf. Hinter ihren Schläfen pochte es, doch sie biss die Zähne zusammen.

„Was ist denn eigentlich passiert?", fragte sie leise. „Mit meinem Vater, meine ich."

„Ein tragischer Unfall", erklärte Fiona, doch irgendetwas an ihrem Blick irritierte Vicky. „Vor drei Tagen, hier ganz in der Nähe. Er war im Dunkeln draußen unterwegs und ist von den Klippen gestürzt. Er war sofort tot."

Vicky nickte. Sie versuchte zu begreifen, was geschehen war. Dass sie ihren Vater endgültig niemals wiedersehen würde. Doch es kam ihr alles so irreal vor.

Anstelle von Trauer oder Kummer fühlte sie sich vollkommen leer. Was stimmte nicht mit ihr?

Plötzlich fiel ihr etwas ein. „Was ist eigentlich mit der Beerdigung?"

„Heather ... Sie haben sie vorhin kurz gesehen. Sie ist vorausgefahren, aber wenn Sie sich wieder besser fühlen und ..."

Vicky nickte. „Auf jeden Fall!", sagte sie. „Es geht mir wieder gut, wirklich. Und ich will zur Beerdigung." Sie atmete tief durch. „Können Sie vielleicht fahren? Ich glaube nicht, dass ich in der Lage bin, mich jetzt hinters Steuer zu setzen."

„Um ehrlich zu sein – ich bin nicht einmal sicher, ob Sie überhaupt schon wieder aufstehen sollten."

„Doch", entgegnete Vicky plötzlich energisch. „Sie verstehen das nicht. Ich *muss* das einfach tun. Wenn ich nicht zur Beerdigung gehe, werde ich nie mit dieser Sache abschließen können."

Sie nickte sich selbst zu. Wenn sie nicht mit eigenen Augen sah, wie der Sarg ihres Vaters in die Erde niedergelassen wurde, würde sie vermutlich niemals wirklich realisieren, dass Mike Tancredi tot war, und das würde sie auf ewig verfolgen.

Einen Moment lang herrschte Schweigen, dann nickte Fiona langsam. „Verstehe." Sie kam auf Vicky zu und streckte ihr die Hand entgegen, um ihr aufzuhelfen. Die Haut ihrer Handinnenflächen fühlte sich genauso rau und schwielig an, wie Vicky es sich vorgestellt hatte. Wie Schmirgelpapier.

Sie war noch immer ein bisschen wacklig auf den Beinen, und der Kopfschmerz war fast unerträglich, aber sie würde sich schon aufrecht halten können.

„Wollen Sie so gehen?", fragte Fiona und hob eine Braue.

Vicky blickte an sich herunter. Sie trug noch immer die verblichenen Jeans und das graue Shirt, das sie schon im Flugzeug angehabt hatte. Sie war verschwitzt und roch vermutlich auch nicht besonders gut.

Fiona hatte recht – es war nicht unbedingt das passende Outfit für eine Beerdigung. Noch dazu, wenn es sich um die Beerdigung des eigenen Vaters handelte. Ganz gleich, ob sie ihn nun respektiert hatte oder nicht.

So viel Anstand verdiente jeder Tote.

„Ich fürchte, in meinem Koffer wird sich auch nichts wirklich Angemessenes finden", sagte sie, noch immer verwundert über die seltsame Leere, die sie empfand. Es ist vermutlich nur der Schock, dachte sie. *Du hast gerade erfahren, dass dein Vater gestorben ist.* „Ich habe allenfalls einen schwarzen Rollkragenpullover dabei. Bei meiner Abreise war ich nicht auf einen solchen Anlass vorbereitet."

„Wie sollten Sie auch?" Fiona seufzte. „Ich bin nicht viel größer als Sie, vielleicht kann ich Ihnen eine schwarze Hose ausleihen. Wenn Sie dazu Ihren schwarzen Rollkragenpullover anziehen, dürfte es gehen. Wo haben Sie denn Ihren Schlüssel? Ich hole den Koffer aus dem Wagen. Wir sollten uns allerdings ein wenig beeilen, sonst ist alles vorbei, noch ehe wir am Friedhof ankommen."

Suchend schaute Vicky sich nach ihrer Umhängetasche um und fand sie auf dem Tisch neben dem Sofa. Wie alle anderen Einrichtungsgegenstände hatte auch dieser schon bessere Tage gesehen.

Der Schrank neben dem Fenster besaß anscheinend nur noch drei Beine – das vierte war durch einen groben Holzklotz ersetzt worden. Die Federung des Sofas, auf dem sie eben noch gelegen hatte, war so durchgesessen, dass sich die Sprungfedern schon überall durchdrückten. Auf dem Boden lag ein fadenscheiniger Läufer, und ein Sprung in der Fensterscheibe war notdürftig mit silbergrauem Tape abgeklebt worden.

Obwohl er dieses Haus besessen hatte, war ihr Vater ganz eindeutig nicht reich gewesen. Oder auch nur wohlhabend. Alles wirkte irgendwie trist und düster. Ein bisschen Farbe, dachte sie, und es könnte hier schon vollkommen anders aussehen. Was fehlte, war eindeutig eine weibliche Hand.

Allerdings …

Vicky nahm den Schlüssel aus der Tasche und reichte ihn der älteren Frau. Als diese sich abwenden wollte, griff sie nach deren Handgelenk und hielt sie zurück.

„Fiona?" Sie atmete tief durch. „Wer sind Sie und wie standen Sie zu meinem Vater?"

Erst jetzt drehte Fiona sich wieder wirklich zu ihr um. Ein zögerndes Lächeln umspielte ihre Mundwinkel, und Vicky war ein wenig überrascht über die tiefen Lachfalten, die sich um Augen und Mund herum bildeten. Fiona wirkte so ernst – sie machte nicht den Eindruck, als würde sie besonders oft lachen.

„Mike und ich hatten nichts miteinander, wenn es das ist, was Sie sich fragen", erklärte sie geradeheraus. Andere Menschen hätten vermutlich lange um den heißen Brei herumgeredet, doch Fiona war nicht so. Sie sprach aus, was sie dachte. Ungefiltert und schonungslos. Vicky nahm an, dass man sich mit dieser Eigenschaft im Leben nicht nur Freunde machte.

„Sondern?"

„Heather und ich haben für Mike gearbeitet. Und ich schätze, wir waren auch Freunde." Sie zuckte mit den Achseln. „Man hat es hier in der Gegend nicht unbedingt leicht, wenn man so ist wie wir …"

Vicky nahm an, dass sie von ihrer brüsken Art sprach. Vielleicht war ihr Vater ja genauso gewesen. Sie konnte sich kaum mehr daran erinnern. Zudem veränderten sich Menschen. Und es war eine lange Zeit vergangen, seit sie sich zum letzten Mal gesehen hatten.

„Wir hatten Ihren Vater sehr gern. Die Umstände haben ihn zu einem harten Mann werden lassen. Ja, vielleicht war er sogar verbittert – aber auch fair und loyal. Man konnte sich immer auf ihn verlassen. Er kehrte den Menschen, die ihm etwas bedeuteten, niemals den Rücken."

Ihre Worte waren wie Salz in Vickys Wunden. Die Taubheit, die sie die ganze Zeit über gefühlt hatte, wich und machte Platz für Wut. Brennende, alles verzehrende Wut.

Sie war sich nicht einmal bewusst gewesen, wie sehr es noch immer schmerzte, dass ihr Vater ihre Mutter und sie damals verlassen hatte. Und nun war da diese Frau, die allen Ernstes behauptete, er hätte niemals jemanden im Stich gelassen, der ihm wichtig war?

Also warst du ihm gleichgültig? Oder wie sonst lässt sich sein Verhalten erklären?

„Nun, er hatte jedenfalls kein Problem damit, seiner Familie den Rücken zu kehren", entgegnete sie bitter.

Erstaunt über ihre harschen Worte schaute Fiona sie einen Moment lang schweigend an, dann senkte sie den Blick. „Es tut mir leid. Das alles muss für Sie ein großer Schock sein."

„Warum entschuldigen Sie sich? Es war schließlich nicht Ihre Schuld. Mein Vater hat sich gegen meine Mutter und mich entschieden, so einfach ist das. Vielleicht wollte er hier, in Neuseeland, eine neue Familie gründen, wer weiß? Eine neue Frau und neue Kinder, die seinen Vorstellungen von einer perfekten Familie besser entsprachen als wir. Einen Grund muss es ja schließlich gegeben haben, nicht wahr?"

„Sie wissen es nicht, oder?"

Vicky runzelte ärgerlich die Stirn. „Wissen? Wovon sprechen Sie?"

Fiona schüttelte den Kopf. Sie vermied es, ihr in die Augen zu sehen. Ganz offensichtlich gab es da etwas, über das die andere Frau nicht mit ihr sprechen wollte.

„Wir müssen uns wirklich langsam auf den Weg machen, wenn wir noch rechtzeitig zur Beerdigung zum Friedhof kommen wollen", entgegnete sie schließlich ausweichend.

Widerwillig ließ Vicky den Arm der älteren Frau los, als diese sie mit einem harten Blick bedachte. Sie schaute ihr nach, bis sie durch die Tür verschwunden war. Dann schloss sie die Augen und atmete tief durch.

In ihrem Kopf herrschte ein einziges Durcheinander. Alles war so völlig anders gekommen, als sie es sich vorgestellt hatte. Diese ganze überstürzte Reise nach Neuseeland kam ihr immer mehr wie ein riesengroßer Fehler vor.

Sie hatte ihren Vater wiedersehen wollen. Ihn zur Rede stellen und in Erfahrung bringen wollen, warum er ihre Mutter und sie so einfach im Stich gelassen hatte.

Als ob es auf diese Frage eine einfache Antwort geben konnte!

Aber vielleicht gab es die ja sogar. Sie hatten ihm nicht genug bedeutet. Die Erklärung war so simpel wie schmerzlich. Und letzten Endes die einzige, die Sinn machte.

Es war, wie Fiona schon gesagt hatte: Mike Tancredi kehrte den Menschen, die ihm etwas bedeuteten, niemals den Rücken.

Vicky schloss die Augen. Sie aber hatte er jetzt schon zum zweiten Mal im Stich gelassen.

Es hatte angefangen zu regnen. Zunächst waren es nur einige schwere Tropfen, die vom bleifarbenen Himmel fielen und wie Schrapnelle auf dem Erdhügel neben dem frisch ausgehobenen Grab einschlugen. Dann nahm der Regen an Intensität zu, bis die Welt wie hinter einem grauen Vorhang verschwand.

Die wenigen Gäste, die zur Beisetzung erschienen waren – allesamt Unbekannte für Vicky – drängten sich dicht an dicht unter ihre Regenschirme. Auch Fiona und Heather teilten sich einen Regenschutz. Vicky hatten sie einen kleinen Faltschirm überlassen, doch sie hielt ihn noch immer zusammengefaltet und damit vollkommen nutzlos in der Hand. Sie war bis auf die Knochen durchnässt. Das Wasser rann ihr übers Gesicht, das Kinn hinunter und über den Hals bis in den Kragen ihres schwarzen Rollis.

Sie merkte es kaum. Alles kam ihr so unwirklich, so falsch vor. War sie wirklich hier und stand am Grab ihres Vaters, den sie seit einer Ewigkeit nicht mehr gesehen hatte? Oder handelte es sich lediglich um einen bösen Traum?

Sie fuhr sich mit der Zunge über die Lippen und schmeckte Salz. Entweder war der Regen in Neuseeland salzig, oder sie hatte irgendwann im Laufe der Ansprache des Pfarrers angefangen zu weinen. War es nicht vollkommen absurd, dass sie es nicht genau sagen konnte? Und warum weinte sie überhaupt um diesen Mann, der sie, ohne mit der Wimper zu zucken, zurückgelassen hatte?

Der Geistliche stand am Kopfende des Grabes, dort, wo man später das Kreuz aufstellen würde. Auch er hielt einen Schirm über seinen Kopf erhoben. Von allen Farben, die er hätte haben können, war er ausgerechnet pink.

Pink.

Victoria spürte, wie ein hysterisches Lachen ihre Kehle emporkroch. Was für eine Farce!

Ein heftiger Donnerschlag ließ die Erde unter ihren Füßen erbeben. Kurz darauf zuckte ein Blitz vom Himmel, der die Trauergemeinde für den Bruchteil einer Sekunde in gleißendes Licht tauchte. Der Regen wurde einen Moment lang noch heftiger und löste einige schlammige Erdbrocken am Rand der Grube, sodass sie wie kleine Lawinen auf den dunklen Eichensarg niederprasselten.

Von der Rede des Pfarrers bekam sie kaum etwas mit. In ihren Ohren rauschte es, und das lag nicht am Regen. Noch immer fühlte sie sich wie betäubt. So als sei sie überhaupt noch nicht im Hier und Jetzt angekommen.

Aber war das wirklich ein Wunder? Sie hatte ja überhaupt keine Zeit gehabt, die Neuigkeiten zu verarbeiten.

Und so stand sie da und starrte ins Leere, bis Fiona ihr irgendwann eine Hand auf die Schulter legte und sie bemerkte, dass sie die Letzten waren, die noch am Grab standen.

„Mike war kein Freund von solchen Dingen wie Leichenschmaus und Totenfeiern", erklärte sie. „Aber hier in der Gegend werden Traditionen sehr hochgehalten, und Heather hielt es für besser, dass wir die Leute nicht vor den Kopf stoßen."

Vicky schaute sie ungläubig an. Ein Leichenschmaus? Nein. Sie schüttelte den Kopf. Zuerst leicht, dann immer heftiger. Wenn sie nur daran dachte, sich den neugierigen Fragen von irgendwelchen wildfremden Menschen zu stellen, wurde ihr ganz schlecht.

„Keine Angst", sagte Fiona. Ihre blauen Augen wirkten jetzt beinahe grau, wie der Himmel über dem Friedhof. Sie nickte verständnisvoll. „Sie müssen nicht daran teilnehmen, wenn Sie nicht wollen. Wir fahren jetzt zurück zum Felsenhaus, und ich richte Ihnen ein Gästezimmer her. Dann können Sie sich ausruhen, und wir unterhalten uns später, wenn die Besucher weg sind."

Sie gingen zum Wagen, und Vicky ließ sich auf den Beifahrersitz fallen. Sofort schloss sie die Augen. Erst als auch Fiona ihren tropfenden Schirm verstaut, sich auf dem Fahrersitz niedergelassen und den Motor angestellt hatte, öffnete Vicky sie wieder.

„Was für ein Mensch war mein Vater?", fragte Vicky, einem plötzlichen Impuls folgend.

Die ältere Frau schien kurz darüber nachzudenken, ehe ein trauriges Lächeln über ihr Gesicht huschte. „Er war einer von den Guten, würde ich sagen. Ich kannte ihn viele Jahre, und er hat sowohl Heather als auch mich immer unterstützt, wenn wir Hilfe brauchten. Viele Freunde hatte er nicht, aber die wenigen, die er hatte, konnten sich blind auf ihn verlassen."

Mit jedem dieser Worte spürte Vicky, wie das Gewicht, das auf ihrem Herzen lastete, schwerer wurde. Sie wischte die einzelne Träne, die sich aus ihrem Augenwinkel gelöst hatte, mit dem Handrücken fort.

„Sie wirken nicht überzeugt", stellte Fiona fest.

„Das liegt nicht an Ihnen“, erwiderte sie nach einer kurzen Pause. „Ich glaube Ihnen, wenn Sie sagen, dass Ihnen mein Vater stets ein guter Freund gewesen ist. Aber leider ist er mir nie ein guter Vater gewesen.“

Fiona blickte nach vorne auf die Straße. Das war Vicky auch lieber so, denn da draußen schien soeben die Sintflut auf die Erde niederzugehen.

„Ihr Vater hat nicht viel über seine Vergangenheit gesprochen. Aber von Ihnen hat er oft erzählt. Davon, wie stolz er auf seine Tochter ist. Wie gern er sie wiedersehen würde.“

Vicky ballte die Hände zu Fäusten. So fest, dass die Nägel ihrer Finger ihr schmerzhafte Halbmonde ins Fleisch schnitten. „Und warum hat er dann nie Kontakt mit mir aufgenommen? Fast zwanzig Jahre lang nie auch nur ein einziges Wort! Für mich hat mein Vater nicht mehr existiert. Ich musste mein Leben ohne ihn auf die Reihe kriegen – und das war ...“ Sie unterbrach sich. Was war bloß mit ihr los? Es war eigentlich nicht ihre Art, vor fremden Menschen einen Seelenstriptease hinzulegen. Sie kannte Fiona gerade einmal seit ein paar Stunden. Schwerlich genug Zeit, um ein Vertrauensverhältnis zu ihr aufzubauen. Schon gar nicht genug, um ihr ihre ganze Lebenstragödie aufzutischen. Sie würde sie nur für eine jämmerliche Heulsuse halten.

„Ich kann natürlich nicht für ihn sprechen“, entgegnete Fiona mit einem traurigen Lächeln. „Und leider ist er selbst auch nicht mehr in der Lage, die Vergangenheit mit Ihnen aufzuarbeiten. Aber ich bin mir sicher, dass Sie ihm sehr wichtig gewesen sind – ob Sie es nun glauben oder nicht.“

Vicky verschränkte die Arme vor der Brust. „Es fällt mir schwer, das zu glauben.“

Der Rest der Fahrt verlief schweigend. Vor dem Haus parkten bereits ein paar andere Wagen, als sie dort eintrafen. Die Trauergesellschaft, die sich zum Leichenschmaus versammelt hat, dachte Vicky und spürte, wie ihr ein Schauer über den Rücken lief.

Sie wollte so ziemlich überall auf der Welt lieber sein als ausgerechnet hier. Aber das Schicksal meinte es offenbar nicht gut mit ihr. Aber wunderte sie das wirklich?

Offenbar waren ihr die Gedanken deutlich vom Gesicht abzulesen, denn Fiona sagte: „Keine Sorge, ich schmuggle Sie durch den Hintereingang direkt nach oben. Das Gästezimmer, das direkt neben unserem liegt, ist zwar schon seit einer Weile nicht benutzt worden und daher vermutlich etwas eingestaubt, aber ich nehme an, dass Sie nicht im Zimmer Ihres Vaters unterkommen möchten."

Entsetzt starrte Vicky sie an. Nein, das wollte sie wirklich auf gar keinen Fall. Und wenn sie recht darüber nachdachte – war es überhaupt eine gute Idee, hierzubleiben? Sie kannte die beiden Frauen, die zusammen mit ihrem Vater hier gelebt hatten, schließlich überhaupt nicht.

Sie schüttelte den Kopf. „Das wird nicht nötig sein. Als ich durch den Ort gefahren bin, habe ich an der Hauptstraße eine kleine Pension gesehen. Ich werde mir einfach dort ein Zimmer nehmen und ..."

Energisch schüttelte die ältere Frau den Kopf. „Das kommt überhaupt nicht infrage. Mike hätte gewollt, dass wir seiner Tochter Gastfreundschaft erweisen. Sie bleiben bei uns, da gibt es keine Diskussion."

Noch immer zögerte Vicky. Sie wusste wirklich nicht, ob es eine gute Idee war zu bleiben. Auf der anderen Seite war sie vollkommen erschöpft und wollte eigentlich nur noch eines: sich hinlegen, die Augen schließen und die Welt um sich herum vergessen.

Wie versprochen führte Fiona sie durch den Hintereingang. Es war ziemlich finster, sodass sie von dem schmalen Korridor, der zu einer Treppe führte, nicht viel sehen konnte. Die Stufen führten steil in die Höhe, Vicky musste sich ihren Weg im Halbdunkeln mehr oder weniger ertasten. Doch sie wollte auf keinen

Fall die Aufmerksamkeit der Gäste erregen und am Ende noch genötigt werden, sich zu ihnen zu gesellen. Das wäre ihr absoluter Albtraum gewesen.

Ein paar Minuten später lag sie, nachdem sich Fiona zurückgezogen hatte, noch immer in ihren nassen Klamotten auf dem Bett im Gästezimmer und starrte an die Decke. Sie zitterte vor Kälte wie Espenlaub, trotzdem hatte sie einfach nicht den Elan aufbringen können, sich umzuziehen.

Sie glaubte nicht, dass sie so bald Schlaf finden würde. Obwohl eine bleierne Müdigkeit von ihr Besitz ergriffen hatte, war sie einfach zu angespannt und nervös, um wirklich zur Ruhe zu kommen.

Während der wenigen Stunden seit ihrer Ankunft war so viel passiert, dass sie Tage brauchen würde, um es zu verarbeiten. Wahrscheinlich sogar länger. Falls es ihr überhaupt gelang.

Jahrelang war sie hin- und hergerissen gewesen zwischen dem Hass auf ihren Vater und der Hoffnung, dass er eines Tages doch noch kommen und ihr erklären würde, warum er einfach so davongelaufen war. Dass er sie dann in seine Arme schließen würde, und sie vielleicht vergessen könnte, wie sehr er ihr all die Jahre gefehlt hatte.

Nun, Letzteres kam jetzt endgültig nicht mehr infrage. Sie würde seine Beweggründe niemals verstehen, und das machte sie unendlich traurig. Es war, als hätte man ihr die Möglichkeit genommen, ein Kapitel ihres Lebens endgültig abzuschließen.

Von unten aus dem Erdgeschoss drangen Gesprächsfetzen und Gelächter herauf und vermischten sich mit dem Prasseln des Regens, der gegen die Fensterscheiben schlug. Draußen tobte das Unwetter noch immer mit unverminderter Wut. Während sie so dalag, war ihr, als würden die Wände des Gästezimmers immer näher auf sie zu rücken. Mit einem Mal hatte sie das Gefühl, keine Luft mehr zu bekommen. Hastig rappelte sie sich auf, stolperte hinaus auf den Korridor und hastete die

Treppe hinunter. Sie riss die Hintertür auf und trat hinaus in den strömenden Regen.

Sie schloss die Augen und bemühte sich, ihren hämmernden Puls zu beruhigen. Allmählich klopfte ihr Herz wieder in einem normalen Rhythmus. Seufzend hob sie die Lider und sah, dass sie nicht die einzige Verrückte war, die sich bei diesem Wetter hier draußen herumtrieb.

Ihre Augen wurden schmal, als sie versuchte, durch die dichten Regenschleier mehr von der Person zu erkennen, die ein Stück weit entfernt im Garten des Hauses unweit der Stelle stand, wo das Steilufer die natürliche Grenze des Grundstücks bildete.

Es war ein Mann, so viel konnte sie erkennen. Sehr viel mehr aber auch nicht.

Jetzt war Vicky neugierig. Warum stand dieser Kerl dort im strömenden Regen und starrte das Haus an? Sie ignorierte die leise Stimme, die ihr einflüsterte, dass sie selbst wohl einen mindestens ebenso merkwürdigen Anblick bot. Sie hatte immerhin einen guten Grund, sich hier draußen den Tod zu holen. Und der Unbekannte? Verhielt es sich bei ihm ebenso?

Genau das wollte sie herausfinden.

Sie setzte sich in Bewegung, und je näher sie kam, desto deutlicher konnte sie den Mann erkennen.

Er war groß – mindestens zwei Köpfe größer als sie selbst. Zu dunklen Jeans trug er einen dunklen Hoodie, dessen Kapuze er sich tief ins Gesicht gezogen hatte, sodass es im Dunkeln lag. Doch als ein Blitz vom Himmel zuckte, wurde es für den Bruchteil einer Sekunde aus dem Schatten gerissen.

Sie wusste nicht, was sie erwartet hatte; jedenfalls nicht, dass er jung sein würde – etwa in ihrem Alter, vielleicht ein paar Jahre älter. Seine Züge waren kantig, mit hohen Wangenknochen und einer markanten, nicht ganz geraden Nase. Er wirkte beinahe unnatürlich bleich, aber das lag vermutlich nur am grellen Licht des Blitzes.

Fast automatisch beschleunigte sie ihre Schritte, während der Unbekannte nun, da er sie bemerkt hatte, zurückwich. Schließlich wandte er sich um und eilte davon.

„Warten Sie!“, rief sie und lief ihm nach. „Wer sind Sie? Warum laufen Sie vor mir davon?“

Doch er hielt nicht an. Vicky musste einsehen, dass es bei diesem Wetter und ihrer mangelnden Ortskenntnis einfach zu gefährlich war, ihm weiter zu folgen.

Seufzend drehte sie sich um und ging zum Haus zurück. An der Hintertür wurde sie bereits erwartet.

„Was machen Sie denn hier draußen?“ Es war Heather. Vicky hatte bisher kaum zwei Worte mit ihr gewechselt. Sie war etwas jünger als Fiona, kleiner und zierlicher. Ihr weißes Haar und die helle Haut verliehen ihr etwas Ätherisches, Überirdisches.

Sie hatte sich einen karierten Schal um die Schultern geschlungen, doch Vicky sah, dass sie trotzdem zitterte. Erst jetzt merkte sie, dass sie selbst völlig unterkühlt war. Ihre Zähne schlugen klappernd aufeinander, und sie konnte ihre Finger kaum noch spüren.

„Kommen Sie“, sagte die andere Frau, nahm ihren Schal ab und legte ihn Vicky um, als sie über die Türschwelle ins Trockene trat. „Da draußen holen Sie sich ja den Tod.“ Sie nahm sie an die Hand und führte sie hinter sich her, tiefer ins Haus hinein. „Keine Angst, die Gäste sind alle im Wohnzimmer und in der Küche. Es besteht keine Gefahr, dass wir jemandem begegnen.“

Vicky nickte nur. Schließlich erreichten sie eine Tür, die Heather öffnete. Vicky hörte, wie ein Schalter umgelegt wurde. Gleich darauf erwachte eine Neonleuchte flackernd zum Leben und entriss ein nüchternes, fensterloses Badezimmer der Dunkelheit. Wie alles, was sie bisher gesehen hatte – zugegebenermaßen nicht viel –, war es geradezu penibel sauber.

„Das ist das Werk Ihres Vaters“, sagte Heather, und Vicky fragte sich langsam, ob die andere Frau Gedanken zu lesen vermochte.

„Sie meinen …“

„Mike ist … *war* ein echter Sauberkeitsfanatiker. Das liegt vermutlich an der Art und Weise, wie er selbst groß geworden ist, und … Aber was rede ich, das wissen Sie ja alles selbst.“

Vicky schluckte, doch der Kloß, der sich in ihrer Kehle gebildet hatte, wollte nicht weichen. „Nichts weiß ich!“, stieß sie bitter hervor. Und das entsprach tatsächlich der Wahrheit. Sie war neun Jahre alt gewesen, als Mike Tancredi die Familie verlassen hatte. Alles, was sie über ihn wusste, stammte von vor dieser Zeit. Aber damals war sie noch ein kleines Mädchen gewesen, ihre frühen Erinnerungen waren bestenfalls schwammig. Und hier war diese Frau, die nicht einmal mit ihrem Vater verwandt war, und wusste so viel mehr über ihn als sie. „Dieser Mann, von dem Sie erzählen, ist mir völlig fremd. Ich kenne ihn im Grunde überhaupt nicht.“ Energisch schüttelte sie den Kopf. „Was mache ich eigentlich hier? Ich hätte niemals herkommen sollen. Es war ein Fehler.“

Heather legte ihr eine Hand auf die Schulter. „Sie sollten keine übereilten Schlussfolgerungen ziehen, Victoria. Heute war ein anstrengender und ereignisreicher Tag für Sie. Da ist es wirklich kein Wunder, wenn Sie mit den Nerven am Ende sind. Jetzt duschen Sie erst einmal, dann legen Sie sich hin, ziehen sich die Decke über den Kopf und machen die Augen zu. Morgen ist ein neuer Tag, an dem alles schon wieder ganz anders aussehen wird.“

„Meinen Vater macht das aber auch nicht wieder lebendig“, brachte Vicky tonlos hervor.

„Nein“, entgegnete Heather nach kurzem Zögern seufzend. „Bedauerlicherweise nicht.“ Sie reichte ihr ein Handtuch und einen alten Bademantel. „Hier. Ich lasse Sie jetzt in Ruhe. Sie finden den Weg zurück ins Gästezimmer?“

Sie nickte, und einen Moment lang herrschte Schweigen. Als Heather sich gerade abwenden und zur Tür hinausgehen wollte, sagte Vicky leise: „Danke.“

Die ältere Frau schenkte ihr ein trauriges Lächeln. „Keine Ursache."

James McFarlane riss die Fahrertür seines SUV auf und ließ sich mit einem Ächzen hinters Steuer fallen. Dass er mit seinen nassen Sachen die Veloursitze des Wagens ruinierte, kümmerte ihn nicht. Einen Moment lang saß er regungslos da und lauschte dem Regen, der auf das Wagendach trommelte. Dann hieb er mit der flachen Hand aufs Lenkrad.

„Verdammt!"

Tropfen stoben durch die Luft, als er ein weiteres Mal aufs Lenkrad schlug. Schließlich ließ er sich gegen die Rückenlehne sinken und strich die Kapuze seines Pullovers zurück.

Sein Blick fiel unwillkürlich in den Rückspiegel. Er sah ein blasses Gesicht mit grauen Augen und der typischen, leicht gekrümmten McFarlane-Nase, die seit Generationen keinem männlichen Mitglied der Familie erspart geblieben war. Unter seinen Augen lagen dunkle Schatten. Kein Wunder, hatte er in den vergangenen achtundvierzig Stunden doch so gut wie gar nicht geschlafen.

Mike ...

Beim Gedanken an seinen väterlichen Freund zog sich sein Magen schmerzhaft zusammen. Die Nachricht von Mikes Tod hatte ihn vorgestern Abend nach einem Dinner mit potenziellen Kunden erreicht. Er befand sich gerade auf einer Geschäftsreise in Hongkong, als er einen Anruf seiner Mutter erhielt.

Seitdem hatte er das Gefühl, sich im freien Fall zu befinden.

Ohne auch nur eine Sekunde zu zögern, hatte er seinen Flug, der eigentlich erst zum Ende der Woche gehen sollte, umgebucht und sämtliche Termine abgesagt. Es war ihm vollkommen egal, ob seine Mutter seine Entscheidung billigte oder nicht. Er mochte für sie arbeiten, aber er war nicht ihr Leibeigener.

Mike hatte ihm so nahegestanden wie sonst kaum jemand auf der Welt. James war fest entschlossen gewesen, es noch vor der Beerdigung zurück nach Moananui zu schaffen. Doch er hatte einen ganzen Tag auf seinen Rückflug warten müssen, da sämtliche Maschinen bis auf den letzten Platz besetzt gewesen waren.

Vom Flughafen war er auf direktem Wege zum Friedhof gefahren – und zwar wesentlich schneller, als es wegen des Unwetters eigentlich angebracht gewesen war. Aber am Ende musste er sich eingestehen, dass er zu spät gekommen war.

Eine Weile hatte er am Grab seines Freundes im Regen gestanden. Doch irgendwie fühlte es sich falsch an. So, als sei Mike nicht wirklich dort. Vermutlich, weil er für ihn auf alle Zeiten mit dem Felsenhaus verbunden sein würde.

Und genau dorthin war er schließlich auch gefahren.

Durch die hell erleuchteten Fenster hatte er gesehen, dass drinnen noch Gäste waren. Allein bei dem Gedanken, mit irgendjemandem bei Kaffee und Kuchen über Mikes Leben – oder vielmehr seinen Tod – zu plaudern, drehte es ihm schier den Magen um. Vor allem, da er sich vorstellen konnte, wie die Leute sich insgeheim die Mäuler zerrissen.

Verübeln konnte er es ihnen im Grunde nicht. Die Erklärung, dass Mike im Dunkeln herumgelaufen und einfach von den Klippen gestürzt sein sollte, befriedigte ihn nicht im Geringsten. Sein Freund hatte das Gelände wie seine Westentasche gekannt. Es erschien ihm unglaublich, dass er einfach so gestolpert war.

So sinnlos! Und so absurd!

Ihm tat vor allem Fiona leid. Nach allem, was er gehört hatte, war sie es gewesen, die Mike am nächsten Morgen gefunden hatte. Sie hatte sich auf die Suche nach ihm gemacht, nachdem er in der Nacht nicht nach Hause gekommen war.

Das musste ein furchtbarer Anblick gewesen sein …

Statt sich also zu den Gästen zu gesellen, die im Felsenhaus beisammensaßen, war er ums Haus herum in den Garten gegangen. Und dann hatte er plötzlich diese fremde Frau gesehen.

Als sie auf ihn zukam, war ihm schlagartig klar geworden, dass er nicht mit ihr sprechen konnte. Nicht mit ihr oder irgendjemandem sonst. Nicht jetzt, nicht hier. Er wollte allein sein. Allein mit seinen Gedanken und dem Chaos in seinem Kopf. Doch zugleich wusste er natürlich auch, dass er sich nicht ewig würde verstecken können.

Er strich sich das nasse Haar aus der Stirn und atmete tief durch. Dann steckte er den Schlüssel ins Zündschloss und drehte ihn um. Keine zwei Minuten später wurde das Felsenhaus in seinem Rückspiegel von der Dunkelheit und den vom Himmel fallenden Regenmassen verschluckt.

Nach dem Duschen fühlte Vicky sich zum ersten Mal seit ihrer Ankunft in Neuseeland wieder halbwegs wie ein Mensch. Sie trocknete sich ab und schlüpfte in den Bademantel, den Heather ihr bereitgelegt hatte. Er war aus weichem, vom häufigen Waschen ausgebleichtem Frotteestoff, der früher einmal dunkelblau gewesen sein mochte.

Unwillkürlich fragte sie sich, ob er wohl ihrem Vater gehört hatte. Ihr erster Impuls war es, ihn sofort wieder auszuziehen. Doch stattdessen schlang sie ihn enger um sich, barg das Gesicht im Kragen und atmete tief ein. Der Geruch von Waschmittel und stieg ihr in die Nase. Und da war noch etwas. Ein Hauch von …

Sandelholz.

Vicky stöhnte auf, als ganz ohne Vorwarnung eine Erinnerung in ihr aufflackerte. Sie war mit ihrem Vater und ihrer Mutter im Park gewesen. Ihr Vater trug sie auf seinen Schultern, und sie hatte die Nase in seinem Haar vergraben, das sanft nach Sandelholz duftete …

Sie schüttelte den Kopf, um die Bilder zu vertreiben, die auf sie einstürzten. Hastig straffte sie die Schultern, verließ das Bad und huschte hinüber ins Gästezimmer. Als sie die Tür hinter sich geschlossen hatte, lehnte sie sich mit dem Rücken dagegen und atmete tief durch.

Sie ließ ihren Blick durch den Raum schweifen und bemerkte etwas auf dem Bett, das vorhin noch nicht da gewesen war.

Sie stieß sich vom Türrahmen ab und trat näher. Jetzt erkannte sie, dass es sich um ein dickes Fotoalbum handelte.

Ihr stockte das Herz. Im nächsten Moment hämmerte es so heftig, als wolle es zerspringen.

Sie schloss die Augen und holte ein paar Mal tief Luft, ehe sie die letzten Schritte bis zum Bett ging und sich auf den Rand der Matratze sinken ließ.

Einige Minuten lang schaute sie das Album einfach nur an. Der Einband besaß ein scheußliches grün-rotes Tartanmuster, die Kanten waren vom häufigen Durchblättern schon ganz weich und zerfleddert.

Es war offensichtlich ziemlich alt, aber man sah ihm an, dass es geliebt worden war. Wieder fing Vickys Herz an, ihr bis zum Hals zu klopfen – doch dieses Mal war es kein Anzeichen drohender Panik, nein.

Mit zittrigen Fingern klappte sie den Deckel auf. Die erste Seite zeigte eine alte, vergilbte Fotografie von zwei Männern. Einen davon erkannte sie als ihren Vater.

Er sah genau so aus, wie sie ihn in Erinnerung hatte. Das Bild musste gemacht worden sein, kurz nachdem er England verlassen hatte. Seinen Arm hatte er um die Schultern des anderen Mannes gelegt, der deutlich kleiner war als er selbst. Sein Haar war schwarz und in der Mitte gescheitelt. Unter seinen Augen lagen tiefe dunkle Ringe. Während Vickys Vater in die Kamera strahlte, wirkte er fast ein wenig teilnahmslos – wäre da nicht das Funkeln in seinen blassgrauen Augen gewesen.

Nile und ich, unser letzter gemeinsamer Sommer,
Dezember 1997

Vicky strich mit der Fingerspitze über die Bildunterschrift, in der Handschrift ihres Vaters. Unwillkürlich fragte sie sich, wer dieser andere Mann war und in welcher Beziehung er zu ihrem Vater stand.

„Nile“, flüsterte sie, neigte den Kopf ein Stück zur Seite und betrachtete das Foto so eindringlich, als hoffte sie, es würde ihr ihre drängende Frage beantworten. „Wer bist du?“

2. KAPITEL

Bay of Plenty, Mai 1976

Nile lief zwischen den Kiwipflanzen hindurch, so schnell ihn seine kurzen Beine trugen. Gehetzt warf er einen Blick zurück über die Schulter. Die anderen Jungs waren ihm noch immer dicht auf den Fersen.

„Schneller!", hörte er Liam, den Anführer seiner Verfolger, rufen. „Verdammt, die kleine Kröte darf uns auf keinen Fall entwischen!"

Obwohl seine Lungen bereits wie Feuer brannten und brennende Dolche in seine Seiten zu stechen schienen, beschleunigte Nile seine Schritte noch einmal. Er hatte das Gefühl, mit den Füßen förmlich über den Boden zu fliegen.

Plötzlich kam ein Pick-up mit Arbeitern aus einem schmalen Seitenweg, und er konnte gerade noch rechtzeitig einen scharfen Schlenker zur Seite machen, um nicht unter die Räder zu geraten.

Der Fahrer des Wagens hupte erbost – und dann gleich noch einmal, als kurz darauf fünf weitere Jungs seinen Weg kreuzten.

„Gleich haben wir dich, McFarlane!", rief einer von ihnen, und seine Kumpane lachten dreckig. „Bist wohl nicht so mutig, wenn du deinen Beschützer nicht dabei hast, was?"

Sie waren jetzt ganz dicht hinter ihm. Tränen der Frustration und Verzweiflung strömten ihm über die Wangen. Er wusste, dass er verloren hatte. Warum war er vorhin beim Pick-up nicht einfach stehen geblieben? Liam und die anderen hätten sich sicher verdrückt, wenn er die Erwachsenen um Hilfe gebeten hätte.

Doch jetzt war es zu spät. Sein Elternhaus lag noch mindestens eine halbe Meile entfernt, und die Hoffnung, dass er auf dem Weg noch irgendeiner Menschenseele begegnen würde, war eher gering. Die Arbeiter waren im südlichen Teil der Plantage mit der Ernte beschäftigt. Hierher würden sie erst in ein paar Wochen gelangen.

Er konnte eigentlich auch gleich aufgeben – doch genau das würde er nicht tun.

Mit dem Mut der Verzweiflung ballte er die Hände zu Fäusten, wirbelte herum und stellte sich seinen Verfolgern.

Die waren im ersten Augenblick so überrascht, dass sie sich beinahe gegenseitig über den Haufen gerannt hätten. Liam, der größte und gemeinste der Jungs, fing sich zuerst wieder.

Er grinste. „Mutig, mutig, Kleiner", sagte er und nickte mit eindeutig nur vorgetäuschter Anerkennung. „Ich hätte nicht gedacht, dass du die Eier besitzt. Schon gar nicht, wenn Mike nicht da ist, um dir das Händchen zu halten. Aber du glaubst doch nicht allen Ernstes, das so ein Zwerg wie du es auch nur mit einem von uns aufnehmen kann, oder?"

Natürlich wusste Nile, dass er nicht den Hauch einer Chance besaß, heil aus der Nummer herauszukommen. Er mochte klein und schmächtig sein, aber er war nicht dumm.

Doch wenn er schon untergehen sollte, dann wollte er seine Haut zumindest so teuer wie möglich verkaufen.

Entschlossen reckte er das Kinn und hob die Fäuste. „Das werden wir ja gleich sehen", sagte er mit sehr viel mehr Überzeugung in der Stimme, als er empfand.

Einer der anderen Jungs – Peter oder Patrick – trat auf Liam zu. „Vielleicht sollten wir die kleine Kröte lieber in Ruhe lassen", schlug er dem Anführer der Bande vor. „Was machen wir, wenn er zu Mommy und Daddy rennt und uns verpfeift? Ist dir eigentlich klar, was für einen Ärger wir kriegen können? Den McFarlanes gehört immerhin die Plantage hier!"

Einen Moment schien Liam darüber nachzudenken, und Nile fing schon an, Hoffnung zu schöpfen – doch schließlich schüttelte der Ältere den Kopf. „Nein, das wird er nicht tun. Oder, McFarlane? Du magst eine kleine Kröte sein, aber ein feiger Verräter bist du nicht, hab ich recht?"

Nile hielt den Atem an. Es war vermutlich vollkommen idiotisch, da er damit sein eigenes Schicksal besiegelte, doch schließlich schüttelte er energisch den Kopf. Lieber wollte er sich von den Jungs verprügeln lassen, als wie ein Muttersöhnchen dazustehen.

Und wieso nicht? Genau das bist du doch im Grunde, oder?

Rasch verscheuchte er den irritierenden Gedanken – gerade noch rechtzeitig, um zu reagieren, als Liam plötzlich auf ihn losging.

Eine Faust traf ihn am Kinn, und er hatte das Gefühl, sein Schädel würde explodieren. Nile taumelte zurück, stolperte und fiel auf den Hintern. Doch Liam reichte es noch längst nicht, ihn am Boden zu sehen. Er war wie eine Hyäne, die Schwäche gewittert hatte und nun Blut sehen wollte.

Schützend hob Nile die Hände vor den Kopf, rollte sich zusammen und bereitete sich auf den Schmerz vor.

Als der Angriff ausblieb, blinzelte er vorsichtig zwischen seinen Händen hervor.

„Mike?“

Wie ein wütender Racheengel stand der strohblonde Junge zwischen ihm und seinen Peinigern. Die schon tief am Himmel stehende Sonne fiel schräg zwischen den bewachsenen Spalieren hindurch und Mike direkt in den Rücken, sodass es aussah, als würde ihn eine gleißende Aura umgeben.

„Nile …“ Mike drehte sich nur halb zu ihm um, sodass er trotzdem noch Liam und seine Handlanger im Auge behalten konnte. „Alles okay?“

Nile nickte hastig. Mühsam rappelte er sich auf und klopfte sich den Staub von den Klamotten. Dann betastete er vorsichtig sein Kinn und keuchte vor Schmerz auf. Das würde einen hübschen blauen Fleck geben. Wie, zum Teufel, sollte er den seinem Vater erklären?

Trotzdem sagte er: „Mir geht’s gut.“

Die anderen Jungs – Liam inklusive – wirkten nervös. Trotz

seiner gerade mal dreizehn Jahre überragte Mike Tancredi selbst die Älteren um Längen. Seine Eltern ließen ihn zu Hause hart mit anpacken. Vom Holzhacken und der Arbeit im Garten war nicht nur seine Haut tief gebräunt, was seine kornblumenblauen Augen hervortreten ließ, er besaß auch einen Körperbau, um den ihn so mancher Jahrmarktsboxer beneidet hätte.

Zwar gehörte Mike zu den friedfertigsten Menschen, die Nile jemals kennengelernt hatte, doch auch für ihn gab es Grenzen. Und diese sollte man besser nicht überschreiten, wenn man wusste, was gut für einen war.

Das hatten auch Liam und seine Handlanger bereits feststellen müssen. Sie stellten Nile schon seit Jahren nach, weil er kleiner und schmächtiger war als alle anderen. Er hasste es, dass er sich immer wieder von Mike beschützen lassen musste. Hasste das Gefühl, schwach und hilflos zu sein. Auf der anderen Seite war er natürlich froh, ihn zum Freund zu haben.

„Hab ich euch beim letzten Mal nicht klar und deutlich zu verstehen gegeben, dass ihr Nile in Ruhe lassen sollt?" Langsam ließ Mike seinen Blick von einem Jungen zum nächsten wandern, ehe er ihn schließlich auf Liam ruhen ließ. „Wenn ich euch noch einmal erwische, wie ihr ihn durch die Gegend jagt, werdet ihr euer blaues Wunder erleben. Und jetzt verschwindet!"

Liams Augen wurden schmal, doch selbst er wagte es nicht, sich mit Mike anzulegen. Einen gehässigen Kommentar konnte er sich aber doch nicht verkneifen.

„Du willst wohl allein mit deinem Süßen sein, was?" Er spuckte direkt vor Mikes Füßen aus. „Widerliche Schwuchteln …"

Mit diesen Worten wandte er sich ab und lief los. Das war auch für den Rest der Gruppe das Signal zum Aufbruch. Einer nach dem anderen zogen sie mit eingekniffenem Schwanz von dannen.

Mike drehte sich zu Nile um, legte ihm beide Hände auf die

Schultern und musterte ihn eindringlich von oben bis unten. „Bist du wirklich okay?"

Nile schüttelte ihn von sich ab. „Lass das", fauchte er. „Du hörst doch, was sie über uns sagen."

„Ach, diese Idioten!" Er zuckte gleichgültig mit den Schultern. „Was die reden, geht mir am Arsch vorbei. Denen hört doch ohnehin keiner zu."

Obwohl er nicht wirklich überzeugt war, nickte Nile. Außerdem befürchtete er, dass sein Vater den Jungs *durchaus* zuhören würde. Und er wollte lieber gar nicht daran denken, was ihm dann blühte …

Seufzend fuhr er sich durchs Haar. William McFarlane war nicht nur der inoffizielle Kiwikönig der Region, sondern auch Bürgermeister von Moananui. Doch seine politischen Ambitionen gingen noch weit darüber hinaus – und aus diesem Grund konnte er sich keinen dunklen Fleck auf seiner makellos weißen Weste erlauben.

Nach außen hin waren die McFarlanes eine echte Vorzeigefamilie – der treusorgende Vater und Ehemann, die hingebungsvolle Mutter und die drei fleißigen und strebsamen Sprösslinge. Doch das alles war nur Fassade. Nile mochte erst dreizehn und damit noch ein Kind sein, aber selbst er wusste, dass es kaum normal sein konnte, dass seine Mutter bereits am Vormittag ihren ersten Martini in der Hand hielt und den Rest des Tages in einer Art Benommenheitszustand verbrachte. Seine zehnjährigen Schwestern Isabel und Maggie – oder Izzy und Mags, wie er sie nannte – hatten keine wirklichen Freunde, weshalb sie die meiste Zeit über wie Kletten an ihm hingen. Und seine Freundschaft mit Mike war seinem Vater ebenfalls schon lange ein Dorn im Auge.

Sie waren weit davon entfernt, eine perfekte Familie zu sein. Nile glaubte nicht, dass sein Vater sich überhaupt wirklich für einen von ihnen interessierte. Ihm ging es immer nur um eines: darum, den Anschein zu wahren.

Und wenn ihm auch nur der Hauch eines Gerüchts zu Ohren käme, dass sein einziger Sohn anormal veranlagt sein könnte …

Nile schluckte. Nur zur Sicherheit trat er einen Schritt von Mike weg. Sie waren lediglich beste Freunde, nicht mehr und nicht weniger.

„Komm, ich bring dich nach Hause“, sagte Mike und riss ihn damit aus seinen Gedanken.

„Nein!“, entgegnete er rasch. Ein wenig zu rasch vielleicht, denn sein Freund runzelte die Stirn.

„Was ist los? Hat dein Vater dir wieder mal den Umgang mit mir verboten?“

Nile schnaubte leise. „Er sagt, du hast keinen guten Einfluss auf mich. Aber was weiß er schon!“ Voller Verachtung schaute er an sich herunter. „Was muss ich für eine Enttäuschung für ihn sein? Sein einziger Sohn, ein mickriger Schwächling, nicht einmal in der Lage, sich vor ein paar Halbstarken zu verteidigen …“

Mike runzelte die Stirn. „Du bist kein Schwächling.“

„Ach, wirklich nicht?“ Bitter lachte er auf. „Sieh mich doch an! Ich habe wirklich keine Ahnung, warum du überhaupt mit mir befreundet sein willst.“

In Mikes Augen flackerte etwas auf, und im nächsten Moment fand Nile sich in seinen Armen wieder.

Er wusste nicht, wie ihm geschah. Wusste nur, dass es sich gut anfühlte, gehalten zu werden. Wenn einem immer wieder gesagt wurde, dass man schwach war, wertlos, dann glaubte man irgendwann selbst daran. Mikes Umarmung zeigte ihm, dass er zumindest einem Menschen etwas bedeutete.

Der Gedanke ließ sein Herz schneller schlagen, ein Teil von ihm wünschte sich, dass dieser Moment niemals endete. Doch er wusste auch, dass das nicht möglich war.

Wenn irgendjemand sie so zusammen sah, würde er die falschen Schlüsse ziehen. Und wenn einem von klein auf eingetrichtert wurde, dass man nur ja kein Aufsehen erregen durfte und stets den Anschein zu wahren hatte, ließ sich das nicht so einfach abschütteln.

Ein wenig verunsichert schaute Mike ihn an. „Ich …“ Er senkte den Blick. „Tut mir leid, das hätte ich vermutlich lieber nicht tun sollen. Aber es macht mich einfach wütend, wenn du so was sagst. Dann möchte ich immer am liebsten auf irgendetwas einprügeln.“

Nile lachte leise. „Na, dann bin ich aber wirklich froh, dass du mich nur umarmt hast.“ Er wurde wieder ernst. „Und du brauchst dich bei mir nicht zu entschuldigen.“

Das Haus der McFarlanes befand sich in westlicher Richtung, während die Hütten der Farmarbeiter, wo Mike wohnte, im Osten der Plantage lagen. Trotzdem folgte Mike ihm, als Nile sich nach Westen wandte.

„Du brauchst mich nicht zu begleiten“, sagte er stirnrunzelnd.

„Ich weiß, dass ich nicht muss“, entgegnete sein Freund. „Aber ich möchte.“

Schweigend gingen sie nebeneinander her, bis sie die Zufahrt zum Anwesen erreichten. Das schmiedeeiserne Tor, das die Grenze zwischen Plantage und Privatbereich bildete, stand offen.

„Wir sehen uns dann“, sagte Mike und hob die Hand zu einem knappen Abschiedsgruß.

„Mike?“

„Ja?“

Nile schluckte. Er wusste nicht, wie er sein Anliegen am besten formulieren sollte, ohne sich dabei komplett lächerlich zu machen. Doch er dachte schon seit einigen Wochen darüber nach – und die Sache mit Liam und seiner Bande vorhin hatte ihn endlich zu einem Entschluss kommen lassen.

„Bring mir bei zu kämpfen.“

Sein Freund hob überrascht eine Braue. „Bist du dir sicher, dass das eine gute Idee ist? Du …“

„Ich habe es satt, mich immerzu von allen herumschubsen zu lassen, nur weil sie größer und stärker sind als ich. Ich will mich endlich selbst verteidigen, anstatt immer darauf hoffen zu müssen, dass du auftauchst, um mich rauszuhauen."

Nachdenklich schaute Mike ihn an. Schließlich nickte er. „Morgen um fünf an den Rata-Bäumen", sagte er. „Aber behaupte hinterher nicht, ich hätte dich nicht gewarnt."

Am nächsten Tag schienen sich die Stunden endlos hinzuziehen. Dabei war es nicht so, als könnte Mike sich über einen Mangel an Beschäftigung beklagen. Ganz im Gegenteil sogar.

In den Sommerferien begleitete er seinen Vater und die anderen Arbeiter auf die Plantage. Es war Erntezeit, und jede helfende Hand wurde dringend gebraucht. Davon abgesehen benötigten er und seine Eltern jeden zusätzlichen Cent, den er verdiente, um über die Runden zu kommen. Zwar gehörte sein Vater zum festen Stamm der Landarbeiter und nicht zu den saisonal eingestellten Erntehelfern, trotzdem wurde er nach Stunden bezahlt – und das Arbeitsaufkommen war im Winter längst nicht so hoch wie im Sommer. Sie mussten also während der ertragreichsten Zeit so viel wie möglich erwirtschaften, um sich später über Wasser halten zu können.

An Arbeit, um sich die Zeit zu vertreiben, mangelte es ihm also nicht. Doch wie immer, wenn man auf etwas hinfieberte, wollten die Stunden einfach nicht vergehen.

Gedankenverloren nahm er den Korb auf, in dem er die gepflückten Kiwis sammelte. Er merkte erst, dass er nicht richtig zugepackt hatte, als sich die Last des Korbs auf dem Boden entleerte.

„Verdammt, Mike, pass doch auf!", herrschte sein Vater, der direkt neben ihm arbeitete, ihn an und verpasste ihm mit der flachen Hand einen Klaps gegen den Hinterkopf „Du bist heute wirklich zu nichts zu gebrauchen."

Schuldbewusst senkte Mike den Blick. Sein Vater war zu

Recht enttäuscht von ihm. Gleichzeitig wusste er aber auch, dass Tom Tancredi keinem seiner Kinder lange böse sein konnte.

„Tut mir echt leid, Pa", stieß er zerknirscht hervor.

Sein Vater war ein harter Mann, besaß aber ein gutes Herz. Er fuhr Mike durchs Haar und lächelte. „Ist schon gut, Junge. Mach, dass du wegkommst. Wir kriegen das hier schon allein hin. Ein Nachmittag ohne dich wird uns nicht umbringen."

Mike machte große Augen. „Ernsthaft?"

Der ältere Mann, dessen Gesicht von Wind und Wetter gegerbt war, nickte. „Ernsthaft. Und nun lauf. Ich sehe dir doch an, dass du etwas Besseres vorhast, als deinem alten Herrn beim Kiwipflücken zu helfen."

Das brauchte er nicht zweimal zu sagen. Mike stellte den Korb ab und lief strahlend zwischen den anderen Arbeitern und deren Körben, die sich in den verschiedensten Stadien der Befüllung befanden, hindurch.

Die Sonne stand hoch am Himmel, was bedeutete, dass er für seine Verabredung mit Nile noch viel zu früh dran war. Doch er beschloss, sein Glück trotzdem zu versuchen.

Das Haus der McFarlanes – oder der Kiwi Palace, wie es von den Einheimischen häufig genannt wurde – war eines der schönsten Gebäude, die Mike in seinem Leben gesehen hatte. Nicht, dass er besonders viele Vergleichsmöglichkeiten besaß. Weiter weg als bis Moananui war er bisher nicht gekommen. Abgesehen von dem einen Mal, das er in Gisborne gewesen war. Allein die Größe der Stadt hatte ihn schon gehörig eingeschüchtert.

Der Kiwi Palace war ein gewaltiges Gebäude mit zwei Seitenflügeln. Das mittlere Hauptgebäude besaß sagenhafte drei Stockwerke, während der angeschlossene Ost- und Westflügel mit jeweils zwei Etagen etwas niedriger waren. Die Fassade war von einem so strahlenden Weiß, dass es die Sonne reflektierte und Mike regelrecht blendete, als er sich vorsichtig und langsam dem Haus näherte.

Landarbeiter und deren Familien waren auf dem Privatgrundstück nicht gern gesehen. Der dazugehörige Park war zwar groß genug, dass darin mehrere Großfamilien herumwandern konnten, ohne Gefahr zu laufen, sich zu begegnen, doch das änderte nichts an den Tatsachen. Es war, als würde hinter dem schmiedeeisernen Tor, das die Plantage vom Kiwi Palace trennte, eine vollkommen andere Welt beginnen.

Eine Welt, in der Menschen zweiter Klasse wie er nichts zu suchen hatten. Zumindest wenn es nach Leuten wie Albert und Elisabeth McFarlane ging.

Mike atmete tief durch und schlich sich näher ans Haus heran. Er hielt sich im Schatten der Büsche, die den vorderen Bereich des Anwesens säumten. Niles Zimmer befand sich im zweiten Stockwerk des Ostflügels. Wenn er sich nicht gerade und sehr zum Missfallen seiner Eltern auf der Plantage herumtrieb, hielt er sich meistens dort auf. Er bekam sogar Privatunterricht von einem Lehrer, der ebenfalls im Haus wohnte und auch Niles Schwestern Isabel und Maggie unterrichtete.

Für Mike, der wie alle anderen Arbeiterkinder die Schule im Ort besuchte, klang das ziemlich langweilig und einsam. Und das war es vermutlich auch. Warum sonst hätte Nile sich ausgerechnet ihn als Freund aussuchen sollen?

Mike war zwar nicht dumm, aber im Vergleich zu Nile und seinen Schwestern einfach nicht so gebildet. Er besaß keine feinen Manieren und konnte sich nicht gut mit Worten ausdrücken.

Aber wozu sollte er das auch können? Er würde Plantagenarbeiter werden, genau wie sein Vater und dessen Vater vor ihm. Seine Zukunft stand im Grunde bereits seit dem Tag seiner Geburt fest. Nur den wenigsten gelang der Absprung in ein anderes Leben. Und selbst die, die es schafften, ließen sich meist im Ort nieder.

Natürlich träumte Mike davon, die große weite Welt zu entdecken. Doch es war eben genau das – ein schöner Traum, der sich niemals erfüllen würde.

Er schob die trüben Gedanken beiseite und konzentrierte sich stattdessen wieder auf seinen Plan. Vom Boden hob er ein paar Kiesel auf und huschte dann zum Haus hinüber.

Ihm war klar: Wenn irgendjemand in seine Richtung aus dem Fenster blickte, würde er unweigerlich entdeckt werden. Sein Vater wäre gewiss ganz und gar nicht begeistert, wenn ihm ein halber Tag Lohn entging, weil er seinen Sohn beim Kiwi Palace abholen musste. Gleichzeitig verspürte er aber auch einen Nervenkitzel, der irgendwie reizvoll war. Und jetzt war es ohnehin zu spät, um noch einen Rückzieher zu machen.

Er umschloss einen der Kiesel mit der rechten Hand, holte aus, zielte und warf ihn gegen Niles Zimmerfenster. Mit heftig klopfendem Herzen wartete er. Es bestand durchaus die Möglichkeit, dass jeden Moment Niles Privatlehrer das Fenster öffnen würde. Doch stattdessen erschien kurz darauf sein Freund selbst am Fenster.

„Mike! Was machst du denn hier?“, rief er leise. „Du weißt genau, was dir blüht, wenn Mr. Pollock dich erwischt. Warte hinter dem Tor an der Zufahrt auf mich. Ich schleich mich raus.“

Pollock war der Gärtner der McFarlanes, und er besaß einen gewissen Ruf unter den Jungs im Ort. Es hieß, dass er einem gern mal den nackten Hintern mit dem Gürtel versohlte, wenn man sich zu nah an das Haus heranwagte. Als Mike einmal danach gefragt hatte, war Nile zunächst ausgewichen, hatte dann aber doch zugegeben, dass er schon öfter Schreie aus dem Gartenschuppen gehört hatte, die ihm keiner erklären wollte.

Auf eine Begegnung mit dem Gärner legte Mike also keinen großen Wert. Daher nickte er jetzt wortlos und huschte zurück zwischen die Büsche. Von dort aus schlug er sich bis zum Weg durch. Als er das Tor durchquerte und damit wieder auf neutrales Terrain trat, atmete er erleichtert auf. Auf einer umgestürzten Buche, die am Wegesrand lag, ließ er sich niedersinken und holte die Packung Marlboros hervor, die er in der Gesäßtasche seiner Jeans vor seinen Eltern versteckt hatte.

Sie waren ziemlich platt gedrückt und verbogen, doch Mike war nicht pingelig. Er hatte die Zigaretten gestern vom alten Fred stibitzt, der schon am frühen Abend sternhagelvoll auf der Veranda seiner Hütte im Schaukelstuhl gesessen hatte. Der alte Säufer würde vermutlich nicht mal merken, dass die Packung weg war oder aber annehmen, dass er den Inhalt selbst im volltrunkenen Zustand geraucht hatte.

Er klopfte eine der Zigaretten aus der Packung und klemmte sie sich zwischen die Lippen. Dann fischte er eine halb leere Schachtel Streichhölzer aus seiner Hemdtasche. Er riss eines der Hölzchen an und betrachtete einen Moment lang gedankenverloren das Züngeln der Flamme, ehe er sie an das Ende der Zigarette hielt.

„Seit wann rauchst du?"

Er sog gerade den Rauch in seine Lungen, als Niles Stimme hinter ihm erklang. Unwillkürlich fing er an zu husten, wofür nur zu einem kleinen Teil der Schreck verantwortlich war.

„Verdammt, Nile!", stieß er keuchend hervor. „Bist du verrückt geworden, dich so anzuschleichen?"

Sein Freund grinste breit. Anderen gegenüber war Nile zumeist schüchtern und zurückhaltend, das wusste Mike. Vor ihm aber verstellte er sich nicht. Und darauf war er mehr als nur ein bisschen stolz.

„Ich finde Rauchen reichlich bescheuert", sagte Nile nun und ließ sich neben ihm auf den Buchenstamm fallen. „Ich verstehe nicht, warum so viele Leute es tun. Wenn es so fürchterlich schmeckt, wie es riecht …"

Mike zuckte die Achseln. Jetzt, wo Nile es sagte, kam es ihm selbst auf einmal ziemlich albern vor. Er warf die brennende Zigarette auf den Boden und trat die Glut mit der Schuhspitze aus. Dann schaute er seinen Freund an, und beide fingen an zu lachen.

So war es manchmal einfach zwischen ihnen. Wenn sie zusammen waren, fühlten sie sich so wohl, dass sie einfach sie selbst sein konnten – und nicht die Personen, die ihre Familien und ihr ganzes Umfeld von ihnen zu sein erwarteten.

Sondern einfach nur Mike und Nile.

Trotz ihrer gerade einmal dreizehn Jahre war der Druck, der auf ihnen lastete, riesig. Oder zumindest fühlte er sich für sie beide riesig an, auch wenn er für sie beide aus völlig unterschiedlichen Richtungen kam.

Während Nile der brave Vorzeigesohn sein sollte, mit exzellenten Schulnoten und vorbildlichem Betragen, musste Mike bereits zum Unterhalt der Familie beitragen. Und obwohl die Erwachsenen ihn oft genug noch wie ein kleines Kind behandelten, erwarteten sie dennoch von ihm, dass er sich wie ein Mann verhielt.

Es tat ihm einfach nur gut, mit Nile zusammen zu sein. Meistens mussten sie dann gar nicht so viel reden. Es genügte schon, mit ihm zu schweigen, sich an ihn zu lehnen, oder den Kopf in seinen Schoß zu legen und zu dösen. Das hatte natürlich nichts zu bedeuten. Aber Mike wusste auch, was die Leute denken würden, wenn jemals jemand herausfand, wie vertraut sie sich waren.

„Also?", unterbrach Nile seine Gedankengänge. „Erzähl. Wie kommt es, dass du nicht mit deinem Vater beim Pflücken bist?"

Verlegen scharrte Mike mit dem Fuß über den weichen Waldboden. „Sagen wir mal, ich war nicht so recht bei der Sache. Dad hat mich fortgeschickt, ehe ich noch mehr Schaden anrichten konnte, und da dachte ich …"

„Da dachtest du, du kommst mich einfach mal besuchen? Du bist wirklich verrückt, Mike Tancredi, hat dir das schon mal jemand gesagt?"

Mike grinste. „Überraschenderweise bekomme ich das andauernd zu hören. Aber sag mal, hast du jetzt Zeit?"

„Zeit? Wofür?"

„Na, um mit dem Training anzufangen!"

Sofort fingen die Augen seines Freunds an zu leuchten. „Du meinst, du wirst mir wirklich beibringen, mich zu verteidigen?“

„Natürlich – wenn du das wirklich willst …“

„Und ob ich will!“ Nile nickte enthusiastisch. „Am besten jetzt sofort! Worauf warten wir noch?“

Sie betraten die Lichtung zwischen den Rata-Bäumen, die sich an der Grenze des McFarlane-Anwesens befand. Hier kam so gut wie nie jemand her, also war der Platz nahezu perfekt für ihr Vorhaben. Niemand würde sie hier entdecken.

„Also schön“, sagte Mike schließlich, nachdem sie sich ein bisschen locker gemacht hatten. Die Sonne schien grell und heiß, und er hatte sein T-Shirt ausgezogen und trug jetzt nur noch ein Unterhemd und seine alten, löchrigen Jeans. Er hob die Fäuste und nahm seine Grundhaltung ein. „Dann zeig mir mal, was du schon draufhast.“

Nile wirkte unbehaglich. „Was? Ich kann dich doch nicht einfach schlagen!“

Das Entsetzen im Blick seines Freunds entlockte Mike ein Lachen. „Du sollst es zumindest *versuchen*. Irgendwie muss ich schließlich herausfinden, auf welchem Stand du im Augenblick bist. Also los.“ Er deutete auf sein Kinn und beugte sich vor, sodass ihn der wesentlich kleinere Nile bequem erreichen konnte. „Zeig mal, was du draufhast.“

Einen Moment zögerte Nile noch, schien mit sich zu ringen, dann kniff er entschlossen die Augen zusammen, ballte die Fäuste und versuchte, Mikes Haltung nachzuahmen. Doch er beugte sich ein wenig zu weit vor und hatte die Beine zu dicht zusammengestellt, um einen sicheren Stand zu haben.

Mike setzte gerade dazu an, ihn zu korrigieren, als ihn plötzlich ein Faustschlag direkt am Kinn erwischte. Sein Kopf flog nach hinten, und er hätte schwören können, dass er einen Moment lang Sterne sah. Er taumelte zurück, stolperte über seine eigenen Füße und landete unsanft und reichlich unrühmlich auf dem Boden.

Anerkennend rieb er sich den Kiefer und murmelte: „Gar nicht mal schlecht.“ „Nicht schlecht?“ Nile kam auf ihn zugeeilt und kniete sich neben ihm ins Gras. Seine weit aufgerissenen Augen spiegelten Entsetzen wider. „Oh mein Gott, Mike, das tut mir leid! Ich … du hast gesagt …“

Mit einer knappen Handbewegung brachte Mike seinen Freund zum Schweigen. „Wofür entschuldigst du dich? Du hast genau das gemacht, wozu ich dich aufgefordert habe. Ich kann dir wohl kaum einen Vorwurf daraus machen, dass ich nicht aufgepasst habe.“

Nile wirkte noch immer ein wenig unsicher. „Du bist also nicht sauer?“

„Quatsch.“ Er schüttelte den Kopf und grinste – oder besser, er versuchte es. Der Schmerz, der durch seinen Kiefer zuckte, hielt ihn von allen weiteren Bemühungen ab. „Warum sollte ich? Wie schon gesagt, es war meine Idee.“

Vorsichtig rappelte er sich auf und klopfte sich den Dreck von den Klamotten. Seine Jeans waren um ein paar Grasflecke reicher, doch das machte kaum einen Unterschied. Lange würde er sie ohnehin nicht mehr tragen können, denn sie schlackerten seit seinem letzten Wachstumsschub bereits um seine Fußknöchel.

„Deine Schlagkraft ist schon mal nicht übel“, sagte er und trat hinter Nile. „Aber an deiner Haltung müssen wir dringend arbeiten. Komm, ich zeig dir, wie es richtig geht.“ Er umfasste Niles Hüften mit beiden Händen und stellte sich unmittelbar hinter ihn. Mit einem Fuß schob er Niles Beine auseinander und ergriff seine Handgelenke so, dass sie seinen eigenen Bewegungen folgten. Dafür musste er sich ein Stück herablehnen, weil sein Freund so viel kleiner war als er.

„So ist es schon besser“, sagte er, den Mund nun direkt neben Niles Ohr. Er merkte, wie den anderen Jungen ein leichter Schauer durchrieselte, und mit einem Mal wurde ihm bewusst, wie nah sie einander waren.

Wieso fühlte es sich plötzlich so anders, so merkwürdig an?

Es war doch eigentlich nichts Besonderes. Sie hatten schon oft miteinander gerungen und getobt.

Unwillkürlich trat er einen halben Schritt zurück und bemühte sich, das heftige Hämmern seines Herzens zu ignorieren. „Ja, das sieht schon besser aus“, sagte er, um die drückende Stille zu überbrücken, die plötzlich über ihnen hing. „Und morgen zeige ich dir dann, wie du dich aus dieser Position heraus bewegst, okay?“

Nile drehte sich zu ihm um. „Wie, das war's schon?“ Er wirkte enttäuscht. „Aber wir haben doch gerade erst angefangen! Kannst du mir nicht noch beibringen, wie man Angriffe abblockt, damit ich mich beim nächsten Mal wenigstens schützen kann?“

Zögernd fuhr Mike sich durchs Haar. Die Art und Weise, wie Nile ihn aus seinen ernsthaften graublauen Augen ansah, machte es ihm schwer, auf seinem Standpunkt zu beharren. Doch er war auch irritiert. Warum fühlte er sich mit einem Mal so seltsam in Niles Nähe? Sie kannten einander schon seit Jahren, und so etwas war noch nie passiert.

Andererseits – wenn er ehrlich zu sich selbst war, entsprach das nur halb der Wahrheit. In letzter Zeit war ihm schon öfter aufgefallen, dass er Nile manchmal einfach nur ansah. Dass er die helle, klare Farbe seiner Augen bewunderte, die Geschmeidigkeit seiner Bewegungen, seine alabasterfarbene Haut …

Energisch schüttelte er den Kopf. Was war bloß los? Irgendetwas stimmte doch nicht mit ihm!

Nile verstand Mikes Kopfschütteln offensichtlich als Zurückweisung. Er ließ die Schultern hängen. „Können wir dann wenigstens gleich morgen weitermachen? Es wird garantiert nicht lange dauern, bis Liam und die anderen wieder Jagd auf mich machen. Ich bin es so satt, ständig mit einer Zielscheibe auf der Stirn herumzulaufen!“

Obwohl er klein und eher schmächtig war, ließ die wilde Entschlossenheit, die seine ganze Haltung ausstrahlte, Nile irgendwie größer erscheinen. Er hatte die Hände zu Fäusten geballt und die Brauen zusammengezogen. Sein ganzer Körper vibrierte praktisch vor aufgestauter Energie – und Mike konnte nicht anders, als sich davon angezogen zu fühlen.

Er musste sich auf die Zunge beißen, um nichts Unangemessenes zu sagen. Nile durfte auf keinen Fall jemals erfahren, was im Augenblick in ihm vorging. Das war alles vollkommen verrückt.

Das hier war *Nile*, um Himmels willen! Sein bester Freund. Der Junge, dem er mehr vertraute als jedem anderen Menschen in seinem Leben.

Genau das ist er, flüsterte eine leise, aber beharrliche Stimme in seinem Kopf. Ein *Junge*.

„Ich weiß nicht", erwiderte er hastig. „Vielleicht … Also …"

Nile trat auf ihn zu, und Mike musste sich zusammenreißen, um nicht zurückzuweichen. Er hatte plötzlich das schreckliche Gefühl, die Kontrolle zu verlieren. Über die Situation, über sich selbst.

„Was ist los mit dir?" Fragend schaute Nile zu ihm auf. „Habe ich irgendetwas falsch gemacht?"

Mike schüttelte den Kopf. „Nein, ganz und gar nicht. Es ist nicht deine Schuld, ich …" Seufzend fasste er sich an die Stirn. „Ich fühle mich irgendwie nicht gut. Vielleicht werde ich krank. Ich weiß auch nicht …"

Stirnrunzelnd überbrückte Nile den letzten Abstand zwischen ihnen. Er stellte sich auf die Zehenspitzen und presste Mike seine flache Hand auf die Stirn.

„Du fühlst dich wirklich ein bisschen warm an", bemerkte er, und Mike hätte um ein Haar laut aufgelacht.

Es gab, wenn überhaupt, nur einen Grund, warum ihm so heiß war – und zwar wegen Nile. Doch das durfte er ihm nicht sagen. Das konnte er überhaupt niemandem jemals sagen.

Im Ort hatte es mal einen Mann gegeben, Jack Willis, über den viel hinter vorgehaltener Hand geredet wurde. Willis war unverheiratet gewesen und hatte jede Frau, die ihr Glück bei ihm versuchte, zurückgewiesen. Irgendwann waren dann die Gerüchte aufgekommen, dass er vielleicht vom anderen Ufer sein könnte. Ein warmer Bruder, eine Schwuchtel.

Als ein paar Jungs vor seinem Haus in Streit gerieten und er einschritt, gab es einen Riesentumult. Die Jungen behaupteten, er hätte versucht, sie zu begrapschen – und von dem Moment an war eine regelrechte Hetzjagd gegen den Mann entbrannt.

Mike war damals noch klein gewesen – sechs oder sieben vielleicht. Doch er erinnerte sich gut, dass er schreckliche Angst gehabt hatte. Nicht vor dem Mann, nein. Sondern davor, dass man *ihn* eines Tages einmal so voller Abscheu anstarren könnte. Das man *ihm* mit solchem Hass begegnen würde, dass er eines Tages keinen anderen Weg sah, als sich an einem der Eukalyptusbäume am Stadtrand aufzuhängen.

Er hatte den Toten damals gesehen. Sein Dad war von Anfang an gegen die Hetzjagd gewesen, aber sein Onkel Davie fuhr heimlich mit ihm raus – eine Lektion fürs Leben, nannte er es damals. Mike erinnerte sich noch genau daran, wie Willis' Körper langsam im Wind hin- und hergeschwungen hatte, und an den durchdringenden Geruch von Pisse, der in der Luft lag.

Was er aber wirklich niemals vergessen würde, war das Gesicht des Mannes.

Es hatte ein solches Entsetzen darin gelegen, dass Mike noch wochenlang schreiend aus dem Schlaf geschreckt war. Onkel Davie hatte damals sogar richtig Streit mit seinem Dad bekommen. Ob es dabei nur um ihn gegangen war oder um noch etwas anderes, wusste Mike nicht.

Doch heute fragte er sich manchmal, ob Willis wirklich aus freien Stücken diesen Weg gewählt oder ob da nicht vielleicht jemand ein bisschen nachgeholfen hatte.

Allein der Gedanke ließ einen eisigen Schauer über Mikes Rücken rieseln. Er wollte nicht so enden – mit einem Hanfseil um den Hals und vollen Hosen.

Und das würde er auch nicht. Denn er war nicht wie Willis. Nein, das war er nicht. Auf keinen Fall!

Er versetzte Nile einen Stoß, der den anderen Jungen mehrere Schritte zurücktaumeln ließ. Nur mit Mühe hielt er sich aufrecht.

„Spinnst du?" In seinem Blick lag eine Mischung aus Zorn und Verletzlichkeit, die Mike den Atem stocken ließ.

Doch er durfte nicht schwach werden. „Fass mich einfach nicht an, okay?"

Mit diesen Worten wirbelte er herum und stürmte davon. Sein Herz hämmerte wie wild, und der Weg verschwamm vor seinen Augen, aber das ließ er sich nicht anmerken.

Immer einen Fuß vor den anderen.

Einen Fuß vor den anderen.

Als er noch einmal über seine Schulter zurückblickte, sah er, dass Nile ihm nicht folgte.

3. KAPITEL

Bay of Plenty, Herbst 2016

Drei Tage nach Mike Tancredis Beerdigung fand die Testamentseröffnung statt. Schon auf dem Weg hatte Vicky ein seltsames Gefühl gehabt. Und auch jetzt, als sie das Büro des einzigen Notars im Ort betrat, fragte sie sich, was sie hier eigentlich machte. Wäre es nicht besser für alle Beteiligten gewesen, sie hätte nach der Beerdigung einfach ihre Sachen genommen und wäre nach England zurückgekehrt?

Dass sie noch immer hier war, lag einzig und allein an Fiona und Heather, die in den vergangenen zwei Tagen alles getan hatten, um sie zum Bleiben zu bewegen. Und die beiden hatten es tatsächlich geschafft, dass sie sich im Felsenhaus inzwischen fast sogar ein bisschen wohlfühlte. Und es war ja nicht so, dass es etwas gab, zu dem sie unbedingt zurückkehren wollte.

Ihren Job im Callcenter hatte sie praktisch bereits verloren, als sie ohne Genehmigung der Arbeit ferngeblieben war, um nach Neuseeland zu fahren. Ihre Beziehung war zerbrochen, und die Wohnung, in der sie mit ihrem Exfreund gewohnt hatte, konnte sie sich allein auch nicht mehr leisten. Sie musste also ohnehin von vorn anfangen, wenn sie jetzt nach England zurückkehrte.

Seit der Sturm vom Tag ihrer Ankunft sich gelegt hatte, herrschte schönstes Sommerwetter in Moananui. Die bedrohliche Stimmung war mit den düsteren Wolken verschwunden, und die Landschaft, die das Haus ihres Vaters umgab, wirkte beinahe lieblich.

Trotzdem schien von dem Haus selbst weiterhin eine eher düstere Atmosphäre auszugehen. Düster und bedrohlich. Oder bildete sie sich das bloß ein?

Doch selbst wenn – ihr Zuhause würde es sowieso nie werden. Sie gehörte einfach nicht hierher. Es war ein Fehler gewesen, diese Reise nach Neuseeland anzutreten, das war ihr jetzt klar. Auf ihrer Reise hatte sie zumindest noch ein Ziel gehabt. Einen Grund, weshalb es sich lohnte, hierherzukommen.

Aber dieser Grund war zusammen mit ihrem Vater zu Grabe getragen worden.

Jetzt saßen sie alle in dem engen, zugestellten Büro des Notars zusammen, und sie wäre am liebsten sofort wieder aufgesprungen und gegangen. Sie alle, das waren Fiona und Heather, die sie in ihrem Wagen mitgenommen hatten, und eine Frau, der sie noch nie begegnet war.

Vicky fühlte sich unwohl in ihrer Haut. Wieder trug sie geliehene Kleidung von Fiona – dieselbe schwarze Hose, die sie schon bei der Beerdigung getragen hatte, und dazu eine einfache weiße Bluse. Sie saß zwischen Heather und Fiona, und schon nach ein paar Minuten hatte sie das Gefühl, keine Luft mehr zu bekommen.

Sie blickte sich im Büro um. Alle Wände, abgesehen von der mit Fenstern, waren mit Regalen aus dunklem Holz vollgestellt. Sie reichten bis zur Decke, und die einzelnen Regalbretter bogen sich unter der Last unzähliger Bücher. Vor den beiden hohen Fenstern hingen schwere dunkle Vorhänge, die halb zugezogen waren. Dazwischen drangen zwei breite Streifen Licht ins Zimmer. Vicky konnte Staubpartikel darin tanzen sehen, die träge zu Boden schwebten.

Unauffällig musterte sie nun die ältere, ihr unbekannte Frau, die auf der anderen Seite neben Heather saß, der Tür am nächsten. Sie schätzte, dass sie in etwa im Alter ihres verstorbenen Vaters war. Ihr Gesicht war herzförmig mit schönen, ebenmäßigen Zügen. Eingerahmt wurde es von schlohweißem Haar, das sich in sanften Wellen über ihre Schultern ergoss. Ihre Haltung war unglaublich gerade und beherrscht, und etwas an der Art und Weise, wie sie ihr Kinn hoch erhoben hielt, drückte Überlegenheit und Arroganz aus. Erst jetzt fiel Vicky auf, dass ihr Stuhl ein gutes Stück von Heathers entfernt stand, und das trotz des Platzmangels, der in dem recht kleinen Raum herrschte. War das Absicht oder Zufall?

Plötzlich bemerkte sie, dass die Frau in ihre Richtung schaute, und schrak zusammen. Sie zwang ein Lächeln auf ihre Lippen und wandte dann so hastig den Blick ab, dass Fiona es bemerkte.

Die ältere Frau runzelte die Stirn. „Lassen Sie sich von der nicht einschüchtern", raunte sie ihr zu.

„Wer ist das?"

„Isabel McFarlane", flüsterte Fiona ihr ins Ohr. „Sie ist die Bürgermeisterin von Moananui. Man nennt sie auch die Kiwikönigin, weil sie die größte Plantage in der Region besitzt. Aber wenn Sie mich fragen, passt Eiskönigin sehr viel besser zu ihr."

„Und was will sie hier? Gehört sie irgendwie zur Familie?"

„Großer Gott, nein!", platzte es deutlich lauter aus Fiona hervor. Ein tadelnder Blick von Heather ließ sie um einiges leiser fortfahren. „Sie ist … *war* nicht mit Mike verwandt, nein. Allerdings …"

Als sie plötzlich verstummte, hob Vicky eine Braue. „Allerdings?"

„Das ist eine wirklich lange Geschichte, und das hier ist einfach nicht der richtige Rahmen dafür. Aber ich verspreche Ihnen, dass wir Ihnen alles zu gegebener Zeit erklären werden."

Ärgerlich verschränkte Vicky die Arme vor der Brust. Seit sie eingetroffen war, ging das nun schon so. Irgendetwas verbargen Heather und Fiona vor ihr. Etwas, das ihren Vater betraf.

Es passierte nicht zum ersten Mal, dass eine von beiden mitten im Satz abbrach, so als hätte sie beinahe etwas Verbotenes gesagt. Vicky war es langsam satt, immerzu vertröstet zu werden.

Doch zumindest in einem Punkt hatte Fiona recht: Dies war tatsächlich nicht der Rahmen für eine solche Unterhaltung. Also begnügte sie sich damit, die elegante Unbekannte weiter aus den Augenwinkeln zu mustern.

Viel Zeit dafür blieb ihr nicht, denn schon im nächsten Moment betrat der Notar den Raum. Vicky wusste bereits, dass er Wayne Thompson hieß. Er war ein relativ kleiner älterer Mann mit Spitzbart und randloser Brille.

„Bitte verzeihen Sie, dass ich Sie so lange habe warten lassen, meine Herrschaften“, sagte er mit leiser, etwas piepsiger Stimme, die Vicky unwillkürlich an eine Maus denken ließ. „Wenn Sie damit einverstanden sind, werden wir sogleich ohne weitere Verzögerungen mit der Testamentseröffnung beginnen.“

Niemand widersprach ihm, und er nahm hinter seinem Schreibtisch Platz und nahm ein paar Dokumente zur Hand. „Nun, es ist im Grunde nicht allzu viel zu sagen. Mein Klient, Mr. Michael Thomas Tancredi, hat sein Haus samt Grundstück sowie seinen gesamten Besitz seiner einzigen Tochter, Miss Victoria Elise Tancredi, hinterlassen.“

Für einen Moment herrschte ein so durchdringendes Schweigen, dass man eine Stecknadel hätte fallen hören können.

Ungläubig starrte Vicky den Notar an, der, nach kurzer Pause, weitersprach:

„Das Vermögen gliedert sich in folgende Bestandteile …“

Vicky hörte längst nicht mehr zu. Sie versuchte noch immer zu verarbeiten, was sie soeben gehört hatte. Sie war die Alleinerbin ihres Vaters?

Warum wundert dich das? Du bist schließlich, soweit man weiß, seine einzige lebende Verwandte. Ist es nicht nachvollziehbar, dass er dir seinen Besitz hinterlassen hat?

Doch so empfand Vicky eben nicht. Ihr Vater hatte sie kaum gekannt. Sie war noch ein kleines Mädchen gewesen, als er ihre Mutter und sie im Stich gelassen hatte. Und offensichtlich hatte er hier, in Neuseeland, Freunde gefunden. Menschen, die ihm etwas bedeutet hatten, und denen er etwas bedeutete.

Wieso hatte er nicht Heather und Fiona als seine Erben eingesetzt? Sie hatten viele Jahre mit ihm unter einem Dach gelebt. Offenbar waren die drei gute Freunde gewesen, während sie nur die Tochter war, die zwar irgendwie zu ihm gehörte, dann aber doch auch wieder nicht. Mit seiner testamentarischen Verfügung riskierte er nun, dass sie von heute auf morgen auf der Straße landeten.

Was, wenn Vicky entschied, dass sie das Haus nicht haben wollte und es verkaufte? Ihm musste doch klar gewesen sein, dass sie auf jeden Fall so entscheiden würde. Sie konnte und würde nicht in Neuseeland bleiben. Sie würde alles verkaufen, was ihr Vater ihr vermacht hatte, und zurück nach Hause fahren.

Sie schüttelte den Kopf. Das war alles einfach zu viel. Ihr war nicht einmal die Chance gegeben worden, den Mann richtig kennenzulernen, der ihr nun seinen gesamten Besitz hinterlassen hatte.

„… nicht so akzeptieren! Ich werde das Testament anfechten, so wahr ich hier stehe! Er hat genau gewusst, dass das Haus eigentlich *mir* zusteht. Mir allein!"

Vicky schrak auf. Vielleicht hätte sie doch lieber zuhören und nicht ihren Gedanken nachhängen sollen. Sie war so vertieft gewesen, dass sie gar nicht mitbekommen hatte, dass Isabel McFarlane plötzlich aufgesprungen war. Jetzt stand sie vor dem Schreibtisch des Notars, die Hände auf die Tischplatte gestützt und den Oberkörper vorgebeugt. Es konnte kein Zweifel daran bestehen, dass sie stinkwütend war. Aber warum?

Und wieso behauptete sie, dass das Felsenhaus ihr zustand?

„Entschuldigung", sagte Vicky und runzelte die Stirn. „Würde wohl irgendjemand hier die Freundlichkeit besitzen, mich aufzuklären, was hier los ist?"

„Oh, aber mit dem allergrößten Vergnügen", entgegnete Isabel McFarlane, und ihre Stimme troff geradezu vor Sarkasmus. „Das Felsenhaus hat ursprünglich meinem Bruder, Nile McFarlane, gehört. Nach dessen Tod hat Mike es sich unter den Nagel gerissen, obwohl es eigentlich uns, seiner Familie, zugestanden hätte. Es ist eine Schande, dass ihm überhaupt gestattet wurde, das Erbe anzunehmen." Sie schüttelte sich theatralisch. „Ein solch widerwärtiges Verhalten verdient es nun wahrlich nicht, auch noch belohnt zu werden!“

Fiona, die ebenso wie Heather der ganzen Rede eisig schweigend gelauscht hatte, stand nun so abrupt auf, dass ihr Stuhl nach hinten wegkippte. „Wenn Sie nicht auf der Stelle den Mund halten, schwöre ich …“

Heather sprang ebenfalls auf und stand jetzt schützend zwischen den beiden Frauen. „Lass es, Fiona“, sagte sie leise. „Sie ist es nicht wert, dass du dich ihretwegen in Schwierigkeiten bringst.“

Isabel McFarlane lächelte herablassend. „Oh, habe ich da etwa einen wunden Punkt getroffen? Das tut mir aber leid …“

Man brauchte kein großer Menschenkenner zu sein, um zu wissen, dass es das absolut nicht tat. Sie verhöhnte Fiona und Heather – und auch wenn Vicky nicht wusste, worum es ging, ließ das Verhalten der anderen Frau Wut in ihr hochkochen.

„Ich muss doch sehr bitten“, sagte Heather mit schneidender Stimme. „Mike und Sie standen sich vielleicht nicht besonders nah, und Sie mögen auch nicht damit einverstanden gewesen sein, wer er war und wie er gelebt hat. Aber dies ist eine Testamentseröffnung, und ein klein wenig Respekt und Anstand würde auch Ihnen gut zu Gesicht stehen, Mrs. McFarlane.“

Heather mochte klein und zierlich sein, doch wenn sie ärgerlich wurde, konnte sie wirklich einschüchternd wirken. Ihre blauen Augen sprühten Funken und ihre Lippen waren zu zwei schmalen Linien zusammengepresst.

Einen Moment schien Isabel McFarlane zu überlegen, ob es sich für sie lohnte, die Konfrontation mit Heather zu suchen. Schließlich kam sie offenbar zu dem Schluss, dass dies nicht der Fall war.

Sie hob eine Braue, was die Aura von Arroganz, die sie umgab, noch verstärkte. „Ach ja, ich vergaß – Sie gehören ja auch zu *denen*, nicht wahr?“ Sie wandte sich wieder Vicky zu. „Auf jeden Fall bestehe ich nun, da Ihr Säufer von einem Vater sich im Rausch von den Klippen gestürzt hat, darauf, dass das Haus endlich wieder in den Besitz der Familie fällt, der es wirklich zusteht."

Während Vicky überhaupt nichts mehr verstand, starrte Fiona die andere Frau ungläubig an. Im nächsten Moment musste Heather sie zurückhalten, als sie mit vor Zorn sprühendem Blick auf Isabel McFarlane losgehen wollte.

„Sie bitterböse alte Hexe", zischte sie, kämpfte aber nicht gegen Heathers Arme an, die sich um ihre Taille geschlungen hatten. „Sie können einfach nicht anders, als Gift zu versprühen, oder? Mike war der beste Mensch, den ich in meinem Leben getroffen habe. Und er hat nicht getrunken, das wissen Sie genau."

„Ach nein? Das habe ich aber anders in Erinnerung."

„Das war gleich nach Niles Tod", gab Fiona erbost zurück. „Er war am Boden zerstört. Aber als er wieder auf die Beine gekommen war, hat er nie wieder auch nur einen Tropfen angerührt."

Isabel McFarlane hob höhnisch eine Braue. „Nun, da gehen die Meinungen wohl ein wenig auseinander, würde ich sagen." Mit einem herablassenden Lächeln nickte sie Vicky zu. „Sie entschuldigen mich …"

Mit diesen Worten rauschte sie aus dem Raum. Vicky konnte das nur recht sein. Sie war alles andere als erpicht darauf, der Plantagenbesitzerin so bald noch einmal über den Weg zu laufen. Diese Frau schien nicht nur arrogant zu sein, sondern auch gehässig und grausam.

Allein zu behaupten, dass das Felsenhaus eigentlich nicht ihr, Vicky, zustand, war eine ausgemachte Frechheit. Immerhin hatte es doch ihrem Vater gehört. Und wenn dem so war, dann hatte der auch das Recht gehabt, damit zu tun, wonach immer ihm der Sinn stand.

Verwirrung und Wut kämpften in Vicky um die Übermacht. Wieder einmal hatte sie das Gefühl, bei etwas Wichtigem außen vor gelassen zu werden.

Aufgebracht schaute sie zwischen Heather und Fiona hin und her. „Was ist hier los? Ich verstehe überhaupt nichts!"

Die beiden wirkten schuldbewusst, aber Vicky konnte nur raten, warum. Was versuchten die beiden vor ihr zu verbergen? Gab es ein dunkles Geheimnis in der Vergangenheit ihres Vaters? Irgendetwas, über das sie nicht Bescheid wissen durfte?

„Verdammt!" Sie fuhr sich mit einer Hand durchs Haar, und es war ihr egal, ob sie sich damit ihre Frisur ruinierte. „Es geht hier um meinen Vater. Denken Sie nicht, dass ich die Wahrheit verdient habe? Er hat getrunken? Ist er deshalb die Klippen hinuntergestürzt?"

„Nein, zum Teufel!", brauste Fiona auf. „Mike war kein Säufer, und er wusste genau, wie gefährlich die Klippen sind. Er wäre niemals einfach so *gefallen*!"

„Was soll das heißen, er wäre niemals einfach so gefallen? Was wollen Sie damit andeuten, Fiona?"

Heather warf ihrer Freundin einen scharfen Blick zu. Zwischen den beiden Frauen schien ein Gespräch ohne Worte stattzufinden, dem Vicky wieder einmal nicht folgen konnte.

Am Ende schien es Fiona zu sein, die nachgab. Sie verschränkte die Arme vor der Brust und ließ sich wieder auf ihren Platz sinken.

„Uns ist bewusst, dass das alles für Sie sehr verwirrend sein muss, Vicky", ergriff Heather jetzt das Wort. „Und es ist nur natürlich, dass Sie Antworten wollen. Aber bitte lassen Sie sich von einer Person wie Isabel McFarlane nicht verrückt machen. Sie werden alles erfahren, das verspreche ich Ihnen. Aber Fiona und ich finden, dass Sie im Augenblick auch so schon genug zu verdauen haben. Wir sprechen über alles, sobald Sie sich ein bisschen eingelebt haben."

Da war es wieder – das Thema, das in den Tagen seit der Beerdigung immer wieder zur Sprache gekommen war. Vicky runzelte die Stirn. Irgendwie schienen Heather und Fiona zu glauben, dass sie beabsichtigte, hierzubleiben. Und die Tatsache, dass ihr Vater ihr das Felsenhaus hinterlassen hatte, bestärkte die beiden in ihrer Annahme vermutlich sogar noch.

„Sind wir hier fertig?“, fragte sie an den Notar gewandt, ohne noch weiter auf die älteren Frauen einzugehen.

Der zuckte lediglich mit ausdrucksloser Miene die Achseln. „Ich brauche noch einige Unterschriften von Ihnen, aber das können wir auch in den nächsten Tagen erledigen.“

Sie nickte dem älteren Herrn zu. „Ja, das wäre mir lieb. Vielen Dank, und entschuldigen Sie die unschöne Szene.“

Damit wandte sie sich um und ging zur Tür.

Vicky war schon fast beim Wagen angelangt, als sie es sich anders überlegte.

„Fahrt ihr ruhig schon, ich brauche noch einen Moment, um wieder einen klaren Kopf zu kriegen“, sagte sie zu Heather und Fiona, die sogleich besorgte Blicke miteinander wechselten.

„Ganz sicher?“, fragte Heather.

Vicky nickte. „Absolut.“

Sie sah noch zu, wie die beiden in den Wagen stiegen und losfuhren, dann wandte sie sich um und ging einfach drauflos, ohne darauf zu achten, wohin ihre Schritte sie lenkten. Die ganze Zeit schwirrten ihr Fionas Worte durch den Kopf.

Er wäre niemals einfach so gefallen …

Was mochte sie damit gemeint haben? Wollte Fiona damit andeuten, dass irgendjemand nachgeholfen hatte? Aber wer? Und warum?

Sie schob den Gedanken erst einmal beiseite. Es half nichts, sich jetzt den Kopf darüber zu zerbrechen. Sie würde noch einmal mit den beiden Frauen sprechen müssen – und dann würde sie sich nicht mehr einfach abspeisen lassen.

Sie blickte sich um. Es war das erste Mal, dass sie wirklich Gelegenheit hatte, sich den Ort richtig anzusehen.

Moananui war ziemlich klein. Es gab eine Hauptstraße, die schnurgerade durch den Ort hindurchführte, sowie einige Nebenstraßen, die davon abzweigten – damit hatte es sich auch schon. Die gesamte Architektur unterschied sich vollkommen von dem, was sie von England gewohnt war. Anstelle von dunklen Ziegeln waren die meisten Fassaden hier verputzt und in hellen Farben gestrichen. Alles war penibel sauber, von den Straßenlaternen, die im Stil von Gaslichtlampen gehalten waren, hingen prachtvoll bepflanzte Blumenampeln herab, und die Schaufenster der Ladenlokale waren hübsch hergerichtet.

Es wirkte wie die Kulisse aus einem Film. Beinahe zu perfekt, um wahr zu sein. Lebten hinter diesen Mauern wirklich richtige Menschen, mit echten Sorgen und Problemen?

Sie kam an einer Bäckerei vorbei, durch deren einen Spaltbreit offen stehende Eingangstür der verlockende Duft von frischem Brot nach draußen strömte. Vickys Magen zog sich zusammen und knurrte vernehmlich. Sie hatte heute Morgen beim Frühstück nichts herunterbekommen, doch erst jetzt fiel ihr auf, dass sie richtig hungrig war.

Spontan betrat sie den Laden, wo eine ältere Frau mit rüschenbesetzter weißer Schürze gerade eine andere Kundin bediente. Geduldig wartete Vicky und ließ ihren Blick derweil durch die Bäckerei schweifen.

Hier drin setzte sich der Eindruck fort, den sie schon draußen auf der Straße gewonnen hatte. Die Glastheke war ebenso blitzblank geputzt wie der mit rautenförmigen schwarzen und weißen Fliesen ausgelegte Boden. Die Backwaren, sowohl in der Theke als auch im Regal hinter der Bedienung, wurden sanft beleuchtet, und alles war so appetitlich angerichtet, dass ihr das Wasser im Mund zusammenlief.

„Was kann ich für Sie tun, meine Liebe?“

Vicky wandte sich der Verkäuferin zu, deren freundliche Stimme sie aus ihren Gedanken riss. „Ich kam gerade draußen vorbei, als ich frisches Brot roch. Kann man auch einzelne Scheiben bekommen, oder verkaufen Sie nur den ganzen Laib am Stück?“

„Eigentlich nur ganze Laibe“, erwiderte die Frau, die genauso aussah, wie man sich die perfekte Bäckereiverkäuferin vorstellte: ein wenig rundlich mit roten Wangen und stets einem Lächeln auf den Lippen. „Aber ich habe vorhin eine Ausnahme gemacht, und einen halben Laib an unsere Apothekerin, Mrs. Monnahan, abgegeben. Wenn Sie möchten, können Sie die andere Hälfte haben. Keine Sorge, das Brot ist auch noch ganz frisch. Es ist sogar noch warm.“

Vicky nickte. „Sehr gern. Und wenn Sie mir dann noch sagen könnten, wo ich Butter und etwas Käse bekommen kann?“

„Sie sind nicht von hier, stimmt's?“

„Nein, ich bin erst vor ein paar Tagen hier angekommen. Ich komme eigentlich aus England. London, um genau zu sein.“

„Und was verschlägt Sie zu uns nach Moananui? Machen Sie Urlaub oder sind Sie auf Besuch bei Freunden oder Verwandten?“

„Letzteres könnte man wohl sagen. Allerdings sind die Umstände nicht ganz so, wie ich es mir ursprünglich vorgestellt habe. Ich bin hergekommen, um meinen Vater zu treffen, den ich seit neunzehn Jahren nicht mehr gesehen hatte. Aber als ich hier eintraf, musste ich erfahren, dass er verstorben ist.“

Die Frau hinter der Theke erbleichte. „Oh, dann müssen Sie Mike Tancredis Tochter sein!“

„Sie kannten meinen Vater?“

„Meine Liebe, hier in Moananui kennt jeder jeden. So ist das in einer kleinen Gemeinde wie dieser.“

„Dann kennen Sie sicher auch Isabel McFarlane“, sagte Vicky einer spontanen Eingebung folgend. Sie wusste selbst nicht, was sie sich davon versprach, doch sie verspürte den Drang, mehr über die andere Frau zu erfahren. Und sie war nicht mehr sicher, ob es eine gute Idee war, Heather und Fiona danach zu fragen. Vor allem, weil sie sich mittlerweile sicher war, dass die beiden etwas vor ihr verheimlichten.

„Natürlich", erwiderte die Verkäuferin, doch Vicky fiel auf, das sie plötzlich ein wenig angespannt wirkte. „Jeder hier im Ort kennt die McFarlanes. Die Familie stellt schon seit Jahrzehnten den Bürgermeister von Moananui. Außerdem gehört ihnen die größte Kiwiplantage in der Umgebung."

Das war mehr oder weniger das, was Vicky bereits wusste. Doch sie wollte mehr erfahren. Als Plantagenbesitzer nagte die Familie doch sicher nicht gerade am Hungertuch.

Warum also war Isabel McFarlane dann so aufgebracht darüber, dass mein Vater mir das Felsenhaus hinterlassen hat?

Das war die entscheidende Frage. Besaß es möglicherweise einfach nur einen großen ideellen Wert für sie, weil es früher einmal ihrem Bruder gehört hatte? Oder steckte mehr dahinter? Ihr war Mrs. McFarlane nicht wie jemand vorgekommen, der sich aus nostalgischen Gründen an irgendetwas klammerte …

„Das klingt ja ganz so, als würden sie praktisch über den Ort herrschen wie die Adelsfamilien aus diesen kitschigen Regency-Romanen", sagte sie.

Darüber musste die Verkäuferin dann doch lachen. „Nun, ein bisschen so ist es vielleicht sogar. Das Wort der McFarlanes hat hier in der Gegend jedenfalls eine Menge Gewicht. Und sie leben oben im Kiwi Palace tatsächlich ein wenig wie eine alte Herrscherfamilie."

„Kiwi Palace?" Vicky hob eine Braue.

„Das ist natürlich nur ein Spitzname, den wir Leute hier im Ort dem Haus verpasst haben." Sie lachte leise. „Lassen Sie das Isabel McFarlane lieber nicht zu Ohren kommen. Sie versteht keinen Spaß, wenn es um so etwas geht."

„Als ich ihr vorhin begegnet bin, hatte ich den Eindruck, dass Spaß generell nicht unbedingt hoch auf ihrer To-do-Liste steht", entgegnete Vicky trocken.

In dem Moment erklang das Glöckchen über der Tür, das einen neuen Kunden ankündigte. Die Verkäuferin zuckte beinahe wie ertappt zusammen, ehe sie sich wieder fing und dem Neuankömmling, einem jungen Mann, freundlich zulächelte.

Vicky drehte sich um und blinzelte überrascht. „Ich kenne Sie", sagte sie stirnrunzelnd, als sie den jungen Mann erkannte, der ihr nun gegenüberstand. „Nach der Beerdigung meines Vaters waren Sie draußen hinterm Haus. Als ich Sie ansprach, sind Sie einfach abgehauen."

Er zuckte entschuldigend die Achseln. Im hellen Sonnenschein, der durch die Schaufensterscheibe drang, kam er ihr nicht mehr so bleich vor wie bei ihrer ersten Begegnung. Dennoch war seine Haut so hell, dass sie beinahe ein wenig durchscheinend wirkte. Anstelle von Jeans und Kapuzenshirt trug er heute eine schwarze Anzughose und einen ebenfalls schwarzen Pullover mit tiefem V-Ausschnitt, was ihm in Kombination mit seinem dunklen, fast schwarzen Haar und den blaugrauen Augen eine Aura von kühler Reserviertheit verlieh.

„Dachte ich mir doch, dass Sie Mikes Kleine sind. Tut mir wirklich leid", sagte er, und Vicky stellte fest, dass seine Stimme angenehm tief klang. „Wir hatten nicht unbedingt den besten Start miteinander. Aber der Tod Ihres Vaters hat mich ziemlich aufgewühlt."

Ein Lächeln glitt über Vickys Lippen. „Das ging mir nicht anders."

Er senkte den Blick und fuhr sich mit einer Hand durchs Haar. „Das war jetzt wohl ziemlich unpassend, was? Und ich habe mich ja noch nicht mal vorgestellt." Er streckte ihr die Hand entgegen. „James McFarlane. Freut mich sehr, Sie kennenzulernen."

„McFarlane?" Vicky riss die Augen auf. „Wie Isabel McFarlane?"

„Sie haben meine Mutter also bereits kennengelernt", sagte er, und in seiner Stimme schwang eine Mischung aus Frustration und Resignation mit. „Ich nehme an, Sie hat sich nicht unbedingt von ihrer allerbesten Seite gezeigt."

„Wenn es nicht gerade ihre allerbeste Seite ist, Fiona und Heather zu beleidigen und über meinen Vater herzuziehen, dann nein. Hat sie nicht."

Seine Miene verfinsterte sich bei ihren Worten. „Ich muss mich bei Ihnen für meine Mutter entschuldigen. Mike und sie teilen eine nicht unbedingt ausschließlich harmonische gemeinsame Vergangenheit." Er zögerte kurz und Vicky erkannte Schmerz in seinen dunklen Augen. „*Teilten.*"

Vicky winkte ab. „Es gibt keinen Grund, sich bei mir zu entschuldigen. Wenn überhaupt, dann sollte Ihre Mutter es tun – und dann vor allem bei Fiona und Heather. Ich für meinen Teil habe meinen Vater so gut wie gar nicht gekannt. Nichts, was Ihre Mutter über ihn zu sagen hat, könnte mich kränken oder verletzen. Ich war höchstens irritiert."

Das entsprach so zwar keinesfalls der Wahrheit, doch das würde sie einem Fremden gegenüber – noch dazu Isabel McFarlanes Sohn – ganz sicher nicht eingestehen.

„Wenn Sie so über Mike denken, warum sind Sie dann überhaupt hergekommen?" Seine blaugrauen Augen musterten sie eindringlich. „Er hat immerzu von Ihnen gesprochen, wissen Sie das eigentlich?"

„Woher sollte ich? Er hat immerhin fast zwei Jahrzehnte gewartet, ehe er mit mir Kontakt aufnahm." Vicky gefiel die Richtung nicht, die diese Unterhaltung nahm. „Und um ehrlich zu sein, ich glaube kaum, dass Sie das etwas angeht, oder?" Sie wandte sich an die Verkäuferin, die das halbe Brot inzwischen verpackt und auf den Tresen gelegt hatte, und zückte ihre Geldbörse. „Was bin ich Ihnen schuldig?"

„Oh, das geht aufs Haus", entgegnete sie. „Sozusagen als Willkommensgeschenk."

„Das ist wirklich sehr nett, vielen Dank", sagte Vicky mit einem entschuldigenden Lächeln und steckte das Portemonnaie zurück in ihre Tasche. „Und noch einen schönen Tag."

Sie nickte James McFarlane noch einmal kühl zu und verließ

die Bäckerei. Gleich darauf hörte sie, dass die Tür ein weiteres Mal geöffnet wurde und ihr jemand folgte.

Sie blieb stehen und wirbelte herum. „Laufen Sie mir jetzt etwa nach?"

James McFarlane lachte höhnisch auf. „Nichts könnte mir ferner liegen", erwiderte er. „Warum sollte ich auch? Sie waren eben ziemlich unfreundlich zu mir. Und die Art und Weise, wie Sie über Ihren Vater sprechen, gefällt mir nicht."

„Wie ich schon sagte – ich bin nicht verpflichtet, Ihnen gegenüber Rechenschaft abzulegen. Und wenn Ihnen nicht gefällt, was ich sage, warum lassen Sie mich dann nicht einfach in Ruhe?"

„Weil Ihnen Ihr gottverdammtes Portemonnaie aus der Tasche gefallen ist, als Sie aus der Bäckerei gestürmt sind, Himmelherrgott!"

Und tatsächlich – er hielt ihre schwarze Ledergeldbörse in der Hand, mit der sie vorhin hatte bezahlen wollen. Vicky atmete tief durch. Damit hatte sie nicht gerechnet. Und wenn sie ehrlich sein wollte, wusste sie auch nicht so genau, wie sie darauf reagieren sollte.

Dieser Typ war einfach unsympathisch.

Und es kann nicht vielleicht sein, dass du auch deinen Teil dazu beigetragen hast, dass er sich so verhält? Er war offenbar eng mit deinem Vater befreundet. Natürlich findet er es nicht toll, wenn du schlecht über ihn redest.

„Danke", brachte sie hervor, gerade laut genug, dass er es hören konnte.

Er grinste. „Na, wer sagt's denn? Es geht doch."

Für den Kommentar hätte Vicky ihm am liebsten eine runtergehauen, aber sie zügelte sich. „Ich würde ja gern sagen, dass es mir eine Freude war, Sie kennenzulernen, Mr. McFarlane. Doch ich bin leider keine besonders gute Lügnerin."

Theatralisch griff er sich an die Brust. „Autsch, das tat weh. Ich weiß nicht, ob ich jemals über diese Zurückweisung hinwegkommen werde."

„Ich bin sicher, dass Sie einen Weg finden werden", entgegnete Vicky kühl. Sie war wild entschlossen, ihm die kalte Schulter zu zeigen, auch wenn sie zugeben musste, dass ihr das kleine Wortgefecht mit ihm irgendwie gefiel. Zumindest war sie auf diese Weise einmal von ihren Sorgen und Problemen abgelenkt, und dafür war sie ihm fast schon ein wenig dankbar.

Allerdings auch wirklich nur ein wenig, und das würde sie ihn auf keinen Fall merken lassen.

Er seufzte. „Was meinen Sie, Miss Tancredi? Wie gesagt, wir hatten nicht unbedingt einen guten Start. Darf ich versuchen, den Eindruck, den Sie von mir gewonnen haben, zu verbessern, und Sie zu einem Kaffee einladen?"

„Sie wollen mit mir Kaffee trinken? Ist das Ihr Ernst?"

„Warum nicht?" Lächelnd zuckte er mit den Achseln. „Was spricht dagegen, dass wir uns ein bisschen besser kennenlernen? Immerhin war Mike einer meiner engsten Freunde, und Sie sind seine einzige Tochter."

Sofort spürte Vicky, wie sich ihre Kehle zusammenschnürte. Darum ging es ihm also. Das hätte sie sich ja denken können. Seit sie in Neuseeland angekommen war, schien sich alles nur um Mike zu drehen. Niemand interessierte sich für sie als Person – sie war Mikes Tochter, und damit hatte es sich. Und so langsam machte sie das einfach nur traurig.

Und ärgerlich.

Sie hatte ihren Vater kaum gekannt. Ihn als Vater zu bezeichnen, war im Grunde genommen ein schlechter Scherz. Die ersten Jahre vielleicht, aber dann … Sie war bereit gewesen, ihn nach all der Zeit wiederzusehen, ja. Aber das bedeutete nicht, dass sie ihm auch verziehen hatte.

So einfach war das nicht.

Und das Schlimmste war, dass sie es ihm nicht einmal mehr persönlich ins Gesicht sagen konnte. Er hatte sich schon wieder aus der Affäre gezogen. Und dieses Mal gab es kein Zurück mehr.

Wenn überhaupt möglich, machte sie das sogar noch wütender. Ihr Vater war tot, die Belange dieser Welt waren für ihn nicht mehr länger von Bedeutung. Sie aber musste mit dem Chaos leben, das er hinterlassen hatte. Mit all den aufgestauten Gefühlen, dem Frust und der Trauer.

Ja, Trauer.

Denn obwohl sie noch immer vor allem Zorn empfand, konnte sie doch nicht anders, als um das zu trauern, was hätte sein können. Bis Mike Tancredi sie damals verlassen hatte, waren sie eine glückliche kleine Familie gewesen.

Vicky erinnerte sich noch gut an gemeinsame Ausflüge. An besinnliche Weihnachtsfeste mit funkelndem Christbaum und Liedersingen. Schlittschuhfahren im Winter, Schwimmen im Sommer. Und das alles hatte ihr Vater von einem Tag auf den anderen hingeworfen, um nach Neuseeland zu gehen.

Warum bloß?

Genau auf die Frage hatte Vicky bis heute keine Antwort, obwohl sie sich so sehr danach sehnte. Nach einer Erklärung, was Mike Tancredi dazu bewogen haben konnte, seine Frau und seine kleine Tochter im Stich zu lassen. Doch es gab nur einen Menschen, der ihr eine Antwort hätte geben können.

Und dieser Mensch war tot.

„Sie verstehen es wirklich alle nicht, oder?“ Frustriert ballte sie die Hände zu Fäusten. Ihr war klar, dass James McFarlane es vermutlich nicht verdiente, dass sie ihn so anfuhr. Doch sie konnte einfach nicht anders. Etwas von der Wut und dem Frust, den sie empfand, musste einfach raus. Und James war derjenige, der nun die volle Breitseite davon abbekam. „Ist es denn wirklich so schwer zu begreifen, dass mich praktisch nichts mit meinem Vater verbindet? Er hat neunzehn Jahre meines Lebens einfach verpasst. Und nicht etwa, weil er es musste. Nein, er ist aus freien Stücken weggegangen! Er hat mich und meine Mutter zurückgelassen wie abgelegte Kleidungsstücke, die niemand mehr braucht. Wissen Sie eigentlich, wie sich das anfühlt? Für mich ist damals meine ganze Welt zusammengebrochen. In meiner grenzenlosen kindlichen Naivität dachte ich tatsächlich, dass mein Vater mich liebt!"

„Aber er *hat* Sie geliebt", unterbrach James sie – und wirkte dabei so überzeugt von seinen Worten, dass es Vicky nur noch zorniger machte.

„Äußert man neuerdings seine Liebe, indem man sich feige davonschleicht, nur um sich dann fast zwanzig Jahre nicht blicken zu lassen?" Energisch schüttelte sie den Kopf. „Ich weiß nicht, wie Sie das sehen, aber für mich ist das keine Liebe. Und sollte ich mich täuschen, dann kann ich nur hoffen, dass mich nie wieder ein Mensch so sehr *lieben* wird wie mein Vater."

Die Luft zwischen ihnen knisterte förmlich vor aufgestauter Aggression. Vicky hatte sich immer mehr in Rage geredet. Was bildete sich dieser Mensch eigentlich ein? Woher nahm er das Recht, ihren Vater zu verteidigen? Er wusste doch gar nicht, wie es sich anfühlte, verlassen zu werden. Wenn der geliebte Vater einfach von einem Tag auf den anderen nicht mehr da war und man dann von der eigenen Mutter vernachlässigt wurde, weil diese nicht mehr in der Lage war, sich um ihr Kind zu kümmern.

Er *kannte* den Schmerz nicht. Den Schmerz und die Wut darüber, hilflos mit ansehen zu müssen, wie sich der einzige Mensch, der einem noch geblieben war, langsam, aber sicher zu Tode soff und …

Sie atmete tief durch und drängte die Erinnerungen, die über sie hereinzubrechen drohten, so weit zurück, wie sie konnte. Das alles lag lange zurück, und sie hatte ihren Frieden mit ihrer Mutter gemacht – denn im Grunde war auch sie nur ein Opfer gewesen.

Damals war irgendetwas in Holly Tancredi zerbrochen, und sie hatte sich nie wirklich von dem Verlassen-worden-zu-sein-Tiefschlag erholt. Seit jenem Tag, an dem ihr Ehemann sich aus dem Staub gemacht hatte, hatte sie im Grunde nur noch für zwei

Dinge existiert: für den Alkohol und dafür, ihren Ehemann mit jedem Atemzug, der ihr noch geblieben war, zu verfluchen.

„Sie haben doch wirklich keine Ahnung", stieß sie heiser hervor, nachdem James nichts erwidert hatte. Sie wollte sich an ihm vorbeidrängen, doch er packte sie am Unterarm und hielt sie zurück.

„Hören Sie, ich …" Er schloss kurz die Augen, holte tief Luft und sagte schließlich: „Es tut mir leid. Es stimmt, ich weiß nicht, was zwischen Ihrem Vater und Ihnen vorgefallen ist, und ich bin sicher, dass Sie allen Grund haben, wütend auf ihn zu sein, aber …"

„Aber was?"

Er hob die Schultern „Es fällt mir einfach sehr schwer, ruhig zu bleiben, wenn jemand über Mike herzieht."

„Na, dann dürften Sie sich ja wirklich gut mit Ihrer Mutter verstehen", entgegnete Vicky trocken.

Er starrte sie an, dann warf er den Kopf in den Nacken und lachte schallend. Kurz konnte Vicky noch an sich halten, doch sein Lachen war so ansteckend, dass sie schließlich ebenfalls mit einfiel.

Die ganze Situation war so absurd und verwirrend, dass sie ihren aufgestauten Gefühlen irgendwie Luft machen musste. Und lachen, erkannte Vicky, war gar kein so schlechtes Ventil.

Sie lachten so lange, bis sie sich die Bäuche halten mussten und sich vornüber beugten, während vorbeigehende Passanten ihnen seltsame Blicke zuwarfen.

Es war James, der sich zuerst wieder fing. „Stimmt", sagte er und wischte sich mit dem Handrücken die Tränen aus den Augenwinkeln. „Um ehrlich zu sein …"

„Ja?"

„Nun, meine Mutter treibt mich mit schöner Regelmäßigkeit in den Wahnsinn. Und das nicht nur, wenn sie einmal wieder Schimpftriaden über Mike oder meinen Onkel Nile anstimmt."

Schlagartig wurde Vicky ernst. „Onkel Nile?"

„Ja." James nickte. „Der ältere Bruder meiner Mutter. Ein guter Kerl, aber er hat sich mit dem Rest der Familie zerstritten, noch ehe ich auf die Welt kam. Ich habe nie aus ihm herausbekommen, um was genau es dabei eigentlich ging, und für meine Mutter war das Thema immer absolut tabu." Er lachte humorlos auf. „Es scheint sich also um eine Art Familiengeheimnis zu handeln. Ich habe sogar schon versucht, mit Maggie darüber zu sprechen ..."

„Maggie?"

„Die Zwillingsschwester meiner Mutter, meine Tante. Sie ist ein wenig ... wunderlich. Als sie noch jung war, muss irgendetwas passiert sein, das sie ziemlich durcheinandergebracht hat. Jedenfalls ist es nicht so leicht, vernünftige Antworten aus ihr herauszukitzeln."

Nachdenklich runzelte Vicky die Stirn. Sie musste an das Foto im Album denken, das sie in ihrer ersten Nacht in Neuseeland auf ihrem Bett vorgefunden hatte. Daran, was darunter gestanden hatte.

Nile und ich, unser letzter gemeinsamer Sommer, Dezember 1997

Nun zumindest wusste sie jetzt, wer Nile war. Doch das brachte sie noch immer nicht wirklich weiter. Fest stand nur, dass ihr Vater den Sommer, nachdem er von ihrer Mutter und ihr fortgegangen war, mit diesem Mann verbracht hatte.

„Die beiden müssen sehr gute Freunde gewesen sein", sagte sie.

James nickte. „Ich war noch ziemlich jung, als Onkel Nile starb, aber ich erinnere mich gut daran, wie glücklich er darüber war, dass Mike ihm in den letzten Monaten zur Seite gestanden hat. Sie waren wohl schon als kleine Jungs eng miteinander befreundet gewesen."

Vicky schluckte. Sie wusste nicht recht, was sie davon halten sollte. Ihr Vater hatte ihre Mutter und sie im Stich gelassen, um einem sterbenden Freund beizustehen?

Aber warum? Nicht, dass sie den Wunsch zu helfen nicht nachvollziehen konnte. Aber musste man dafür gleich alle Brücken hinter sich abbrechen? Hätte es keine andere Möglichkeit gegeben? War ihm dieser Mann wichtiger gewesen als seine eigene Familie? Seine Tochter?

„Geht es Ihnen nicht gut?“ Besorgt schaute James sie an. „Sie sehen aus, als ob Sie mir hier jeden Moment zusammenklappen.“

Tatsächlich fühlte Vicky sich alles andere als wohl. Ihr Herz schien langsamer und zugleich heftiger zu schlagen. Sie konnte das Blut in ihren Ohren rauschen hören. Es wurde immer lauter …

Ihr wurde erst klar, dass ihre Knie unter ihr nachgegeben hatten, als sie sich in James McFarlanes Armen wiederfand.

„Okay, ich bringe Sie jetzt erst mal zu Doc Winters.“

Hastig schüttelte Vicky den Kopf, und bereute es sofort, als sich alles um sie herum zu drehen begann. Sie klammerte sich an James fest und fühlte sich dabei fast wie eine Ertrinkende. Ihre Kehle war wie zugeschnürt. Trotzdem schaffte Vicky es irgendwie, heiser hervorzubringen: „Nein, bitte … Kein Arzt … Ich muss mich nur ein paar Minuten hinsetzen …“

James wirkte alles andere als überzeugt, fügte sich aber ihrem Wunsch. Er führte sie zu einer Bank, die am Straßenrand unter einem Schatten spendenden Baum stand, und sie seufzte erleichtert auf, als sie sich darauf niedersinken ließ.

„Warten Sie“, sagte er, „ich hole Ihnen rasch ein Glas Wasser.“

Ehe sie protestieren konnte, war er auch schon in einem Laden verschwunden. Kurz darauf kehrte er, wie versprochen, mit einem gefüllten Wasserglas zurück. „Hier, bitte“, sagte er und reichte es ihr.

Vickys Hände zitterten, sodass ein paar Wassertropfen auf

ihrer Jeans landeten. Die Situation war ihr unendlich peinlich. Was musste James McFarlane jetzt von ihr denken? Vermutlich hielt er sie für eine überempfindliche Zimperliese – und genauso fühlte sie sich im Augenblick auch.

„Sie sind wirklich sicher, dass ich Doc Winters nicht …"

„Ja", fiel sie ihm ins Wort. „Absolut sicher. Ich brauche keinen Arzt. Es geht schon wieder."

Sie stützte die Ellbogen auf die Knie und barg das Gesicht in den Händen. So saß sie ein paar Minuten lang da und atmete einfach nur tief und ruhig durch. Ihr Herzschlag normalisierte sich wieder, und das Schwindelgefühl ließ langsam nach.

Als sie sich schließlich wieder aufrichtete, spürte sie James' forschenden Blick auf sich ruhen.

„Was?", fragte sie um einiges schnippischer, als sie beabsichtigt hatte. „Warum starren Sie mich so an?"

„Entschuldigen Sie bitte, aber es passiert mir nicht alle Tage, dass mir eine Frau praktisch in die Arme fällt."

Wenn Vicky ihn so ansah, fiel es ihr schwer, ihm das abzukaufen. Doch auch das war etwas, das sie ihm nicht auf die Nase binden wollte. „Es war nur der Kreislauf", entgegnete sie. „Ich hatte kaum Gelegenheit, meinen Jetlag auszukurieren, außerdem schlafe ich in letzter Zeit nicht besonders gut und …" Zu spät fiel ihr auf, dass sie ihm vielleicht ein bisschen viel von sich preisgegeben hatte. Doch das war jetzt nicht mehr zu ändern. Allerdings hatte sie auch nicht vor, damit fortzufahren. „Es war eben alles ein bisschen viel", schloss sie daher ausweichend.

Er nickte. „Kommen Sie, ich fahre Sie nach Hause."

„Wie bitte?" Ungläubig schaute sie ihn an. Dann schüttelte sie den Kopf. „Nein, das ist wirklich nicht nötig."

„Sie sind allein hier, oder?"

„Ich habe Fiona und Heather vorgeschickt, weil ich noch ein bisschen frische Luft schnappen wollte, aber …"

„Also haben Sie keinen Wagen und auch niemanden sonst, der Sie fahren könnte."

Vicky strich sich mit einer Hand übers Haar. „Ich kann mir einfach ein Taxi nehmen und …“

James lachte. „Ein Taxi. Ihnen ist aber schon klar, wo wir uns hier befinden, oder? Das hier ist nicht London oder New York, wo Sie an jeder Straßenecke einen Wagen heranwinken können. In Moananui gibt es nicht mal ein eigenes Taxiunternehmen! Aber bitte, wenn Sie vierzig Minuten warten wollen, bis ein Fahrzeug aus Binsworth eintrifft – falls man sich überhaupt die Mühe macht, wegen so einer kleinen Fahrt den ganzen Weg hier herauszumachen …“

Seufzend gab Vicky sich geschlagen. „Also schön.“ Sie stand auf. „Hat Ihnen schon mal jemand gesagt, dass Sie schrecklich hartnäckig sind?“

Wieder lachte er. „Ob Sie es glauben oder nicht“, erwiderte er und streckte ihr die Hand entgegen, um ihr aufzuhelfen, „aber das höre ich in der Tat häufiger.“

„Ich erwarte Ihre Lieferung dann bis spätestens Anfang nächster Woche und …“ Isabel McFarlane verstummte, als sie sich dem Ausgang des einzigen Gemischtwarenladens von Moananui zuwandte und draußen ihren Sohn zusammen mit *dieser Frau* erblickte.

Eine steile v-förmige Falte erschien auf der Stirn der Kiwikönigin.

Victoria Tancredi.

Allein der Klang des Namens verursachte ihr Übelkeit. Ein Name, der sie zu verhöhnen und verspotten schien. Was hatte es nur mit den Tancredis auf sich, dass sie es immer wieder schafften, all ihre sorgfältig geschmiedeten Pläne ins Wanken zu bringen?

Schon Mike hatte diese äußerst unerfreuliche Fähigkeit besessen. Und wie es schien, war seine Tochter keinen Deut besser als er.

Isabel widerstand dem Drang, sich mit einem Seufzen durchs

Haar zu fahren. Schwäche zu zeigen war ein Luxus, den sie sich nicht leisten konnte. Mit hoch erhobenem Haupt drehte sie sich zu Mrs. Gardener, der Besitzerin des Ladens, um und ignorierte deren irritierten Blick.

„Sorgen Sie dafür, dass meine Bestellung dieses Mal pünktlich eintrifft", sagte sie, so als hätte es nie eine Lücke in ihrem Gespräch gegeben. Dann verließ sie ohne ein weiteres Wort den Laden und stieg die schmale Vortreppe hinunter.

James und Victoria Tancredi waren inzwischen verschwunden. Sie konnte den Wagen ihres Sohnes nirgends entdecken. So ein Gutmensch, wie er war, hatte er *diese Frau* vermutlich mitgenommen.

Isabel musste sich zusammenreißen, um sich ihren Ärger nicht anmerken zu lassen. Wieso konnte James sich nicht einmal so verhalten, wie sie es von ihm erwartete? Immerzu musste er querschießen. Ganz gleich, was sie auch von ihm verlangte, er tat stets das genaue Gegenteil.

Doch damit musste jetzt Schluss sein. Schlimm genug, dass Mike Tancredi ihr mit seinem Testament noch über den Tod hinaus eins ausgewischt hatte. Von ihrer eigenen Familie würde sie sich nicht länger auf der Nase herumtanzen lassen. Und wenn es dazu nötig war, ein Exempel zu statuieren, dann würde sie das tun.

Aber zunächst einmal musste sie sich um etwas anderes kümmern.

Mit zügigen Schritten ging sie zu ihrem Wagen, wo Martin, ihr Fahrer, sie bereits erwartete. James fand es lächerlich, dass sie sich von einem Chauffeur, wie er es nannte, durch die Gegend kutschieren ließ. Er begriff einfach nicht, dass sie als Bürgermeisterin und größte Arbeitgeberin in der Region einen guten Eindruck machen musste.

So hielt sie es, und so hatten es vor ihr schon ihr Vater und Großvater gehalten.

Umso wichtiger war es, dass sie schnellstmöglich eine Lösung bezüglich des Felsenhauses fand. Sie konnte nicht zulassen, dass es in den Händen *dieser Frau* verblieb. Es mochte nach dem Gesetz nicht den McFarlanes zustehen, wohl aber nach moralischen Grundsätzen.

Aber wenn es danach ging, hätte auch Mike das Haus niemals bekommen dürfen …

Martin öffnete ihr die Tür zum Fond der silberfarbenen Limousine, und sie ließ sich auf die mit Leder bezogene Bank sinken. Nachdem der Fahrer hinter dem Lenkrad Platz genommen hatte, fragte er, ohne sich zu ihr umzudrehen:

„Wohin darf ich Sie bringen, Madame?"

„Nach Hause", sagte sie nach kurzem Überlegen. Dies war nicht der Moment, sich zu irgendwelchen unüberlegten Handlungen hinreißen zu lassen. „Fahren Sie mich nach Hause, Martin. Danach können Sie für heute Feierabend machen."

James wurde aus Victoria Tancredi einfach nicht schlau.

Immer wieder schweifte sein Blick unauffällig von der Straße zu ihr herüber. Er konnte den Weg zum Felsenhaus selbst im Schlaf fahren, und viel Verkehr herrschte hier draußen ohnehin nicht. Trotzdem rief er sich zur Ordnung, als er daran dachte, dass Mike genau hier ums Leben genommen war.

Ein eisiger Schauer durchrieselte ihn, als sie an der Stelle vorbeifuhren, an der Mike in die Tiefe gestürzt sein musste. Obwohl natürlich nichts darauf hindeutete, was dort gesehen war, konnte er sich doch nicht davon abhalten, jedes Mal hinüberzusehen, wenn er hier vorbeikam. Und manchmal glaubte er noch immer, die vertrauten Umrisse des Mannes zu sehen, der so oft dort gestanden und aufs Meer hinausgeblickt hatte.

Es wurde gemunkelt, dass Mike betrunken gewesen war, aber das konnte James sich beim besten Willen nicht vorstellen. Er wusste, dass Mike nach Onkel Niles Tod 1997 regelrecht zusammengebrochen war und seinen Kummer mit Alkohol betäubt hatte. Doch er hatte sich wieder in den Griff bekommen und war danach, soweit James wusste, nie wieder rückfällig geworden.

Auf der anderen Seite war sein Freund, ebenso wie seine Mutter, voller Geheimnisse gewesen. Er erinnerte sich, dass Mike ihm sogar einmal von einem Geheimfach in seinem Schreibtisch erzählt hatte.

Doch das mit dem Trinken, nein, das war einfach nicht Mike. Wie es dennoch zu dem schrecklichen Unfall hatte kommen können, vermochte James sich allerdings auch nicht zu erklären. Das passte einfach alles nicht zusammen. Mike wäre in der Lage gewesen, sich blind auf seinem Grundstück zu bewegen.

James schüttelte den Kopf. Wäre er doch nur hier gewesen, und nicht in Hongkong! Wer wusste schon, ob er die Katastrophe vielleicht hätte verhindern können …

Er holte tief Luft und zwang seine Gedanken zurück in die Gegenwart. Mit hätte, wenn und wäre war noch niemandem geholfen worden. Und Mike würde er damit auch ganz gewiss nicht wieder aus dem Grab zurückholen.

Doch Vicky neben sich auf dem Beifahrersitz zu haben, machte es ihm nicht unbedingt leichter, *nicht* an Mike zu denken. Gleich als er sie zum ersten Mal gesehen hatte, tropfnass im Garten hinter dem Felsenhaus, war ihm sofort aufgefallen, wie ähnlich sie ihrem Vater sah. Zwar hatte er sie an jenem Abend nur die wenigen Sekunden sehen können, während das grelle Licht des Blitzes ihre Gesichtszüge erhellt hatte, trotzdem war es unübersehbar gewesen. Heute, in der Bäckerei, waren ihm als Allererstes das goldblonde Haar und ihre kornblumenblauen Augen aufgefallen.

„Was ist los?“, fragte sie plötzlich. „Immer wenn Sie zu mir rübersehen, bekommen Sie diesen Gesichtsausdruck …“

Offenbar hatten ihr Vater und sie noch mehr gemeinsam. Auf ihrer Stirn erschien in diesem Augenblick die gleiche kleine Falte, die sich bei ihm stets dann gezeigt hatte, wenn er verärgert oder irritiert gewesen war.

„Und was für ein Gesichtsausdruck soll das bitte sein?“, fragte er, bemüht, sich das Chaos in seinem Inneren nicht anmerken zu lassen.

„Ich weiß auch nicht. So ernst. Als würden Sie am liebsten anhalten und mich aus dem Wagen werfen. Aber wenn das so ist, warum haben Sie dann erst darauf bestanden, mich zu fahren?“

Er schüttelte den Kopf. „So ist es doch gar nicht. Ich …“ Starr hielt er den Blick auf die Straße gerichtet. „Sie hören das jetzt vermutlich nicht gern, aber Sie sehen Mike einfach sehr ähnlich.“

Einen Moment lang schien sie darüber nachzudenken, wie sie auf seine Eröffnung reagieren sollte. Schließlich kam sie offenbar zu dem Schluss, dass es keinen Sinn hatte, sich darüber zu ärgern.

Seufzend lehnte sie sich auf dem Beifahrersitz zurück und schaute zum Seitenfenster hinaus. Ein paar Minuten lang fuhren sie in absolutem Schweigen, das Brummen des Motors und der Fahrtwind die einzigen Geräusche, die die Stille durchbrachen.

Doch zu James' Erstaunen war es kein unangenehmes Schweigen. Es erinnerte ihn vielmehr an die Gelegenheiten, wenn er mit Mike unterwegs gewesen war.

Schon wieder Mike.

Vicky war ihm sogar noch ähnlicher, als auf den ersten Blick zu sehen war.

„Wie war er denn so?“

Ihre Frage riss ihn aus seinen Gedanken. Sie hatte so leise gesprochen, dass er sich beinahe ein wenig unsicher war, ob er sie richtig verstanden hatte. Vor allem angesichts der Tatsache, dass sie noch immer starr zum Fenster hinausschaute.

Doch dann bemerkte er den Hauch von Röte, der sich auf ihre Wangen gelegt hatte. Es fiel ihr sicher nicht leicht, darüber zu reden. Und er würde es ihr nicht noch schwerer machen, indem er noch einmal nachhakte.

„Er war ein guter Kerl“, sagte er. „Ich weiß, er hat Sie und Ihre Mutter im Stich gelassen, als Sie noch ein kleines Mädchen waren, aber ich kann trotzdem nichts anderes sagen. Der Mike, den ich kannte, war freundlich und zuverlässig, ehrlich und loyal. Ich habe mich immer auf ihn verlassen können, ebenso wie all seine anderen Freunde. Jeder, der ihn kannte, spricht gut über ihn – abgesehen vielleicht von meiner Mutter, aber die lässt ohnehin an kaum jemandem ein gutes Haar, mich inbegriffen.“ Er lachte bitter auf. „Ich weiß gar nicht, wie oft Mike für mich da war, wenn ich mich wegen einer schlechten Note mal wieder nicht nach Hause getraut hatte.“

„Als Teenager hätte ich auch gern so jemanden in meinem Leben gehabt“, sagte Vicky leise.

„Und ich bin sicher, dass Mike gern für Sie da gewesen wäre. Ich weiß nicht, was ihn davon abgehalten hat. Es passt so gar nicht zu ihm, einfach so abzuhauen und seine Tochter und seine Ehefrau zurückzulassen.“

„Aber genau das hat er getan“, entgegnete Vicky kühl. „Meine Mutter hat immer gesagt, dass wir ihm nicht gut genug gewesen sind. Dass er nie eine Familie gewollt hatte und wir ihm nur ein Klotz am Bein waren.“

Ihre Worte taten James in der Seele weh. Die Beziehung zu seinen Eltern mochte nicht besonders gut sein – doch wenn seine Mutter oder sein Vater plötzlich von einem Tag auf den anderen verschwunden gewesen wären … Er mochte gar nicht daran denken, wie er als kleiner Junge unter der Situation gelitten hätte.

„Was sagte denn Ihre Mutter eigentlich dazu, dass Sie nach Neuseeland gefahren sind, um Mike wiederzusehen?“

„Meine Mutter ist tot.“

James schluckte hart. „Das … tut mir leid.“

Sie winkte ab. „Warum sollte es, Sie können ja nichts dafür. Meine Mutter hat sich in den Alkohol geflüchtet, nachdem mein Vater uns verlassen hatte. Sie kam mit der Situation einfach nicht zurecht. Ich war fünfzehn, als sie … Ich kam nach ihrem Tod in eine Pflegefamilie. Nette Leute. Sehr bemüht. Trotzdem war ich froh, als ich mit achtzehn endlich auf eigenen Beinen stehen durfte."

Er wusste nicht, was er darauf erwidern sollte. Es wunderte ihn nicht mehr, dass sie kaum ein gutes Haar an Mike ließ. Wie sollte sie auch, nach allem, was ihr widerfahren war?

Und er war sich ziemlich sicher, dass sie ihm lediglich die groben Eckdaten genannt hatte. Die wahre Geschichte, die sich hinter ihren nüchternen Worten verbarg, konnte er sich vermutlich nicht einmal vorstellen.

Er versuchte es trotzdem. Versuchte sich auszumalen, wie schrecklich es für ein kleines Mädchen gewesen sein musste, dabei zuzusehen, wie sich die eigene Mutter langsam, aber sicher zu Tode trank. Wie es war, mit fünfzehn vollkommen allein auf der Welt zu sein und zu wissen, dass es da draußen irgendwo einen Vater gab.

Einen Vater, der nicht für sie da war, als sie ihn am dringendsten brauchte.

Noch immer fiel es ihm schwer, diesen Menschen mit Mike in Einklang zu bringen. Dem freundlichen, sanftmütigen Mike, der ihn niemals enttäuscht, ihn niemals im Stich gelassen hatte.

Doch die Erfahrung, die Vicky gemacht hatte, war eine vollkommen andere gewesen.

Sie erreichten das Felsenhaus, noch ehe er die richtigen Worte gefunden hatte. Trotz des herrlichen Wetters machte das Anwesen einen unheimlichen, düsteren Eindruck. Das war eigentlich schon immer so gewesen, jetzt, nach Mikes Tod, jedoch mehr denn je. Vicky wollte aussteigen, aber es fühlte sich falsch für James an, sie einfach so gehen zu lassen.

Deshalb griff er nach ihrem Arm und hielt sie zurück. „Warten Sie …"

Fragend schaute sie ihn an. „Was? Was gibt es noch zu sagen?"

„Ich möchte mich bei Ihnen entschuldigen", sagte er, überrascht darüber, wie dünn seine Stimme in seinen eigenen Ohren klang.

„Entschuldigen?" Ihre Augen weiteten sich erstaunt. „Wofür?"

„Mir ist klar geworden, dass ich mich Ihnen gegenüber nicht fair verhalten habe. Ich …" Er schüttelte den Kopf, weil er nicht recht wusste, wie er seine Gedanken in Worte fassen sollte. „Es hat mich furchtbar geärgert, Sie so schlecht über Ihren Vater reden zu hören. Dabei habe ich nicht ein einziges Mal darüber nachgedacht, wie es für Sie gewesen sein muss …"

Der Hauch von einem Lächeln umspielte ihre Lippen. „Ist schon gut."

„Nein, ist es nicht", entgegnete er. „Ich habe es mir zu leicht gemacht und vorschnell ein Urteil getroffen, und das tut mir leid."

Einen Moment lang schien sie darüber nachzudenken, schließlich nickte sie. „Gut", sagte sie dann und fügte noch an: „Ich danke Ihnen."

James ließ ihr Handgelenk los, woraufhin sie die Beifahrertür öffnete und ausstieg. Beinahe übereilt lief sie den Weg zum Haus und die Verandastufen hinauf. Als sie an der Tür ankam, blieb sie noch einmal kurz stehen und schaute zurück.

Sobald ihre Blicke sich begegneten, verspürte James ein merkwürdiges Flattern im Bauch.

Sie war gerade im Inneren des Hauses verschwunden, da wurde ihm klar, dass er sich soeben eine einmalige Chance durch die Finger hatte gehen lassen. Er unterdrückte einen Fluch. Warum nur hatte er sie nicht jetzt gleich auf sein Anliegen angesprochen, wegen dem er sie ohnehin noch hatte aufsuchen wollen – dem Felsenhaus?

Mike und er hatten so oft darüber gesprochen. Das Felsenhaus war früher einmal als Pension genutzt worden, und James hatte seinem väterlichen Freund stets in den Ohren gelegen, wieder etwas daraus zu machen.

„Das kannst du von mir aus tun, wenn ich mal nicht mehr bin“, hatte Mike dann immer erwidert.

Natürlich hätte keiner von ihnen jemals gedacht, dass es so bald dazu kommen würde. Doch nun war Mike tot, und seine Tochter hatte das Felsenhaus geerbt.

Er wusste nicht, was sie damit vorhatte. Nur einer Sache war er sich ziemlich sicher: Sie würde es garantiert nicht aus sentimentalen Gründen behalten wollen. Und wenn sie sich entschied, es zu verkaufen, wollte er auf keinen Fall, dass seine Mutter ihm zuvorkam.

Denn die interessierte sich – sehr zu seiner Überraschung – mindestens ebenso brennend für das alte, etwas heruntergekommene Gebäude wie er.

Warum sie es unbedingt in ihren Besitz bringen wollte, wusste James nicht. Doch das würde er schon noch herausfinden, auf die eine oder andere Weise.

Seufzend fuhr er sich durchs Haar und ließ den Motor seines Wagens wieder an. Ihm war klar, dass er sich gerade möglicherweise *die* Gelegenheit hatte entgehen lassen. Doch richtig enttäuscht war er irgendwie nicht.

Stattdessen spürte er noch immer dieses merkwürdige Flattern.

Er schüttelte den Kopf und fuhr los. Dass er auf dem Rückweg fast die ganze Zeit über an Vicky denken musste, schob er auf die Tatsache, dass er wegen Mikes Tod noch immer ziemlich aufgewühlt war.

Doch im Grunde wusste er selbst, dass er sich lediglich etwas vormachte.

4. KAPITEL

Bay of Plenty, Mai 1979

„Was will *sie* hier?“

Nile bedachte das Mädchen an der Seite seines besten Freundes mit einem abwertenden Blick. Er konnte nicht fassen, dass sich Mike mit dieser … *Schnepfe* abgab. Jeder in Moananui wusste, dass Sally Jenkins nicht gerade die hellste Kerze im Leuchter war.

Sie sah gut aus, ja – wenn man auf Wasserstoffblondinen stand, die mit hochhackigen Schuhen durch die Gegend staksten und Röcke trugen, die kaum den Hintern bedeckten.

Nile konnte Sally Jenkins jedenfalls nicht ausstehen.

Nein, das stimmte nicht so ganz. Sie war ihm gleichgültig. Er hatte sein ganzes Leben lang kaum mehr als zwei Worte mit ihr gewechselt. Und ihre naiven Kommentare waren mitunter sogar recht amüsant.

Er verspürte erst seit dem Augenblick eine Abneigung gegen sie, als sie vor etwa zehn Minuten Hand in Hand mit Mike zur Erntefeier erschienen war.

„Du sprühst ja mal wieder vor Charme“, schalt der ihn nun mit einem milden Lächeln. „*Sie* hat einen Namen – und der lautet Sally, wie du sehr wohl weißt. Und sie ist heute Abend hier, weil ich sie gebeten habe, mein Date zu sein.“

Etwas in Niles Magen zog sich krampfhaft zusammen. Dabei wusste er selbst nicht einmal, worüber er sich überhaupt noch aufregte. Seit er vor zwei Monaten seinen sechzehnten Geburtstag gefeiert hatte, ging Mike immerzu mit irgendwelchen Mädchen aus. Er war wie ausgewechselt. Ständig hörte man ihn flirten oder sah, wie er in irgendeiner dunklen Ecke knutschte. Für ihn schien es plötzlich nur noch eins zu geben: Mädchen, Mädchen, Mädchen.

Nile konnte das beim besten Willen nicht verstehen. Wie war

es möglich, dass ein Mensch sich von einem Tag auf den anderen so veränderte?

Früher hatte sich Mike ebenso wenig für Mädchen interessiert wie er selbst. Während andere Jungs in ihrem Alter schon längst Freundinnen hatten, waren die beiden sich irgendwie immer genug gewesen.

Verdammt, er wusste ja selbst nicht, wie genau das zwischen ihnen funktionierte. Fest stand nur, dass sie sich einfach blind verstanden. Er brauchte Mike manchmal nur anzusehen, um zu wissen, was der andere Junge dachte.

So zumindest war es gewesen – bis sein bester Freund sich offenbar entschlossen hatte, ein ganz neuer Mike zu werden.

Nile unterrückte den bissigen Kommentar, der ihm auf der Zunge lag. Zum einen, weil seine Worte an Sally ohnehin verschwendet gewesen wären. Zum anderen aber, weil er nicht riskieren wollte, einen Streit mit Mike vom Zaun zu brechen. Ganz gleich, was auch im Augenblick mit ihm los war – er war und blieb immer noch sein bester Freund.

Trotzdem konnte Nile nichts gegen den Schauer tun, der ihm über den Rücken rieselte, als Mike seiner Begleiterin lässig von hinten einen Arm um die Hüfte legte und sie auf diese Weise zu sich heranzog.

„Ich hol mir was zu trinken", stieß er angewidert hervor und drehte sich auf dem Absatz um.

„Gute Idee", rief Mike ihm hinterher. „Bring mir ein Bier mit, Kumpel."

Kumpel.

Obwohl sie beste Freunde waren, hatten sie sich eigentlich immer nur beim Vornamen genannt. Sie brauchten dieses ganze aufgesetzte Gehabe nicht. Oder besser – sie *hatten* es nicht gebraucht.

Mike schien darüber inzwischen anders zu denken.

Wie über so viele andere Dinge.

Die Erntefeier zum Ende der Kiwilese war eines der größten

Feste in der Umgebung und entsprechend gut besucht. Seine Familie richtete es Jahr für Jahr aus – und Jahr für Jahr stöhnte seine Mutter über die Kosten, die ihnen hierfür entstanden.

Doch es half nichts, das Fest war Tradition. Und wenn es etwas gab, an dem die McFarlanes ebenso verbissen festhielten wie daran, den Anschein zu wahren, dann waren es Traditionen.

Das ganze Spektakel fand auf dem Gelände des Kiwi Palace stand. Direkt vor dem Haus war eine Bühne aufgebaut, auf der eine Band Tanzmusik spielte. Das Zufahrtsrondell war zur Tanzfläche umfunktioniert worden, und vor der alten Scheune stand das Zelt mit dem Getränkeausschank.

Hier lungerten, ebenfalls wie in jedem Jahr, die jüngeren Arbeiter herum – hitzköpfige Jungspunde, wie sein Vater sie nannte. Unter ihnen auch einige der Jungs, die ihm früher das Leben schwer gemacht hatten, bevor Mike ihm gezeigt hatte, wie man sich in einem Kampf Mann gegen Mann behauptete.

In den vergangenen drei Jahren hatten sie mindestens einmal in der Woche miteinander trainiert, oft häufiger. Mike war die ersten Male nach ihrem ersten Trainingskampf – Sparring, wie Mike es nannte – anfangs seltsam verkrampft gewesen und hatte Ausreden erfunden, warum sie nicht trainieren konnten. Einmal war es das Wetter, ein anderes Mal die Schule oder die Arbeit auf der Plantage. Das war so lange gegangen, bis Nile seinen Freund zur Rede gestellt hatte.

Dabei hatte er zu seinem Erstaunen erfahren, dass Mike lediglich besorgt gewesen war, dass er ihm versehentlich wehtun oder ihn sogar ernsthaft verletzen könnte. Nachdem Nile ihm diese Angst ausgeredet hatte, waren sie wieder ganz normal miteinander umgegangen.

Nun, so ziemlich jedenfalls. Denn irgendetwas hatte sich damals verändert, doch Nile hatte zunächst nicht mit Bestimmtheit sagen können, worum es sich handelte. Dann, nach einer Weile, war ihm klar geworden, was es war: die Atmosphäre zwischen ihnen. Sie schien irgendwie elektrisch aufgeladen, wie die Luft vor einem heftigen Gewitter.

Woher dies rührte, war ihm ein Rätsel gewesen.

Manchmal hatte er sich dabei ertappt, wie er Mike anstarrte. Einfach so, ohne besonderen Grund. Und immer, wenn er es tat, verspürte er dieses seltsame Gefühl in der Magengrube.

Es war nicht wirklich angenehm, aber auch nicht unangenehm, sondern einfach nur da. Und es wurde stärker, wenn sie sich beim Training berührten; manchmal so stark, dass Nile sich fast wünschte, Mike noch näher kommen zu können.

Aber das war natürlich blanker Unfug. Mike war sein bester Freund, fast so etwas wie sein Bruder. Sie hatten schon als kleine Jungs miteinander gerungen, waren gemeinsam im Meer schwimmen gewesen und hatten zusammen in einem Badezuber gesessen, wenn Mrs. Tancredi befand, dass sie Nile so schmutzig unmöglich zu seiner Mutter nach Hause schicken konnte.

Was immer da auch mit ihm nicht stimmte, er wollte auf keinen Fall zulassen, dass seine Freundschaft zu Mike darunter litt. Dazu war ihm der andere Junge einfach zu wichtig. Und irgendwie wusste er instinktiv, dass er Mike von sich forttreiben würde, wenn er dem Sehnen tief in seinem Inneren nachgab.

Deshalb hatte er es ignoriert, so gut es ging. Und nach einer Weile war ihm selbst schon gar nicht mehr gewusst gewesen, dass es überhaupt existierte.

Bis Mike plötzlich mit einem Mädchen vor ihm gestanden hatte …

Nile seufzte tief. Er war noch immer viel kleiner als die meisten der anderen Jungs in seinem Alter. Kleiner und sehr zu seinem Leidwesen auch schmächtiger. Es war wirklich kein Wunder, dass er von vielen für ein leichtes Opfer gehalten wurde. Doch inzwischen hatte sich zum Glück herumgesprochen, dass er durchaus in der Lage war, es auch mit Jungs aufzunehmen, die ihn um mehr als zwei Köpfe überragten. Die meiste Zeit wurde er jetzt in Ruhe gelassen. Dumme Sprüche musste er sich zwar immer noch anhören, aber mit Worten konnte er besser umgehen als die meisten seiner ehemaligen Peiniger.

„Hey, Prinzessin", rief jetzt einer der jungen Männer, als Nile sich dem Getränkestand näherte. Marlowe Drexel. Das Lallen in seiner Stimme ließ keinen Zweifel daran, dass er schon mehr als ein Glas Bier intus hatte. „Du siehst ja heute Abend wieder zum Anbeißen aus. Wo hast du denn deine Freundin gelassen? Ihr seid doch sonst praktisch unzertrennlich."

Er brauchte nicht zu erklären, von wem er sprach – auch so wusste jeder, dass von Mike die Rede war.

Nile spürte, wie die Adern in seinen Schläfen zu pochen begannen.

Lass dich nicht provozieren! Genau darauf legt er's doch nur an.

Doch das war leichter gesagt als getan. Es machte Nile nichts aus, wenn man *ihn* beleidigte. Wenn es aber um Mike ging, dann sah die Sache vollkommen anders aus. Vor allem, da es um eine Sache ging, über die man besser keine Scherze machen sollte.

„Ich weiß nicht, wovon du redest", erwiderte Nile mit einer Gelassenheit, die er nicht empfand. Doch das war auch etwas, das Mike ihm im Verlauf der letzten Jahre beigebracht hatte. Unbeherrschtheit hatte noch niemandem im Kampf etwas anderes eingebracht als unnötige Verletzungen. Er musste die Wut, die in ihm brodelte, unter Kontrolle halten und diese Energie in etwas umwandeln, das ihm von Nutzen sein konnte.

„Ich spreche von Tancredi, Prinzessin. Er besorgt's dir doch, oder? Warum sonst sollte er dir ständig am Rockzipfel hängen?"

Nile atmete scharf ein. Was Drexel da andeutete, war ungeheuerlich. Wenn irgendjemand ein solches Gerücht in den falschen Hals bekam, ließen sich die Konsequenzen nicht absehen. Dem Gesetz nach war Homosexualität verboten und konnte streng geahndet werden. Doch auch wenn es nicht gleich zum

Äußersten kam – gesellschaftlich wurde man als Betroffener auf jeden Fall zum Ausgestoßenen.

Er verengte die Augen zu schmalen Schlitzen und wandte sich Drexel zu. „Bist du verrückt, so etwas zu behaupten? Mike ist mein bester Freund, nicht mehr und nicht weniger. Wenn du glaubst, dass da jemals mehr zwischen uns war, bist du nicht ganz bei Trost!“

„Schon mal gehört, dass es verdächtig ist, wenn man zu energisch protestiert?“ Der ältere Junge lachte. „Ich habe euch beide schon lange auf dem Kieker, dich und Tancredi. Macht besser keinen Fehler, ansonsten sorge ich dafür, dass ihr beide es bitter bereut.“

Nile überlief es bei Drexels Worten eiskalt, doch er ließ sich sein Unbehagen nicht anmerken. Damit würde er ihm doch genau das bieten, was er wollte.

„Du spinnst ja“, sagte er und winkte ab. „Ich weiß nicht, ob du es gesehen hast, aber Mike ist mit Sally Jenkins hier … Aber sag mal, bist *du* nicht noch bis letzte Woche mit Sally zusammen gewesen?“

Als er sah, wie Drexel die Hände zu Fäusten ballte, wusste er, dass er den Nagel geradewegs auf den Kopf getroffen hatte.

„Ach, darum geht’s hier also“, sprach Nile weiter. „Du bist eifersüchtig und versuchst deshalb, Mike etwas anzuhängen.“ Er lachte leise. „Hoffst wohl, dass Sally dich zurücknimmt, wenn du solche Gerüchte über Mike in die Welt setzt, was?“

„Jetzt reicht’s!“

Wie ein wütender Bulle kam Drexel auf ihn zugerannt. Doch für Nile stellte der Angriff des anderen Jungen keine Herausforderung dar. Geschickt wich er zur Seite aus und ließ Drexel ins Leere laufen.

Zornig brüllte dieser auf. „Ich mach dich fertig!“, schrie er. „Du kleines Stück Scheiße wirst es bereuen, dich mit mir angelegt zu haben.“

Nile gestattete sich ein winziges Lächeln. „Dazu müsstest du mich allerdings erst einmal in die Finger bekommen", höhnte er und wich erneut mühelos einer Attacke von Drexel aus.

Dieser Kerl war wirklich wie ein Bulle – mit jedem fehlgeschlagenen Angriff wurde er wütender und wütender. Und für Nile wurde es entsprechend leichter, sein nächstes Manöver vorauszusehen.

Inzwischen hatte sich eine ansehnliche Menschenmenge um sie herum versammelt. Die meisten schauten nur neugierig zu, denn eine Schlägerei war immer eine nette Abwechslung. Einige aber ergriffen lautstark Partei für Drexel – nicht etwa, weil dieser so unheimlich beliebt war, sondern weil die meisten Nile für einen eingebildeten reichen Schnösel hielten.

Wie sollten sie es auch besser wissen? Seine Eltern hatten es ihm praktisch unmöglich gemacht, Kontakte zu Menschen außerhalb des Kiwi Palace zu knüpfen. Mike war sein einziger wahrer Freund – und den zu halten hatte seine Mutter ihm schon schwer genug gemacht mit ihren ewigen Schikanen und dem Verbot, ihn jemals mit nach Hause zu bringen. Nile war Mike unheimlich dankbar, dass er sich nicht hatte abschrecken lassen und trotz allem sein Freund geblieben war.

„Was ist?", fragte Nile, der kaum außer Atem war, während Drexel bereits schnaubte und pustete. „War das etwa schon alles?"

Er wusste genau, was als Nächstes kommen würde und bereitete sich schon auf seine Reaktion vor, als er plötzlich jemanden seinen Namen rufen hörte.

„Nile!"

Für den Bruchteil einer Sekunde war er abgelenkt – und dieser Moment reichte Drexel, um endlich einen Treffer zu platzieren. Die Wucht seines Kinnhakens ließ Nile zurückstolpern. Nur mit Mühe und Not gelang es ihm, sich auf den Beinen zu halten. Einen Augenblick lang war er wie paralysiert, ehe er sich wieder fing und gerade noch rechtzeitig unter dem nächsten Schlag, der erneut auf seinen Kopf zielte, abtauchte.

Trotzdem hämmerte es hinter seinen Schläfen, und er fühlte sich, als wäre er mit einem Frachtzug zusammengestoßen. Eines stand fest – wenn er diese Sache nicht so schnell wie möglich beendete, würde es Drexel am Ende noch gelingen, das Blatt zu wenden.

Noch einmal mobilisierte er all seine Kräfte und ging zum Gegenangriff über, womit er seinen Gegner offensichtlich überrumpelte. Eine Serie von Schlägen hagelte auf Drexel nieder, einer härter als der andere.

Nun keuchte auch Nile vor Anstrengung. Sein Schädel dröhnte – mit ein bisschen Pech hatte der gezielte Hieb von Drexel ihm eine Gehirnerschütterung eingetragen. Und das alles nur, weil er für einen winzigen Moment abgelenkt gewesen war.

Auch seine letzten Reserven waren beinahe erschöpft, als sich das Blatt noch einmal wendete.

Nile kniete praktisch auf dem Hals seines Gegners. Der leichte Druck, den er ausübte, reichte offenbar aus, um ihn endlich zur Vernunft zu bringen.

„Aufhören!“, stieß Drexel keuchend aus. „Ich gebe auf, du hast gewonnen.“

„Dann nimmst du zurück, was du über Mike und mich gesagt hast?“

Zähneknirschend nickte Drexel. „Ich war einfach nur wütend wegen Sally …“

Nile erhob sich und nickte zufrieden. Dann drehte er sich zu der Person um, die ihn mit ihrem Ruf vorhin beinahe um Kopf und Kragen gebracht hatte.

„Izzy …“

Seine dreizehnjährige Schwester schüttelte missbilligend den Kopf, während sie ihn von oben bis unten musterte. „Schau nur, wie du aussiehst“, sagte sie. „Mutter wird sich fürchterlich aufregen, wenn sie dich so sieht.“

Isabel selbst sah natürlich aus, wie aus dem Ei gepellt. Sie trug ein geblümtes Sommerkleid mit ausgestelltem Rock, dessen Blauton ihre vornehme Blässe betonte. Ihr Haar war ebenso schwarz wie seines, doch es umrahmte ihr herzförmiges Gesicht in sanften Wellen. Obwohl ihre Mutter ihr verboten hatte, sich zu schminken, hatte Isabel offensichtlich Lippenstift aufgelegt.

Nile lachte. „Was meinst du, was sie erst sagt, wenn sie *dich* sieht? Ich an deiner Stelle würde mir das Zeug aus dem Gesicht wischen, ehe ich ihr unter die Augen trete."

Ärgerlich stampfte seine Schwester mit dem Fuß auf. Obwohl sie nur drei Jahre jünger war als er, verhielt sie sich die meiste Zeit über noch wie ein kleines Kind, fand Nile.

Wie zum Beweis verschränkte sie schmollend die Arme vor der Brust. „Es geht hier nicht um mich, Nile Augustus McFarlane! Aber keine Sorge, ich werde dich nicht an Mutter verraten. Übrigens – wir haben dich schon gesucht ..."

Nile brauchte nicht zu fragen, um wen genau es sich bei *wir* handelte. Zum einen, weil es nur eine Person gab, die es für längere Zeit in Isabels Gesellschaft aushielt, und zum anderen, weil Maggie gerade in diesem Moment auf sie zugelaufen kam.

Wer seine beiden Schwestern nebeneinander stehen sah, wäre nie auf den Gedanken gekommen, dass es sich bei ihnen um Zwillinge handeln könnte. Isabel und Maggie waren so unterschiedlich wie Tag und Nacht – sowohl vom Aussehen her als auch charakterlich.

Maggie war ein Engel mit schier unerschütterlicher Geduld und Sanftmut. Ihr Haar war von einem hellen Goldblond und meist zu einem Zopf geflochten. Sie trug am liebsten Hosen – eine Unart, wie ihre Mutter es gern bezeichnete – und eher burschikose Blusen. Heute Abend aber hatte Elisabeth McFarlane sich durchgesetzt und Maggie in einen Albtraum aus rosa Spitzen und Tüll gesteckt.

Maggie war auf den ersten Blick anzusehen, wie unwohl sie sich fühlte.

„Nile, da bist du ja!“, rief sie und blieb abrupt sehen – vermutlich, weil sie die Schwellung an seinem Kinn bemerkte, die sicher schon in den strahlendsten Farben leuchtete. „Was ist denn mit dir passiert?“

Isabel winkte ab. „Er musste sich mal wieder prügeln, das ist passiert.“ Suchend schaute sie sich um. „Ist Mike auch hier?“

Nicht zum ersten Mal fiel Nile auf, dass seine Schwester sich nach Mike erkundigte. Ständig hing sie ihnen am Rockzipfel, und wo Isabel sich aufhielt, war auch Maggie in der Regel nicht weit.

Er liebte seine Schwestern – auch wenn gerade Isabel es einem nicht unbedingt immer leicht machte –, doch ihre Anhänglichkeit ging ihm schon seit einer geraumen Weile auf die Nerven.

„Sicher“, erwiderte er schroff und deutete in die Richtung, aus der er gekommen war. „Er ist irgendwo dort hinten – zusammen mit Sally Jenkins.“

Isabels Augen blitzten auf, und sie kniff die Lippen zusammen, ehe sie sagte: „Was will er denn mit diesem Flittchen?“

Nile konnte sich ein Lächeln nicht verkneifen. Ausnahmsweise einmal waren er und seine Schwester sich einig – wenn auch nur in der Abneigung für Mikes neueste Eroberung.

Er ließ es sich jedoch nicht weiter anmerken und zuckte mit den Schultern. „Mike kann tun und lassen, was er will. Und davon abgesehen – du glaubst doch nicht ernsthaft, dass er sich für dich interessieren würde, wenn Sally nicht wäre.“ Er verzog das Gesicht. „Du bist ja praktisch noch ein Baby!“

Empört funkelte Isabel ihn an, dann raffte sie ihren Rock und stürmte erbost davon. Maggie stieß ein tiefes Seufzen aus. „Musste das wirklich sein?“

„Ja, musste es“, stieß er grollend hervor. Dass er Sally nicht mochte, bedeutete nicht, dass er Mike zusammen mit seiner kleinen Schwester sehen wollte. Allein bei dem Gedanken erschauderte er.

Und vielleicht war es gar nicht so schlecht, wenn sie böse auf ihn war. Das würde sie ihm vielleicht für ein paar Tage vom Hals halten …

Maggie schüttelte den Kopf. Während Isabel sich mitunter wie eine Dreijährige verhielt, war ihre Zwillingsschwester in Niles Augen manchmal schon ein bisschen zu vernünftig für ihr Alter.

„Es war jedenfalls nicht sonderlich nett von dir", sagte sie. „Dir ist doch wohl aufgefallen, wie sie Mike anhimmelt."

„Ist es allerdings", entgegnete er schnippisch. Und er wollte nichts mehr, als dass Isabel damit aufhörte.

Es störte ihn. Nicht, weil er ihr kein Glück gönnte. Aber musste es wirklich unbedingt Mike sein?

Er gehört mir!

Erschrocken riss Nile die Augen auf. Wo war dieser verrückte Gedanke bloß hergekommen?

Mike war nur ein Freund. Sein bester, sein *einziger* Freund. Natürlich war er eifersüchtig, wenn andere Mikes Aufmerksamkeit von ihm ablenkten.

Das bedeutete nicht, dass er selbst … Nein, Unsinn!

„Was ist los, Bruderherz?" Maggie musterte ihn besorgt. „Du bist plötzlich ganz blass geworden."

Energisch schüttelte er den Kopf. „Nichts", stieß er heiser hervor. „Es ist gar nichts. Nur ein bisschen Kopfschmerzen. So hart, wie Drexel mich eben erwischt hat, kann ich froh sein, wenn ich mir keine Gehirnerschütterung eingefangen habe."

Inzwischen war er sich eigentlich ziemlich sicher, dass dies nicht der Fall war. Das taube Gefühl hatte sich verflüchtigt, und ihm war auch nicht mehr schwindelig. Zwar pochte es noch hinter seinen Schläfen, aber das war nach einem solchen Volltreffer völlig normal.

Seine Schwester legte ihm eine Hand auf die Schulter. „Aber du bist in Ordnung, ja? Du brauchst keinen Arzt?"

„Nein", sagte er leise, ehe er sich abwandte, um zum Haus zurückzukehren und sich in seinem Zimmer zu vergraben.

Obwohl – ein Arzt für seinen Kopf war vielleicht gar keine so schlechte Idee. Am besten einen, der ihm erklärte, wo all diese seltsamen Gedanken herkamen, und wie er sie wieder loswerden konnte.

Mike beobachtete, wie Nile in Richtung Haus ging, und wollte ihm folgen.

Doch Sally hielt ihn zurück.

„Lass ihn, der kommt auch allein zurecht", sagte sie, schlang die Arme von hinten um ihn und presste ihm ihre Brüste in den Rücken. Es war eine Taktik, um ihn abzulenken – und er war sich ziemlich sicher, dass sie bei den meisten Jungs damit erfolgreich gewesen wäre.

Doch er war nun mal nicht wie die meisten Jungs. Und ihre Verführungsversuche ließen ihn vollkommen kalt.

Genau wie die der anderen Mädchen, mit denen er bisher ausgegangen war.

Es war nett, sie zu küssen, und es gefiel ihm auch, wie sie ihn anfassten. Aber mehr war da einfach nicht. Und deshalb hielt er es auch nie lange mit einer aus. Das war alles so schrecklich nichtssagend und bedeutungslos. So sehr er sich auch einzureden versuchte, dass er etwas für die Mädchen empfand – sein Herz blieb kalt und leer.

Mike zog die Brauen zusammen. Als Nile vorhin vom Bierholen nicht zurückgekommen war, hatte er schon geahnt, dass er in Schwierigkeiten steckte. Er hatte sich Sorgen um ihn gemacht und wollte jetzt so schnell wie möglich zu ihm.

Er schüttelte Sally ab. Vermutlich würde sie deswegen den Rest des Abends schmollen, doch das war ihm egal. „Ich bin gleich wieder zurück", sagte er, bereits im Gehen. „Es dauert höchstens fünf Minuten."

Unbemerkt schlüpfte er an allen Gästen vorbei ins Haus. Obwohl er sich noch nie im Inneren des Kiwi Palace aufgehalten hatte, wusste er, wo sich Niles Zimmer in etwa befand. Er eilte die breite Treppe hinauf und folgte dem Korridor, der in Richtung Ostflügel führte. Obwohl abgesehen von Nile bestimmt alle Mitglieder des Haushalts draußen waren, hielt er sich im Schatten und setzte seine Schritte vorsichtig und möglichst leise.

Wenn man ihn hier drin entdeckte … Jeder würde annehmen, dass er sich ins Haus geschlichen hatte, um etwas zu stehlen. Und er konnte schlecht sagen, dass er lediglich Nile in seinem Zimmer besuchen wollte. Wie würde das aussehen? Vor allem, da Niles Eltern es ihm strengstens untersagt hatten, Mike zu sich ins Haus zu holen.

Er atmete tief durch. Jetzt war es fast geschafft. Es musste entweder das nächste oder übernächste Zimmer auf der rechten Seite sein. Vorsichtig drückte er die Klinke der ersten Tür herunter – abgeschlossen. Er ging weiter und versuchte es erneut. Dieses Mal ließ die Tür sich öffnen.

Das Herz klopfte ihm bis zum Hals, als er sie Millimeter für Millimeter aufschob, bis er durch einen schmalen Spalt ins Zimmer blicken konnte.

Erleichterung durchflutete ihn, als er Nile auf dem Bett sah. Diese hielt jedoch nur so lange an, bis er bemerkte, dass die Schultern seines Freundes bebten.

Weinte er etwa?

Lautlos öffnete Mike die Tür ganz, trat hindurch und zog sie wieder hinter sich zu. Ein leises Klicken erklang, als sie ins Schloss fiel.

Nile, der zusammengekauert auf dem Bett lag, atmete scharf ein und richtete sich abrupt auf.

„Keine Sorge, ich bin's nur", sagte Mike leise und hob beschwichtigend die Hände.

Einen Moment lang wirkte Nile beruhigt, doch dann wurde er sich offenbar seiner verquollenen Augen und der geröteten Nase bewusst und wandte hastig das Gesicht ab.

„Was willst du hier?“, fragte er schroff. „Du weißt genau, dass du in Teufels Küche kommst, wenn dich irgendjemand hier erwischt.“ Er machte eine kurze Pause und fügte dann mit schlecht verhohlener Bitterkeit hinzu: „Und was ist mit Sally? Es wird ihr nicht gefallen, dass du sie alleine lässt.“

Mike winkte ab. „Vergiss Sally“, sagte er. Es überraschte ihn nicht sonderlich, dass er, seit er das Haus betreten hatte nicht ein einziges Mal an das Mädchen gedacht hatte, mit dem er eigentlich den Abend verbringen sollte. Traurig, aber wahr: Sie war ihm egal. Nicht, dass er ihr etwas Schlechtes wünschte, nein. Aber es interessierte ihn nicht, was sie dachte. Er wollte nicht wissen, was sie fühlte, wovon sie träumte, wie sie sich den Rest ihres Lebens vorstellte. Und warum? Ganz einfach, weil sie ihm nichts bedeutete.

Es gab nur einen Menschen auf der Welt, der ihm, abgesehen von seiner Familie, wirklich wichtig war. Einen Menschen, bei dem sich sein Herz schmerzhaft zusammenzog, wenn er ihn leiden sah. Den er beschützen und dem er Trost spenden wollte.

Doch dieser eine Mensch durfte niemals erfahren, wie er wirklich für ihn empfand …

Er schluckte hart, ehe er weitersprach. „Was war das vorhin mit Drexel? Warum hast du dich von dem Schwachkopf provozieren lassen? Du weißt doch genau, dass er es genau darauf anlegt.“

Nile wich seinem Blick noch immer aus. „Was kümmert dich das?“ Er ließ den Kopf hängen und zog die Schultern zusammen. „Du interessiert dich doch nur dann noch für mich, wenn gerade keines von deinen Mädchen in der Nähe ist. Aber weißt du was, Mike? Dafür bin ich mir zu schade! Ich bin nicht nur irgendein dahergelaufener Lückenbüßer, der immer bereitsteht, wenn dir gerade mal danach ist.“

Plötzlich schaute er auf, und Mike erschrak beinahe über das Chaos von Gefühlen, das er in den Augen seines Freundes erkennen konnte.

In diesem Moment wollte er nur eines: ihn in seine Arme ziehen und ihn einfach festhalten. Niles Schmerz und seine Wut, die Enttäuschung – das alles traf ihn wie ein Schlag in die Magengrube.

Er atmete scharf ein. „Aber so ist das doch gar nicht!“ Mit zwei großen Schritten war er beim Bett und kniete sich auf den Rand der Matratze, die unter seinem Gewicht nachgab. In seinen Fingern kribbelte es, so stark war der Wunsch, die Hand nach Nile auszustrecken, ihn zu berühren. Doch er gab ihm nicht nach. Er *durfte* ihm nicht nachgeben.

Um ihrer Freundschaft willen.

„Nein, natürlich nicht.“ Nile lachte bitter auf. „Hör auf, mich für dumm zu verkaufen, Mike. Du weißt, dass ich außer dir niemanden habe. Klar denkst du, dass du mit mir alles machen kannst. Aber auch ich …“ Er verstummte, und ein Geräusch, das verdächtig nach einem Schluchzen klang, entrang sich seiner Kehle. Er brauchte einen Moment, ehe er sich wieder im Griff hatte, dann sprach er weiter. „Auch ich erreiche irgendwann einmal die Grenze des Erträglichen. Und das, was du …“ Frustriert verzog er das Gesicht, dann schüttelte er den Kopf. „Weißt du was, vergiss es einfach. Vergiss mich und unsere Freundschaft! Ich schätze, es ist am besten, wenn du jetzt gehst.“

Noch nie zuvor in seinem Leben hatte Mike ein so heftiges Gefühl von Verzweiflung verspürt. Sie umklammerte sein Herz wie eine stählerne Faust, die es immer weiter zusammendrückte.

Er hatte das Gefühl, dass, wenn er jetzt ging, nichts mehr so sein würde wie zuvor. Nile wollte, dass er ihre Freundschaft vergaß? Wie konnte er auch nur daran denken, so etwas von ihm zu verlangen? Es wäre, als würde man von ihm erwarten, sich seine rechte Hand abzuhacken. Er vermochte sich ein Leben ohne Nile nicht einmal *vorzustellen*.

„Nein“, stieß er heiser hervor und packte Nile bei den Schultern. Seine Finger gruben sich in den Stoff seines Hemds. „Bitte,

Nile, hör auf. Das meinst du doch nicht so. Wir sind doch *Freunde*, um Himmels willen!"

Nile versuchte, ihn von sich wegzustoßen, was Mike nur dazu veranlasste, sich noch fester an ihn zu klammern.

„Bitte, Nile!" Er wusste nicht, wann er zum letzten Mal geweint hatte – als kleiner Junge vermutlich, doch er erinnerte sich nicht wirklich. Jetzt aber liefen ihm die Tränen ungehemmt übers Gesicht. „Es tut mir leid", schluchzte er, immer und immer wieder. „Es tut mir leid, es tut mir leid, es tut mir leid …"

Hinterher konnte Mike nicht sagen, wann Nile aufgehört hatte, sich von ihm losmachen zu wollen. Doch irgendwann erwiderte der andere Junge seine Umarmung, und schließlich hielten sie sich gegenseitig fest, das Gesicht an der Schulter des jeweils anderen vergraben, ihre Hemden mit Tränen und Rotz verschmiert.

Es dauerte eine ganze Weile, bis sie sich einigermaßen beruhigten. Es war Mike, der sich als Erster zurückzog. Seine Wangen brannten, sein Puls raste. Er schämte sich, zugleich fühlte er sich aber auch erleichtert und so frei wie schon seit langer Zeit nicht mehr.

Genau genommen seit dem Tag, an dem er erkannt hatte, was es war, das ihn völlig die Kontrolle verlieren ließ, immer wenn er Nile nahe kam. Wieso er sich nachts ruhelos in seinem Bett hin und her wälzte.

Weil er ihn liebte.

Deshalb hatte er angefangen, sich mit Mädchen zu treffen. Er tat es, um sich selbst und dem Rest der Welt zu beweisen, dass er genau so war wie alle anderen. Dass er keiner von diesen abartigen Typen war, die sich mit anderen Männern einließen, sie küssten und …

Er atmete tief durch die Nase ein und ließ die Luft zwischen den Lippen wieder hinausströmen.

Dem Rest der Welt konnte er vielleicht etwas vormachen, nicht aber sich selbst. Zumindest nicht so, dass er wirklich daran glaubte. Er wollte Nile küssen. Jedes Mal, wenn er ihn ansah, fiel es ihm schwerer, sich zusammenzureißen. Er wollte ihn festhalten und nie wieder loslassen, ihn küssen und berühren und …

Hör auf! Du weißt genau, dass es dazu niemals kommen wird. Dass es dazu niemals kommen darf*!*

Sanft, aber bestimmt machte er sich von Nile los, der einen leisen Laut des Protests ausstieß. Doch es musste sein. Mike wusste nicht, wie lange er sich noch unter Kontrolle halten konnte, wenn er auch nur eine Minute länger Niles Wärme spürte.

Er wollte gerade aufstehen, als Nile ihn plötzlich bei den Schultern packte und zurückzog. Im nächsten Moment spürte er weiche, etwas rissige Lippen auf seinem Mund, und seine Augen weiteten sich vor Überraschung.

Die Welt schien stillzustehen.

Die Geräusche des Festes, die durch das geöffnete Fenster drangen, traten in den Hintergrund, Mike nahm sie gar nicht mehr wahr. Sein Herz hämmerte.

Ba-dumm … Ba-dumm … Ba-dumm …

In seinem Kopf drehte sich alles, er konnte nicht mehr klar denken. Was passierte hier gerade? Würde er jeden Moment die Augen öffnen und feststellen, dass er das alles nur geträumt hatte?

Erst als Nile sich langsam zurückzog, merkte Mike, dass er sich die ganze Zeit nicht gerührt hatte. Panik flackerte in ihm auf. Ganz gleich, was auch geschehen würde – Nile sollte auf keinen Fall denken, dass er ihn nicht wollte.

Hastig beugte er sich vor und presste nun seinerseits den Mund auf Niles Lippen. Und dieses Mal gab es nichts, was ihn noch zurückhalten konnte.

Er küsste Nile genauso, wie er es in seinen Träumen schon unzählige Male getan hatte. Zuerst berührten sich nur ihre Münder, doch schon bald war Mike das nicht mehr genug. Er fuhr mit der Zunge über Niles Unterlippe, hörte das erstickte Keuchen, dass er ausstieß, und genoss den Moment, als er seine Lippen öffnete.

Mike vergrub die Hände in Niles Haar. Es fühlte sich glatt und weich unter seine Fingern an, und als er über die kurzen Stoppeln im Nacken seines Freundes fuhr, stöhnte der auf.

Für Mike hatte die Welt um sie herum aufgehört zu existieren. Es gab nur noch Nile und ihn. Das Hämmern ihrer Herzen, die scheuen und zugleich fordernden Berührungen ihrer Hände.

Und dann zündete irgendjemand unten vor ihrem Fenster einen Feuerwerkskörper, und Mike war, als hätte man einen Eimer Eiswasser über seinem Kopf ausgeleert.

Was taten sie hier? Hatten sie vollkommen den Verstand verloren? Hatte *er* vollkommen den Verstand verloren?

Er prallte förmlich zurück. Das Echo von Niles Kuss prickelte noch immer auf seinen Lippen, und er musste sich zusammenreißen, um nicht sehnsüchtig mit den Fingerspitzen darüberzufahren.

Nile starrte ihn aus großen, leicht umwölkten Augen an. Ein Hauch von Röte überzog seine Wangen, seine Lippen waren vom Küssen geschwollen, die Augen noch immer vom Weinen gerötet. Der Anblick war so unglaublich anziehend, dass es Mike fast den Verstand raubte.

Wie sollte er es nur schaffen, die Finger von diesem wunderbaren Jungen zu lassen? Wie? Er brauchte ihn ja nur anzusehen, und schon war es um ihn geschehen. Und nun, wo er wusste, dass Nile seine Gefühle offenbar erwiderte …

Aber es *durfte* nicht sein.

Wenn irgendjemand von der Sache erfuhr, würden sie beide ihres Lebens nicht mehr froh werden. Um sich selbst machte Mike sich weniger Sorgen. Aber er konnte unmöglich Niles Zukunft zerstören. Das brachte er einfach nicht übers Herz.

„Und jetzt?“, fragte Nile leise.

Mike senkte den Blick und zuckte mit den Achseln. „Ich

weiß es auch nicht. Vielleicht … Vielleicht ist es besser, wenn wir uns eine Weile nicht sehen."

Sein bester Freund atmete scharf ein. „Das ist nicht dein Ernst, oder? Du kannst unmöglich einfach so abhauen wollen. Wir müssen zumindest über das sprechen, was hier gerade passiert ist. Verdammt, Mike, seit wann bist du so feige?"

Die bitteren Worte trafen ihn ebenso hart wie Niles enttäuschter Blick. Innerlich heulte er frustriert auf. Was erwartete er denn von ihm? Wie sollte er mit der Situation umgehen, wenn nicht so?

Und was brachte es, darüber zu reden? Was passiert war, war passiert. Und Mike konnte nur hoffen, dass es ihnen gelingen würde, zu vergessen, dass überhaupt etwas geschehen war.

Kälte machte sich in ihm breit, als er daran dachte, dass Nile ihm noch vor ein paar Minuten die Freundschaft hatte kündigen wollen. Wenn er da schon dazu bereit gewesen war – wie mochte es dann jetzt erst aussehen?

Mit beiden Händen fuhr er sich durchs Haar und verschränkte die Finger im Nacken. Er musste nachdenken. Das war alles so plötzlich gekommen. So unerwartet.

„Was willst du von mir?", fragte er und schüttelte den Kopf. „Ich weiß nicht, wie es jetzt weitergehen soll. Sag du es mir!"

Ein trauriges Lächeln schlich sich auf Niles Lippen. „Meinst du etwa, ich weiß eine Antwort? Alles, was ich dir sagen kann, ist …"

„Ja?", fragte Mike erwartungsvoll.

Nile sah ihn einen Augenblick zögernd an. Dann sagte er: „Dass es sich richtig angefühlt hat." Seine Stimme wurde immer leiser und leiser. „Und dass ich es schön fand …"

Überrascht schaute Mike auf. Nile sah nicht aus, als würde er scherzen. Ganz im Gegenteil sogar. Er hatte ihn noch nie so ernst, so entschlossen gesehen – und was er gesagt hatte, ließ sein Herz schneller schlagen, auch wenn er im selben Moment vor Angst wie erstarrt war.

Er konnte es nicht leugnen. Dieser Kuss eben war etwas gewesen, von dem er schon seit langer Zeit geträumt hatte. Doch er hatte nie damit gerechnet, dass dieser Traum jemals in Erfüllung gehen würde. Umso unwirklicher kam ihm das alles vor. Fast rechnete er damit, dass seine Mutter jeden Moment in sein Zimmer kommen und ihn aufwecken würde.

Doch nichts dergleichen geschah. Stattdessen saß er nach wie vor Nile gegenüber, dessen Lächeln schüchtern und ein wenig nervös wirkte, aber auch vollkommen ehrlich. Und genau dieses Lächeln war es, das ihn für einen Moment alle Sorgen und Ängste vergessen ließ. Er beugte sich wieder vor und umfasste das Gesicht seines Freundes mit beiden Händen.

„Das ist verrückt“, wisperte er. „Vollkommen verrückt.“

„Ich weiß“, erwiderte Nile; dann blickte er ihm direkt in die Augen, überbrückte die letzten Zentimeter zwischen ihnen und küsste ihn erneut.

Dieses Mal war ihnen beiden genau bewusst, was sie taten – ebenso wie sie wussten, dass sie nach allen Maßstäben der Vernunft besser die Finger voneinander lassen sollten. Doch Mike fühlte sich nicht imstande, diese Entscheidung zu treffen. Und wie es schien, war Nile dazu ebenso wenig in der Lage.

Die Geräusche des Festes, das draußen noch immer im vollen Gange war, traten schlagartig wieder in den Hintergrund. Langsam ließ Nile sich auf dem Bett zurücksinken, und Mike folgte ihm, ohne den Kuss zu unterbrechen.

Sie befanden sich in ihrer eigenen Welt. Und für einen kleinen Moment war alles andere unwichtig. Sie konnten sich auch morgen noch damit beschäftigen. Die alten Vorurteile waren dann ebenso noch da wie die Schwierigkeiten, mit denen sie zu kämpfen hatten. Ganz zu schweigen von der Verachtung und Verständnislosigkeit, die ihnen entgegenschlagen würden, wenn jemand von ihnen erfuhr.

Diesen kurzen Moment wollten sie einfach nur für sich sein und alles um sich herum vergessen.

Mit verschränkten Armen stand Isabel in der Nähe des Feuers und starrte in die tanzenden Flammen. Sie war noch immer wütend auf Nile, doch ihr Bruder rangierte in der persönlichen Rangliste ihrer Gunst ohnehin auf einem der hinteren Plätze. Mike hingegen …

Die Falte auf ihrer Stirn vertiefte sich. Vermutlich hatte Nile recht und Mike würde sich nie für sie interessieren. Und das nur, weil sie jünger war als er. Aber was bedeuteten schon drei Jahre? Ihre Mutter und ihr Vater lagen altersmäßig über acht Jahre auseinander – und sie führten doch schließlich auch eine Ehe.

Eine Ehe, ja. Dass sie glücklich waren, hielt Isabel angesichts ihrer ständigen Streitereien für unwahrscheinlich.

Nach außen hin präsentierten Bürgermeister McFarlane, seine Frau und seine drei Kinder das Bild einer perfekten Familie. Wie es hinter der Fassade aussah, bekam niemand zu sehen.

Nicht dass es ihnen schlecht ging, Gott bewahre! Isabel war mehr oder weniger zufrieden mit ihrem Leben. Sie war von einem Komfort umgeben, von dem die meisten Menschen in Moananui nur träumen konnten. Die McFarlane-Geschwister brauchten sich keine Sorgen zu machen, dass sie abends mit knurrenden Mägen zu Bett gehen mussten. Sie konnten sich stets nach der neuesten Mode kleiden (wozu allerdings? fragte sich Isabel mitunter – es bekam sie ja ohnehin kaum einmal ein zivilisierter Mensch zu Gesicht) und hatten sogar einen Privatlehrer.

Dass sie so gut wie keine Freunde hatten, bekümmerte Isabel nicht weiter. Sie hatte ihre Zwillingsschwester Maggie – und Nile, auch wenn der kaum zählte, so von oben herab, wie er sie immerzu behandelte.

Wieder musste sie an Mike denken. Ihn betrachtete sie als so etwas wie einen Freund. Nun, streng genommen war er Niles Freund, nicht ihrer. Aber Maggie und sie hefteten sich oft genug an die Fersen der beiden Jungs, wenn sie draußen unterwegs waren. Sie gehörten also praktisch mit dazu.

Das zumindest sagte Mike immer, wenn Nile sie mal wieder davonscheuchen wollte. Überhaupt war er immer unglaublich freundlich zu ihr. Zu Maggie natürlich auch, doch Isabel bildete sich gern ein, dass er sie lieber mochte als ihre Schwester.

Er war vollkommen anders als ihr Bruder, der sie meistens an einen kleinen, übellaunigen Gnom erinnerte. Ihre Augen, in denen sich das Feuer spiegelte, nahmen einen verträumten Ausdruck an, als sie an Mike dachte.

Man konnte sagen, dass er der genaue Gegensatz zu Nile war: blond, hochgewachsen, umwerfend attraktiv mit kornblumenblauen Augen, die schon so manchem Mädchen den Kopf verdreht hatten.

Das war auch noch so eine Geschichte …

Seit einer Weile trieb er sich ständig mit irgendwelchen Mädchen herum. Und immer waren es billige Flittchen, für die er eigentlich viel zu gut war. Glücklicherweise, musste Isabel im Grunde sagen. So bestand zumindest nicht die Gefahr, dass er sich ernsthaft in eine von denen verguckte. Trotzdem bedeutete das nicht, dass es ihr auch gefallen musste.

Schließlich wollte sie Mike für sich haben, da hatte Nile schon ganz recht.

Es wunderte sie nicht, dass ihr Bruder ihr das bisschen Glück nicht gönnte. Was Mike betraf, verhielt er sich regelrecht besitzergreifend, beinahe eifersüchtig. Vermutlich lag es tatsächlich daran, dass er außer ihm keine anderen Freunde hatte.

„Ach, hier bist du. Ich hab dich schon überall gesucht."

Isabel verdrehte die Augen, als sie Maggies Stimme hinter sich vernahm. So froh sie auch darüber war, dass sie ihre Zwillingsschwester hatte, manchmal konnte sie einem gehörig auf die Nerven gehen. Sie war wie eine Klette, die an einem klebte und sich einfach nicht abschütteln ließ. Wohin Isabel auch ging, war ihre Schwester nicht weit. Zudem war Maggie immer so schrecklich freundlich und liebenswert, dass alle Welt sie einfach mögen *musste*.

Bist du etwa eifersüchtig?

Isabel dachte darüber nach. Womöglich schon, zumindest ein bisschen. Sie selbst war eben nicht so ein Sonnenschein wie ihre Schwester. Mit ihrer schroffen und oftmals ablehnenden Art eckte sie nicht selten an. Und meistens war es ihr auch vollkommen egal, was andere Leute von ihr dachten. Nur bei Mike sah die Sache eben ein bisschen anders aus.

Sie wollte, dass er sie mochte. Nicht nur als die kleine Schwester seines besten Freundes. Nicht als lästiges Anhängsel oder gar als Störenfried, den man eigentlich gar nicht dabeihaben wollte. Sie war bereit, alles zu tun, um ihr Ziel zu erreichen. Und von ihrem älteren Bruder würde sie sich keinen Strich durch die Rechnung machen lassen.

„Jetzt hast du mich ja gefunden", entgegnete sie kühl. „Was willst du?"

„Ich glaube, Nile hat sich mit Mike gestritten", berichtete Maggie, und Isabel hasste, wie rührend besorgt sie um ihren Bruder klang.

Sie zuckte mit den Achseln. „Na und? Was geht mich das an?"

„Ach, komm schon! Unter deiner harten Schale verbirgt sich ein weicher Kern", neckte ihre Schwester. „Nile ist immerhin unser Bruder, und ich weiß, dass du Mike magst."

Isabel hob eine Braue. „Vielleicht finde ich aber auch, dass die beiden sich nicht unbedingt guttun."

„Izzy, die beiden sind schon seit einer Ewigkeit befreundet. Wie kommst du ausgerechnet jetzt darauf, so etwas zu behaupten?" Sie schüttelte den Kopf.

„Ich weiß auch nicht, irgendwie sind sie in letzter Zeit komisch, findest du nicht?"

Maggie runzelte die Stirn. „Nein. Ich hab keine Ahnung, was du meinst!"

„Es ist nur so ein Gefühl …" Isabels Gedanken schweiften wieder ab. Sie starrte erneut ins Feuer und beachtete ihre Zwillingsschwester nicht mehr.

Es stimmte. Immer, wenn sie in letzter Zeit zusammen gewesen waren, hatten die beiden sich irgendwie anders verhalten. Was genau sich geändert hatte und wodurch es hervorgerufen worden war, konnte Isabel nicht sagen.

Fest stand nur, dass es ihr nicht gefiel.

Oh nein, ganz und gar nicht.

Mit einem Mal verspürte sie den übermächtigen Drang, nach den Jungs zu suchen. Es war ihr ganz egal, welchen der beiden sie zuerst fand. Sie wusste nur, dass sie nicht eher zur Ruhe kommen würde, bis sie sich davon überzeugt hatte, dass …

Ja, was eigentlich? Wovon wollte sie sich überzeugen?

Hastig wandte sie sich vom Feuerplatz ab und ging an Maggie vorbei, die ihr einen fragenden Blick zuwarf und sich dann an ihre Fersen heftete. Isabel kümmerte es nicht. Ob ihre Schwester nun dabei war oder nicht, machte keinen Unterschied für sie. Sie bekam es kaum mit.

Ihre innere Anspannung nahm zu, während sie ihren Blick erfolglos über die Menge der Feiernden schweifen ließ.

„Wenn du Nile suchst – der ist nach dem Streit ins Haus gelaufen."

„Und Mike?"

Maggie zuckte mit den Achseln. „Keine Ahnung. Es ist schließlich nicht so, dass ich ihn die ganze Zeit beobachte und jeden seiner Schritte verfolge."

Isabel wandte ihre Schritte in Richtung Haus. Statt durch den Vordereingang, der durch ein großes Festzelt blockiert war, ging sie zu einem der Nebeneingänge. Sie war beinahe dort angelangt, als sie sah, wie die Tür geöffnet wurde.

Hastig zog sie Maggie, die noch immer wie ein Hündchen hinter ihr herlief, mit sich hinter einen Hibiskusbusch und legte sich einen Finger an die Lippen. „Schhht …"

„Warum verstecken wir uns hier?“, fragte ihre Schwester, zeigte aber zumindest so viel Verstand, dass sie ihre Stimme senkte. „Was ist eigentlich los, Izzy?“

Isabel bedachte sie mit einem scharfen Blick, wandte ihre Aufmerksamkeit aber gleich wieder der Tür zu und kümmerte sich nicht weiter darum, dass sie Maggie damit die Sicht versperrte. Und vielleicht war das gar nicht so schlecht, denn im nächsten Moment sah Isabel, wer da aus dem Haus ins Freie trat.

Sie schnappte nach Luft.

„Was denn?“, flüsterte Maggie. „Was ist denn los?“

„Schhhht!“, zischte Isabel – dieses Mal eindringlicher. Sie beobachtete, wie Mike sich verstohlen nach rechts und links umblickte, so als wollte er sicherstellen, dass niemand in der Nähe war. Dann lief er geduckt davon, bis er zwischen den Schatten hinter dem Haus verschwand.

Isabel runzelte die Stirn.

Sie wurde nicht recht schlau aus dem, was sie gesehen hatte.

Mike war offensichtlich im Haus gewesen. Aber warum? Er wusste doch genau, dass ihre Eltern ihm nicht erlaubten, Nile zu besuchen. Und warum hatte er sich so seltsam verhalten? Hatte er etwas zu verbergen? Aber was sollte das sein?

Isabel wusste es nicht, aber eines stand fest: Sie würde es schon herausfinden. Es war immer gut, etwas gegen den eigenen Bruder in der Hand zu haben. Und wenn es ihr am Ende sogar noch dabei half, sich Mike zu angeln …

Inzwischen ging es längst nicht mehr um die kleine Schwärmerei, die sie für den besten Freund ihres Bruders hatte. Nein, es ging ums Prinzip. Niemand sagte Isabel McFarlane, was sie tun oder nicht tun konnte.

Niemand!

5. KAPITEL

Bay of Plenty, Herbst 2016

James stellte seinen Wagen vor dem Haus ab, blieb aber noch einen Moment sitzen, lehnte sich zurück und schloss die Augen. Wie so oft verspürte er absolut kein Verlangen auszusteigen.

Der Kiwi Palace war zwar gewissermaßen sein Zuhause, aber wirklich daheim hatte er sich hier nie gefühlt. Vermutlich hing es damit zusammen, dass seine Familie so verkorkst und kaputt war. Nach außen hin repräsentierten sie das Bild der perfekten Vorzeigefamilie. Allen voran Isabel McFarlane, die respektable Bürgermeisterin von Moananui. Doch in Wirklichkeit handelte es sich dabei nur um eine Fassade.

Sein Vater war bereits mit Mitte fünfzig gestorben. Seine Frau hatte ihn tot in seinem Bett aufgefunden. Niemand sprach darüber, doch James wusste von den Schlaftabletten, die auf dem Nachttisch gelegen hatten. Als Zehnjähriger hatte er noch nicht begriffen, was das bedeutete, aber heute blickte er nicht mehr so blauäugig in die Welt hinaus.

Phillip McFarlane hatte unter Depressionen gelitten. Kein Wunder, wenn man bedachte, wie sein Leben unter der Fuchtel der allmächtigen Isabel McFarlane ausgesehen hatte.

Natürlich musste das Ganze wie ein natürlicher Tod aussehen. Der Selbstmord ihres Mannes war ebenso unter den Teppich gekehrt worden wie alles andere, was ihn betraf.

Manchmal schien es fast so, als hätte er niemals existiert.

James war praktisch das Ebenbild seines Vaters, und er wusste, es machte seine Mutter verrückt, ihn anzusehen. Wahrscheinlich vermied sie es auch deshalb, so gut sie konnte. Und die meiste Zeit blieb ihr der Anblick ohnehin erspart. Sie beide redeten kaum noch miteinander. Worüber auch? Alles, was für Isabel McFarlane zählte, war die Mehrung ihres Einflusses und das Wahren ihres guten Rufs. Für sie stand fest, dass ihr Sohn eines Tages in ihre Fußstapfen treten würde. Etwas, das James aber auf gar keinen Fall tun wollte.

Sein Traum war es, später einmal seine eigene kleine Pension zu besitzen. Deshalb hatte er darauf gebaut, dass Mike ihm das Felsenhaus zu diesem Zweck überlassen würde. Natürlich nicht durch seinen Tod, Gott bewahre, nein. Aber sie hatten oft davon gesprochen, gemeinsam die einzigartige Lage des Hauses für den Fremdenverkehr zu nutzen.

Bisher war der Ort kaum vom Tourismus erschlossen. Sicher, der Pub vermietete Zimmer – doch das waren gerade mal zwei, und die wurden hauptsächlich dann genutzt, wenn irgendjemand Besuch von Verwandten bekam, die er im eigenen Haus nicht unterbringen wollte oder konnte.

Dabei war Moananui ein echtes Juwel. Es lag direkt in einer kleinen Bucht mit weißen Sandstränden und kristallklarem Wasser. Umgeben von unberührter Natur gab es hier auch zahllose Möglichkeiten, sich sportlich zu betätigen. James war sicher, dass das Felsenhaus als Pension eine echte Goldgrube sein könnte. Doch dieser Traum war ja nun wohl ausgeträumt.

Obwohl – er wusste es nicht genau, aber vielleicht gab es ja doch noch eine Chance. Ganz bestimmt jedoch nicht, wenn seine Mutter sich weiterhin so aufführte! Es wäre nicht das erste Mal, dass er miterleben musste, wie er mit Isabel McFarlane über einen Kamm geschoren wurde. Dabei gehörte er zu den größten Kritikern seiner Mutter und hieß, weiß Gott, nicht alles gut, was sie tat. Doch leider sahen das nur die wenigsten.

Erschrocken zuckte er zusammen, als jemand ans Fenster klopfte. „Hast du vor, heute noch auszusteigen, oder willst den ganzen Abend da drin sitzen bleiben?“

Wenn man vom Teufel spricht …

Er stieg aus. Obwohl er seine Mutter um mehr als einen Kopf überragte, fühlte er sich neben ihr manchmal immer noch wie ein kleiner Junge. Doch genau das war nun mal die Wirkung, die sie auf die meisten Menschen in ihrem Umfeld hatte. Isabel McFarlane war nicht umsonst die am meisten gefürchtete Frau der Stadt. Sie besaß die Macht, Karrieren zu zerstören und Leben zu ruinieren – und James war schon vor langer Zeit zu dem Schluss gekommen, dass sie es liebte, mit Menschen zu spielen und Schicksale zu beeinflussen.

Manchmal fragte er sich, ob seine Mutter an Gott glaubte – und wenn ja, ob sie eine Konkurrenz in ihm sah.

„Ich habe dich heute in der Stadt gesehen", sagte sie, und ihr Blick ließ bereits erahnen, worauf sie hinauswollte. „Was treibst du dich mit dieser Frau herum? Du weißt genau, dass wir ihretwegen das Felsenhaus nicht bekommen haben. Außerdem ist sie eine Tancredi!"

Sie spie den Namen förmlich aus, so als sei er etwas Widerwärtiges, das sie am liebsten unter ihrem Absatz zerquetschen wollte.

James runzelte die Stirn. „Wenn du *wir* sagst, redest du von dir selbst, oder, Mutter?" Er hob eine Braue. „Du hast doch nicht wirklich geglaubt, dass Mike dir das Haus hinterlassen würde? Solange ich zurückdenken kann, habt ihr euch immer nur bekriegt. Allein der Gedanke, dass er dich in seinem Testament bedenken könnte, ist vollkommen abwegig."

„Nun, *du* hast es ja offensichtlich auch nicht bekommen", stichelte sie. Obwohl sie seine Pläne bezüglich des Felsenhauses nie gebilligt hatte, wusste sie natürlich darüber Bescheid.

„Nein", erwiderte er, und es gelang ihm nicht ganz, den Anflug von Bitterkeit aus seiner Stimme zu verbannen. „Aber ich kann Mike kaum verübeln, dass er seinen gesamten Besitz seiner einzigen Tochter vererbt hat."

„Einer Frau, die er seit ihrer Kindheit nicht mehr gesehen hatte?" Isabel schnaubte abfällig. „Ich bitte dich, Junge! Das ist einfach nur albern und emotional. Davon abgesehen wusste er genau, dass ihm das Felsenhaus nie wirklich zugestanden hat. Nile hätte es damals uns hinterlassen müssen – seiner *Familie*!"

James schaute sie ungläubig an. „Seiner Familie? Du sprichst von den Menschen, die ihm den Rücken zugekehrt haben? Die sich auch dann noch unversöhnlich zeigten, als er krank wurde und sich abzeichnete, dass er nicht mehr lange …" Er schüttelte den Kopf. „Ich weiß nicht, vielleicht siehst du das ja anders, aber ich würde solche Menschen nicht als meine Familie bezeichnen."

„Genug!" Isabel bedachte ihn mit einem scharfen Blick. „Ich dulde nicht, dass du so mit mir sprichst, James Nathaniel McFarlane! Lege deiner Mutter gegenüber gefälligst etwas Respekt an den Tag."

„Respekt ist etwas, das man sich verdienen muss, Mutter", entgegnete er leise. „Und nun sag mir endlich, was du von mir willst. Du hast mich doch nicht ohne Grund hier vor dem Haus abgefangen, oder?"

„Du hast recht, ich wollte mit dir reden." Sie nickte in Richtung Haus. „Wollen wir nicht erst einmal hineingehen?"

Er schüttelte den Kopf. „Was du mir zu sagen hast, kannst du mir auch gleich hier sagen. Also, was willst du von mir?"

Immer, wenn Isabel verärgert war, zuckte eine kleine Ader an ihrer linken Schläfe – ein untrügliches Zeichen dafür, dass die kühle, beherrschte Maske langsam Risse bekam. „Ich billige nicht, dass du dich mit dieser Frau triffst", sagte sie nach einem kurzen Moment des Schweigens. „Victoria Tancredi ist eine Fremde. Ein Eindringling, der nicht hierhergehört. Und sie ist außerdem eine Gefahr, hörst du?"

„Eine *Gefahr*?" James runzelte die Stirn. „Übertreibst du jetzt nicht ein wenig, Mutter?"

„Nein, keineswegs. Im Gegensatz zu dir habe ich einen Überblick über die Situation, und ich kann dir versichern, dass es unbedingt erforderlich ist, das Felsenhaus zurück in den Besitz unserer Familie zu bringen."

Warum nur war ihr das so wichtig? James konnte es sich beim besten Willen nicht vorstellen. Sentimentale Gründe spielten bei seiner Mutter ganz sicher keine Rolle. Aber wenn es nicht darum ging, worum dann? Und wieso sollte Vicky Tancredi eine Gefahr für sie darstellen?

Er nickte. „Schön, es gefällt dir also nicht, dass ich mich mit ihr unterhalten habe. Allerdings …“

„Ja?“

„Nun, falls es dir noch nicht aufgefallen ist: Ich bin schon ein großer Junge, Mutter. Die Zeiten, in denen du mir den Kontakt mit anderen Menschen verbieten konntest, sind nun wirklich vorbei.“

Isabel lächelte – doch es war eines dieser Lächeln, die James einen eisigen Schauer den Rücken hinunterrieseln ließen. „Oh, ich verbiete dir auch gar nicht den Kontakt. Keineswegs. Im Gegenteil sogar – ich würde es sehr begrüßen, wenn du dich mit Miss Tancredi anfreundest.“

„Ach, auf einmal?“ James schüttelte den Kopf. „Was soll das werden, Mutter? Versuchst du mich für irgendwelche hinterhältigen Machenschaften einzuspannen? Du willst, dass ich sie für dich dazu bringe, das Felsenhaus an dich abzutreten, richtig?“

„Wäre das wirklich so schlimm? Wenn du mir hilfst, soll es dein Schaden nicht sein. Wer weiß, vielleicht überlasse ich dir das Haus sogar, wenn ich damit fertig bin. Ich würde sagen, das ist sogar sehr gut möglich.“

James horchte auf. „Du hast also plötzlich nichts mehr dagegen, dass ich nicht in die Politik einsteigen will?“

Seine Mutter verzog das Gesicht. „Natürlich habe ich etwas dagegen! Du weißt genau, dass mir für dich eine politische Karriere vorschwebt. Schon dein Großvater war Bürgermeister von Moananui und …“

„Ich weiß, ich weiß – als dein einziger Sohn ist es praktisch meine Pflicht, die Familientradition fortzusetzen.“ Er seufzte resigniert. „Du wirst es nie verstehen, oder? Ich bin mein eigener Herr, Mutter, und ich treffe meine eigenen Entscheidungen.

Ich interessiere mich nicht für Politik – zumindest nicht so, wie du es gerne hättest. Und ich versichere dir, dass ich eines ganz sicher niemals sein werde: Bürgermeister von Moananui."

Isabel runzelte missbilligend die Stirn, ging aber nicht weiter darauf ein. Stattdessen sagte sie: „Lassen wir das. Wir sprachen über Victoria Tancredi und das Felsenhaus. Du willst es doch immer noch haben?"

„Natürlich." Er zuckte mit den Schultern. „An meinen Plänen hat sich nichts geändert."

„Dann hilf mir, und ich verspreche dir, dass ich dir nicht länger Steine in den Weg legen werde."

James blinzelte überrascht. Er hatte nicht damit gerechnet, jemals solche Worte aus dem Mund seiner Mutter zu hören. Argwöhnisch musterte er sie. „Warum ist dir das so verdammt wichtig, Mutter?"

„Achte bitte auf deinen Ton, James. Ich habe dich nicht zu einem dahergelaufenen Feldarbeiter erzogen!"

Er verschränkte die Arme vor der Brust. „Du hast mich überhaupt nicht erzogen. Diese Aufgabe hat Nadine für dich übernommen." In der Tat hatte er sehr viel mehr Zeit in der Gegenwart ihrer Haushälterin, Nadine Simmons, verbracht als in der seiner Mutter. Diese war zu beschäftigt gewesen, um sich selbst um solche Nebensächlichkeiten wie die Kindererziehung zu kümmern. Doch er wollte nicht zulassen, dass sie einfach so das Thema wechselte. „Was hat es mit dem Felsenhaus auf sich, dass es dich so brennend interessiert?"

Einen Moment lang schien Isabel darüber nachzudenken, schließlich fuhr sie sich mit einer Hand über die Augen. „Es gibt da etwas, an dem Mike vor seinem Tod geschrieben hat …"

James nickte. „Ja, ich weiß. Er hat daran gearbeitet, Niles und seine Geschichte aufzuschreiben." Fragend schaute er seine Mutter an. „Geht es dir etwa darum? Ja, das ist es, nicht wahr? Du fürchtest, Mike könnte in seinen Aufzeichnungen irgendetwas erwähnt haben, das sich gegen dich verwenden ließe. Was ist es, Mutter? Etwa der Grund, weshalb dein Bruder sich damals mit der Familie zerstritten hat?"

Wütend funkelte sie ihn an. „Du hast doch gar keine Ahnung, wovon du redest!"

„Wie sollte ich auch? Du hast dich ja stets vehement geweigert, mir irgendetwas zu erzählen. Ich kann gar nicht mehr sagen, wie oft ich dich nach Onkel Nile gefragt habe. Aber du hast mich ja immer nur mit irgendwelchen Ausflüchten abgefertigt."

„Zu deinem eigenen Besten", entgegnete seine Mutter scharf.

Doch ein Blick in ihre blassblauen Augen entlarvte ihre Aussage als Lüge. Isabel McFarlane wollte mit ihrem Verhalten nur einen einzigen Menschen schützen: sich selbst. Und nichts und niemand konnte James vom Gegenteil überzeugen.

Doch so sehr er auch darauf brannte, die Wahrheit zu erfahren und das Geheimnis zu ergründen, das seine Mutter so sorgsam hütete – er wusste auch, dass er von ihr in diesem Zusammenhang nichts zu erwarten hatte.

Und vielleicht war es gar keine so dumme Idee, auf ihren Vorschlag einzugehen. Immerhin erhöhte es seine Chancen, das Felsenhaus tatsächlich zu bekommen, immens.

Er brauchte einfach nur mit Mikes Tochter zu reden und zu versuchen, sie von einem Verkauf zu überzeugen. Wie schwer konnte das schon sein? Victoria Tancredi verband nichts mit Neuseeland. Sie war angereist, um ihren Vater zu sehen – doch das war nun nicht mehr möglich. Warum also sollte sie nun, wo Mike tot war, den Wunsch verspüren zu bleiben? Ihre Wurzeln lagen schließlich in England.

Vermutlich war das Felsenhaus ihr ohnehin lediglich ein Klotz am Bein. Wenn er ihr versprach, dass er Heather und Fiona weiterhin dort wohnen lassen würde, reichte das vielleicht bereits aus, um sie zu überzeugen.

Und wenn all seine Überzeugungskünste versagten, konnte er immer noch auf die Ressourcen seiner Mutter zurückgreifen.

Der Gedanke erschreckte ihn, kaum dass er ihn zu Ende gebracht hatte. Seit wann war er bereit, für seine Träume und Wünsche über Leichen zu gehen? Er kannte die Vorgehensweisen seiner Mutter doch ganz genau. Sie würde nicht davor zurückschrecken, Vicky so lange das Leben schwerzumachen, bis sie es einfach nicht mehr länger aushielt.

Wollte er wirklich tatenlos dabei zusehen? Es am Ende sogar noch unterstützen?

Doch dann wurde ihm klar, dass ihm gar keine andere Wahl blieb. Wenn er auf den Vorschlag seiner Mutter einging, verschaffte er Mikes Tochter zumindest ein wenig Zeit, ihre Gedanken zu sortieren. Solange Isabel McFarlane davon ausging, dass ihr Sohn mit ihr gemeinsame Sache machte, würde sie hoffentlich nicht gegen Victoria Tancredi vorgehen. Und er würde tatsächlich versuchen, die junge Frau zu einem Verkauf ihres Hauses zu bewegen.

Nicht einmal so sehr für sich selbst, sondern vielmehr, weil er genau wusste, dass seine Mutter nicht eher ruhen würde, bis sie ihr Ziel erreicht hatte.

Eines aber schwor James sich: Sollte es ihm gelingen, das Felsenhaus in seinen Besitz zu bringen, würde er sich auf die Suche nach Mikes Aufzeichnungen machen. Wenn er schon gezwungen war, gemeinsame Sache mit seiner Mutter zu machen, dann wollte er wenigstens wissen, worum es eigentlich ging.

Isabel McFarlane hatte ihn lange genug im Dunkeln gelassen. Jetzt war es an der Zeit für ein paar Antworten.

Er wollte seiner Mutter gerade antworten, da trat eine weitere Person zu ihnen ins Freie. Das ehemals goldblonde Haar der Frau war von grauen Strähnen durchzogen. Ihre blauen Augen blickten ein wenig abwesend in die Welt, wie verträumt. Obwohl es mitten am Tag war, trug sie ein weites, hellblaues Nachthemd, das im kühlen Wind flatterte.

Eine Welle der Zuneigung rollte über James hinweg. „Tante Maggie, was machst du denn hier draußen? Noch dazu in einem solchen Aufzug. Du wirst dir noch den Tod holen. Komm …“ Er trat auf die Schwester seiner Mutter zu und umfasste sanft ihren Arm. „Ich bringe dich auf dein Zimmer. Möchtest du vielleicht, dass ich dir eine Geschichte vorlese?“

Ein Lächeln huschte über Maggies Züge. Isabel und sie waren Zwillinge, doch ihre kindlich-naive Art ließ Maggie um Jahre jünger wirken. „Oh ja“, sagte sie und neigte den Kopf zur Seite. „Das wäre sehr schön, aber … Ihr streitet euch doch nicht schon wieder, oder?“

Wenn es einen Menschen gab, der das Wrack, das die Familie McFarlane in James' Augen war, zusammenschweißte, dann war das Maggie. Seit einem schrecklichen Zwischenfall in ihrer Kindheit, bei dem ein Mann ums Leben gekommen war, lebte sie in ihrer ganz eigenen Welt. Manchmal gab sie seltsame Dinge von sich, aber das schob er zumeist auf das Trauma, das sie damals erlitten und von dem sie sich nie wirklich erholt hatte.

Wenn man einmal mit der Tatsache zurechtkam, dass sie sich mitunter etwas merkwürdig verhielt, musste man sie einfach lieben.

„Nein“, sagte er deshalb mit einem milden Lächeln und schüttelte den Kopf. „Wir streiten uns nicht. Und selbst wenn – manchmal sind Mutter und ich eben einfach unterschiedlicher Meinung.“

Einen Moment lang wirkte Maggie nachdenklich, dann seufzte sie. „Mag sein. Aber es gefällt mir trotzdem nicht, wenn in der Familie Unfrieden herrscht.“

James fuhr sich mit der freien Hand durchs Haar. Manchmal beneidete er Maggie fast ein wenig. Sie bekam überhaupt nicht mit, wie es um die McFarlanes tatsächlich stand. Von einer Familie konnte, zumindest in seinen Augen, kaum die Rede sein. Die einzige Person, die ihm wirklich am Herzen lag, war Maggie.

„Was ist jetzt mit meinem Vorschlag?“ Wie erwartet, ließ seine Mutter das Thema nicht so einfach fallen. Sie war ihm nachgekommen und hielt ihn nun am Arm zurück. „Wirst du tun, worum ich dich gebeten habe?"

Er runzelte die Stirn. Es gefiel ihm nicht, so unter Druck gesetzt zu werden. „Ich werde es mir überlegen, okay?"

„Aber lass dir damit nicht zu lange Zeit", warnte Isabel. „Ansonsten überlege ich es mir vielleicht doch noch anders."

Damit wandte sie sich ab und ging davon. Düster blickte James ihr nach. Wie sollte er sich entscheiden? Und – hatte er überhaupt eine Wahl?

„Was ist los, mein Junge?", fragte Maggie, die die Anspannung spürte, die in der Luft hing.

„Nichts." Er zwang ein Lächeln auf seine Lippen. „Es ist alles in Ordnung, Tante Maggie, mach dir keine Gedanken. Und jetzt komm, wir wollten doch zusammen eine Geschichte lesen."

„Ach, ja, richtig." Sie strahlte wieder. „Du bist so ein guter Junge, Nile. Von der ganzen Familie warst du mir immer der Liebste."

Er lächelte. „Aber ich bin's doch, Tante Maggie. James."

Sie nickte, doch er hatte nicht das Gefühl, dass sie wirklich verstanden hatte, was er sagte. Zu schade, dass er von Maggie nie die wahre Geschichte über den Zwist zwischen ihren beiden Geschwistern erfahren würde. Denn er zweifelte nicht daran, dass seine Tante mehr wusste. Doch ihr Wissen war irgendwo in dem Traumland begraben, das sie zum Schutz ihrer Seele um sich herum errichtet hatte.

Und er zweifelte daran, dass sie selbst noch wusste, wo.

„Haben Sie sich schon entschieden?" Fiona ließ sich auf den freien Stuhl neben Vicky am Küchentisch sinken.

Vicky blickte auf. „Entschieden? Wofür denn?"

„Na, ob Sie hier bei uns bleiben werden, natürlich!"

„Aber Fiona!" Heather, die am Herd stand und Rührei mit Speck zubereitete, warf der anderen Frau einen tadelnden Blick zu. „Hatten wir nicht darüber gesprochen? Wenn du Victoria so unter Druck setzt, wirst du am Ende nur das Gegenteil von dem erreichen, was du willst."

Mit düsterer Miene schob Fiona das Besteck auf dem Tisch hin und her. Ihr war die Frustration deutlich vom Gesicht abzulesen. Und irgendwie verstand Vicky sie sogar.

Zwei Wochen waren nun seit ihrer Ankunft in Neuseeland vergangen. Zwei Wochen, in denen so viel geschehen war, dass es ihr vorkam, als hätte sie stattdessen bereits Monate hier verbracht.

Weil sie einfach nicht losließ, was Fiona bei der Testamentseröffnung gesagt hatte, hatte sie mit dem örtlichen Polizeichef gesprochen. Wie es schien, war ihr Vater doch nicht ganz vom Alkohol weg gewesen. Ganz in der Nähe der Stelle, von der aus er in den Tod gestürzt war, hatte man jedenfalls eine fast leere Flasche Milford Whisky gefunden.

Die Erklärung lag auf der Hand: Er hatte sich aus irgendwelchen Gründen, die nun für immer ungeklärt bleiben würden, betrunken. Durch den Alkohol hatte er seine Ortskenntnisse wohl doch überschätzt, hatte den Weg verlassen und war in die Tiefe gestürzt.

Ende der Geschichte.

Oder?

Heather und Fiona hatten nicht überzeugt gewirkt. Aber was sollte es sonst für eine Erklärung geben? Mike war an dem Abend allein gewesen. Es *konnte* sich nur so zugetragen hatte.

Die Nachricht vom Tod ihres Vaters hatte sie inzwischen einigermaßen verdaut. Vielleicht, so überlegte sie manchmal, war es sogar besser so. Nicht, dass Mike Tancredi gestorben war, nein. Aber dass sie sich vorher nicht mehr begegnet waren.

Vermutlich hätte es doch nur Streit gegeben. Vicky kannte sich selbst. Sie wusste, wie aufbrausend sie mitunter reagierte. Und niemand konnte abstreiten, dass sie allen Grund hatte, wütend auf ihren Vater zu sein.

Ganz gleich, ob er sich nun geändert hatte oder nicht – er war es, der mit seinem Verhalten all die schrecklichen Dinge in Gang gesetzt hatte, die ihr widerfahren waren. Und das war etwas, das sie nicht einfach so vergeben und vergessen konnte.

Nur weil er so feige davongelaufen war, hatte ihre Mutter sich dem Alkohol zugewandt; einem gefährlichen Liebhaber, der sie, nach Jahren voller Zorn und Depressionen, das Leben gekostet hatte. Wenn Vicky nur daran zurückdachte, spürte sie, wie erneut die Wut in ihr hochkochte.

Wie hatte Mike ihnen das nur antun können? Und warum? Warum?

Nun, auf diese Antwort würde sie nun wohl niemals eine Antwort erhalten. Eigentlich war das etwas, mit dem sie sich schon vor vielen Jahren abgefunden hatte. Erst die Aussicht darauf, ihren Vater womöglich wiederzusehen, hatte alles wieder an die Oberfläche gebracht. Das Problem war nur, dass sich die Büchse der Pandora jetzt, wo sie geöffnet worden war, nicht einfach so wieder schließen ließ.

All diese Fragen, die sich in ihr aufgestaut hatten, brachen nun wieder aus ihr hervor – und Vicky konnte es nicht ändern. Sie wollte Antworten.

Doch der einzige Mensch, der in der Lage gewesen wäre, sie ihr zu geben, lebte nicht mehr.

Sie stützte die Ellbogen auf den Tisch und barg das Gesicht in den Händen. Leise hörte sie Fiona fluchen, dann erklang das Schaben eines Stuhls, der zurückgeschoben wurde. Kurz darauf davoneilende Schritte. Als Vicky wieder aufblickte, war sie mit Heather allein.

„Sie dürfen es ihr nicht übel nehmen“, sagte die ältere Frau mit einem entschuldigenden Lächeln. „Sie meint es nicht böse und will Sie auch nicht unter Druck setzen. Aber es ist schwer für sie, so in der Luft zu hängen.“ Leise fügte sie hinzu. „Für uns beide.“

Vicky runzelte die Stirn. „Was wollen Sie damit sagen?“

Seufzend setzte sich Heather auf den nun freien Stuhl. Sie schenkte Vicky ein schwaches Lächeln. „Das Felsenhaus ist unser Zuhause, verstehen Sie? Wir leben seit mehr als zehn Jahren hier, und … ich will es geradeheraus sagen: Für Leute wie uns ist es in der Gegend nicht gerade besonders leicht, Fuß zu fassen."

„Leute wie uns?" Vicky schüttelte den Kopf. „Ich fürchte, ich verstehe nicht ganz."

Das Lächeln, das Heathers Lippen umspielte, wurde um einige Nuancen wärmer. „Sie haben also wirklich nichts gemerkt? Ich hätte nicht geglaubt, dass wir tatsächlich so subtil sind." Sie atmete tief durch. „Ich kann nur hoffen, dass das jetzt kein Riesenschock für Sie ist, aber … Fiona und ich, wir …"

„Ja?"

„Wir sind zusammen." Als Victoria scheinbar noch immer nicht begriff, lachte sie amüsiert auf. „Zusammen wie in einer … Beziehung. Wir sind lesbisch, Vicky."

Vicky sah überrascht auf. Es hatte eine Weile gedauert, bis bei ihr der Groschen gefallen war – doch jetzt, wo sie kapiert hatte, runzelte sie die Stirn. „Nun, ich habe tatsächlich nichts … Also, ich wäre nicht darauf gekommen. Aber … soll das heißen, die Leute hier in der Gegend machen Ihnen das Leben schwer? Weil Sie zwei Frauen sind, die sich lieben?"

Heather winkte ab. „Es ist wirklich nicht so schlimm. Dank Mike mussten wir uns über solche Dinge nie besonders große Gedanken machen. Er hat uns immer vor allen Anfeindungen beschützt. Aber grundsätzlich muss ich leider sagen, dass die Farmer und Grundbesitzer hier im Ort in vielerlei Hinsicht noch ziemlich altmodische Ansichten haben. Und dazu gehört nun mal auch, dass zwei Menschen gleichen Geschlechts auf keinen Fall ein Paar sein dürfen."

„Aber das ist doch ein vollkommen rückständiges Denken. Wer um alles in der Welt pflegt denn heute noch solch veraltete Ansichten?"

Heather lachte leise, aber es lag kein Fünkchen Humor darin. „Sie würden sich wundern, Vicky. Und ja, es gibt auch hier bei uns Leute, die kein Problem mit Homosexualität haben. Aber die sind leider in der Unterzahl. Vor allem in den höheren politischen Positionen. Bürgermeisterin McFarlane beispielsweise würde nichts lieber tun, als uns die Art und Weise, wie wir leben, zu verbieten. Aber glücklicherweise wird es so weit wohl nie wieder kommen. Noch bis Mitte der achtziger Jahre wurde Homosexualität in Neuseeland kriminalisiert. Das Gesetz sah im Extremfall sogar die Todesstrafe vor. Diese wurde zwar nie ausgesprochen, aber Sie können sich vorstellen, dass das Leben von Schwulen und Lesben trotzdem alles andere als leicht gewesen ist. Und selbst wenn sich viele Dinge bereits zum Positiven entwickelt haben, leben wir noch immer in einer Welt, in der Diskriminierung und Gewalt gegenüber Minderheiten von vielen Menschen als vollkommen normal betrachtet wird."

Vicky schüttelte den Kopf. „Das ist in einer Großstadt wie London so vollkommen anders", sagte sie. Musste sich gleichzeitig aber eingestehen, dass sie sich über dieses Thema nie wirklich Gedanken gemacht hatte. In London gab es ganze Viertel, in denen sich vor allem Schwule und Lesben trafen, und es gehörte für sie zum Alltag, gleichgeschlechtliche Paare durch die Straßen laufen zu sehen. Aber war das nicht nur die eine Seite? Schließlich wusste sie durchaus, dass viele Schwule, Lesben und Transgender noch immer unter Ausgrenzungen und Spott zu leiden hatten.

In dem Zusammenhang erinnerte sie sich an Onkel Greg. Er war kein wirklicher Verwandter gewesen, nur ein guter Freund ihrer Mutter. Und in seinem Fall war seine sexuelle Orientierung mehr als offensichtlich gewesen – selbst für Vicky als Teenager. Und er war deswegen mehr als einmal höhnischen Worten und spöttischen Blicken ausgesetzt gewesen.

Einmal, das wusste sie noch ganz genau, hatten ihre Mutter und sie ihn sogar im Krankenhaus besuchen müssen, weil er von einer Bande Jugendlicher zusammengeschlagen worden war. Damals war sie noch zu jung gewesen, um die Zusammenhänge zu begreifen. Aber heute …

Offenbar war die Welt doch noch nicht so fortschrittlich und tolerant, wie es bei oberflächlicher Betrachtung oft schien. Vorurteile gab es überall – egal, ob es nun um die Hautfarbe, die Religion oder die sexuelle Orientierung ging.

„Und Fiona fürchtet nun, dass Sie beide erneut der Engstirnigkeit der Menschen ausgesetzt werden könnten, wenn ich mich entschließe, das Felsenhaus zu verkaufen?"

Heather zuckte mit den Achseln. „Vermutlich ist es so. Obwohl ich eher glaube, dass es ihr vor allem um mich geht. Sie hält mich für zu weich, um in dieser ungerechten Welt zurechtzukommen", sagte sie mit einem fast schon schelmisch wirkenden Lächeln. „Dabei weiß eigentlich niemand besser als sie, dass ich durchaus in der Lage bin, mich durchzusetzen – trotz meiner eher schmächtigen Statur."

„Ich glaube, es ist ganz normal, dass wir uns um die Menschen sorgen, die uns etwas bedeuten", entgegnete Vicky. „Fiona will nur, dass es Ihnen gut geht, das kann ich ihr nicht verübeln. Und im Übrigen möchte ich das auch. Sollte ich mich also tatsächlich zu einem Verkauf entschließen, werde ich mit dem Käufer ein Bleiberecht für Sie beide vereinbaren."

„Das ist sehr freundlich von Ihnen. Vor allem wenn man bedenkt, dass es den Preis, den Sie für das Objekt erzielen können, deutlich verringern wird." Sie lachte leise auf. „Wer bindet sich schon gern zwei alte Frauen ans Bein?"

„Das ist mir egal. Und davon abgesehen steht ja auch noch gar nichts fest. Wer weiß, vielleicht entscheide ich mich ja, das Haus zu behalten und mich hier in Neuseeland niederzulassen? Es ist ja nicht gerade so, als würde zu Hause in England irgendjemand auf mich warten."

„Ernsthaft?" Mit einem Mal begannen die Augen der älteren Frau zu leuchten. „Wir könnten eine Pension hieraus machen.

Das war immer der Traum Ihres Vaters, wissen Sie? James und er haben oft darüber gesprochen. Ich glaube, für den Jungen war es ein ziemlicher Schock, dass Mike Ihnen das Felsenhaus vererbt hat und nicht ihm."

„James? Sie meinen James McFarlane? Er war also wirklich eng mit meinem Vater befreundet?"

„Ja, allerdings. Ihr Vater und er standen sich sehr nahe. Manchmal hätte man fast glauben können, Sie seien Vater und ..." Als ihr klar wurde, was sie beinahe ausgesprochen hätte, hob sie die Hand vor den Mund. „Oh, das tut mir leid."

„Was genau?", fragte Vicky, und schlagartig war die alte Bitterkeit wieder zurück. „Dass mein Vater sich hier in Neuseeland eine Ersatzfamilie aufgebaut hat? Oder dass er meine Mutter und mich im Stich gelassen hat, obwohl wir ihn – obwohl *ich* ihn – gebraucht hätte?"

Heather schwieg einen Moment. Vicky konnte es ihr nicht verübeln. Sie schämte sich fast ein bisschen für ihre harschen Worte. Niemand – weder Heather noch Fiona, ja, nicht einmal James McFarlane – war für die Entscheidungen ihres Vaters verantwortlich.

Und der einzige Mensch, den sie dafür zur Rechenschaft ziehen konnte, war tot.

Sie stieß einen Seufzer aus. „Es tut mir leid. Das war nicht fair von mir. Ich hätte nicht ... Ich wollte ..."

„Das Leben ist manchmal einfach nicht fair", entgegnete Heather sanft und legte ihr eine Hand auf die Schulter. „Ich fürchte, das ist eine Tatsache, mit der wir uns alle früher oder später abfinden müssen. Und damit wir uns nicht falsch verstehen, Victoria: Ich habe Ihnen das gerade alles nicht erzählt, um Sie emotional unter Druck zu setzen. Ganz im Gegenteil. Lassen Sie Ihre Entscheidung nicht davon beeinflussen, was aus Fiona und mir wird. Wir landen immer wieder auf den Füßen, ganz gleich, wie oft das Schicksal uns auch ein Bein stellt."

Vicky ließ die Hände sinken, doch sie brachte nicht den Mut

auf, Heather in die Augen zu schauen. Wieso war diese Frau nur so unglaublich nett und verständnisvoll? Seit sie in Neuseeland angekommen war, hatte Vicky kaum ein gutes Haar an ihrem Vater gelassen. Und sie wusste, das Heather, Fiona und er gute Freunde gewesen waren.

Zum ersten Mal überlegte sie, wie es wohl für die beiden sein mochte, plötzlich eine wildfremde Frau im Haus zu haben. Eine wildfremde Frau, die dazu noch ihr Schicksal in den Händen hielt. Das mochte vielleicht ein bisschen überdramatisch sein, aber es traf doch zu, dass sie um ihr Zuhause fürchteten – den Ort, an dem sie sich wohl und sicher fühlten.

Und dann überlegte Vicky, was sie in England eigentlich hielt. Sie war allein. Ihr Exfreund hatte sie mit einer Nachbarin betrogen. Ihr Einkommen bei dem Callcenter, in dem sie arbeitete, hatte nicht gereicht, um die große Wohnung weiterhin zu halten. Deshalb hatte sie sich nach einem neuen Apartment umsehen müssen.

In der Londoner Innenstadt war Wohnraum so gut wie unbezahlbar. Ihr neues Zuhause lag deshalb in einem kleinen Vorort auf halber Strecke nach Oxford. Dreißig Quadratmeter, direkt über einem indischen Restaurant mit dem kreativen Namen *Taj Mahal*. Der Geruch von Curry und Kurkuma hatte sich in den Wänden festgesetzt und war langsam, aber sicher auch auf Vickys Sachen übergegangen. Sie würde vermutlich nie wieder mit echtem Genuss indisches Hähnchen-Curry essen können.

Sie war einsam gewesen. All ihre Freundinnen hatten mittlerweile Familien gegründet, und so sehr sie sich auch bemühte, sie war einfach nicht geeignet für den gemütlichen, von Kindergeschrei untermalten Kaffeeklatsch.

Was würde sie wirklich vermissen, wenn sie tatsächlich beschloss, alle Zelte hinter sich abzubrechen? Ihre Arbeit? Wohl kaum. Der Job war langweilig, stressig und darüber hinaus schlecht bezahlt. Sie hatte keine Familie und nur eine Handvoll guter Bekannter.

Sie würde nichts und niemanden wirklich vermissen.

Und umgekehrt gab es auch niemanden, der sie vermissen würde.

War es da ein so dummer Gedanke, woanders noch einmal neu anfangen zu wollen? Vor allem, wenn man bedachte, dass sie sich im Grunde nur noch ins gemachte Nest setzen musste?

Sicher, ein Teil von ihr sträubte sich dagegen, irgend*etwas* von ihrem Vater anzunehmen. Doch andererseits – war er ihr das nicht schuldig?

Das und noch vieles mehr …

„Sie sprachen vorhin davon, das Felsenhaus zu einer Pension zu machen", sagte sie und schaute Heather fragend an. „Wäre das denn so einfach möglich?"

Die ältere Frau lächelte. „Vor vielen Jahren war das hier schon einmal ein Ferienhaus. Nile wollte es eigentlich wieder herrichten und Gäste aufnehmen, doch dann wurde er krank, und es ging gesundheitlich recht schnell abwärts mit ihm. Mike hatte dann zuerst zu viel damit zu tun, sich um ihn zu kümmern, um irgendetwas anderes zu machen. Und ich schätze, nach Niles Tod waren einfach zu viele Erinnerungen mit diesen Plänen verknüpft. Auf jeden Fall hat er sich stets dagegen ausgesprochen, obwohl es vermutlich eine einfache und sichere Einnahmequelle gewesen wäre. Wir haben zwar damals noch nicht hier gewohnt, aber wir kannten Nile. Er war ein unglaublich starker Mensch – und das, obwohl, oder vielleicht gerade weil er kaum einen halben Kopf größer war als ich. Mike hatte ihm damals das Kämpfen beigebracht. Ihm machte keiner so schnell etwas vor."

Das überraschte Vicky. Das einzige Bild von Nile, das sie bisher gesehen hatte, war im Sitzen aufgenommen worden, sodass der Größenunterschied zwischen ihm und ihrem Vater gar nicht auffiel. Aber der musste, wie es sich anhörte, erheblich gewesen sein.

„Klingt, als sei er ein guter Mann gewesen", brachte Vicky

mit erstickter Stimme hervor. Sie wusste selbst nicht, warum – aber plötzlich hatte sie einen riesigen Kloß im Hals, der sich auch durch heftiges Schlucken nicht vertreiben ließ.

„Das war er wirklich“, erwiderte Heather mit einem erneuten Lachen. „Allerdings musste man es zunächst einmal schaffen, einen Blick hinter die Fassade zu werfen.“ Ihr Gesicht nahm einen wehmütigen Ausdruck an. „Nile hat mir einmal anvertraut, wie sehr er sich verändert hatte, nachdem Mike fortgegangen war. Er wurde hart und abweisend. Ich glaube, er ist nie wirklich darüber hinweggekommen. Aber da Fiona und ich die beiden erst später kennengelernt haben, weiß ich auch nicht alles über diese Geschichte. Sie haben beide nie wirklich darüber geredet.“

Vicky runzelte die Stirn. „Mein Vater und er ... sie müssen aber ziemlich enge Freunde gewesen sein, wenn ihn das so mitgenommen hat“, sagte sie.

Heather zögerte einen Moment. Es schien, als würde sie nach den richtigen Worten suchen – oder vielmehr nach der Courage, sie auszusprechen. „Vicky, Liebes, es gib da ein paar Dinge, die Sie nicht über Ihren Vater ...“

Die Tür flog auf, ehe sie den Satz zu Ende bringen konnte. Es war Fiona. Mit hängenden Schultern kam sie auf Vicky zu und seufzte, als sie unmittelbar vor ihr stand. „Tut mir leid“, murmelte sie. „Ich will Sie ja gar nicht drängen, aber ...“ Sie zuckte mit den Achseln. „Ach, verdammt ... Es tut mir leid, dass ich vorhin so die Beherrschung verloren habe.“

Vicky stand auf und griff nach der Hand der älteren Frau. „Ist schon gut“, sagte sie. „Heather und ich haben uns ein bisschen unterhalten, während Sie weg waren. Ich glaube, ich verstehe Sie jetzt besser.“ Ihr entging nicht der kurze Blick, den das Paar über ihre Schulter hinweg miteinander wechselte, den Vicky aber nicht zu deuten wusste. Doch auch wenn sie zu gern gewusst hätte, was die beiden noch vor ihr zurückhielten – jetzt war nicht der richtige Moment, um danach zu fragen. „Ach, und übrigens, ich weiß, ich bin die Jüngste von uns dreien, aber wollen wir dieses dumme Sie nicht endlich sein lassen?"

Heather lächelte, und Fiona schloss sie strahlend in ihre Arme. Dann drehte sie sich um, öffnete den Hängeschrank direkt neben dem Kühlschrank und nahm eine Flasche ohne Etikett daraus hervor sowie aus dem Fach darüber drei Schnapsgläser.

„Darauf müssen wir anstoßen", verkündete sie und füllte die Gläser bis zum Rand.

„Fiona!", rief Heather und schüttelte tadelnd den Kopf. „Das ist doch viel zu viel. Wenn wir das austrinken, sind wir schon am frühen Nachmittag betrunken!"

„Was genau ist das?", fragte Vicky, als Fiona ihr das Glas reichte. Sie schnupperte versuchshalber daran und verzog angewidert das Gesicht, als ihr der scharfe Alkoholgeruch in die Nase stieg.

„Selbst gebrannter Schnaps", entgegnete Fiona leichthin und nickte in Richtung des Glases. „Probieren Sie!"

Hilfesuchend schaute sie in Heathers Richtung, doch diese lächelte nur; dann atmete sie tief durch, stürzte den Inhalt des Glases in einem Zug hinunter und verzog angewidert das Gesicht. Nachdem Fiona dasselbe getan hatte, setzte auch Vicky sich das Glas an die Lippen. Sie konnte ein Husten nicht unterdrücken, als ihr die scharfe Flüssigkeit die Kehle hinuntergelaufen war. Himmel, brannte das!

Erschauernd warf sie Fiona einen vernichtenden Blick zu. „Nie wieder", stieß sie hervor.

Die ältere Frau lachte. „Warten wir's ab. Wenn du erst mal ein Weilchen hier lebst, wirst du dich auch an unsere raueren Sitten gewöhnen", antwortete sie augenzwinkernd.

„Ich bin mir auf einmal gar nicht mehr sicher, ob ich das auch will", ächzte Vicky.

„Na prima." Grinsend schüttelte Heather den Kopf und sagte zu Fiona: „Vicky war gerade dabei, sich zu überlegen, ob sie nicht einfach hier bei uns bleiben will. Aber du musstest sie ja unbedingt mit deinem Selbstgebrannten vergraulen."

„Ist das wahr?", fragte Fiona und schaute Vicky fragend an. „Willst du wirklich bleiben?"

Sie zuckte mit den Schultern. „Ich bin noch nicht sicher, wie ich mich entscheiden werde. Aber ich überlege es mir, so viel kann ich schon mal versprechen."

„Nun, dann muss mir das wohl reichen", entgegnete Fiona. „Wir werden dich schon noch überzeugen. Denn seien wir doch mal ehrlich: Wer würde schon freiwillig auf eine Gelegenheit verzichten, Heather und mich als Mitbewohnerinnen zu bekommen?"

„Das ist allerdings ein Argument", stimmte Vicky ihr lachend zu. „Ich glaube, dem kann man wirklich nichts entgegensetzen."

Maggie McFarlanes Reich im oberen Stockwerk des Hauses glich mehr einer Puppenstube als dem Zimmer einer erwachsenen Frau. An einer Wand stand ein riesiges Himmelbett mit einem Baldachin aus geblümtem Stoff. Die Wände waren in einem zarten Rosé gestrichen und behängt mit verschiedenen gerahmten Fotografien, die vor allem Szenen aus ihrer Kindheit und Jugend zeigten.

Jede freie Fläche war mit Spitzendeckchen und allerlei Krimskrams bedeckt. Kissen mit Spitzenbordüren türmten sich auf der Bank, die die Fensternische auffüllte.

Es war Maggies Lieblingsplatz. Von dort aus konnte sie sehen, was draußen vor sich ging, ohne selbst hinausgehen zu müssen. Denn das vermied sie, wenn es irgend möglich war – die Welt außerhalb ihrer eigenen vier Wände machte ihr Angst.

Auch an diesem Abend saß sie wieder dort und schaute zum Sternenhimmel hinauf. Durch die geschlossene Tür drang die aufgebrachte Stimme ihrer Schwester zu ihr. Isabel stritt wieder einmal mit Nile – oder war es James? Manchmal brachte sie das durcheinander.

So leicht war es aber auch nicht, den Überblick zu behalten.

Mitunter wachte sie morgens auf und war wieder sechzehn Jahre alt. Dann erschrak sie, wenn sie im Frühstückszimmer auf eine alte Frau traf, die behauptete, ihre Schwester zu sein. An diesen Tagen schien alles zu verschwimmen. Gegenwart und Vergangenheit wurden eins.

Seufzend fuhr sie sich durch ihre blonden Locken – oder waren sie silbergrau? Sie würde in den Spiegel sehen müssen, um es mit Sicherheit sagen zu können. Doch auch das vermied sie. Ihr eigener Anblick verwirrte sie, sie erkannte sich selbst oft nicht wieder. Nur in ihren Träumen war sie wirklich sie selbst. Wenn Izzy und sie in hübschen Kleidern herumtollten, wenn sie sich stritten und …

Feuer.

Sengende Hitze.

Rauch.

Ein Mensch schreit.

Ohrenbetäubendes Krachen.

Meine Schuld, meine Schuld, meine Schuld, meine Schuld, meine …

Sie kniff die Augen zusammen, und die Bilder verschwanden. Wirklichkeit oder Traum? Maggie lehnte die Stirn gegen das kühle Glas der Fensterscheibe. Sie konnte es nicht mit Bestimmtheit sagen. Nur eines wusste sie genau.

Dass sie müde war.

Schrecklich müde.

Nach langem Überlegen machte James sich auf den Weg zum Felsenhaus, um sich in Ruhe mit Victoria Tancredi zusammenzusetzen.

Er wusste, dass er seine Mutter nicht mehr lange würde hinhalten können. Isabel McFarlane wirkte von Tag zu Tag unruhiger. Was immer Mike auch in seinen Memoiren über sie niedergeschrieben haben mochte, es musste sie wirklich belasten. Keine Frage: Wenn er ihrem Vorschlag nicht zustimmte, würde sie die Sache selbst in die Hand nehmen. Und das war wirklich nichts, was er der Tochter seines besten Freundes wünschte.

Heather war gerade draußen vor dem Haus und hing Wäsche auf, als er aus dem Wagen stieg. Sie lächelte erfreut, als sie ihn erblickte.

„Jimboy!“, rief sie und ließ das Bettlaken, das sie gerade in der Hand hielt, zurück in den Korb fallen. „Wie schön, dass du dich auch mal wieder blicken lässt!“ Dann schlich sich Besorgnis in ihren Blick, als sie ihn eindringlich musterte. „Ich habe dich nicht auf der Beerdigung gesehen.“ Fragend schaute sie ihn an. „Aber du warst da, oder?“

Er nickte. „Natürlich.“ Seufzend fuhr er sich durchs Haar. „Du verstehst sicher, dass ich nicht unbedingt erpicht darauf war, neben meiner Mutter an Mikes Grab zu stehen. Dass sie es überhaupt gewagt hat, dort aufzukreuzen … Ich an ihrer Stelle hätte mich in Grund und Boden geschämt, so wie sie immer über ihn herzieht.“

Mike hätte sich bei dem Gedanken, dass Isabel McFarlane auf seiner Beerdigung auftauchen würde, vermutlich totgelacht. Oder auch nicht. James hatte nie recht verstanden, was da zwischen dem älteren Mann und seiner Mutter vor sich ging. So sehr die beiden sich auch gehasst haben mochten, irgendwie hatten sie sich gegenseitig auch immer respektiert. Es war ein seltsames Verhältnis gewesen, das zu durchschauen James nie wirklich gelungen war – und nun wohl auch niemals würde.

„Wie auch immer.“ Er zwang ein Lächeln auf seine Lippen. „Ist Victoria zufällig hier?“

„Vicky?“ Überrascht hob Heather die Brauen. „Ja, sie ist drinnen. Was willst du denn von ihr?“

„Ja, genau“, erklang eine Stimme von der Tür her. „Das würde mich allerdings auch interessieren.“

James drehte sich um. Als er Vicky erblickte, wie sie dort im Türrahmen stand, fing sein Herz unwillkürlich an, schneller zu schlagen. Es war eine rein körperliche Reaktion, so wie er von allein atmete – dennoch irritierte sie ihn.

Er schüttelte andeutungsweise den Kopf, um das merkwürdige Gefühl zu vertreiben, das von ihm Besitz ergriffen hatte. Es war nicht richtig, so zu empfinden. Vicky war Mikes Tochter – sollte er damit nicht mehr oder weniger eine Schwester in ihr sehen? Doch diese Vorstellung konnte kaum weiter von der Realität entfernt sein. „Nun?“ Fragend schaute sie ihn an – und er hatte keine Ahnung, was sie von ihm wollte. Offenbar war die Ratlosigkeit mehr als deutlich von seiner Miene abzulesen gewesen, denn sie seufzte und sagte: „Heather hat Sie gefragt, was Sie von mir wollen, und das würde mich, ehrlich gesagt, auch interessieren. Es war sehr nett von Ihnen, mich am Tag der Testamentseröffnung meines Vaters nach Hause zu fahren, Mr. McFarlane, aber ich kann mich nicht erinnern, dass wir ein weiteres Treffen ausgemacht hätten.“

James verdrehte die Augen. Sie machte es ihm wirklich nicht einfach. Aber warum hatte er eigentlich etwas anderes erwartet? Immerhin waren sie mehr oder weniger Fremde, deren Wege sich ein paar Mal gekreuzt hatten. Und dass sie seine Mutter kennengelernt hatte, machte es vermutlich auch nicht unbedingt besser.

„Ich würde mich gern mit Ihnen unterhalten“, sagte er, wohl wissend, dass das Thema, das er anzusprechen gedachte, sie auch nicht unbedingt für ihn einnehmen würde. Doch es musste sein – auch um ihretwillen. „Haben Sie vielleicht ein paar Minuten Zeit für mich?“

Vicky musterte ihn mit kaum verhohlenem Argwohn. Er hatte das Gefühl, sich ihr beweisen zu müssen. Das Problem war, dass er außerdem seine eigenen Interessen und die seiner

Mutter nicht aus den Augen verlieren durfte. Denn Letzteres hätte die gleiche Wirkung, als würde er Vicky einem hungrigen Rudel Wölfe zum Fraß vorwerfen.

„Hat Ihre Mutter Sie geschickt?"

James zögerte – einen Augenblick zu lang, denn ihre Miene verfinsterte sich. „Nein", sagte er schließlich. „Und ja. Sie wollte, dass ich mit Ihnen spreche, um Sie davon zu überzeugen, ihr das Felsenhaus zu verkaufen. Aber ich bin vor allem hergekommen, um Sie zu warnen. Meine Mutter ist niemand, den Sie sich gern zum Feind machen wollen. Sie verfügt über großen Einfluss hier in der Region. Fragen Sie Heather und Fiona, wenn Sie mir nicht glauben."

Tatsächlich blickte Vicky in Heathers Richtung.

Die ältere Frau nickte. „Es stimmt, was er sagt. Leider betrachten nicht wenige Leute hier in der Gegend Isabel McFarlanes Wort als Gesetz." Sie runzelte die Stirn. „Aber nur weil sie Bürgermeisterin und zugleich die größte Grundbesitzerin ist, macht sie das noch lange nicht zur Herrscherin über das Tal – so gern sie das sicherlich auch wäre."

Vicky wandte ihre Aufmerksamkeit wieder James zu, sodass er einmal mehr ein seltsames Ziehen in der Magengrube verspürte, als ihre Blicke sich begegneten.

„Sie wollen mir also sagen, dass ich mich besser vor Ihrer Mutter in Acht nehmen soll?", fragte sie. „Vielen Dank, die Warnung ist angekommen. Gibt es sonst noch etwas?"

James fluchte innerlich. Das lief ganz und gar nicht so, wie er es sich erhofft hatte. Beim letzten Mal war Vicky noch nicht so feindselig ihm gegenüber gewesen. Oder eigentlich doch – aber nicht zum Schluss. Da war ihre Stimmung versöhnlich gewesen und sie hatten sich gut unterhalten.

Davon war jetzt allerdings nichts mehr zu spüren.

Dennoch blieb ihm nichts anderes übrig, als das Thema zur Sprache zu bringen, das ihm auf der Seele brannte. Vielleicht gab es für ihn ja doch noch eine Chance, seine Idee mit der Pension im Felsenhaus umzusetzen. Wenn Vicky wieder nach England zurückkehrte, würde sie das Haus doch sicher verkaufen wollen. Warum also nicht an ihn?

„Wollen wir nicht lieber hineingehen?“, fragte er. „Drinnen redet es sich besser.“

Sie verschränkte die Arme vor der Brust. „Nun spucken Sie schon endlich aus, was Sie zu sagen haben. Und ehe Sie fragen – ich habe kein Problem damit, wenn Heather mithört. Ich nehme an, dass das, was Sie mir zu sagen haben, auch sie betrifft, richtig?“

Seufzend nickte James. „Also schön. Ich wollte mich nur vergewissern, dass Sie vorhaben, nach England zurückzukehren.“

„Warum?“ Sie hob eine Braue. „Haben Sie es so eilig, mich loszuwerden?“

Verflixt, seine Wortwahl war wirklich nicht besonders gut gewesen. „Nein natürlich nicht“, beeilte er sich zu sagen. „Mich persönlich interessiert natürlich nicht, was Sie vorhaben, aber …“

„Sehr charmant“, fiel Vicky ihm ins Wort und schnaubte leise. „Sie wissen wirklich, wie man eine Frau um den Finger wickelt.“

Einmal mehr fluchte James im Stillen. Was war bloß mit ihm los? Er merkte selbst, dass er faselte, und das war eigentlich gar nicht seine Art. Aber etwas an dieser Frau brachte ihn so aus dem Konzept, dass er nur schwer geradeaus denken konnte.

Er versuchte sich einzureden, dass er lediglich wegen der Tatsache so nervös war, dass es hier um seinen Traum ging. Ja, er wollte das Felsenhaus. Er wollte hier eine Pension eröffnen – und wenn er in dem Zusammenhang auch noch herausfinden konnte, was genau seine Mutter eigentlich so sehr fürchtete, wäre das ein zusätzlicher Bonus.

Ganz sicher war Vicky nicht der Grund für seine innere Unruhe. Nein, auf keinen Fall.

Er atmete tief durch. „Können wir bitte einfach noch einmal von vorne anfangen? Ich stolpere normalerweise nicht so über meine eigene Zunge wie heute."

„Dann darf ich das also als Kompliment auffassen? Ich fühle mich geehrt."

Nun, immerhin lächelte sie nun – was es James nur noch schwerer machte, sich zu konzentrieren. Doch das musste er jetzt irgendwie abschütteln. Es ging um zu viel, um sich von seinen Nerven alles kaputt machen zu lassen.

Er holte tief Luft. „Ich nehme an, dass Sie vorhaben, in der nächsten Zeit nach England zurückzukehren. Daher wäre es sicherlich in Ihrem Interesse, einen Käufer für das Felsenhaus zu finden, der bereit ist, Ihnen einen anständigen Preis zu zahlen."

„Und dieser Käufer sollen dann wohl Sie sein, richtig?", fragte Vicky, deren Blick kurz auf ihm ruhte und dann hinüber zu Heather wanderte.

James verstand sofort. „Ja", gab er zu. „Und was Heather und Fiona betrifft – für den Fall, dass Sie sich entscheiden sollten, an mich zu verkaufen, könnten die beiden natürlich hier wohnen bleiben. Wie ich Ihnen bereits erklärt habe: Ihr Vater stand mir sehr nahe, aber auch Fiona und Heather gehören zu meinem engsten Freundeskreis. Ich würde sie niemals einfach so vor die Tür setzen."

„Das stimmt", meldete Heather sich zu Wort. „Wenn du dich entscheiden solltest zu gehen, wäre dies vermutlich für uns alle die beste Lösung."

Vicky wirkte skeptisch. „Und woher soll ich wissen, dass Sie das alles nicht nur für Ihre Mutter tun? Ich will auf keinen Fall, dass Isabel McFarlane das Haus in die Finger bekommt! Nach allem, was ich über sie weiß, wäre mein Vater damit niemals einverstanden gewesen."

„Und seit wann kümmert es Sie, was Ihr Vater wollte?" Die Worte waren ihm einfach so herausgerutscht. Er hatte sie kaum ausgesprochen, da bereute er sie auch schon.

Vickys Miene verfinsterte sich, und ihre Haltung drückte Ablehnung aus. „Ich glaube, wir können das Gespräch an dieser Stelle abbrechen", erklärte sie kühl. „Zu Ihrer Information: Ich werde das Felsenhaus weder an Sie noch an Ihre Mutter verkaufen, weil …"

„Überlegen Sie sich das doch bitte noch mal", fiel James ihr ins Wort. „Wenn Sie an jemand anderen verkaufen, könnte das für Heather und Fiona …"

Sie hob die Hand und brachte ihn mit einem scharfen Blick zum Schweigen. „Wenn Sie die Güte hätten, mich aussprechen zu lassen, könnte ich Ihnen vielleicht begreiflich machen, dass ich *überhaupt nicht* vorhabe zu verkaufen."

„Sie wollen … bleiben?" Fassungslos starrte er sie an. Damit hatte er nun wirklich nicht gerechnet.

Und noch viel weniger mit der Bombe, die sie gleich darauf platzen ließ.

„Ja, ich werde bleiben. Und mit Fionas und Heathers Hilfe das Felsenhaus zu einer Pension umbauen."

6. KAPITEL

Bay of Plenty, 1981

Nile stand in seinem Zimmer vor dem Spiegel und betrachtete sich selbst. Es waren noch zehn Tage bis zu seinem achtzehnten Geburtstag. Seit zwei Jahren war er kaum mehr gewachsen, und Mike überragte ihn inzwischen um mehr als zwei Köpfe, ebenso wie die meisten der anderen Jungs. Doch obwohl sich die anderen noch immer hinter seinem Rücken über ihn lustig machten, wurde er selbst zumeist in Ruhe gelassen. Die Tatsache, dass er sich durchaus wehren konnte, schreckte die meisten Schläger und Chaoten davon ab, ihn zu drangsalieren. Seit seiner ersten Trainingsstunde mit Mike hatte er nie damit aufgehört, sich in Form zu bringen. Er mochte vielleicht klein und schmächtig aussehen, doch der erste Eindruck täuschte – vielleicht nicht, was die Körpergröße, wohl aber seine Stärke betraf.

Mit einem Seufzen wandte er sich ab, ging zu seinem Bett und ließ sich rücklings darauffallen. Wenn er doch bloß schon zwanzig und damit volljährig wäre! Seine Eltern drängten ihn zu immer besseren Leistungen in der Schule, damit er an eine Uni gehen konnte, die ihren Ansprüchen genügte. Natürlich wussten sie auch schon genau, was er studieren sollte, nämlich entweder Politik oder Betriebswirtschaft.

Beides interessierte ihn kein Stück, doch das interessierte zumindest seinen Vater herzlich wenig. In seinem Haus wurde gefälligst das getan, was William McFarlane sagte – und wehe dem, der nicht spurte.

Wenn er wüsste, dass …

Nile ballte die Hände zu Fäusten. Es war jetzt etwas mehr als anderthalb Jahre her, dass Mike und er sich am Abend vom Erntefest geküsst hatten. Frustrierenderweise war seitdem nie wieder etwas passiert, so sehr Nile es sich auch wünschte.

Er konnte an nichts anderes denken als an Mike und daran, wie gut es sich angefühlt hatte, ihm so nah zu sein. Nur zu genau erinnerte er sich daran, wie sein Herz geflattert hatte. Ihm war heiß und kalt zugleich gewesen, und er hatte sich so sehr danach gesehnt, Mike weiter in seinen Armen zu halten und nie mehr loszulassen, dass es schon fast wehgetan hatte.

Sie waren beste Freunde, schon so lange er zurückdenken konnte. Doch das, was er für Mike empfand, waren auch damals schon längst keine freundschaftlichen Gefühle mehr gewesen. Und erst in jener Nacht war er sich wirklich darüber klar geworden.

Er wusste nicht, ob er froh oder enttäuscht darüber sein sollte, dass Mike seine Gefühle so offensichtlich nicht erwiderte. Ein paar Tage nach jener Feier hatte Nile all seinen Mut zusammengenommen und Mike, als sie zusammen beim Training waren, noch einmal geküsst. Oder besser – er hatte es versucht. Mikes Reaktion hatte Bände gesprochen.

„Bist du verrückt?", hatte er ihn angeherrscht und von sich weggeschubst. „Was, wenn das jemand gesehen hätte?"

„Interessiert mich nicht!" Nile konnte verdammt stur sein, wenn er wollte. Und Mike gelang es öfter als jedem anderen, diese Eigenschaft in ihm zum Vorschein zu bringen. „Warum sollte ich mein Leben davon bestimmen lassen, was andere Leute über mich denken?"

„Weil diese Leute dich in den *Knast* bringen könnten – deshalb!"

Da war Nile richtig wütend geworden. „Feigling", hatte er gebrüllt, und als Mike, die Hände beschwichtigend gehoben, auf ihn zugetreten war, hatte Nile angesetzt, ihm einen saftigen Kinnhaken zu verpassen.

Es war Mike gerade noch rechtzeitig gelungen, dem Schlag auszuweichen, er war jedoch rückwärts gestolpert auf dem Hintern gelandet. „Spinnst du jetzt total?"

Doch Nile hatte das noch nicht gereicht. Sobald Mike wieder

auf den Beinen war, war Nile erneut auf seinen Freund losgegangen. „Schlappschwanz!“, hatte er ihn angeschrien. „Wenn sie dir sagen, dass du nicht mehr atmen darfst, gehorchst du dann auch?“

Obwohl er auch damals schon wirklich gut trainiert war, war Mike ihm trotz allem noch immer an Körpergröße, Stärke, aber auch Erfahrung überlegen gewesen. Ehe Nile noch einmal hatte zuschlagen können, hatte Mike ihn gepackt und in den Schwitzkasten genommen.

„Hör jetzt auf der Stelle auf, dich wie ein bockiges kleines Kind aufzuführen!“, hatte er ihn schwer atmend angeherrscht. „Das, was da in deinem Zimmer passiert ist, war ein Fehler, okay? Ich bereue, dass ich es dazu habe kommen lassen, und es wird sich nicht wiederholen. Ist das klar?“

Tränen waren über Niles Wangen geströmt, so tief hatten ihn diese Worte getroffen. Er war so gedemütigt gewesen, so frustriert. „Das meinst du nicht ernst“, hatte er heiser geflüstert. „Sag, dass du das nicht ernst meinst!“

Mikes Griff hatte sich ein wenig gelockert, bis er fast mehr einer Umarmung glich, und Nile hatte einfach nicht anders gekonnt als sich hineinsinken zu lassen. Er hatte die Augen schließen und diesen Moment festhalten wollen.

Mike festhalten.

„Es tut mir leid.“ Das war alles, was Mike noch gesagt hatte. Dann hatte er Nile losgelassen, und zurückgeblieben war eine bittere Kälte, die auch danach niemals wieder ganz verschwinden sollte.

Nile fröstelte, als er jetzt daran zurückdachte. Seit jenem Tag war alles wie ausgewechselt gewesen. *Mike* war wie ausgewechselt gewesen. Oder besser – er verhielt sich so, als hätte es die Nacht des Erntefests niemals gegeben. Sie waren wieder beste Freunde, die einander alles anvertrauen konnten. Nun, fast alles. Nile war sich ziemlich sicher, dass Mike mit ihm nicht über seine Gefühle für ihn sprechen wollte.

Sie trainierten weiter, doch Mike hielt stets ein wenig mehr Abstand von ihm als zuvor. Nile war sich nicht sicher, ob er fürchtete, ihm mit zu viel Nähe Hoffnungen zu machen – oder sich selbst. Fest stand nur, dass Nile keine andere Wahl blieb, als die Entscheidung seines Freundes zu respektieren. Wenn er Mike nicht verlieren wollte, musste Nile seine Gefühle für ihn unterdrücken.

So schwer es ihm auch fallen mochte.

Er legte den Unterarm über seine Augen und seufzte. Heute fand eine Hochzeit unten in den Arbeiterquartieren statt. Ein solches Ereignis war immer Anlass für eine riesige, ausgelassene Feier, bei der der Alkohol in Strömen floss. Natürlich wurden der Form halber auch die Herrschaften aus dem großen Haus eingeladen, doch im Grunde rechnete niemand damit, dass sie kamen.

Und da taten sie auch nicht – abgesehen von Nile natürlich.

Er war so etwas wie Mikes Schatten. Wo der eine Junge auftauchte, war auch der andere nicht weit. Und Nile war sich der Tatsache bewusst, dass hinter vorgehaltener Hand über sie getuschelt wurde. Manchmal machte ihn das so wütend, dass er den Leuten am liebsten direkt ins Gesicht schreien wollte: „Keine Sorge, zwischen Mike und mir läuft nichts – und das haben wir euch und eurer Engstirnigkeit zu verdanken! Was ist denn schon dabei? Zwei Menschen lieben sich – ob es sich dabei um einen Mann und eine Frau, zwei Männer oder zwei Frauen handelt, ist doch vollkommen gleichgültig. Aber ihr seid zu rückständig, zu borniert, um das zu begreifen!"

Natürlich tat er in Wirklichkeit nichts dergleichen. Stattdessen hielt er den Kopf gesenkt und ignorierte die teils neugierigen, teils feindseligen Blicke.

Er schaute auf die Uhr neben seinem Bett. Halb sechs. Das Fest unten war sicher bereits im vollen Gange. Doch Nile konnte nicht einfach so durch die Vordertür seines Elternhauses spazieren, wie es ihm beliebte. Seine Eltern würden wissen wollen, wohin er ging. Die Wahrheit konnte er ihnen schlecht sagen. Und auch sonst gab es keine Ausrede, die die beiden wirklich gelten lassen würden. Abgesehen von Mike hatte Nile keine Freunde. Und die Tatsache, dass ihr Sohn – ein McFarlane – sich mit Arbeitergesindel herumtrieb, war seinem Vater und seiner Mutter ohnehin schon ein Dorn im Auge.

Bisher war es Nile gelungen, sich gegen sie zu behaupten und zu verhindern, dass sie ihn auf eine Privatschule irgendwo im Nirgendwo auf der Südinsel schickten, wie sie es schon einige Male angekündigt hatten. Er hatte sich geschworen: Ehe er das mitmachte, würde er seine Sachen packen und von hier verschwinden. Dummerweise waren es noch über zwei Jahre, bis er endlich volljährig war. Und bis dahin …

Das hinderte ihn jedoch nicht daran zu träumen. In seiner Fantasie ging er zu Mike und bat ihn, mit ihm wegzulaufen. Und natürlich sagte Mike in diesem Traum sofort Ja, und sie fingen woanders gemeinsam ein neues Leben an. An einem Ort, an dem man sie nicht für das verurteilen würde, was sie fühlten.

Leider war Nile sich längst nicht so sicher, wie der echte, reale Mike auf einen solchen Vorschlag reagieren würde. Verdammt, er wusste ja nicht einmal, was sein Freund wirklich für ihn empfand! Ob er sich auch wünschte, mit ihm auf *diese* Weise zusammen sein zu können?

Inzwischen glaubte Nile nicht mehr so recht daran, dass Mike das wirklich wollte. Vielleicht war die Sache auf der Feier für ihn tatsächlich nur ein Ausrutscher gewesen. Ein Versuch, der für ihn das Ergebnis hatte, dass er eben nicht an Jungs interessiert war.

Nile wünschte sich nur, dass er sich jemand anderen für dieses Experiment ausgesucht hätte. Und dann auch wieder nicht. Schon allein bei dem Gedanken, dass Mike jemand anderen küsste …

Nun, davon würde er vermutlich heute Abend noch genug zu sehen bekommen. Mike bandelte wieder ständig mit irgendwelchen Mädchen an, die aber nie lange an seiner Seite zu sehen waren – wofür Nile im Stillen dem lieben Gott dankte. Wirklich weiter half es ihm jedoch auch nicht. Mit anzusehen, wie Mike mit anderen herummachte, brachte sein Blut vor Eifersucht zum Kochen.

Er konnte einfach nichts dagegen tun. Er wollte Mike für sich. Niemand sonst sollte ihn haben, egal ob Junge oder Mädchen. Doch leider war er weiter davon entfernt denn je, ihn für sich zu gewinnen.

Es tat jedes Mal weh, ihn zu sehen. Andererseits konnte er auch nicht ohne ihn sein. Immerhin war Mike nicht nur die Person, für die er mehr empfand als für jeden anderen Menschen auf der Welt, sondern außerdem sein bester, sein einziger Freund. Und allein deshalb blieb ihm nichts anderes übrig, als gute Miene zum bösen Spiel zu machen. Denn eines wollte er auf keinen Fall: Mike ganz verlieren.

Es klopfte an seiner Zimmertür, und die zarte Stimme des Hausmädchens war zu hören. „Mister Nile? Das Dinner ist aufgetragen, und Ihr Vater wünscht, Sie in Abendkleidung bei Tisch zu sehen."

Nile unterdrückte ein Aufstöhnen. Es war seine Mutter, die auf diese förmliche Art der Anrede durch die Dienstboten bestand. Als wäre es nicht schon vollkommen unzeitgemäß, überhaupt noch Bedienstete zu beschäftigen. Nein, es musste natürlich auch noch den Anschein vermitteln, als seien sie, die McFarlanes, etwas Besseres als alle anderen.

Und genauso, überlegte er mit einem leisen Seufzen, dachten seine Eltern auch.

Dass seine Eltern von seinen Schwestern und ihm erwarteten, sich vor den Mahlzeiten umzukleiden, ging ihm ebenso auf die Nerven. Er hasste die steifen Sachen, die er beim Dinner tragen musste. Das Hemd und die Krawatte schnürten ihm die Kehle zu, und man konnte kaum einen Löffel voll Suppe essen, ohne sich von oben bis unten zu bekleckern. Doch wenn er es wagte, in Jeans und Sweatshirt bei Tisch zu erscheinen, würde es für ihn so lange kein Essen geben, bis sein Vater der Meinung war, dass er seine Lektion gelernt hatte.

Was mitunter Tage dauern konnte.

Beim letzten Mal, als er etwas ausgefressen hatte, das eine solche Strafe in den Augen seiner Eltern rechtfertigte, war ihre Köchin Elsa abgemahnt worden, weil sie ihm heimlich ein paar Scheiben Brot und Käse zugesteckt hatte. Das nächste Mal, das hatte er sich fest vorgenommen, würde er nichts mehr von ihr annehmen. Sie konnte es sich nicht leisten, ihre Anstellung zu verlieren. Nach einem Unfall auf der Plantage war ihr Mann nicht mehr in der Lage, schwere körperliche Arbeiten zu verrichten. Damit war er in den Augen von Niles Eltern nutzlos geworden. Dass er zuvor fast fünfunddreißig Jahre stets zuverlässig und fleißig gewesen war, spielte dabei keine Rolle. Eine Entschädigung gab es nicht, auch wenn die Frage, wer für den Unfall die Verantwortung trug, noch immer nicht gänzlich geklärt war.

Eilig zog er sich um und trat gerade noch rechtzeitig ins Speisezimmer, als die große Standuhr neben der Tür sechs Uhr schlug. Seine Schwestern saßen – wie üblich – bereits brav auf ihren Plätzen. Unter dem tadelnden Blick seines Vaters eilte Nile zu seinem Stuhl und setzte sich ebenfalls. Er achtete darauf, sich möglichst gerade zu halten. Die Tatsache, dass er inzwischen beinahe einen halben Kopf kleiner war als seine beiden Schwestern, bot immer wieder Stoff für neue hämische Bemerkungen seines Vaters. Der schien es als persönlichen Affront zu betrachten. Als wäre es nur ein weiterer Versuch seines Sohnes, ihm die Stirn zu bieten. Dabei gab es niemanden, der mehr unter seiner geringen Körpergröße litt als Nile selbst. Doch das sah sein Vater natürlich nicht.

An diesem Abend jedoch schien ihm das Glück hold zu sein. Wortlos winkte William McFarlane dem Mädchen, das sogleich damit begann, die Vorspeise aufzutragen. Beim Anblick von

Rinderzunge in Aspik drehte sich Nile der Magen um. Warum konnten sie nicht einmal – ein *einziges* Mal – ganz normal zu Abend essen, wie andere Familien auch? Wie oft sehnte er sich nach einer einfachen Scheibe Brot mit Käse?

Doch er wusste, er musste seinen Ekel vor dem glibbrigen Etwas auf seinem Teller überwinden. Wenn er nicht aufaß, würde das Konsequenzen haben. Und er wollte heute Abend lieber nicht das Missfallen seines Vaters erregen – zumindest nicht mehr, als es ohnehin bereits der Fall war.

„Wie ich hörte, findet heute Abend unten in den Arbeiterquartieren wieder ein Fest statt“, durchbrach seine Mutter das gedämpfte Klappern des Silberbestecks auf dem teurem Porzellan. „Der junge Prescott hat ein Mädchen aus der Nachbargemeinde geheiratet.“

Nile zwang sich, ruhig und gelassen weiterzuessen. Weder seine Eltern noch seine Schwestern durften ihm anmerken, dass er bei der Erwähnung des Festes innerlich in Aufruhr geriet. Sicher, Maggie konnte er vertrauen, daran zweifelte er eigentlich nicht. Aber wenn Isabel davon erfuhr, dass er sich heute Abend aus dem Haus schleichen wollte, um mit Mike die Feier zu besuchen, würde sie ihn zweifellos erpressen, sie mitzunehmen.

Und das wollte er auf gar keinen Fall.

Er liebte seine Schwestern, aber Isabel war nun mal ein schreckliches Biest. Bei ihr konnte man sich praktisch darauf verlassen, dass sie petzte oder versuchte, ihr Wissen zu ihrem Vorteil zu nutzen. So war sie schon immer gewesen. Doch in den vergangenen Jahren war es noch schlimmer geworden. Isabel wurde ihrem Vater von Tag zu Tag ähnlicher, und zwar in jeder nur erdenklichen Hinsicht.

„Wahrscheinlich arbeiten sie schon an ihrem ersten Wurf. Diese Brut ist schlimmer als ein Rudel wilder Karnickel. Und wer darf am Ende die Zeche zahlen – wir natürlich.“

Sein Vater spielte auf eine alte Tradition an, die vor Generationen von einem McFarlane eingeführt worden und nie ausgemerzt worden war. Diese besagte, dass eine Familie, die schon länger als fünf Jahre auf der Plantage arbeitete, für jedes neugeborene Kind eine Summe von fünfzig Dollar erhielt.

Nile fand es höchst unwahrscheinlich, dass sich irgendjemand wegen einer solchen Summe Kinder anschaffte, aber es war typisch für seinen Vater, so zu denken. Für ihn ging es immer nur ums Geld. Und er nahm automatisch an, dass andere Menschen genauso dachten wie er.

Seine Mutter schnalzte missbilligend mit der Zunge. Doch es war weniger das, was William McFarlane gesagt hatte, als vielmehr seine Ausdrucksweise, die sie störte. „Bitte mäßige deinen Ton, William. Ich möchte nicht, dass die Kinder anfangen, eines Tages genauso zu reden."

Er schnaubte. „Als ob sie das nicht schon längst täten, wenn du nicht in der Nähe bist." Sein Blick wanderte zu Nile, der unwillkürlich zusammenzuckte. „Nicht wahr, Winzling?"

Mühsam hielt Nile seine Wut im Zaum. Sein Vater wusste ganz genau, wo er ihn am besten treffen konnte – und zögerte nicht, sein Wissen auch zu nutzen. Doch so sehr sich Nile über diese andauernden Sticheleien ärgerte, er würde sich nicht davon provozieren lassen. Nicht heute Abend.

Schweigend machte er sich an den Hauptgang, der inzwischen aufgetragen worden war. Perlhuhn mit Petersilienkartoffeln. Je schneller er diese Farce hinter sich brachte, desto besser. Doch das Dinner zog sich, wie immer, wie ein Kaugummi, das einem unter der Schuhsohle klebte. Mit einem Ohr lauschte er der Unterhaltung seiner Eltern, sodass er immer in der Lage war, sich im Zweifelsfall sofort einzuklinken. Maggie blieb fast die ganze Zeit ebenso still wie Nile. Nur Isabel beteiligte sich rege am Tischgespräch.

„Warum gibt es diese komische Tradition eigentlich, Vater?"

William McFarlane lächelte. Es war keine große Überraschung, dass sie ihm von seinen drei Kindern das liebste war. Vermutlich bedauerte er nur, dass sie kein Junge geworden war.

Am Ende würde Nile den gesamten Besitz erben, das war so sicher wie das Amen in der Kirche. Ob er das nun wollte oder nicht, interessierte dabei niemanden.

Nile hatte nämlich eigentlich ganz andere Pläne. Er interessierte sich weder für Politik noch dafür, wie man erfolgreich eine Kiwiplantage führte. Ihm fehlte auch einfach das Talent für solche Dinge. Dafür lag ihm die Kunst. Er liebte Musik, zeichnete gern und schrieb heimlich auf seiner alten Schreibmaschine an einem Kriminalroman. Natürlich wusste er, dass ihm vermutlich keines dieser Hobbys jemals ein geregeltes Einkommen bescheren würde. Dennoch – der Gedanke, den Kiwi Palace einfach zu verlassen und irgendwo neu anzufangen, als Musiker oder als Schriftsteller, war mehr als verlockend.

Zusammen mit Mike …

Aber das war ein Traum, der wohl niemals in Erfüllung gehen würde.

„Euer Ururgroßvater hat diesen Kinderbonus vor langer Zeit eingeführt, weil die Gegend damals noch nicht so dicht besiedelt war und Arbeitskräfte fehlten“, erklärte sein Vater. „Aus Gründen, die ich nicht nachvollziehen kann, ist in den nachfolgenden Generationen niemand auf den Gedanken gekommen, die Zweckmäßigkeit dieser Tradition infrage zu stellen.“

Isabel musterte ihn mit einem Blick, der an Heldenverehrung grenzte. „Und warum machst du dann nicht Schluss damit?“

„Weil es eben zu einer Tradition geworden ist. Und mit diesen bricht man nicht so leicht. Die Arbeiter würden nicht begreifen, dass, wenn man eine Plantage wirtschaftlich führen will, überflüssige Kosten vermieden werden müssen. Sie sehen lediglich, was sie am Monatsende in der Tasche haben.“

Angewidert verzog Nile das Gesicht. „Um Himmels willen, es geht hier um fünfzig Dollar. Wie viele Kinder werden pro Jahr in Familien geboren, für die die Voraussetzung für den Erhalt dieser Prämie stimmen? Drei? Vier?“ Er schüttelte den Kopf. „Das wären dann hundertfünfzig oder zweihundert Dollar pro Jahr. So viel kosten zwei von deinen Kleidern, Isabel. Für dich ist das doch nicht mehr als ein Taschengeld, Vater. Warum kannst du den Leuten nicht einfach ihr kleines Glück gönnen?"

Er wusste in dem Moment, in dem er den Mund aufgemacht hatte, dass er seine Worte bereuen würde. Doch er konnte sie einfach nicht zurückhalten. Das ignorante, selbstgerechte Gerede seines Vaters ging ihm einfach zu sehr gegen den Strich.

Wie zu erwarten, verfinsterte sich William McFarlanes Miene. „Du scheinst dich ja mit dem Thema sehr stark auseinandergesetzt zu haben", stellte er eisig fest.

„Im Gegensatz zu dir interessiere ich mich für die Menschen, die hier leben", gab Nile trotzig zurück und verschränkte die Arme vor der Brust. Jetzt war es ohnehin zu spät, da konnte er auch gleich alles loswerden.

Das Dessert – Schokoladenpudding mit Sahne – stand vergessen vor ihm auf dem Tisch, obwohl es sein Lieblingsnachtisch war. Der Appetit war ihm gründlich vergangen.

„Nun, dann macht es dir ja auch sicherlich nichts aus, wenn du die Kosten für diese Tradition in Zukunft aus eigenen Mitteln bezahlst – und zwar von deinem Taschengeld!"

Niles erster Impuls war es zu protestieren. Um fünfzig Dollar zusammenzubekommen, musste er mehrere Monate lang sparen – und er bezweifelte nicht, dass es seinem Vater mit seiner Drohung absolut ernst war. Doch er wusste, dass er es damit nur noch schlimmer machen würde. Also biss er sich auf die Zunge und schluckte die bitteren Worte herunter, ehe er sie aussprechen konnte. Stattdessen senkte er den Kopf und schwieg.

„Na, dann hätten wir das Thema ja geklärt", bemerkte sein Vater, und Nile konnte das selbstzufriedene Grinsen auf seinem Gesicht beinahe sehen, obwohl er immer noch nach unten schaute.

Es vergingen noch fünfzehn weitere quälende Minuten, bis das Essen offiziell für beendet erklärt und den Geschwistern erlaubt wurde, sich zu erheben. Nile stürmte aus dem Esszimmer – es war ihm vollkommen egal, ob es wie eine Flucht aussah, denn genau das war es ja auch.

„Hey, Nile, warte …" Es war Maggie, die ihm nachgelaufen kam – wer auch sonst? „Bist du okay? Ich meine, wenn du möchtest kann, ich noch mal mit Vater sprechen. Du weißt ja, wie er ist. Wenn ich ihm sage, dass es dir leidtut …"

„Es *tut* mir aber nicht leid", entgegnete Nile. „Ganz und gar nicht. Vater hat unrecht, aber ich bin es, der bestraft wird. Das ist einfach nicht fair!"

Maggie legte ihm eine Hand auf die Schulter. „Nein, das ist es nicht. Aber im Leben geht es oftmals nicht gerecht zu. Und im Moment ist Vater einfach derjenige, der am längeren Hebel sitzt." Sie lächelte. „Es ist doch für dich gar nicht mehr so schrecklich lange, bis du endlich tun kannst, was du willst."

Nile schnaubte. „Ach ja? Bloß weil ich volljährig werde, bedeutet das noch lange nicht, dass ich auch unabhängig bin. Wie soll das gehen, Mag? Ich verdiene kein eigenes Geld, und daran wird sich auch so bald nichts ändern. Wer stellt schon jemanden wie mich ein? Ich habe mein ganzes Leben lang nur Privatunterricht bekommen, und von praktischen Dingen verstehe ich so gut wie nichts."

„Na, dann ziehst du halt mit deiner Gitarre herum und machst einen auf Straßenmusiker", schlug Maggie grinsend vor.

„Ja, klar. Natürlich. Und vermutlich werde ich dann von irgendeinem Talent-Scout entdeckt und zum nächsten David Bowie."

Maggie lachte. „Ja, vermutlich. Ein Spinner wie du hätte auf jeden Fall die besten Chancen."

„Den Spinner verbitte ich mir", schimpfte er gutmütig. Er wusste ja, dass Maggie ihn nur aufmuntern wollte. Und zu seinem eigenen Erstaunen klappte es sogar. Er war längst nicht mehr so wütend und frustriert wie noch vor ein paar Minuten.

Seine Schwester schaute sich um, fast so, als wolle sie sichergehen, dass niemand außer ihnen in der Nähe war. „Also … gehst du heute Abend zu dem Fest?“, fragte sie dann.

Nile glaubte, sich verhört zu haben. War er wirklich so leicht zu durchschauen?

„Keine Sorge“, versicherte sie ihm sogleich, als könnte sie seine Gedanken lesen. „Ich bin sicher, dass sonst niemand etwas ahnt. Aber ich weiß, dass Mike garantiert hingehen wird – und wo er ist, bist du in der Regel auch nicht weit.“

„Was willst du damit sagen?“, fuhr Nile sie unvermittelt an.

Maggie lächelte nur milde. „Nur, dass ihr beste Freunde seid, was sonst?“

Sofort bereute Nile, dass er so grob zu ihr gewesen war. Seufzend umarmte er sie. „Ja, das sind wir. Danke, dass du es immer schaffst, mich irgendwie aufzumuntern.“

„Wirklich rührend“, erklang Isabels gelangweilte Stimme von der Tür her. „Ich brech gleich in Tränen aus. Übrigens, wegen Mike … Du brauchst gar nicht so geheimnisvoll tun, Bruderherz. Man sieht euch aus einer Meile Entfernung an, dass ihr zwei Homos seid.“

Nile blieb vor Entsetzen fast das Herz stehen. Doch dann erinnerte er sich daran, wen er vor sich hatte. Isabel versuchte wieder einmal, ihn zu provozieren. Doch diesen Gefallen wollte er ihr auf keinen Fall tun.

„Aus dir spricht doch nur die Eifersucht, Izzy“, konterte er mit einem dünnen Lächeln. „Alle Welt weiß, dass du auf Mike stehst.“

Auf der Stelle lief Isabel rot an. „Stimmt überhaupt nicht! Ich habe nie … Also … Ich würde nicht …“

„Spar dir das“, unterbrach Nile ihr Stammeln. „Und nur damit du’s begreifst: Mike steht auf Mädchen, die wirklich was zu bieten haben. Du …" Er bedachte sie mit einem herablassenden Blick. „Du bist doch noch ein halbes Kind!"

Isabels Augen sprühten förmlich Funken. So wütend hatte Nile sie nur selten gesehen. Aber sie hatte es nicht besser verdient.

„Warte, ich sage Vater, dass du gemein zu mir bist!"

Das war typisch Isabel. Wenn ihr irgendetwas gegen den Strich ging, lief sie immer gleich zu Mommy oder Daddy, um zu petzen. Aber heute konnte Nile so etwas nun wirklich überhaupt nicht gebrauchen. Es war wohl an der Zeit, ein Stück zurückzurudern. Dabei wollte er ihr am liebsten gleich den nächsten Spruch reinwürgen.

„Okay, entschuldige", stieß er zwischen zusammengebissenen Zähnen hervor. „Ich hab's nicht so gemeint."

„Hast du doch", behauptete Isabel und verschränkte die Arme vor der Brust. „Und wenn du nicht willst, dass ich damit zu Vater gehe, solltest du dir besser etwas einfallen lassen."

Er hob eine Braue. „Und was genau stellst du dir da vor?"

„Nun, du könntest mich zum Beispiel heute Abend mit auf das Fest nehmen. Und ehe du versuchst, dich herauszureden – ich habe euch belauscht. Ich weiß, dass du gehst. Und wenn du mich nicht mitnimmst, werde ich dafür sorgen, dass du auch nicht gehst."

„Izzy!" Maggie schüttelte den Kopf. „Du kannst manchmal ganz schön fies sein, weißt du das?"

Doch ihre ungleiche Zwillingsschwester zuckte nur gleichgültig mit den Achseln. „Ich komme auf diese Weise wenigstens voran im Leben – ganz im Gegensatz zu euch beiden Verlierern."

Es gab kaum etwas, das Nile weniger wollte, als seine kleine Schwester mit auf die Hochzeitsfeier zu nehmen. Aber ihm blieb wohl keine andere Wahl, als zuzustimmen.

Seufzend fuhr er sich durchs Haar. „Was ist mit dir, Mags? Willst du auch mitkommen?" Wenn Maggie mit von der Partie war, würde sie bestimmt versuchen, ihm Isabel so gut wie möglich vom Hals zu halten.

Sie lächelte strahlend. „Sehr gern sogar. Wenn ich nicht störe …“

Nile verdrehte die Augen. „*Du* bestimmt nicht“, sagte er.

Die Botschaft, die zwischen den Zeilen mitschwang, entging auch Isabel nicht. „Ach, aber ich schon? Du kannst froh sein, Bruderherz, dass ich dich so einfach davonkommen lasse. Du weißt schon, was für einen Ärger du gekriegt hättest, wenn Vater dich auf frischer Tat beim Herausschleichen aus dem Haus erwischt hätte, oder?“

Natürlich wusste er das. Es machte die Sache allerdings kein Stück besser. In seinen Augen war Isabel trotzdem eine miese kleine Erpresserin, und er würde seine Meinung auch garantiert nicht ändern.

Er hatte sich so darauf gefreut, den Abend mit Mike zu verbringen. Selbst wenn dem wieder eine seiner ständig wechselnden Freundinnen am Arm hing. Inzwischen hatte Nile sich an den Anblick beinahe gewöhnt. Nun, das war vielleicht übertrieben. Er *hasste* die Mädchen, mit denen Mike herumstolzierte. Es war keine persönliche Sache, natürlich nicht. Und er hatte auch absolut kein Recht, so zu denken. Immerhin waren Mike und er nicht zusammen, daher schuldeten sie einander keinerlei Rechenschaft.

Doch Nile wünschte sich so sehr, dass es anders wäre …

Doch es half nichts. Irgendwelchen Wunschträumen nachzuhängen, würde ihn seinem Ziel garantiert keinen Schritt näherbringen. Und das war im Moment nicht etwa, Mike davon zu überzeugen, es mit ihm zu versuchen – sondern einfach nur, sich nicht anmerken zu lassen, wie es wirklich tief in ihm aussah. Er fürchtete, dass ihre Freundschaft ansonsten irreparablen Schaden nehmen könnte.

„Wann brechen wir also auf?“, riss Isabel ihn aus seinen Gedanken. „Und wie hast du überhaupt vor, dich hier rauszuschleichen?“

Er hob eine Braue. „Wenn du wirklich glaubst, dass ich dir das verrate, bist du dümmer, als du aussiehst."

Seine Schwester stampfte erbost mit dem Fuß auf. „Ich werde dich schon nicht verraten, um Himmels willen."

„Entschuldige bitte, wenn ich leisen Zweifel an deinen Versprechungen hege." Er schüttelte seufzend den Kopf. „Wir treffen uns um halb zehn auf dem Korridor. Mutter und Vater sollten dann noch unten sein, sodass wir ungestört meinen Plan in die Tat umsetzen können. Stopft Kissen und Decken unter eure Bettdecke, sodass nicht auf den ersten Blick zu erkennen ist, dass ihr nicht drin liegt."

„Das ist ja wohl der älteste Trick der Welt", maulte Isabel.

„Die Hauptsache ist, dass er funktioniert", gab Nile zurück. „Und jetzt verschwindet auf eure Zimmer. Wir wollen schließlich nicht auffliegen, noch ehe wir überhaupt einen Fuß vor die Tür gesetzt haben."

Zum fünften Mal innerhalb der vergangenen Viertelstunde stand Mike auf und ließ seinen Blick über die Menge der Feiernden schweifen. Es war schon elf Uhr durch, und Nile war noch immer nirgends zu sehen. Dabei hatte er gesagt, dass er ganz sicher kommen würde.

Langsam fing Mike an, sich Sorgen um seinen besten Freund zu machen. Die meisten Jugendlichen von Moananui beneideten Nile um seine Position. Immerhin war er ein McFarlane, noch dazu der einzige Sohn der Familie. Früher oder später würde der gesamte Besitz einmal ihm gehören. Darauf musste man ja neidisch sein!

Nun, Mike wusste es besser. Und er wollte auf keinen Fall mit seinem Freund tauschen. Finanziell mochte es Nile an nichts fehlen. Er musste keine schweren körperlichen Arbeiten verrichten oder abends nach einem anstrengenden Tag hungrig zu Bett gehen.

Doch seine Eltern waren kalt und lieblos – und sie zwängten

ihren Sohn in eine Rolle, die nicht zu ihm passte. Nile als Politiker? Allein der Gedanke war absurd. Und so, wie er seinen Freund kannte, war er auch nicht an der Übernahme der Plantage interessiert.

„Komm schon, Schatz", machte seine Begleiterin – Jenny oder Ginny – auf sich aufmerksam, ergriff seine Hand und versuchte ihn in Richtung Tanzfläche zu zerren. „Du bist den ganzen Abend schon so abwesend. Lass uns tanzen. Wir sind doch hier, um uns zu amüsieren, oder?"

Mike entzog sich ihr und schüttelte den Kopf. „Keine Lust." Und als sie zum Protest ansetzte, fauchte er: „Ich bin nicht im Stimmung, okay? Such dir jemand anderen, wenn du unbedingt tanzen willst."

Sie bedachte ihn mit einem Blick, der so eisig war, dass er problemlos die Hölle hätte zufrieren lassen können, und wirbelte herum. „Weißt du was? Genau das tue ich jetzt!"

Das war das Letzte, was er von ihr hörte, ehe sie in der Menge verschwand.

Offen gestanden – Mike war froh, sie los zu sein. Er wusste, er sollte nicht so denken, und er wollte auch nicht gemein sein, doch es entsprach nun mal der Wahrheit. Keines der Mädchen, mit denen er in den vergangenen Jahren ausgegangen war, hatte es geschafft, ihn irgendetwas fühlen zu lassen.

Er hatte sie geküsst, ja. Er hatte sie berührt. Aber es hatte einfach nichts in ihm ausgelöst. Keine sprühenden Funken, kein atemloses Sehnen.

Nicht, so wie damals mit Nile …

Scheiße!

Er versuchte, den Gedanken zu verbannen. Normalerweise dachte er nicht über jene Nacht nach. Denn das waren gefährliche Gewässer, die er lieber mied.

Er kniff die Augen zusammen und presste die Handballen gegen die geschlossenen Lider. Das musste aufhören. Er konnte nicht den Rest seines Lebens einer Sache hinterhertrauern, die einfach nicht sein durfte. Auch wenn er natürlich die Blicke bemerkte, mit denen sein bester Freund ihn betrachtete, wenn der glaubte, er bekäme es nicht mit.

Vermutlich wäre es besser gewesen, einfach einen Schlussstrich unter ihre Freundschaft zu ziehen. Doch das brachte er einfach nicht übers Herz. Er kannte Nile schon ewig, und sie waren von Kindesbeinen an beste Freunde. Er konnte nicht einfach so tun, als würde ihm der andere Junge nichts bedeuten.

Denn das wäre gelogen. Nile bedeutete ihm sehr viel. Seine *Freundschaft* bedeutete ihm sehr viel.

Wäre es nur dabei geblieben, sie hätten für den Rest ihres Lebens glücklich Seite an Seite verbringen können. Doch leider lagen die Dinge inzwischen ein bisschen anders. Denn so sehr Mike sich auch bemühte, mit wie vielen Mädchen er auch ausging – es war doch immer wieder Nile, nach dem er sich sehnte.

Ständig musste er an jene Nacht denken. Daran, wie Nile ausgesehen hatte. Das glatte schwarze Haar zerzaust, die Lippen geschwollen von ihrem Kuss, die Pupillen geweitet und riesig. Wenn Mike nachts in seinem Bett lag und die Augen schloss, sah er ihn immer wieder vor sich. Und nur allzu häufig konnte er seine Gedanken auch nicht davon abhalten, weiterzuwandern – in gefährliche Gefilde, die ihn noch in große Schwierigkeiten bringen würden, wenn er nicht aufpasste.

Mike atmete tief durch, dann kehrte er zu dem Platz zurück, von dem Jenny – Ginny? – ihn vorhin weggezogen hatte. Er hatte ihn aus strategischen Gründen gewählt, weil man von hier aus die beste Übersicht hatte. Auf diese Weise würde er Nile hoffentlich nicht übersehen, wenn er denn endlich eintraf.

Falls er überhaupt noch kam.

Eine weitere halbe Stunde später war Mike beinahe sicher, dass Nile irgendetwas dazwischengekommen sein musste. Vermutlich seine Eltern, die es gar nicht gern sahen, wenn ihr Sohn sich mit dem gemeinen Volk herumtrieb.

Na und? Du kannst dich auch wunderbar ohne ihn amüsieren. Du brauchst Nile nicht.

Das stimmte doch – oder?

Umgekehrt sah der Fall schon wieder ganz anders aus. Die meisten Jungs mieden ihn schon allein aus dem Grund, dass er der Sohn von William McFarlane war. Niemand wollte sich mit dem großen Boss, der oben im Kiwi Palace regierte, anlegen – seinen Sohn hingegen brauchte man nicht zu hofieren. Hinzu kam, dass Nile sehr viel kleiner war als die anderen Jungs in ihrem Alter, wofür ihm nicht selten Hohn und Spott entgegengeschleudert wurden.

Als würden der Charakter und der Wert eines Mannes sich nach dessen Körpergröße definieren. Mike hatte in ihm nie den verwöhnten Jungen aus gutem Hause gesehen. Er hatte ihn nie als schwach oder unterlegen betrachtet. Er kannte Nile zu gut, um so über ihn zu denken.

In gewisser Hinsicht war Nile stärker als jede andere Person, die Mike kannte. Es gelang ihm, sich selbst treu zu bleiben in einem Umfeld, das dies weder unterstützte noch billigte. Mike war sich nicht sicher, ob er dazu in der Lage gewesen wäre. Verdammt, er bewies es ja im Grunde gerade, dass er es nicht war.

Warum hing er ständig mit Mädchen herum? Nicht, weil er sich zu ihnen hingezogen fühlte. Nein, er wollte auf keinen Fall, dass irgendjemand ihn für schwul hielt. Natürlich wusste er, dass hinter seinem Rücken über Nile und ihn getuschelt wurde. Sicher war sich auch Nile darüber im Klaren. Doch im Gegensatz zu seinem besten Freund, der die bohrenden Blicke einfach ignorierte und sein Leben so weiterlebte, wie er selbst es wollte, ließ Mike sich von der Meinung anderer beeinflussen.

Ja, zum Teufel! Es war ihm nicht gleichgültig, was die Leute über ihn dachten. Wie sollte er einfach so zwischen ihnen weiterleben, wenn sie ihn für das verurteilten, was er tat? Für das, was er fühlte; mit wem er zusammen sein wollte.

Allein bei dem Gedanken daran klopfte ihm das Herz bis zum Hals.

Nein, die Wahrheit durfte auf keinen Fall jemals ans Licht kommen. Nile war sein bester Freund – nicht mehr und nicht weniger. Etwas anderes kam einfach nicht infrage, ganz gleich, wie sehr er es sich auch wünschen mochte.

„Du machst ein Gesicht, als wäre deine Lieblingstante gestorben."

Ein Schauer durchrieselte ihn, als Niles Atem sein Ohr streifte. Sein Freund war, von ihm unbemerkt, von hinten an ihn herangetreten. „Du weißt genau, dass ich nur zwei Tanten habe – und beide wie die Pest hasse." Er drehte sich um und zog Nile in eine freundschaftliche Umarmung – oder zumindest etwas, von dem er hoffte, dass es wie eine freundschaftliche Umarmung aussah. „Ich dachte schon, du kommst nicht mehr."

Sie hielten sich ein paar Sekunden länger fest, als angemessen gewesen wäre, ehe sie sich hastig voneinander lösten.

„Was denkst du denn! Ich konnte mich einfach nicht vorher rausschleichen." Nile verzog das Gesicht. „Und mir blieb nichts anders übrig, als Maggie und Isabel mitzuschleppen."

Mike blickte sich um. „Sie sind hier?"

„Ja." Nile lachte leise. „Mags ist ein Schatz. Sie hat sich Izzy geschnappt, kaum dass wir hier unten angekommen sind. Ich schwöre dir, das Mädchen bringt mich irgendwann noch mal um den Verstand. Bei jeder Kleinigkeit rennt sie zu Vater, und er gibt ihr natürlich immer recht." Er schüttelte den Kopf. „Meinen alten Herrn wurmt es sicher ganz ordentlich, dass ausgerechnet sein einziger männlicher Nachkomme gleichzeitig das schwarze Schaf der Familie sein muss."

„Unsinn", entgegnete Mike. „Ernsthaft, er kann froh sein, dass du dich nicht zu einem speichelleckenden Jasager entwickelt hast. Wenn du eines Tages die Plantage übernehmen sollst, dürfte das für ihn doch ein großer Vorteil sein, oder nicht?"

Nile zuckte mit den Achseln. „Wer sagt, dass ich die Plantage übernehmen will?“

Mike blinzelte. „Willst du nicht?“, hakte er nach.

Einen Moment lang herrschte Schweigen. Schließlich verzog Nile die Lippen zu einem schiefen Lächeln. „Was ich will, ist irrelevant.“

Die Band spielte einen Tusch, und die Gäste bildeten eine Gasse, um das Brautpaar zur Tanzfläche durchzulassen. Mike schaute zu, wie die beiden glücklich strahlend den Hochzeitstanz eröffneten. Und er konnte nicht verhindern, unwillkürlich daran zu denken, dass er selbst so etwas wohl niemals erleben würde.

Er mochte mit Mädchen ausgehen und ihnen vorgaukeln, dass er an ihnen interessiert war. Doch auf keinen Fall wollte er einen anderen Menschen ins Unglück stürzen, indem er ihm seine Liebe vorspielte, wo sein Herz doch schon jemand anderem gehörte.

Der Gedanke allein reichte aus, dass der verräterische Muskel sich schmerzhaft zusammenzog. Was war heute Abend denn bloß mit ihm los? Er musste damit aufhören – sofort!

„Das stimmt nicht“, erwiderte er deshalb, ihr Gespräch wieder aufnehmend. Natürlich wusste er genau, dass Nile in gewisser Weise recht hatte. Und zwar in mehr als einer Hinsicht. Seine Eltern interessierte es nicht, was er wollte, wovon er träumte. Für sie stand fest, dass ihr Sohn eines Tages die Plantage übernehmen und in ihrem Sinne weiterführen würde. Etwas anderes kam für sie überhaupt nicht infrage.

Doch so sehr sich Mike auch über die Ignoranz der McFarlanes aufregte – er selbst war keinen Deut besser. Er wusste genau, was Nile wollte – nämlich genau das, wonach er selbst sich auch insgeheim sehnte. Und doch war er einfach zu feige, um seinem Verlangen nachzugeben.

„Oh doch, das tut es“, entgegnete Nile ohne jede Bitterkeit. „Aber ich habe mich schon vor langer Zeit an den Gedanken gewöhnt, weißt du? So ist das Leben, Mike. Wir alle wünschen uns Dinge, die wir niemals bekommen können. Warum sollte ich da eine Ausnahme bilden?“

Weil du ein guter Mensch bist und es verdienst, einfach nur glücklich zu sein.

Mike schluckte hart. „Ich … ich muss mal schnell pinkeln“, sagte er und drängte sich an Nile vorbei. Er lief in Richtung Wald, dorthin, wo ihn hoffentlich niemand dabei beobachten würde, wie er die Kontrolle verlor.

Als er den Schutz der Bäume erreichte, ballte er die Hände zu Fäusten und hieb auf den erstbesten Stamm ein. Die Haut über seinen Fingerknöcheln platzte auf, doch er ignorierte den Schmerz.

„Verdammt!“, schrie er – sicher, dass die Geräusche der Feier seine Stimme übertönten. „Verdammt! Verdammt! Verdammt!“

„Mike?“

Sein erster Gedanke, als er Niles Stimme hörte, war Flucht. Er wollte nicht, dass sein Freund ihn so sah. Doch letztlich – was brachte das schon? Wegzulaufen würde nur noch weitere Fragen aufwerfen. Und das wollte Mike nun wirklich nicht.

Er schrak zusammen, als Nile ihm unvermittelt eine Hand auf die Schulter legte.

Dieser zuckte daraufhin zurück, als hätte er sich verbrannt. „Mike … Was ist denn los? Du bist so komisch. Ist es wegen Izzy und Mags? Bist du sauer, weil ich sie mitgebracht hab?“

„Deine Schwestern sind mir völlig egal“, entgegnete er barscher als beabsichtigt.

„Dann war es wegen … mit wem bist du heute eigentlich hier?“

„Verdammt, nein! Kannst du mich nicht einfach nur in Ruhe lassen? Ich bin echt nicht in der Stimmung für so was.“

„So was?“ Nile schüttelte den Kopf. „Ich will dir doch nur helfen, ich …“

„Du kannst mir nicht helfen, ist das denn so schwer zu kapieren?“, herrschte Mike ihn an. „Niemand kann das!“

„Aber …“

Nile war näher getreten, doch Mike legte ihm die Hände auf die Brust und stieß ihn von sich fort. „Verdammt, verzieh dich endlich! Ich will allein sein. Lass mich in Ruhe.“

Mike glaubte nicht, dass er jemals vergessen würde, wie Nile ihn in diesem Moment ansah. Die Verständnislosigkeit in seinem Blick. Der Schmerz. Die Enttäuschung über den Verrat.

Er ballte die Hände zu Fäusten, so fest, dass sich seine Fingernägel in die Handinnenflächen bohrten. Seine Kehle war wie zugeschnürt, er konnte nicht mehr atmen.

Warum verschwand Nile nicht endlich? Wenn er nicht bald ging, würde er vollkommen die Kontrolle verlieren. *Geh endlich! Lass mich in Ruhe! Geh! Geh! Geh!*

Doch Nile tat ihm den Gefallen nicht. Stattdessen schlang er von hinten die Arme um ihn und zog ihn an sich heran.

Mike riss die Augen auf. Unwillkürlich versteifte er sich. Der Drang, sich einfach zurücksinken zu lassen und Niles Umarmung zu genießen, war so stark, dass er am liebsten lauthals aufgeschrien hätte.

Doch stattdessen wirbelte er herum und verpasste ihm erneut einen Stoß – dieses Mal so heftig, dass Nile rückwärts taumelte, stolperte und zu Boden fiel.

Aus weit aufgerissenen Augen starrte sein Freund zu ihm auf. Mike spürte, wie sich sein Herz schmerzhaft zusammenzog. Die Woge von Schuld, die über ihn hinwegrollte, war so heftig, dass ihm ganz übel wurde.

Was hatte er getan? Nile verdiente es nicht, dass er ihn so behandelte. Niemand verdiente das, aber sein bester Freund, der immer zu ihm gestanden hatte, ohne jemals etwas im Gegenzug zu verlangen, ganz gewiss nicht.

„Ich … Es tut mir leid.“ Er beugte sich herab und streckte Nile die Hand entgegen, um ihm aufzuhelfen. Doch zu seinem

Entsetzen wich der ein Stück zurück und rappelte sich dann selbst auf, ohne ihn aus den Augen zu lassen.

„Weißt du, Mike, ich habe immer gedacht, wir sind Freunde. Dass wir uns alles erzählen können und immer füreinander da sind. Aber das hier, das hat nichts mit Freundschaft zu tun."

Mit diesen Worten wandte er sich ab und machte Anstalten, zum Fest zurückzukehren. Doch das konnte Mike einfach nicht zulassen. Er packte ihn beim Handgelenk und hielt ihn zurück.

„Was?" Wütend schaute Nile zu ihm auf. „Es ist offensichtlich, dass meine Anwesenheit hier nicht erwünscht ist."

„Nile …" Mikes Kehle war wie zugeschnürt. Er wusste nicht, was er sagen sollte. Fest stand nur, *dass* er etwas sagen musste. Und zwar möglichst, ohne den Grund für sein Verhalten preiszugeben. „Ich hätte dich nicht so anfahren dürfen. Es tut mir wirklich leid."

Nile runzelte die Stirn. „Vielleicht lässt du mich erst mal los?"

Langsam gab Mike sein Handgelenk frei. Er fürchtete, dass sein Freund sofort wieder davonlaufen würde.

Doch Nile blieb, wo er war. Er schüttelte den Kopf. „Verrätst du mir jetzt, was los ist? Und versuch nicht wieder, mir weiszumachen, dass alles in Ordnung ist, denn das kaufe ich dir nicht ab."

„Ich …" Mike atmete tief durch. Seine Gedanken rasten wild durcheinander. Er wusste nicht, was er sagen sollte. Die Wahrheit? Wohl kaum. Schließlich fuhr er sich seufzend durchs Haar. „Es wird dir vermutlich nicht gefallen, aber darüber kann ich mit dir nicht reden."

„Was?" Er hob irritiert die Augenbrauen. „Seit wann gibt es irgendetwas, über das beste Freunde nicht miteinander sprechen können?"

Gequält schloss Mike die Augen. Nile hatte ja keine Ahnung, was in ihm vorging! Dass er sich zusammenreißen musste, um ihn nicht an sich zu ziehen und bis zur Besinnungslosigkeit zu küssen.

Mike wollte ihn. Verdammt, er wollte ihn mehr, als er je zuvor im Leben etwas gewollt hatte. Aber es konnte nun einmal nicht sein. Es *durfte* nicht.

„Habe ich vielleicht irgendetwas falsch gemacht? Wenn dem so ist, dann *musst* du mir sagen, was passiert ist. Ich will nicht, dass unsere Freundschaft an so etwas kaputtgeht. Ich …“ Seine Stimme war kaum mehr als ein Flüstern. „Du weißt, wie viel du mir bedeutest, oder? Ich will dich nicht verlieren, Mike …“

Mike ballte die Hände zu Fäusten, um zu verbergen, wie sehr seine Finger zitterten. Er wusste nicht, wie viel länger er an sich halten konnte, ohne zu explodieren. Sein Herz hämmerte wie verrückt.

Verdammt, wenn er Nile doch nur ein einziges Mal berühren, ein einziges Mal küssen dürfte …

Und dann machte Nile einen Schritt auf ihn zu.

Er war Mike jetzt so nah, dass dieser seine Körperwärme spüren konnte. Das Atmen fiel ihm noch schwerer. Verkrampft stand er da und starrte Nile an, wohl wissend, dass sein Blick den Aufruhr seiner Gefühle widerspiegelte – er konnte es in Niles Augen sehen.

„Was ist bloß los mit dir?“ Langsam hob Nile seine rechte Hand und legte sie ihm auf die Wange.

Mike unterdrückte ein Stöhnen. Die Berührung war federleicht, doch sie ließ die Schmetterlinge in seinem Bauch aufflattern, als wären sie nie fort gewesen. Sein Puls raste. Er konnte nicht mehr klar denken. Die Gefühle, die über ihn hinwegrollten, waren einfach zu heftig.

Er packte Nile beim Kragen seiner Jacke und zog ihn zu sich heran. Gleichzeitig beugte er sich herab und presste ihm die Lippen auf den Mund.

Im ersten Augenblick riss Nile schockiert die Augen auf, doch kurz darauf ließ er seine Hand von Mikes Wange in seinen

Nacken gleiten und schlang den freien Arm um seine Taille. Dann vertiefte er den Kuss, und Mike war, als würde er sich im freien Fall befinden.

Er spürte, wie Niles Zunge über seine Unterlippe strich, und streichelte das kurz geschorene Haar im Nacken seines Freundes. Es fühlte sich weich und fedrig an, und er konnte das Spiel der Muskeln unter der Haut spüren. Er wusste, es sollte ihn nicht anturnen – doch genau das tat es. Und er konnte nichts – absolut gar nichts – dagegen tun.

Irgendwann – Mike wusste nicht, ob Sekunden, Minuten oder Stunden vergangen waren – löste Nile sich von ihm. Er atmete schwer, seine Lippen waren rot vom Küssen.

Er sah unglaublich aus.

Wunderbar.

Atemberaubend.

Mike wollte nie wieder ohne ihn sein. In diesem Moment war ihm alles egal. Sollte der Rest der Welt ihn doch verurteilen. Was interessierten ihn die anderen Leute? Das hier war *sein* Leben, verdammt! Es ging niemanden etwas an, wen er liebte und mit wem er zusammen sein wollte.

Das war ein schöner, wenn auch unrealistischer Gedanke. Sein Handeln würde nicht ohne Konsequenzen bleiben. War er wirklich bereit, diese zu tragen?

Dieselbe Frage schien auch Nile sich zu stellen. Aus sturmgrauen Augen blickte er zu ihm auf, die Stirn gerunzelt. „Bist du dir sicher, dass du das wirklich willst, Mike? Denn wenn du mich noch einmal so küsst und dich dann entschließt, die Flucht zu ergreifen, weiß ich nicht, ob ich dir das jemals verzeihen könnte …“

Mike schluckte hart. Er suchte nach irgendeinem Anzeichen von Zögern oder Unschlüssigkeit in Niles Blick, doch da war nichts. Und tief im Grunde seines Herzens wusste er auch, dass er darauf nicht hoffen durfte; nicht hoffen *sollte*. Es war einfach nicht fair. Nile hatte recht. Wenn er ihn noch einmal küsste, dann musste er sich im Klaren darüber sein, worauf er sich einließ.

Aber – verdammt! – er wollte es so sehr, dass seine Lippen prickelten, wenn er nur daran dachte.

Das war alles so ungerecht. Warum konnte man sie beide nicht einfach ihr Leben leben lassen? Was war so furchtbar verkehrt daran, sich zu lieben?

„Ich … weiß nicht, ob ich das kann", gestand er leise. „Ich weiß nicht, ob ich bereit bin, der ganzen Welt zu zeigen, was ich für dich empfinde …"

Eindringlich schaute Nile ihn an. Das Halbdunkel verlieh seinen Zügen eine gewisse Weichheit. „Aber du empfindest etwas für mich."

Mike fuhr sich mit der flachen Hand über Stirn und Augen. „Verdammt, ja, natürlich! Ich habe weiß Gott lange genug versucht, meine Gefühle für dich zu verdrängen. Aber ganz gleich, wie sehr ich mich auch bemühe, es geht einfach nicht. Ich habe schon immer sehr viel für dich empfunden, Nile." Es kostete ihn einiges an Überwindung, doch er suchte den Blick des anderen Jungen. „Zuerst als meinen besten Freund, und dann … Ich kann nicht mehr zurück zu dem, was vorher war. Es macht mich wahnsinnig, aber damit muss ich wohl klarkommen. Und ja, ich will dich wieder küssen. Immer wieder und wieder, bis die Zeit aufhört zu existieren. Aber ich weiß nicht, ob ich jemals der Mann sein kann, den du verdienst. Ich weiß nicht, ob ich jemals zu dir – zu *uns* – stehen kann."

Einen Moment lang herrschte angespanntes Schweigen. Die Luft zwischen ihnen knisterte förmlich, wie vor einem ganz besonders heftigen Gewitter. Doch dann erschien ein Lächeln auf Niles Lippen, und aller Druck war mit einem Mal wie weggeblasen.

„Das ist mir egal", flüsterte Nile, ehe er Mikes Gesicht mit beiden Händen umfasste, sich auf die Zehenspitzen stellte und ihn küsste.

Dieser Kuss war anders als die beiden, die sie vorher miteinander geteilt hatten. In gewisser Weise süßer und sinnlicher, aber auch schwerwiegender, voller Bedeutung und tiefen Emotionen.

Ihre Zungenspitzen trafen aufeinander. Mike hatte das Gefühl, in Flammen zu stehen. Es war unglaublich, was Nile in ihm auslöste. Er hätte nicht geglaubt, dass es überhaupt möglich war, so etwas zu spüren. Und dann drängte Nile sich mit dem Knie zwischen seine Schenkel, und Mike war sicher, jeden Augenblick explodieren zu müssen.

Er stöhnte auf, doch Nile verschloss seinen Mund noch immer mit seinen Lippen und schien den Laut gierig in sich aufzusaugen. Sie beide bekamen nicht genug voneinander. Die Hitze, die durch Mikes Körper pulsierte, war schier unerträglich. Dennoch wollte er mehr. Wie von selbst wanderten – nein, *flogen* – seine Hände über Niles Körper. Er fuhr mit den Fingern unter sein Hemd und seine Seiten hinauf, was dem anderen Jungen nun ebenfalls ein heiseres Stöhnen entlockte.

In Mikes Kopf drehte sich alles. Während er jedes Geräusch, das sein Freund machte, geradezu unnatürlich laut hörte, waren alle anderen Laute in den Hintergrund getreten; das Fest kaum mehr als ein leises Raunen in der Ferne.

„Du hast keine Ahnung“, seufzte Nile zwischen zwei Küssen, „wie sehr ich mich danach gesehnt habe, dich in meinen Armen zu halten. Ich kann nicht glauben, dass das hier wirklich geschieht. Bitte sag mir, dass das alles nicht bloß ein schöner Traum ist, aus dem ich jeden Moment erwachen werde.“

Mike wusste genau, wie Nile sich fühlte. Er konnte ja selbst kaum fassen, was gerade passierte. Doch eines war ihm vollkommen klar: Selbst wenn er es gewollt hätte, er konnte nicht mehr länger verleugnen, was er für Nile empfand – zumindest nicht ihm und sich selbst gegenüber.

„Oh Gott“, stieß er atemlos hervor, als Niles Knie über seine Erektion rieb, die so empfindlich war, wie er es noch nie zuvor erlebt hatte. Er legte den Kopf in den Nacken, und Nile nutzte die Gelegenheit, seinen Hals mit heißen Küssen zu überziehen.

Mike glaubte, vergehen zu müssen vor Lust. Er konnte nicht mehr klar denken. Alles Sorgen und Bedenken waren wie weggeblasen. Es gab nur noch Nile und ihn, nichts anderes war mehr von Bedeutung.

Sie gehörten zusammen. Sie *vervollständigten* einander.

Er hatte sich nie vorstellen können, ohne ihn zu sein. Nile war sein bester Freund, sein Vertrauter – und sein Seelenverwandter. Wie oft reichte ihnen schon ein einfacher Blick, um ganz genau zu wissen, was gerade im anderen vorging? Sie waren wie zwei Seiten derselben Münze. Untrennbar miteinander verbunden. Und zwar in mehr als nur Freundschaft.

Es hatte lange Zeit gedauert, ehe Mike bereit gewesen war, sich seine Gefühle einzugestehen. Doch nun, wo es endlich so weit war, rollten sie wie ein Tsunami über ihn hinweg.

„Ich liebe dich“, flüsterte er – und erstarrte im nächsten Augenblick, erschrocken über das, was er gesagt hatte. Es war zu früh, viel zu früh. Wie sollte Nile ihm auch nur ein Wort glauben, nachdem er so lange verleugnet hatte, etwas für ihn zu empfinden?

Schuldgefühle brodelten in ihm hoch. Es musste schrecklich für Nile gewesen sein, ständig ein anderes Mädchen an seinem Arm zu sehen. Allein bei dem Gedanken, Nile könnte jemand anderen auch nur *ansehen*, wurde ihm ganz übel. Nile musste Höllenqualen ausgestanden haben.

Und dafür trage ganz allein ich die Verantwortung …

Seinem besten Freund entging sein Stimmungsumschwung nicht. Dazu kannte er Mike viel zu gut.

„Was ist los? Warum bist du plötzlich so still?“

„Es tut mir leid“, sagte er leise. „Dass du das alles wegen mir durchmachen musstest …“

Nile schüttelte den Kopf. Das Lächeln, das seine Lippen umspielte, brachte Mikes Herz zum Rasen. Verflixt, er war wirklich rettungslos verloren.

„Das ist jetzt alles gleichgültig. Was du eben zu mir gesagt hast, bedeutet mir alles, Mike. Dafür hat sich alles gelohnt. Alles." Nile küsste ihn erneut, so als versuchte er, alle verlorene Zeit aufzuholen. „Und ich … liebe dich auch und …"

Er verstummte abrupt, als hinter ihnen ein Geräusch erklang. Ein Schatten trat aus dem Unterholz, und im Mondschein nahm die Gestalt Form an.

Mike keuchte auf, als er die Person erkannte. Wahrscheinlich hatte sie die ganze Szene beobachtet.

Doch es war Nile, der, plötzlich kreidebleich im Gesicht, ihren Namen aussprach. „Maggie …"

7. KAPITEL

Bay of Plenty, Herbst 2016

Sie wollen – bitte was? Hier … Eine Pension …" James McFarlane riss fassungslos die Augen auf. Dann schüttelte er den Kopf. „Haben Sie das wirklich gut durchdacht?"

Vicky horchte tief in sich hinein. Es stimmte, dass sie die Entscheidung recht unüberlegt getroffen hatte. Das bedeutete aber nicht, dass sie sie bereute. Ganz im Gegenteil sogar. Es war die beste Idee, die sie seit Langem gehabt hatte. Und manchmal musste man sich eben kopfüber ins Abenteuer stürzen, um erfolgreich zu sein.

Sie lachte leise. „Nein, habe ich nicht", entgegnete sie. „Aber das ändert nichts an meinem Entschluss. Ich … *wir* …" Sie blickte in Heathers Richtung, um ihr zu versichern, dass sowohl Fiona als auch sie in ihre Pläne mit eingeschlossen waren. „Also, was ich sagen will: Wir werden das schon schaffen. Es gibt nichts, was mich noch in England hält. Ich habe keine Familie, und mit meinen wenigen Freunden kann ich auch übers Internet Kontakt halten. Das Felsenhaus ist meine beste Chance, in diesem Leben noch etwas auf die Beine zu stellen. Und die lasse ich mir ganz gewiss nicht entgehen."

Einen Moment lang war sie fast sicher, dass er protestieren würde, doch schließlich überraschte er sie, indem er nickte. „Es wäre heuchlerisch von mir, wenn ich behauptete, dass Ihr Vorhaben nicht funktionieren kann. Immerhin war genau das schon immer mein großer Traum gewesen." Er runzelte die Stirn. „Aber ich will Sie trotzdem warnen – und bitte verstehen Sie das jetzt nicht falsch. Aber mit Ihrer Entscheidung stehen Sie im Begriff, sich einen der mächtigsten Menschen im ganzen Tal zum Feind zu machen."

„Sie sprechen von Ihrer Mutter", schlussfolgerte Vicky.

„Allerdings. Und glauben Sie mir, wenn ich Ihnen sage, dass man eine Menge Ausdauer und einen gehörigen Sturkopf braucht, um sich gegen sie durchzusetzen. Denn genau diese Charakterzüge treffen auch auf meine Mutter zu. Hinzu kommt, dass sie mitunter alle Regeln des menschlichen Miteinanders vergisst, wenn sie etwas wirklich will. Und aus welchen Gründen auch immer – was sie *wirklich* will, ist das Felsenhaus."

„Hast du irgendeine Ahnung, warum?", mischte sich nun zum ersten Mal Heather ein. „So, wie ich deine Mutter kenne, stecken ganz gewiss keine nostalgischen Gefühle dahinter."

„Wohl kaum", erwiderte James. „Und ehrlich gesagt wüsste ich das auch gern. Aber was dieses Thema betrifft, zeigt sie sich auch mir gegenüber erstaunlich wortkarg. Nicht, dass sie mich sonst immer in ihre Machenschaften einweihen würde. Sie weiß schließlich genau, dass mir häufig nicht gefällt, was sie so treibt."

Vicky hob eine Braue. „Ich nehme an, damit wollen Sie andeuten, dass Sie anders sind."

Er wirkte fast ein wenig empört. „Ich *bin* anders. Aber ich verstehe vollkommen, wenn Sie mir das nicht einfach so glauben wollen. Immerhin kennen Sie mich nicht. Sie wären schön dumm, mir einfach so zu vertrauen."

„Sehen Sie, und ich bin nicht dumm." Sie lächelte und neigte den Kopf ein Stück zur Seite. „War das jetzt alles? Oder wollten Sie sonst noch irgendetwas mit mir besprechen?"

Amüsiert schaute er sie an. „Nein", antwortete er schließlich kopfschüttelnd. „Nein, das war alles. Aber eines möchte ich noch loswerden: Wenn es irgendetwas gibt, was ich für Sie tun kann ... Mike war einer meiner engsten Freunde. In gewisser Weise stand er mir näher, als es meine eigene Familie jemals hätte tun können. Deshalb betrachte ich Sie, seine Tochter, automatisch ebenfalls als Mitglied unserer verkorksten kleinen Familie. Ich meine es ernst – ich will Ihnen helfen."

Mit diesen Worten wandte er sich um und ging zu seinem Auto zurück.

Gedankenverloren schaute Vicky ihm nach. Merkwürdig. Obwohl sie ihn kaum kannte und er der Sohn der Frau war, die ihr definitiv noch Schwierigkeiten machen würde, glaubte sie ihm.

„Wie ist er so?", fragte sie an Heather gewandt, jedoch ohne sich zu ihr umzublicken.

„Wer? James?"

Sie nickte.

„Es stimmt, was er sagt – er ist wirklich anders als seine Mutter. Und er war sehr gut mit deinem Vater befreundet. Um ehrlich zu sein, es wundert mich tatsächlich ein wenig, dass Mike nicht ihm das Haus vererbt hat. Sicher, du bist seine Tochter. Aber James hat ihm praktisch immerzu in den Ohren gelegen, dass er hier eine Pension aufmachen will. Ich war beinahe sicher, dass er es am Ende schaffen würde, ihn zu überzeugen. Aber dazu ist es nun ja nicht mehr gekommen."

Nachdenklich runzelte Vicky die Stirn. Es war vermutlich ein Fehler, ihn für seine Familie zu verurteilen. Sie hatte es immer gehasst, wenn Leute sich ihr gegenüber skeptisch zeigten, nur weil ihre Mutter eine Trinkerin gewesen war. Sie konnte schließlich nichts für das Verhalten ihrer Eltern.

Und nun ertappte sie sich dabei, wie sie dasselbe mit James McFarlane machte. Dass Isabel McFarlane eine intrigante Hexe war, bedeutete nicht automatisch, dass ihr Sohn aus dem gleichen Holz geschnitzt war. Und er war bisher ausnahmslos freundlich zu ihr gewesen – außer, wenn sie sich einmal wieder dazu hatte hinreißen lassen, über ihren Vater herzuziehen.

Vermutlich war genau das der eigentliche Grund, warum sie sich James gegenüber so reserviert, ja fast abweisend verhielt? Weil er ihrem Vater so nahegestanden hatte, während sie …

Aber nein, das wäre ziemlich erbärmlich. Eifersucht sah ihr überhaupt nicht ähnlich. Schon gar nicht, wenn es um einen Mann ging, den sie im Grunde gar nicht wirklich kannte. Mike Tancredi hatte beinahe zwanzig Jahre ihres Lebens in einem anderen Land, auf einem anderen Kontinent, mit einer *neuen* Familie verbracht, wenn man das so nennen wollte. Der Mensch, der er zum Zeitpunkt seines Todes gewesen war, hatte sicher nichts mehr mit dem Mann gemein, den sie als kleines Mädchen gekannt hatte.

Gekannt zu haben glaubte.

Sie wusste, dass es ihr eigentlich nichts ausmachen sollte. Doch die Bitterkeit ließ sich nicht vollkommen verdrängen. Sie fühlte sich zurückgesetzt und ausgetauscht. Und nichts und niemand schien daran etwas ändern zu können.

„Was ist los? Worüber grübelst du nach?", riss Heather sie aus ihren Gedanken. „Bereust du deine Entscheidung bereits? Wenn dem so ist, dann solltest du wissen, dass wir es dir niemals vorwerfen würden. Ich nicht, und Fiona ebenso wenig. Ich weiß, sie kann manchmal ein bisschen aufbrausend sein. Aber im Grunde ihres Herzens ist sie ein guter Mensch."

Vicky nickte. „Das weiß ich doch. Darum geht es auch gar nicht. Mein Entschluss steht fest. Ich weiß nur nicht recht, was ich von James McFarlane halten soll."

Und vor allem weiß ich nicht, warum mir das überhaupt so wichtig ist.

Sie atmete tief durch, dann ging sie ins Haus, um ihre Jacke zu holen. „Ich gehe eine Runde spazieren", rief sie Heather noch zu, als sie wieder herauskam. „Wartet nicht mit dem Essen auf mich."

Seit ihrer Ankunft in Neuseeland hatte Vicky sich noch nicht ein einziges Mal wirklich die Zeit genommen, die Umgebung zu erkunden.

Sie kannte das Felsenhaus und das Stadtzentrum von Moanui, aber davon abgesehen …

Langsam schritt sie die Klippen entlang, gegen die sich schäumend die Wellen warfen. Bei dem Weg, dem sie folgte, handelte es sich kaum um mehr als um einen holprigen Trampelpfad, der ziemlich steil abwärts führte. Sie musste aufpassen, wie sie ihre Schritte setzte. Auf keinen Fall wollte sie am Ende zum Opfer eines dummen Unfalls werden, so wie es ihrem Vater passiert war.

Das Wetter war sehr viel freundlicher als am Tag ihrer Ankunft. Der Himmel erstrahlte in einem hellen Blau, und im gleißenden Sonnenschein wirkte das Gras noch grüner und saftiger, und das Meer nicht ganz so bedrohlich – obwohl ihr die Klippen nach wie vor einen Schauer den Rücken hinunterrieseln ließen.

Hier irgendwo musste ihr Vater in den Tod gestürzt sein. Wie es wohl gewesen sein mochte in den letzten Sekunden? Ob noch einmal sein ganzes Leben an ihm vorübergezogen war? Hatte er bereut, was er ihr und ihrer Mutter angetan hatte?

Sie ballte die Hände zu Fäusten. Vermutlich nicht, beantwortete sie sich ihre Frage selbst. Er hatte sich all die Jahre nicht um sie gekümmert, warum sollte sich daran so plötzlich etwas geändert haben?

Aber wenn er sich nicht für dich interessierte – warum hat er dann kurz vor seinem Tod Kontakt mit dir aufgenommen? Und wieso hat er dir das Felsenhaus vererbt? Das tut man doch nicht für jemanden, der einem völlig gleichgültig ist!

Sie schüttelte den Gedanken ab wie ein lästiges Insekt. Was immer auch Mike Tancredis Beweggründe gewesen sein mochten, er hatte sie mit ins Grab genommen.

Sie drehte sich um und schaute zum Haus hinauf. Trotz des herrlichen Wetters wirkte es düster und abweisend, die Schatten schienen dunkler, die Umrisse schärfer – oder bildete sie sich das nur ein?

Rasch wandte sie sich wieder ab und folgte dem Weg ins Tal hinunter. Langsam wurde das Gefälle ein wenig sanfter, und hinter einem Hügel eröffnete sich Vicky schließlich der Blick auf weite grüne Weiden, auf denen verstreut einige Schafe grasten.

Ein Lächeln umspielte ihre Lippen. Das war es, was man in

den Reiseführern über Neuseeland zu sehen bekam. Diese endlosen, hügeligen Weiten … und sattes Grün, so weit das Auge reichte. Und natürlich Schafe. Auch wenn diese vereinzelten Exemplare nicht ganz der Dimension entsprachen, die man so kannte.

Sie lief einfach weiter querfeldein, ohne ein Ziel vor Augen zu haben. Dieser Spaziergang diente vor allem dazu, sich einen klaren Kopf zu verschaffen. Solange sie hier draußen keinem Menschen begegnete, war sie zufrieden.

Nach einer Weile sah sie, wie in der Ferne das helle Grün der Wiesen von einem dunkleren Ton abgelöst wurde. Das musste die Kiwiplantage der McFarlanes sein. Sie hatte schon gehört, dass sie nicht allzu weit vom Felsenhaus entfernt war.

Die Plantage schien, das sah sie auf den ersten Blick, riesig zu sein. Von Vickys Position aus wirkte sie, als würde sie den gesamten Horizont einnehmen.

Unter einem riesigen Rata-Baum, dessen weite Krone einen lichten Schatten warf, legte sie eine kurze Rast ein. Der Baum sah unbeschreiblich aus – anders als alles, was sie in England je gesehen hatte. Der dicke Stamm und diese unglaubliche Größe. Luftwurzeln hingen wie kleine Lianen zwischen den Zweigen und Blättern herab.

Wenn sie jetzt darüber nachdachte – was wusste sie schon über ihre Heimat? Sie hatte beinahe ihr ganzes Leben lang in London verbracht – zuerst mit beiden Elternteilen, dann nur noch mit ihrer Mutter, schließlich allein.

Sie fühlte sich, als sei sie bisher mit Scheuklappen durch ihr Leben gelaufen.

Den Rücken gegen die raue Rinde des Stamms gelehnt, schloss sie die Lider, holte tief Luft und sog den frischen Duft nach Erde und Gras in sich ein. Vielleicht war es albern, aber sie hatte das Gefühl, endlich das Leben zu spüren.

Als sie die Augen wieder öffnete und sich umsah, bemerkte sie ein paar Hundert Meter entfernt eine alte Scheune. Auf einer

Seite wurde sie von Bäumen abgeschirmt. Vermutlich waren hier früher einmal Dinge für die Versorgung der Schafe gelagert worden. Jetzt schien sie allerdings nicht mehr genutzt zu werden, dem ziemlich heruntergekommenen Zustand nach zu urteilen.

Sie wusste nicht, wem das Gebäude und der Grund und Boden, auf dem es stand, gehörten, doch sie nahm sich vor, Heather und Fiona danach zu fragen.

Während sie sich der Scheune näherte, wurde immer deutlicher, wie verfallen alles wirklich war. Das Dach sank auf einer Seite ein, und ein Flügel des Tors hing so schief in den Angeln, dass es sie nicht gewundert hätte, wenn es im nächsten Moment heruntergefallen wäre.

Dennoch fühlte Vicky sich auf seltsame Weise zu dem Gebäude hingezogen. Sie wusste selbst nicht, woran es lag. Es handelte sich schließlich nur um eine alte Scheune. Was sollte sie dort schon finden? Verrostete Maschinen und gammliges Heu, vermutlich. Trotzdem hielt sie weiter darauf zu.

Der noch funktionierende Torflügel knarrte und quietschte, als sie ihn aufzog. Er zierte sich beinahe, als hätte er ein Geheimnis zu wahren.

Wie erwartet gab es im Inneren der Scheune im Halbdunkeln nicht allzu viel zu sehen. Sie entdeckte einen mit einer Plane abgedeckten Umriss, bei dem es sich eindeutig um einen Heuwagen handelte, mehrere Ballen Heu, von denen ein fauliger Geruch ausging, sowie alte Werkzeuge, die schon bessere Tage gesehen hatten.

Eine Leiter führte hinauf zu einem Boden, dessen Stützgerüst vermutlich ebenso morsch war wie der Rest des Schuppens. Es war sicher keine gute Idee, dort hinaufzuklettern, dessen war Vicky sich bewusst. Und dennoch kribbelte es sie in den Fingern.

Versuchsweise erklomm sie die erste Sprosse der Leiter, wippte ein bisschen darauf, um ihren Halt zu testen, und stellte überrascht fest, dass sie ihr Gewicht hielt. Vorsichtig und mit heftig pochendem Herzen kletterte sie weiter, bis sie den Kopf durch die quadratische Öffnung über sich stecken konnte.

Im ersten Moment war sie enttäuscht. Abgesehen vom allgegenwärtigen Staub schien sich hier oben nichts zu befinden. Doch als sie sich schon wieder an den Abstieg machen wollte, bemerkte sie eine Kiste unter dem kleinen Fenster, ganz am anderen Ende des Bodens, durch dessen dreckverkrustete Scheiben schmutziggraues Tageslicht fiel.

„Verdammt …" Vicky hielt inne. Einem guten Rätsel hatte sie noch nie widerstehen können. Einen Moment schwankte sie zwischen Vernunft und Wagemut, doch schließlich gewann ihre Neugier die Oberhand.

Sie kletterte den Rest der Leiter hinauf und verlagerte behutsam ihr Gewicht auf den Dielenboden. Er knarrte, hielt aber stand. Ihr Herz hämmerte wie verrückt, während sie sich langsam auf allen Vieren zum anderen Ende vorarbeitete, wobei sie besonders morsch aussehende Bretter mied und sich ansonsten auf ihr Bauchgefühl verließ.

Plötzlich gab eine Diele unter ihrem Gewicht leicht nach. Der Laut, der dabei durch das Gebälk ging, schien durch den ganzen Schuppen zu hallen, und Vicky stockte der Atem. Vorsichtig, ganz vorsichtig, verlagerte sie ihren Schwerpunkt und wartete.

Kalter Schweiß stand ihr auf der Stirn, und ihr Puls raste. Doch nichts passierte, und schließlich ebbte die Aufregung etwas ab.

Sie blickte zurück. Sollte sie riskieren weiterzugehen, oder war es besser umzukehren? Sie beschloss, es darauf ankommen zu lassen.

Wenig später hatte sie es geschafft – sie kniete vor der Kiste.

„Hoffentlich sind da jetzt nicht nur ein paar mottenzerfressene Klamotten drin", murmelte sie zu sich selbst. Das wäre eine schöne Enttäuschung, das ganze Risiko für nichts. Gewundert hätte sie es allerdings nicht wirklich. Im Gegenteil, es wäre typisch. Bei ihrem Glück genau das, was sie erwarten sollte. Doch als sie den Deckel hob, fand sie keine Kleidungsstücke, sondern einfach nur – nichts.

Rein gar nichts.

Zumindest dachte sie das im ersten Moment. Doch dann bemerkte sie, dass unter dem Stoff, mit dem die Kiste eingeschlagen war, etwas hervorragte. Es sah aus wie … Sie griff danach und zog es aus seinem Versteck hervor.

Ein Notizbuch?

Sie schlug es auf und sah, dass es mit handschriftlichen Aufzeichnungen gefüllt war, die sie im Halbdunkeln allerdings nur schlecht entziffern konnte. Außerdem waren die Zeilen in einer wahren Sauklaue geschrieben. Also schob sie das Buch in ihre hintere Hosentasche und kroch auf demselben Weg zurück, den sie gekommen war.

Ihr Herz klopfte ihr noch immer bis zum Hals, und ein paar Mal brach sie beinahe mit einem Fuß durch den Dielenboden, aber schließlich schaffte sie es heil bis zurück zur anderen Seite. Eilig kletterte sie die Leiter hinunter und trat durch das halb offen stehende Tor ins Freie. Dort holte sie das Buch wieder hervor und sah es sich noch einmal genauer an.

Es schien sich um eine Art Tagebuch zu handeln. Darauf deuteten jedenfalls die Daten hin, mit denen jeder Eintrag begann. Die Schrift allerdings war wirklich grauenvoll. Zudem schien das Notizbuch schon recht alt zu sein, denn die einzelnen Blätter waren vergilbt und stockfleckig.

Vickys Herz flatterte. Ein Schatz aus einem anderen Jahrzehnt, aus dem vergangenen Jahrhundert womöglich – wie unglaublich aufregend!

Aber war es wirklich in Ordnung, in einem fremden Tagebuch zu lesen? Immerhin handelte es sich doch um sehr private Aufzeichnungen, die nicht für fremde Augen bestimmt waren. Stirnrunzelnd klappte sie das Buch wieder zu und steckte es zurück unter ihren Hosenbund. Sie würde es erst einmal mit nach Hause nehmen. Vielleicht war es ja okay, wenn sie sich die ersten paar Seiten vornahm, um herauszufinden, wer der Besitzer des Buches war, damit sie es ihm zurückgeben konnte.

Sie machte sich auf den Rückweg zum Haus. Offenbar war sie weiter gelaufen, als sie selbst bemerkt hatte – um sie herum befanden sich jedenfalls nur weite Wiesen und die Kiwipflanzungen, von denen sie begrenzt wurden.

Mit einem Seufzen beschleunigte sie ihre Schritte. Sie war inzwischen ziemlich hungrig und wollte einfach nur nach Hause.

Nach Hause …

Es war lange her, dass sie einen Ort so bezeichnet und es gleichzeitig tatsächlich so empfunden hatte. Doch zu ihrer eigenen Überraschung musste sie gestehen, dass es dieses Mal tatsächlich so war. Innerhalb kürzester Zeit war das Felsenhaus zu einem Heim für sie geworden – was sicher nicht zuletzt an Heather und Fiona lag.

Sie nahm sich vor, gleich morgen mit der Planung für die Pension zu beginnen. Ewig konnte sie nicht einfach so in den Tag hineinleben. Es wurde Zeit, dass sie etwas Struktur in ihren Alltag brachte.

Ein Lächeln umspielte ihre Lippen. Dass sie ausgerechnet hier ein neues Leben anfangen würde … Damit hatte sie nun wirklich nicht gerechnet, als sie von England aus nach Neuseeland aufgebrochen war – mit allem, aber ganz gewiss nicht damit.

Und auch wenn es nicht einfach werden würde – sie war bereit zu kämpfen. Wenn Isabel McFarlane ihr das Leben schwer machen wollte, bitte sehr. Davon würde Vicky sich so schnell nicht einschüchtern lassen. Wenn sie sich etwas in den Kopf gesetzt hatte, konnte sie stur wie ein Maulesel sein. So zumindest hatte es ihr Vater immer ausgedrückt, wenn sie als kleines Mädchen versucht hatte, ihren Willen durchzusetzen.

Es war fast ein bisschen ungewohnt für sie, bei dem Gedanken an Mike Tancredi nicht unwillkürlich Hass in sich aufwallen zu spüren. Bitterkeit, ja. Enttäuschung, sicherlich. Aber nach allem, was sie über ihn gehört hatte, war er nicht der Mann gewesen, dessen Bild sie all die Jahre vor sich gehabt hatte.

Er war nicht selbstsüchtig und egoistisch gewesen. Nicht hartherzig und kalt. Und wenn sie ehrlich sein wollte, hatte sie das im Grunde schon immer gewusst. Der Vater, den sie kannte, war streng, aber liebevoll gewesen. Und er hatte viel gelacht. Ein Mensch *konnte* sich doch nicht plötzlich so verändern. Nicht auf so extreme Art und Weise.

Und doch … Er hatte ihre Mutter und sie einfach so von einem Tag auf den anderen verlassen. Und Vicky war noch ein Kind gewesen – was hätte sie denken sollen?

Hinzu kam, dass ihre Mutter auch niemals müde geworden war, ihren Vater zu verdammen. Er sei ein schlechter Mensch gewesen, ein Taugenichts. Dass sie froh sein sollten, ihn los zu sein, während sie im selben Atemzug darüber wetterte, dass er keinen Cent für ihren Unterhalt zahlte und sie nur mit Mühe und Not über die Runden kamen.

Inzwischen fragte Vicky sich, ob die Wahrheit nicht irgendwo dazwischen gelegen hatte. Und ob es nicht noch eine Geschichte gab, die ihr nie jemand erzählt hatte. Eine Geschichte, in der ihr Vater weder der Held noch der Bösewicht war, sondern einfach nur ein ganz normaler Mann, der richtige und weniger richtige Entscheidungen getroffen hatte.

Ein lautes Knurren riss sie aus ihren Gedanken. Sie blinzelte irritiert und riss die Augen auf, als sie den Hund erblickte, der unbemerkt auf sie zugekommen war. Es war ein ziemlich großes Tier mit massigem Körperbau und tiefschwarzem Fell. Mit gefletschten Zähnen und gesträubtem Nackenfell stand der Hund da und starrte Vicky an.

Ihr Herz raste.

Sie mochte Hunde, hatte sich nie vor ihnen gefürchtet. Schon als Kind war sie immer einfach unbedarft und voller Vertrauen selbst auf große Tiere zugegangen, um sie zu streicheln.

Dieses Tier aber *machte* ihr Angst. Was jetzt?

Sie war hier draußen ganz allein, und niemand würde sie hören, wenn sie um Hilfe schrie. Davon abgesehen fürchtete sie, dass sich das Tier davon provoziert fühlen und sie erst recht attackieren könnte. Dasselbe galt für den Versuch, davonzulaufen.

Ihr blieb nur eins übrig: Sie musste möglichst ruhig bleiben und hoffen, dass der Hund das Interesse an ihr verlor. Vielleicht war sein Besitzer ja irgendwo in der Nähe. Ein Fünkchen Hoffnung flackerte in ihr auf, als sie ein dumpfes Stampfen hörte, das sich näherte. Es klang wie …

„Rover, aus!"

Sie erkannte die herrische Stimme sofort, die vom leisen Schnauben eines Pferdes untermalt wurde. Es handelte sich um die eine Frau, die wiederzusehen sie eigentlich nicht so bald gehofft hatte.

Isabel McFarlane. Stolz und herrisch saß sie auf einem prächtigen Rappen.

In diesem Augenblick war Vicky allerdings froh darüber, dass überhaupt jemand da war. Vorsichtig und langsam, ganz langsam, drehte sie sich um. „Könnten Sie bitte dafür sorgen, dass dieser Hund mich in Ruhe lässt?"

„Haben Sie etwa Angst vor Rover?" Die ältere Frau lachte. „Keine Sorge, er tut Ihnen nichts. Ich habe ihn persönlich abgerichtet. Er greift nur an, wenn ich es ihm gestatte."

„Warum nur beruhigt mich das nicht besonders?", murmelte Vicky. Sie wurde das Gefühl nicht los, dass Isabel McFarlane die Situation mehr als genoss. Und vermutlich lag sie damit auch nicht ganz falsch. Das Funkeln in ihren Augen und die hochgezogenen Brauen sprachen jedenfalls eindeutig dafür.

„Was? Glauben Sie, dass ich mich wegen des Felsenhauses zu so einem drastischen Schritt veranlasst sehen würde?" Sie schnalzte mit der Zunge, was Rover mit einem leisen Wimmern quittierte.

Er wirkte jetzt nicht mehr so bedrohlich wie noch vor ein paar Augenblicken. Vermutlich lag es daran, dass sie nun einem echten Raubtier gegenüberstand. Einem, das jeden Moment zuschlagen konnte.

Reiß dich zusammen, Vicky. Isabel McFarlane mag eine unausstehliche alte Hexe sein, aber sie wird dir schon nicht die Kehle rausreißen.

Das Pferd, ein wunderschönes Tier mit seidig glänzendem schwarzem Fell und dichter Mähne, schnaubte, und es klang, als würde es sie auslachen. Nun, vielleicht war Isabel McFarlane doch gefährlicher, als Vicky sich eingestehen wollte. So ziemlich jeder, mit dem sie über die ältere Frau sprach, warnte sie vor ihr.

Aber was sollte sie ihr schon tun? Sie von ihrem Hund anfallen lassen? Wohl kaum! Allein der Gedanke war doch schon vollkommen lächerlich!

Dummerweise war sie sich, was das betraf, längst nicht so sicher, wie sie sich selbst vormachte zu sein. Aber sie würde den Teufel tun und es sich Isabel McFarlane gegenüber anmerken lassen. Sie würde sich nicht einschüchtern lassen. Nein, ganz bestimmt nicht!

Entschlossen biss sie die Zähne zusammen und straffte die Schultern. Der Hund – Rover – stieß ein leises, warnendes Knurren aus, doch Vicky zwang sich, ihn zu ignorieren. Wenn er tatsächlich so gut erzogen war, wie James' Mutter behauptete, dann brauchte sie sich seinetwegen keine Gedanken zu machen. Es war die Besitzerin, die sie fürchten musste.

„Wenn Sie mich dann entschuldigen würden …?" Vicky wandte sich ab und ging langsam in die Richtung davon, in der sie das Felsenhaus vermutete. Verdammt, sie hatte ganz schön die Orientierung verloren. Warum musste hier auch alles so verflixt gleich aussehen?

„Sie wissen aber schon, dass Sie sich auf meinem Grund und

Boden befinden?“, erklang Isabel McFarlanes Stimme. „Wenn Rover Sie jetzt angreifen und verletzen würde – wem würde man am Ende wohl die Schuld geben, was meinen Sie? Einer der angesehensten Personen im Ort oder jemandem wie Ihnen?“

Vicky blieb wie angewurzelt stehen. Sie spürte, wie ihre Selbstbeherrschung zu bröckeln begann. Das Problem war, dass sie es Isabel McFarlane durchaus zutraute, so etwas zu tun. Menschen wie sie waren bereit, auch über Leichen zu gehen, um an ihr Ziel zu gelangen. Für sie heiligte der Zweck die Mittel.

„Das würden Sie nicht tun“, stieß sie dennoch heiser hervor.

„Da wäre ich mir an Ihrer Stelle nicht so sicher“, gab die ältere Frau gefährlich leise zurück. Doch nach einem kurzen Moment – vermutlich, um ihre Worte sacken zu lassen – stieß sie einen grellen Pfiff aus.

Als Vicky sich umblickte, sah sie, wie Rover an ihre Seite trottete.

Isabel McFarlane lachte auf. „Du liebe Güte, Sie sind wirklich leichtgläubig, wie? Ihr Vater war da von einem anderen Kaliber, das muss ich ihm lassen. Er hat sich nicht so rasch einschüchtern lassen. Ich würde vorschlagen, dass Sie Ihre Koffer packen und von hier verschwinden, solange Sie noch die Chance dazu haben.“

Vicky verschränkte die Arme vor der Brust und kniff die Augen zusammen. „Wollen Sie mir etwa drohen?“

Isabel McFarlane grinste süffisant. „Das käme mir nie in den Sinn. Nein, es handelt sich lediglich um eine wohlgemeinte Warnung. Mein Angebot für das Felsenhaus steht übrigens noch.“

„Ihr Angebot interessiert mich nicht“, entgegnete Vicky eisig. „Nur zu Ihrer Information – ich habe mich entschieden, mich hier in Moananui niederzulassen. Sie sehen also, ein Verkauf kommt für mich überhaupt nicht infrage.“

Einen Moment lang wirkte James' Mutter regelrecht schockiert, fing sich aber rasch wieder. „Was ist mit den Sachen Ihres Vaters?"

Irritiert hob Vicky eine Braue. „Was soll mit denen sein?"

„Nun, einige davon könnten meinem verstorbenen Bruder gehören. Es ist ja wohl verständlich, dass ich diese nicht ausgerechnet in *Ihren* Händen wissen will. Nach allem, was Ihr Vater unserer Familie angetan hat …"

Nun verstand sie wirklich überhaupt nichts mehr. „Angetan? Wovon sprechen Sie eigentlich?"

„Wissen Sie es etwa immer noch nicht?"

„Hören Sie endlich auf, um den heißen Brei herumzureden!"

Isabel McFarlane lachte höhnisch auf. „Ihr Vater … Nein, das wäre zu einfach, obwohl ich wirklich sagen muss, dass ich gern Ihr Gesicht sehen würde, wenn Sie die Wahrheit erfahren." Sie schüttelte den Kopf. „Fragen Sie die beiden Lesben, mit denen Sie zusammenleben, doch einmal danach, in welchem Verhältnis Mike und mein Bruder zueinander standen …"

Vicky runzelte die Stirn. Sie hatte noch immer keinen Schimmer, worauf die ältere Frau hinauswollte. Allerdings war ihr schon mehrfach aufgefallen, dass sowohl Heather als auch Fiona ausweichend reagierten, wenn das Thema Nile McFarlane angesprochen wurde.

Ihr Vater hatte sie und ihre Familie verlassen, um für seinen besten Freund aus Kindestagen da zu sein, als dieser krank wurde. Normal war das nicht, so viel war ihr selbst klar. Und nun diese Andeutungen …

„Wenn Sie glauben, mich auf diese Weise von meinem Entschluss abbringen zu können, Mrs. McFarlane, dann muss ich Sie enttäuschen."

Die Plantagenbesitzerin lachte. „Oh nein, darum geht es hier nicht. Ich will Ihnen lediglich vor Augen führen, was für ein Mann Ihr Vater *wirklich* war. Was Sie damit anfangen, ist ganz allein Ihre Angelegenheit."

„Tatsächlich? Dann reden Sie endlich. Ich bin es nämlich gehörig leid, mir Ihre rätselhaften Bemerkungen anzuhören. Entweder rücken Sie jetzt endlich mit der Sprache raus, oder das Thema ist für mich erledigt."

James' Mutter zuckte mit den Achseln. „Ich kann Ihnen gar nicht sagen, wie einerlei mir das ist. Ob Sie der Angelegenheit auf den Grund gehen oder es bleiben lassen, ist ganz allein Ihre Entscheidung."

Vicky bedachte sie mit einem scharfen Blick, der die meisten Menschen wohl zu Eis hätten erstarren lassen. Nicht so Isabel McFarlane. Natürlich nicht. „Wenn Sie wirklich glauben, mich auf diese Weise einschüchtern zu können, müssen Sie schon schwerere Geschütze auffahren."

Ohne ein weiteres Wort drehte sie sich um und ging davon. Isabel McFarlane folgte ihr nicht – und zum Glück auch ihr Hund nicht. Als Vicky ein Stück weit gelaufen war, schaute sie sich um – doch die ältere Frau ritt bereits in einiger Entfernung in die andere Richtung davon.

Vicky seufzte. Widerwillig musste sie zugeben, dass James sie wohl zu Recht vor seiner Mutter gewarnt hatte. Sie war ganz offensichtlich wirklich nicht zu unterschätzen. Und Vicky musste sich selbst gegenüber eingestehen, dass sie sich vorhin tatsächlich einen kurzen Moment vor ihr gefürchtet hatte.

Beim Gedanken an dieses Glitzern in ihren eisblauen Augen rieselte ihr jetzt noch ein Schauer den Rücken hinunter. Wie weit würde diese Frau gehen, um an ihr Ziel zu gelangen?

Erleichtert atmete sie auf, als endlich das Tosen der Brandung an ihr Ohr drang. Und dann sah sie es auch, wie es oben auf dem Hügel über den Klippen thronte.

Das Felsenhaus.

Vicky blieb stehen, um es einen Moment lang in Ruhe zu betrachten. Etwas an diesem Haus verursachte ihr noch immer Gänsehaut, auch wenn sie sich dort inzwischen so heimisch fühlte. Vermutlich lag es an den dunklen Steinen, aus denen es erbaut war und die das Sonnenlicht regelrecht zu schlucken schienen. Eines stand jedenfalls fest: Bevor sie Gäste hierherholten, mussten sie versuchen, alles ein wenig freundlicher und einladender zu gestalten. Ein paar bunte Blumen vor den Fenstern und etwas Farbe auf …

Sie stockte, als sie hinter dem winzigen Fenster im Dachboden eine Bewegung zu sehen glaubte. Die feinen Haare in ihrem Nacken richteten sich auf, und ihr wurde kalt.

Was ist denn mit dir los? Das ist vermutlich Fiona. Oder Heather. Du bist doch sonst nicht so leicht aus der Ruhe zu bringen!

Bestimmt waren es die Nachwirkungen ihres Aufeinandertreffens mit Isabel McFarlane, die ihre Nerven noch immer flattern ließen. Sie schüttelte den Kopf über sich selbst und setzte sich wieder in Bewegung. Es gab noch unglaublich viel zu tun, ehe man das Felsenhaus wieder als Pension betreiben konnte. Die meisten der Zimmer im oberen Stockwerk waren schon seit Ewigkeiten nicht mehr bewohnt worden oder dienten im Moment höchstens als Lagerraum für unnütze Dinge. Im ehemaligen Arbeitszimmer ihres Vaters wollte Vicky sich ihr Büro einrichten – dazu musste auch dort alles aussortiert werden.

Obwohl er ein echter Sauberkeitsfanatiker gewesen zu sein schien – die Regale in der Speisekammer bogen sich regelrecht unter der Last der unterschiedlichsten Reinigungsmittel –, hatte er sich offenbar nur schlecht von irgendetwas trennen können. Praktisch überall fand man Aktenordner, Schubladen voller Dokumente und Unterlagen, Fotoalben, sorgsam in Kleidersäcke verpackte Kleidung sowie Truhen und Kisten voller Andenken und Schickschnack. Es würde eine ganze Weile dauern, das Nützliche vom Überflüssigen zu trennen. Das Einzige, was Vicky auf jeden Fall behalten wollte, war der wuchtige Sekretär, der im Arbeitszimmer stand. Es handelte sich um ein Möbelstück aus glänzendem Eichenholz mit detailreichen Schnitzereien und Ornamenten – und für echte Antiquitäten hatte sie schon immer eine Schwäche besessen.

Das Haus war jetzt nur noch etwas mehr als hundert Meter entfernt, und Vicky strömte der Schweiß den Rücken hinunter. Sich in der größten Mittagshitze den Weg bei den Klippen hinaufzuquälen, war wirklich kein Vergnügen. Wieder sah sie eine Bewegung oben hinter dem Dachbodenfenster. Dann glaubte sie ganz kurz, ein verzerrtes Gesicht zu erkennen, doch es war sofort wieder verschwunden, und das Fenster war blind vor Schmutz, sodass man kaum richtig hindurchblicken konnte.

Vermutlich versuchte Heather gerade, etwas Ordnung in das Chaos zu bringen, das Mike Tancredi hinterlassen hatte. Nötig war es weiß Gott. Doch als sie das Haus schließlich erreichte, bemerkte Vicky überrascht, dass Heather und Fiona gerade zusammen die Wäsche aufhängten.

„Wenn ihr hier seid", sagte sie, „wer ist dann oben auf dem Dachboden?"

Die beiden Frauen hielten in ihrer Arbeit inne und schauten sie irritiert an. „Auf dem Dachboden? Da war schon seit mindestens zwei Jahren niemand mehr", erklärte Heather lächelnd. „Er ist so vollgestopft mit alten Möbeln, dass es kaum ein Durchkommen gibt. Wie kommst du darauf, dass da oben jemand ist?"

Wieder überlief es Vicky eiskalt, doch sie zwang sich, ruhig zu bleiben. „Ihr seid ganz sicher, dass da niemand sein kann?"

„Ja." Fiona runzelte die Stirn. „Du hast Heather doch gehört. Dort oben herrscht das reinste Chaos. Mir wird jetzt schon ganz anders, wenn ich daran denke, dass wir bald damit anfangen müssen, da zu entrümpeln."

Vicky nickte abwesend. Sie musste sich getäuscht haben. Vermutlich war es nur eine Gardine, die sich im Wind bewegt hatte. Der Dachboden war nicht ausgebaut, und vermutlich gab es überall Stellen, an denen der Wind durch die Lücken und Löcher fegte.

Sie atmete tief durch. Ja, so musste es gewesen sein. Doch das merkwürdige Gefühl in der Magengegend weigerte sich beharrlich zu verschwinden.

Wahrscheinlich brauchte sie einfach nur ein bisschen Ablenkung. „Kann ich euch irgendwie helfen?“, fragte sie.

„Ach, wir sind hier ohnehin gleich fertig. Das Essen ist bereits vorbereitet und muss nur noch aufgewärmt werden. Aber wenn du magst, kannst du ja schon einmal die eine oder andere Schublade in Mikes altem Arbeitszimmer durchgehen. Das meiste kann vermutlich in den Müll, aber es könnten auch wichtige Sachen darunter sein. Und irgendwo müsste auch noch das Manuskript sein, an dem er gearbeitet hat …“

Vicky blickte sie irritiert an. „Manuskript? Ich wusste gar nicht, dass er geschrieben hat.“

Fiona lachte. „Na ja, hat er normalerweise auch nicht. Aber vor etwas mehr als einem Jahr hat er plötzlich verkündet, dass er seine Memoiren verfassen will. Und danach hat er sich beinahe jeden Tag für ein paar Stunden in sein Arbeitszimmer verzogen, um daran zu arbeiten.“

„Und um was genau ging es da?“ Vickys erster Gedanke war – daran hatte sie sich mittlerweile bereits gewöhnt – ein bitterer. Ob ihre Mutter und sie in diesem Text überhaupt eine Rolle spielten? Tauchten sie zumindest als Randfiguren auf? Menschen, die irgendwann einmal in seinem Leben von Bedeutung gewesen waren, dann aber plötzlich nicht mehr?

Zu ihrer Überraschung lautete Fionas Antwort: „Wissen wir nicht.“

Heather lächelte. „Er hat nie jemanden etwas lesen lassen. Es war fast, als hätte er irgendein großartiges Geheimnis, das er der Welt erst dann offenbaren wollte, wenn die Zeit dafür reif war. Wenn du mich fragst, hat es ihm aber vor allem Spaß gemacht, alle darüber rätseln zu lassen. Am Ende ging es wahrscheinlich nur darum, wie Nile und er …“ Sie verstummte abrupt und hob die Hand vor den Mund. Vicky bemerkte, wie ihr Blick hilfesuchend in Fionas Richtung flackerte.

Doch dieses Mal würde sie nicht einfach zulassen, dass sie das Thema wechselten.

Nicht nach allem, was Isabel McFarlane angedeutet hatte.

„Okay", sagte sie, und schaute die beiden Frauen nacheinander an, „was versucht ihr vor mir zu verheimlichen? Wenn es um meinen Vater geht, denke ich, dass ich ein Recht habe, es zu erfahren, findet ihr nicht?" Sie schüttelte den Kopf. „Warum macht ihr überhaupt so ein Geheimnis darum? Ich bekomme langsam das Gefühl, dass Mike Tancredi ein Schwerverbrecher war!"

„Nein!" Fiona runzelte die Stirn. „Nein, nichts dergleichen. Und vielleicht hast du recht, und es ist falsch, es dir zu verschweigen. Die Sache ist nur die ..." Sie seufzte und schaute Heather fragend an.

„Du warst deinem Vater gegenüber von Anfang an so negativ eingestellt, und wir wollten es nicht noch schlimmer machen." Sie lächelte traurig. „Andererseits hast du uns schon mehr als einmal bewiesen, dass du nicht zu diesen engstirnigen Menschen gehörst, die nicht in der Lage sind, über den eigenen Tellerrand zu blicken. Und wir hätten es dir wahrscheinlich schon längst sagen müssen, aber wir haben es so lange vor uns hergeschoben, dass wir irgendwann den richtigen Moment einfach verpasst hatten ..."

„Um Himmels willen, das klingt ja dramatisch." Vicky hob eine Braue. „Langsam fange ich an, mir richtig Sorgen zu machen. Die McFarlane hat vorhin schon solche merkwürdigen Andeutungen gemacht und ..."

„Du hast Isabel getroffen?"

Vicky winkte ab. „Das erzähle ich euch später. Lenkt jetzt bitte nicht vom Thema ab. Also, was war mit meinem Vater? Hatte er etwa was mit seinem besten Freund, diesem Nile?"

Es war schon beinahe komisch, wie Fiona und Heather beinahe zeitgleich erbleichten. Allerdings war Vicky nicht nach Lachen zumute. So war das also. Mike Tancredi hatte seine Familie im Stich gelassen, um mit seinem Freund zusammen sein zu können. Fast wunderte sich Vicky ein bisschen, dass sie nicht längst selbst darauf gekommen war.

Dabei lag es doch im Grunde auf der Hand, wenn sie recht darüber nachdachte. Alles, was sie über die Beziehung zwischen Nile McFarlane und Mike Tancredi gehört hatte, deutete darauf hin, dass sie mehr als nur beste Freunde gewesen waren. Das Fotoalbum. Die Art und Weise, wie die beiden sich auf einigen der Bilder angesehen hatten. Die Tatsache, dass ihr Vater Heather und Fiona, ein lesbisches Paar, bei sich aufgenommen und vor den Anfeindungen der Leute beschützt hatte.

Mein Gott, wie blind war sie doch gewesen!

„Vicky?"

Sie zuckte zusammen, als Heather ihr eine Hand auf die Schulter legte. Dann lachte sie heiser auf. „Ich hätte es wissen müssen. Man verlässt doch nicht einfach seine Familie, nur um seinen schwer kranken Jugendfreund zu besuchen." Obwohl sie wusste, dass es falsch war, konnte sie nicht anders, als den Überbringer der Botschaft anzufeinden. „Ihr müsst euch ja köstlich über mich amüsiert haben. Über die naive kleine Vicky!"

„So war das doch überhaupt nicht", begehrte Fiona sofort auf. „Wir wollten doch nur …"

Heather ergriff die Hand ihrer Lebenspartnerin und drückte sie beruhigend. Wie so oft schienen sie ohne Worte miteinander zu kommunizieren, und am Ende gab sich Fiona seufzend geschlagen.

„Wir verstehen es, wenn du dich von uns verraten fühlst", sagte Heather mit einem traurigen Lächeln. „Vermutlich würde es uns in deiner Situation nicht viel anders ergehen. Aber du musst uns glauben, dass wir uns niemals über dich lustig gemacht haben. Ganz im Gegenteil sogar. Wir haben dich praktisch sofort in unser Herz geschlossen."

„Und warum habt ihr mir dann nicht gleich die Wahrheit gesagt?" Vicky schüttelte den Kopf. „Was dachtet ihr denn von mir? Dass ich wegen meines Vaters plötzlich homophob werden könnte? Wenn es so ist, dann kann ich euch beruhigen: Ich bin durchaus in der Lage, das alles voneinander zu trennen. Ihr könnt schließlich nichts dafür, dass er seine Familie im Stich gelassen hat – ebenso wenig wie Nile McFarlane. Es war ganz allein seine Entscheidung, sich einfach so ohne jede Erklärung aus dem Staub zu machen. Dafür ist sonst niemand verantwortlich. Nur er selbst."

Fiona und Heather hielten die Köpfe gesenkt. „Wir wollten einfach nicht, dass du Mike am Ende noch mehr hasst, als du es ohnehin schon tust."

„Aber ich hasse ihn nicht", entgegnete Vicky und stellte zu ihrer eigenen Überraschung fest, dass das tatsächlich stimmte. „Ich hasse ihn nicht, ich verstehe ihn nur einfach nicht. Hätte er das Rückgrat besessen, uns, seiner Familie, reinen Wein einzuschenken, wäre es vielleicht nie zum Bruch zwischen uns gekommen."

Sie dachte darüber nach. All die verschwendeten Jahre, all das Unglück und Leid. Es hätte verhindert werden können, wäre ihr Vater nur offen und ehrlich zu ihnen gewesen. Sicher, Vicky wusste, dass ihre Mutter über diese Entwicklung sicher nicht begeistert gewesen wäre. Welche Frau wurde schon gern verlassen – noch dazu für einen Mann?

Möglicherweise hätte Holly Tancredi ihm niemals verziehen. Doch Vicky war sich sicher, dass sie dazu in der Lage gewesen wäre. Allerdings hatte Mike Tancredi diese Chance leichtfertig vertan. Er hatte seine Familie einfach so abgelegt wie ein altes Kleidungsstück, das ihm nicht mehr länger passte.

Der Gedanke machte Vicky nicht wütend, sondern vielmehr traurig.

„Es tut uns leid", sagte Heather. „Wir hätten einfach darauf vertrauen sollen, dass es nichts an deiner Haltung uns gegenüber ändern würde. Oder selbst wenn, dass es wichtiger für dich war, die Wahrheit zu wissen, als uns zu schützen. Aber du und deine Meinung sind uns irgendwie sehr wichtig geworden." Sie lächelte entschuldigend. „Vielleicht kannst du ja verstehen, warum wir so gehandelt haben."

Vicky dachte darüber nach, und schließlich nickte sie. Irgendwie konnte sie den beiden Frauen nicht böse sein. Und außerdem konnte sie ihnen wirklich kaum vorwerfen, dass sie anfangs nicht recht gewusst hatten, wie sie sie einschätzen sollten.

„Mein Vater war also …" Sie runzelte die Stirn, „… bisexuell?" Sie atmete tief durch. „Nun, so langsam überrascht mich wirklich überhaupt nichts mehr."

Insgeheim fragte sie sich allerdings, ob das wirklich den Tatsachen entsprach. Oder war ihr Vater am Ende gar homosexuell gewesen? Hatte er ihre Mutter überhaupt je geliebt?

Sie schüttelte den verstörenden Gedanken ab, irritiert darüber, dass es sie überhaupt kümmerte. Was machte es schon für einen Unterschied? Er hatte sie verlassen, Punkt. Es war vollkommen unbedeutend, wieso oder warum er es getan hatte. Und er konnte weder sie noch ihre Mutter je wirklich geliebt haben, wenn es ihm offenbar so leichtgefallen war, sie aus seinem Leben zu streichen. Wen interessierten da schon seine Gründe?

„Du verzeihst uns also?", fragte Heather, ungewöhnlich kleinlaut.

Vicky seufzte. „Natürlich, was hast du denn gedacht? Ihr könnt doch schließlich nichts dafür, dass das ganze Leben meiner Eltern auf einer Lüge aufgebaut gewesen ist. Einer Lüge, die am Ende alles in sich hat zusammenbrechen lassen, wie ein Kartenhaus."

„Ich bin sicher, dass es Mike nicht leichtgefallen ist, deine Mutter und dich zu verlassen", sagte Fiona. „Die Nachricht von Niles Krankheit muss ihn damals schwer mitgenommen haben. Aber er hat euch ganz sicher nicht vergessen, davon bin ich überzeugt."

„Und warum hat er dann nicht einmal versucht, mit uns Kontakt aufzunehmen? Kein Anruf, kein Brief – gar nichts. Wieso?"

Heather schüttelte den Kopf. „Das stimmt so nicht ganz."

„Was meinst du damit?" Vicky runzelte die Stirn.

„Ich weiß zufälligerweise ganz genau, dass er euch geschrieben hat. Häufiger sogar. Wir sind ein paar Jahre nach Niles Tod hier eingezogen. Einmal saß er drinnen am Küchentisch und schrieb. Als ich ihn fragte, an was er da arbeitete, sagte er, dass er seiner Tochter einen Brief schreibe."

„Aber ich habe nie einen Brief von ihm erhalten? Wie ist das möglich? Bist du dir wirklich sicher, dass er an *mich* geschrieben hat?" Jetzt verstand Vicky überhaupt nichts mehr.

Heather nickte. „Ganz sicher. Allerdings kann ich nicht sagen, ob er sie jemals abgeschickt hat."

Vicky schloss die Augen. Mit einem Mal wurde ihr klar, dass es gar keine Adresse gab, an die ihr Vater etwas hätte schicken können. Ihre Mutter war kurz nach seinem Verschwinden mit ihr umgezogen – und danach in regelmäßigen Abständen immer wieder.

Sie hatte immer angenommen, dass sie auf diese Weise versuchte, ihren Gläubigern zu entkommen. Doch was, wenn es ihr lediglich darum gegangen war, ihren Mann von der gemeinsamen Tochter fernzuhalten? Hatte Holly Tancredi von der sexuellen Orientierung ihres Mannes gewusst? Oder hatte sie erst kurz vor dessen Aufbruch nach Neuseeland davon erfahren? War sie so wütend gewesen, dass sie den Kontakt absichtlich unterbunden hatte?

Vicky schüttelte den Kopf. Nein, das konnte sie sich nicht vorstellen. So war ihre Mutter nicht gewesen. Nun, zumindest nicht, als sie sich noch wie eine richtige Mutter verhalten hatte.

Doch das war schon so lange her, dass sie sich gar nicht mehr richtig daran erinnern konnte. Ebenso wenig wie an die Zeiten, in denen sie glücklich gewesen waren.

Sie merkte erst, dass ihr Tränen über die Wangen strömten, als Heather auf sie zutrat und sie umarmte. Sie war ihr und Fiona so dankbar für die Wärme und die Zuneigung, die sie ihr entgegenbrachten. Machte es sie zu einem schlechten Menschen, wenn sie sich diesen Frauen, die sie kaum kannte, verbundener fühlte als ihrer eigenen Mutter? Denn das hier war etwas, das sie lange vermisst hatte. Sie fühlte sich endlich wieder wie in einer richtigen kleinen Familie.

Irgendwann ergriff Heather ihre Hand. „Komm, du siehst aus, als könntest du ein bisschen Ruhe gebrauchen. Leg dich hin und versuch ein bisschen zu schlafen. Wir können uns dann später über alles weiter unterhalten, wenn du willst."

Vicky nickte. Sie war tatsächlich furchtbar erschöpft. Und vielleicht half es ja wirklich, wenn sie sich ein halbes Stündchen hinlegte.

Sie ging nach oben auf ihr Zimmer, zog ihre Schuhe aus und kickte sie in die Ecke. Erst als sie auch ihre Hose ausziehen wollte und ihre Finger über das Tagebuch in ihrer Gesäßtasche streiften, erinnerte sie sich wieder.

Oh …

Mit einem Mal war sie gar nicht mehr wirklich müde. Sie legte sich auf das Bett, bauschte die Kissen ein wenig auf, sodass sie höher saß, und zog die Knie an. Dann legte sie das Tagebuch auf ihre Oberschenkel, ehe sie es aufschlug.

Stirnrunzelnd versuchte sie, die erste Seite zu entziffern – vergeblich. Es musste wirklich schon einige Zeit in der Truhe gelegen haben, und die Feuchtigkeit hatte dem Papier nicht besonders gutgetan. Die Stockflecken und die teilweise etwas verschwommene Handschrift erleichterten das Lesen nicht unbedingt. Einige Passagen waren sogar vollkommen zerstört.

Liebes Tagebu…,

ich liebe ihn. Wenn ich nur an ihn denke, fängt mein He… an, heftiger zu klopfen. Aber natürlich weiß ich, dass er nicht dasselbe für mich fühlt.

Er ist mein bester Freund und ich ...

Wenn ich doch nur ...

Zu ihrer Enttäuschung war das alles, was sie entziffern konnte, der Rest des Eintrags war völlig unleserlich. Einen Namen hatte sie nun immer noch nicht. Sie blätterte weiter. Der nächste Eintrag lag vom Datum her ein paar Monate nach dem ersten.

Lie...es Tagebuch,

niemals hätte ich ... für möglich geha...en, dass er meine Gefühle erwide...t. Mir ist noch im...r, als würde ich träumen. Er h... mich geküsst – das heißt doch, dass er mich li...bt, oder? Oh Gott, ich hoffe ...s so sehr!

Es ist l...ge her, dass ich für irgend...as gebetet habe, aber gest...n Nacht lag ich ... tatsächlich wach und habe ein St...gebet zum Himmel g...schickt. Aber ob Gott mir überh... zu...ren wird? Es h...ißt doch, d...s er Mensc... w... u... h...t u...

In dem Moment klopfte es an ihrer Zimmertür. Wie ertappt klappte Vicky das Buch zu.

„Herein?!"

Es war Fiona.

„Heather lässt ausrichten, dass das Abendessen fertig ist."

„Ja", rief Vicky. „Ich komme sofort."

Sie schob das Buch unter ihr Kopfkissen und kletterte vom Bett herunter. Nach dem Essen würde sie sich das Buch noch einmal vornehmen und vielleicht endlich herausfinden, wem es gehörte.

Es fühlte sich falsch an, darin zu lesen, doch auf der anderen Seite fiel es ihr schwer, es aus der Hand zu legen. Irgendwie war es unglaublich faszinierend, in die Gedanken eines anderen

Menschen einzudringen. Aus erster Hand zu erfahren, was er fühlte und dachte war aufregend – und dann noch der Reiz des Verbotenen …

Trotzdem verstaute sie das Buch vorerst sicher. Sie würde Hilfe brauchen beim Entziffern der Einträge, und das war zu viel Aufwand für heute Abend. Außerdem hatte sie erst einmal genug andere Dinge zu tun. Sie mussten anpacken und das Haus auf Vordermann bringen, wenn sie wirklich Erfolg haben wollte.

Das Buch musste erst einmal warten.

Schon am nächsten Morgen machten Vicky und Fiona sich an die Arbeit, die ungenutzten Zimmer auf Vordermann zu bringen, während Heather in den Ort gefahren war, um sich zu erkundigen, welche Formalitäten notwendig waren. Wenn Vicky den Plan, eine Pension zu eröffnen, wirklich durchziehen wollte, dann war es sinnlos, länger zu zögern. Je eher sie Gäste empfangen konnte, umso besser. Denn ihr Vater hatte ihr zwar zusammen mit dem Felsenhaus auch etwas Geld vererbt, aber lange würde sie damit nicht über die Runden kommen.

Am frühen Nachmittag hatten sie bereits zwei Räume fertig entrümpelt und eine Bestandsaufnahme vorgenommen. Und für Vicky stand fest, dass sie um eine Renovierung nicht herumkommen würden.

„Du sagtest, auf dem Speicher stehen noch Möbel?", fragte sie hoffnungsvoll.

Fiona nickte. „Jede Menge sogar. Aber die meisten stammen noch aus der Zeit, als das Haus schon einmal als Pension genutzt wurde, sind also uralt. Ich würde mich nicht darauf verlassen, dass besonders viele Dinge davon noch verwendbar sind."

Vicky stöhnte. „Wie soll ich das bloß alles stemmen?"

Tröstend klopfte die ältere Frau ihr auf die Schulter. „Gemeinsam werden wir das schon schaffen. Im Keller stehen sicher noch ein paar Eimer Farbe, mit denen wir den Wänden im

Nu einen frischen Anstrich verleihen können. Und was die Einrichtung betrifft – ich bin ziemlich geschickt mit Hammer und Säge. Wir nehmen einfach alles, was oben noch verwendbar ist, und improvisieren. Mach dir keine Gedanken, wir kriegen das schon hin. Für drei starke Frauen wie uns kann es schließlich nicht so schwer sein, ein bisschen zu renovieren."

Darüber musste Vicky lachen. Zudem hatte Fiona recht. Sie *würden* es schaffen, ganz einfach, weil es überhaupt keine andere Alternative gab, als erfolgreich zu sein. Ansonsten würde Isabel McFarlane am Ende triumphieren, und das wollte sie auf gar keinen Fall zulassen.

Sie rückte das Kopftuch zurecht, das sie zum Putzen um ihre Haare gebunden hatte, und nahm den Wischmopp wieder zur Hand. „Dann lass uns jetzt wirklich reinhauen. Ich möchte mich gern mit eigenen Augen vom Zustand der Möbel auf dem Speicher überzeugen – und zwar möglichst noch bei Tageslicht."

Gesagt, getan. Während Fiona die Vorhänge vor den Fenstern abnahm und in die Waschmaschine steckte, wischte Vicky im Nebenzimmer den Boden. Allen Kleinkram hatten sie zunächst einmal in Kisten gepackt. Später konnten sie diese immer noch durchgehen und entscheiden, was noch gebraucht wurde und was wegkonnte. Jetzt galt es zunächst einmal, die Räume von allem unnötigen Kram zu befreien.

Gegen halb vier waren sie bereits ziemlich weit vorangekommen. Vicky fand, dass sie mit ihrem Fortschritt zufrieden sein und für heute erst einmal Pause machen konnten. Also ließ sie sich von Fiona den Speicher zeigen. Über eine schmale Leiter ohne Geländer gelangte man in das oberste Stockwerk.

Tatsächlich lagerten alle möglichen Möbel dort, doch wie Fiona es vorausgesagt hatte, sah man schon auf den ersten Blick, dass sich die meisten in keinem besonders guten Zustand befanden.

Vicky nickte. Jetzt, wo sie einmal mit der Arbeit begonnen hatte, sprudelte sie über vor lauter Tatendrang. „Also schön", sagte sie. „Das hier nehmen wir uns dann alle zusammen morgen vor. Wir fangen gleich an zu sortieren. Was nichts mehr ist, fliegt sofort durchs Fenster raus. Und den Rest begutachten wir dann übermorgen in Ruhe."

„Klingt nach einem guten Plan", erklärte Fiona grinsend.

Bis Heather aus dem Ort zurückkehrte, machten die beiden noch ein wenig Ordnung, verstauten das Putzzeug wieder und stapelten die Kartons mit dem noch undefinierten Krimskrams in einem der schon fertigen Zimmer.

„Ein paar Genehmigungen werden wir noch einholen müssen", teilte Heather ihnen mit, als sie schließlich alle drei bei einer Tasse Tee in der Küche zusammensaßen. „Und du, Vicky, brauchst vor allem eine Arbeits- und Aufenthaltserlaubnis und einen Gewerbeschein. Das sind die ersten Dinge, um die wir uns kümmern sollten."

Vicky nickte. „Hatte mein Vater einen Anwalt?"

„Wayne Thompson ist nicht nur Notar, sondern auch Anwalt", erwiderte Heather. „Wenn du bei den Formalitäten Hilfe brauchst, wird er dir sicher gerne helfen."

Hilfe brauchen würde Vicky bestimmt, davon war sie überzeugt. Doch im selben Moment war sie sich absolut sicher, das Richtige getan zu haben. Ihre möblierte Wohnung und ihren Job in London hatte sie bereits telefonisch gekündigt. Ihr Chef im Callcenter wäre ohnehin nicht bereit gewesen, sie noch länger unbezahlt freizustellen, und ihr Vermieter war so freundlich gewesen, ihre persönlichen Sachen vorübergehend für sie einlagern zu lassen.

Sie wollte hier in Neuseeland noch einmal ganz von vorn anfangen und ihr altes Leben hinter sich lassen. Und wenn sie sich etwas vorgenommen hatte, dann ließ sie sich nicht so schnell wieder davon abbringen.

„Sie hat sich entschlossen, das Felsenhaus zu behalten."

James war inzwischen daran gewöhnt, dass seine Mutter manchmal vollkommen geräuschlos hinter einem auftauchte. Das bedeutete jedoch nicht, dass es ihm auch gefallen musste.

„Himmelherrgott, Mutter!“ Er wirbelte herum. „Musst du dich immer so anschleichen?“

Isabel McFarlane schüttelte den Kopf. „Hast du etwas zu verbergen, Junge?“

„Nein, zum Donnerwetter! Ich kann es einfach nur nicht ausstehen, wenn du das tust! Und davon abgesehen wäre es nett, wenn du anklopfen würdest, ehe du mein Zimmer betrittst!“

Seine Mutter zuckte mit den Achseln. „Das hier ist immer noch mein Haus“, entgegnete sie gelassen. „Und in dem tue ich, was immer mir gefällt.“

„Du tust *immer* nur das, was dir gefällt“, entgegnete er. „Ganz egal, wo du dich aufhältst.“

Missbilligend schnalzte sie mit der Zunge. „Hast du überhaupt gehört, was ich gesagt habe?“, wechselte sie schließlich übergangslos das Thema. „Vicky Tancredi will bleiben. Sie behält das Haus.“

James nickte. „Ja“, sagte er. „Ich weiß. Warum wundert dich das so sehr? Dir muss doch klar gewesen sein, dass das passieren könnte.“

„Aber es *darf* nicht passieren, verdammt!“

Irritiert schaute James sie an. Normalerweise war seine Mutter nicht so rasch aus der Ruhe zu bringen. Es war schon einiges nötig, damit sie die Fassung verlor und laut wurde – und wenn sie dann auch noch fluchte …

„Was hat es mit dem Felsenhaus auf sich, dass du es unbedingt in die Finger bekommen willst?“, wollte er wissen.

Sie bedachte ihn mit einem scharfen Blick. „Das geht dich absolut gar nichts an!“

„Das glaube ich allerdings doch“, entgegnete er, fest entschlossen, sich dieses Mal nicht mit irgendwelchen Ausflüchten abspeisen zu lassen. „Wenn es dir solche Sorgen bereitet, dann handelt es sich vermutlich um etwas, das uns alle betrifft – dich, Tante Maggie und mich.“

Einen Moment lang schwieg sie, und fast glaubte James, dass

für sie das Thema damit erledigt war. Als sie dann schließlich doch etwas sagte, klang es überraschend versöhnlich. „Vertrau mir ein einziges Mal im Leben und glaub mir, wenn ich dir sage, dass du gar nichts Genaueres wissen willst. Ich trage diese Sache schon seit vielen Jahren mit mir herum – ich will dich nicht auch noch damit belasten, Junge."

Es war lange her, dass seine Mutter so mit ihm geredet hatte. Meistens schwiegen sie sich entweder an oder stritten miteinander. Dass sie nun plötzlich so besorgt um ihn zu sein schien, machte ihn misstrauisch – und es stimmte ihn ein wenig traurig, wie charakteristisch dies für ihre Beziehung zueinander war.

Langsam schüttelte er den Kopf. Was hatte Mike über Isabel gewusst, dass sie so sehr fürchtete, die Wahrheit könne ans Licht kommen?

„Nun, wie dem auch sei – Vicky hat sich entschieden, und auf mich wirkte sie sehr entschlossen."

Seine Mutter musterte ihn eindringlich. „Dann hast du deine Pläne bezüglich der Pension also schon aufgegeben?"

Er zuckte mit den Achseln. „Was bleibt mir denn anderes übrig, Mutter?"

Natürlich wollte er das Felsenhaus. Er träumte schon so lange davon und hatte jahrelang vergeblich versucht, Mike von seinem Vorhaben zu überzeugen.

„Nun", entgegnete Isabel mit einem Lächeln, das sie jedoch nicht unbedingt freundlicher wirken ließ. „Du könntest um das, was dir am Herzen liegt, kämpfen."

Nein, mit kämpfen musste jetzt Schluss sein. Er hatte sich beim letzten Mal bereits beinahe von seiner Mutter überreden lassen, ihr zu helfen. Vicky war Mikes Tochter. Und Mike hätte nicht gewollt, dass er gegen sie arbeitete, sondern dass er sie unterstützte. Außerdem war das Felsenhaus nicht das einzige Gebäude in der Umgebung, das sich dazu eignete, zu einer Pension umfunktioniert zu werden.

In einigen der Nachbarorte gab es bereits Hotels und Pensionen, die Touristen anlockten. James zweifelte nicht daran, dass sie auch nach Moananui kommen würden. Und wenn es erst einmal so weit war, dann würden die Einnahmen auch ausreichen, davon war James fest überzeugt, um zwei Gästehäuser am Laufen zu halten.

Er schüttelte den Kopf. „Nein", sagte er. „Das werde ich nicht tun. Und ich denke, dass du es ebenfalls gut sein lassen solltest, Mutter. Vicky hat schon genug durchgemacht, findest du nicht?"

Isabels Miene verfinsterte sich. James erinnerte sich an Fotos, die er in einem Album entdeckt hatte, und die seine Mutter als junge Frau zeigten. Er war überrascht gewesen, ein hübsches Mädchen mit weichen Zügen und großen blauen Augen darauf zu sehen.

Was mochte mit diesem Mädchen geschehen sein? Wann war sie zu der harten, unnachgiebigen Frau geworden, die heute vor ihm stand?

„Oh, ich denke gar nicht daran, aufzugeben", fuhr sie fort und wirkte dabei fast ein wenig gedankenverloren. „Es steht zu viel auf dem Spiel. Ich werde nicht zulassen, dass erneut ein Tancredi unsere Familie auseinanderreißt."

James runzelte die Stirn. „Was meinst du damit, Mutter?"

Doch sie schüttelte den Kopf. „Du hast dich entschieden, Junge", murmelte sie, und es klang nicht wütend oder vorwurfsvoll. „Wir alle treffen in unserem Leben Entscheidungen. Wenn wir Glück haben, können wir zurückblicken und uns selbst auf die Schultern klopfen, aber eines steht fest: Wir müssen mit den Konsequenzen leben, ob es uns nun gefällt oder nicht."

Verständnislos schaute James sie an. „Mutter, ich ..."

Doch Isabel hatte sich bereits abgewandt.

Maggie neigte den Kopf zur Seite. Sie hatte nicht gelauscht, nein. Ganz zufällig war sie an Niles Arbeitszimmer vorbeigekommen, als ihr Bruder und ihre Schwester sich stritten. Aber … war Nile nicht gestorben? Ach ja, wie dumm von ihr – das war ja jetzt James' Zimmer.

James war ein guter Junge. Isabel sollte nicht so schrecklich streng zu ihm sein. Hatte sie denn nicht gesehen, wohin so etwas führte?

Sie runzelte die Stirn.

Die beiden hatten übers Felsenhaus gesprochen. Über Mikes Tochter. Seine *Tochter*? Aber er war doch mit Nile …?

Das war alles so verwirrend.

Sie überlegte, wann sie Mike zum letzten Mal gesehen hatte. Als es ihr einfiel, erbleichte sie.

Es war in *jener* Nacht gewesen …

„Bitte, Izzy, nicht …"

Ihre Schwester riss sich von ihr los. „Lass mich!" Sie stürmte weiter, um einen Stapel Kisten herum in den hinteren Bereich der Scheune – und blieb abrupt stehen.

Maggie hatte einen Wutanfall erwartet, Geschrei und Gezeter, doch es blieb still. Und als Isabel kurz darauf zu ihr zurückkehrte, war sie geradezu unheimlich ruhig.

„Was hast du vor?", fragte sie, als ihre Schwester einfach an ihr vorbeiging.

„Vater sollte wissen, was da hinter seinem Rücken passiert", entgegnete Isabel tonlos. Sie schüttelte angewidert den Kopf. „Das ist so ekelhaft …"

Entsetzt hielt Maggie ihre Schwester am Arm zurück. Wenn sie ihre Drohung wahr machte und zu ihrem Vater ging, würde der Abend in einer Katastrophe enden.

Sie konnte das nicht zulassen.

Mit einem wütenden Knurren riss Isabel sich los. Maggie gab ihr einen Schubs.

Feuer.

Sengende Hitze.

Rauch.

Ein Mensch schreit.

Ohrenbetäubendes Krachen.

Meine Schuld, meine Schuld, meine Schuld, meine Schuld, meine …

Scharf atmete Maggie ein und presste sich die Handballen vor die Lider. Sie wollte nicht mehr an jene Nacht denken.

Nie wieder.

Doch sie konnte die Augen verschließen, soviel sie wollte – das Brüllen der Flammen würde für alle Zeiten in ihren Ohren klingen.

Meine Schuld …

8. KAPITEL

Bay of Plenty, 1982

„Nicht hier, Mike!“ Nile lachte leise, während er gleichzeitig versuchte, Mike von sich wegzuschieben. So sehr er ihm auch nah sein wollte, sie befanden sich in Sichtweite des Kiwi Palace – und er wollte nicht riskieren, dass irgendjemand sie zusammen sah.

Zumindest nicht *so*.

Mit einem frustrierten Stöhnen ließ Mike von ihm ab und trat einen Schritt zurück. „Verdammt, ich kann es nicht abwarten, endlich von hier abzuhauen. Ich will dich küssen, Nile, und ich habe es satt, dass wir uns immerzu verstecken müssen!“

„Ich doch auch“, entgegnete Nile und hob beschwichtigend die Hände. Seit etwas mehr als einem halben Jahr waren sie nun zusammen, und bisher hatten sie es geschafft, dem Rest der Welt vorzugaukeln, nach wie vor nur gute Freunde zu sein.

Gute Freunde … Ein Lächeln umspielte seine Lippen. Unwahrscheinlich, dass gute Freunde sich so nahekamen wie Mike und er. Auch wenn sie bisher den letzten Schritt noch nicht gewagt hatten.

Nile war nervös deswegen. Er wusste, dass er Mike vertrauen konnte. Natürlich wusste er das. Doch was Sex betraf, waren sie beide so unerfahren, wie man nur sein konnte. Selbst mit seinen Freundinnen war Mike nie wirklich übers Knutschen hinausgegangen, das hatte er ihm erzählt. Es war frustrierend, dass es niemanden gab, mit dem sie darüber reden konnten.

Niemanden – außer …

„Ihr solltet wirklich vorsichtiger sein, Jungs“, erklang zuerst nur Maggies Stimme, ehe sie kurz darauf hinter einem in Zylinderform gestutzten Buchsbaum hervortrat. „Ich habe euch oben von meinem Zimmerfenster aus beobachten können.

Stellt euch vor, wenn es stattdessen unsere Eltern gewesen wären – oder Isabel. Sie würde keine Sekunde zögern, dich ans Messer zu liefern, Nile, das ist dir doch klar, oder? Sie schwärmt noch immer heimlich für Mike und würde es dir nie verzeihen, dass du ihn ihr ausgespannt hast."

„Ausgespannt", wiederholte Mike und schnaubte. „Als hätte ich auch nur eine Sekunde lang mit dem Gedanken gespielt, mit ihr zusammen zu sein."

„Ich weiß." Maggie seufzte. „Aber ihr kennt doch Izzy. Sie ist noch immer fest davon überzeugt, dass du eines Tages erkennen wirst, dass sie die Richtige für dich ist." Sie kicherte leise. „Wenn sie nur wüsste …"

Nile unterdrückte ein Schaudern. Mike und er konnten verdammt froh sein, dass es ausgerechnet Mags gewesen war, die sie am Abend des Fests zusammen erwischt hatte. Wäre es Isabel gewesen oder sonst irgendjemand – sie wären ihres Lebens vermutlich nicht mehr froh geworden. Mags aber hatte ihnen geschworen, ihr Geheimnis zu wahren, und bisher hatte Nile nie Anlass gehabt, an ihren Worten zu zweifeln.

Ganz im Gegenteil sogar. Seine sechzehnjährige Schwester half ihnen, wo es ging; erfand Ausreden, warum Nile immer wieder zu spät zu den Mahlzeiten auftauchte, schleuste Mike abends, wenn alle schliefen, ins Haus, oder lenkte Isabel ab, wenn sie ihnen mal wieder in die Quere zu geraten drohte.

Es war ein Spiel mit dem Feuer, das wussten sie alle drei. Aber Nile war sich auch darüber im Klaren, dass er auf keinen Fall aufhören konnte. Nicht nur, weil er nicht genug von Mike bekommen konnte – nein: sondern auch, weil er ihn liebte.

Ja, er *liebte* Mike. Und allein der Gedanke, nicht mehr mit ihm zusammen sein zu können, war ihm unerträglich. Genau darauf würde es aber hinauslaufen, sollte seine Familie ihnen auf die Schliche kommen.

Sein Herz fing an zu rasen, und er griff nach Mikes Hand, nur um sich im nächsten Moment daran zu erinnern, wie gefährlich eine solche Zurschaustellung von Zärtlichkeiten in aller Öffentlichkeit war.

„Wir sollten reingehen", sagte Mags und riss ihn damit aus seinen Gedanken. „Mutter hat schon zweimal gefragt, wo du steckst. Heute Abend kommen doch die Gäste, um Vaters Neuwahl zu feiern."

Nile unterdrückte ein Stöhnen. Ihr Vater wurde jedes Jahr in seinem Amt als Bürgermeister bestätigt – was, wie er vermutete, vor allem daran lag, dass es niemand wagte, sich als Gegenkandidat aufstellen zu lassen. Kein Wunder, schließlich war William McFarlane mit Abstand der mächtigste Mann im ganzen Tal, und er brauchte nur mit dem Finger zu schnippen, um ganze Existenzen zu zerstören.

Die seines einzigen Sohnes inbegriffen.

Er zweifelte nicht daran, dass sein Vater ihm das Leben zur Hölle machen würde, wenn er von seinen Gefühlen für Mike erfuhr. Aber vor allem würden es die Tancredis sein, die unter seinem Zorn zu leiden hätten. Und das wollte Nile auf gar keinen Fall. Was mit ihm passierte, war nicht so wichtig – Hauptsache, Mike ging es gut.

„Krieg ich zum Abschied noch einen Kuss?", fragte Mike.

Nile schaute zu seiner Schwester herüber, die mit den Augen rollte. „Verzieht euch hinter den Busch da hinten, ihr beiden Liebeskasper. Ich bleibe hier und stehe Schmiere." Sie bedachte die Jungs mit einem energischen Blick. „Aber *beeilt* euch, um Gottes willen. Ich habe keine Lust, mir hier euretwegen die Beine in den Bauch zu stehen."

„Aye, Ma'am", sagte Mike und salutierte grinsend. „Wir machen, so schnell es geht. Und wenn irgendjemand kommt, huste einfach laut, okay?"

Seufzend hob sie die Schultern. „Okay, okay – und nun haut endlich ab."

Es kostete Nile alle Willenskraft, die er aufbringen konnte, nicht gleich nach Mikes Hand zu greifen. Doch er wartete, bis sie sicher sein konnten, dass man sie vom Haus aus nicht mehr sehen konnte.

Ehe er jedoch etwas unternehmen konnte, hatte Mike ihn schon am Kragen gepackt und an sich gezogen. Dann presste er ihm die Lippen auf den Mund. Augenblicklich spürte Nile, wie ihm die Knie weich wurden. Ganz gleich, wie oft Mike ihn auch küsste, er würde sich nie daran gewöhnen – und ganz sicher nie genug davon bekommen.

Seine Hände wanderten Mikes Hüften hinauf, glitten über seine Seiten, bis er sie auf seinem Rücken liegen ließ und Mike noch ein wenig näher an sich drückte. Nile liebte es, das Spiel von Mikes Muskeln unter seinen Fingerspitzen zu fühlen. Sein Herz hämmerte, und er atmete heftig durch die Nase, nur weil er den Kuss nicht enden lassen wollte. Doch wie alle guten Dinge, ging auch dieser Moment irgendwann vorüber.

Sie küssten sich noch ein paar Mal sanft, ehe sie schließlich widerwillig voneinander abließen.

„Ich kann es kaum abwarten, dass endlich mit diesen Heimlichtuereien Schluss ist und wir offen zu unseren Gefühlen stehen können", sagte Mike. „Ich habe diese ewigen Geheimnisse so was von satt!"

Nile umfasste sein Gesicht mit beiden Händen und strich ihm zärtlich mit den Daumen über die Lippen. „Ich doch auch, Baby, ich doch auch."

Mikes Mundwinkel zuckten. „Hast du mich gerade wirklich Baby genannt?"

„Klang ganz danach, oder?" Nile grinste. „Und? Hat's dir gefallen?"

„Ich weiß nicht. Es ist … ungewohnt. Aber ich glaube, ich könnte mich durchaus daran gewöhnen." Er lächelte. „Ich glaube, solange er von dir kommt, ist mir kein Spitzname zu albern. Und jetzt geh, bevor deine Mutter noch einen Suchtrupp losschickt. Wir können es nicht gebrauchen, dass irgendjemand misstrauisch wird."

Nile nickte. „Du hast recht. Aber ich wünschte, ich müsste jetzt noch nicht los. Ich will noch bei dir bleiben."

Sie küssten sich noch ein letztes Mal sehnsüchtig, ehe Nile sich widerstrebend von ihm löste und zum Haus zurückkehrte. In seinem Bauch flatterten noch immer Schmetterlinge, als er Mags erreichte.

„Dieses Lächeln solltest du dir lieber aus dem Gesicht wischen, bevor du Mutter und Vater gegenübertrittst", erklärte seine Schwester nüchtern. Dann grinste sie wieder. „Dich hat es ganz schön erwischt, was?"

Nile spürte, wie ihm das Blut ins Gesicht schoss, doch er nickte. Was brachte es, das Offensichtliche zu leugnen? Er war so glücklich wie nie zuvor in seinem Leben. Mit Mike zusammen zu sein war alles, was er sich je erträumt hatte. Und wenn sie gezwungen waren, sich in aller Heimlichkeit zu treffen, dann war das immer noch besser, als sich überhaupt nicht zu sehen.

Mags ergriff seine Hand und zog ihn mit sich zur Terrassentür. „Komm, wir sollten uns besser beeilen. Du weißt, wie Vater ist. Wenn du nicht gestriegelt und gebügelt bereitstehst, wenn die ersten Gäste eintreffen, verpasst er dir mindestens für die nächste Woche Hausarrest – und du willst es Mike und dir doch nicht noch schwerer machen, als es ohnehin schon ist, oder?"

Natürlich wollte er das nicht. Sicher, er fand stets Möglichkeiten, sich heimlich aus dem Haus zu schleichen, mit Mags' Hilfe, aber auch ohne sie. Es machte die ganze Sache allerdings noch risikoreicher, und genau deshalb war es klüger, sich jetzt zu beeilen.

Die Aussicht auf ein Dinner in Gesellschaft der langweiligen und steifen Freunde und Kollegen seines Vaters war jedoch nichts, für das er gesteigerte Begeisterung aufbringen konnte. Er wollte kein Politiker werden, wie es die Männer der Familie seit Generationen waren. Und er interessierte sich auch nicht dafür, eines Tages die Kiwiplantage zu übernehmen. Er wollte nur mit Mike irgendwohin gehen, wo sie in Ruhe und Frieden miteinander leben konnten. Nicht mehr und nicht weniger.

Doch das war etwas, das er seinen Eltern wohl kaum einfach so mitteilen konnte. Bis es so weit war, würde er seine wahren Gefühle und Ziele also für sich behalten. Es tat gut, dass er zumindest mit Mags darüber sprechen konnte. Obwohl sie drei Jahre jünger war als er, wirkte sie oft schon unglaublich erwachsen. Ganz anders als Isabel, die zu glauben schien, die ganze Welt drehe sich nur um sie.

Er eilte die Treppe hinauf und schlüpfte in sein Zimmer. Wenn er sich beeilte, konnte er es noch rechtzeitig zur Ankunft der ersten Gäste schaffen.

Aufgeregt biss Isabel sich auf die Unterlippe und riss das Streichholz an, das sie gestern Abend, nachdem alle Gäste gegangen waren, aus dem Billardsalon stibitzt hatte. Einen Moment lang starrte sie einfach nur in die Flamme, bis sie fühlte, wie die Hitze an ihren Fingerspitzen leckte. Dann schleuderte sie es von sich, mitten in den Ameisenhaufen.

Sie hatte den Bau schon vor ein paar Tagen gefunden, aber nicht recht gewusst, was sie mit ihrer Entdeckung anfangen sollte. Gestern Abend, als sie heimlich von der dunklen Terrasse aus die Männer beim Rauchen, Trinken und Spielen beobachtet hatte, war ihr dann die zündende Idee gekommen – im wahrsten Sinne des Wortes.

Im ersten Moment war sie enttäuscht, denn es sah so aus, als würde überhaupt nichts passieren. War die Flamme im Fallen erloschen? Sie konnte sie jedenfalls nicht sehen.

Doch gerade, als sie sich schon abwenden wollte, stieg eine dünne Rauchsäule in die Höhe. Isabel klatschte begeistert in die Hände. Na, wer sagt's denn?

Auch einige der Insekten hatten wohl inzwischen bemerkt, dass etwas nicht stimmte, und kurze Zeit später war das ganze

Ameisenvolk in Aufruhr. Gespannt beobachtete Isabel, wie die Tiere verzweifelt versuchten, den immer weiter um sich greifenden Flammen zu entkommen. Eigentlich schade, dass Ameisen keine Stimme haben, dachte sie. Sie hätte zu gern gehört, welche Geräusche sie machten, wenn sie vom Feuer geröstet wurden.

Es fing an, wirklich spannend zu werden – wie viele der Insekten mochten es wohl schaffen, sich in Sicherheit zu bringen? –, als sie einen wütenden Aufschrei hinter sich vernahm.

„Verdammtes Gör!“

Duncan Mackenzie, einer der älteren Arbeiter, war wie aus dem Nichts heraus aufgetaucht. Er zog seine Jacke aus und erstickte die Flammen, indem er mit dem Stoff darauf einschlug. Glühende Partikel stoben durch die Luft, und Isabel trat hastig zur Seite, um sich ihr neues, fliederfarbenes Kleid nicht zu beschmutzen.

Wie ärgerlich, dass Mackenzie ihr dazwischengefunkt hatte!

Missbilligend wandte sie sich dem Erwachsenen zu, der gerade die letzten Flämmchen gelöscht hatte und nun stirnrunzelnd seine versengte Jacke betrachtete.

„Was bilden Sie sich eigentlich ein?“, fragte sie und stemmte die Fäuste in die Seiten. „Mischen Sie sich gefälligst nicht in Angelegenheiten, die Sie nichts angehen!“

In den Augen des Mannes blitzte es zornig, doch davor hatte Isabel keine Angst. Sie war eine McFarlane. Ihr Vater war der Bürgermeister von Moananui und der einflussreichste Mann in der ganzen Umgebung. Mackenzie würde es nicht wagen, ihr auch nur ein einziges Haar zu krümmen, so sehr ihn ihr Verhalten auch verärgern mochte.

Und dass es das tat, war ihm mehr als deutlich anzusehen. Doch erstaunlicherweise schaffte er es, seine Stimme ruhig und gelassen klingen zu lassen, als er sagte: „Das war ein ziemlich gefährliches Experiment, junge Dame. Du solltest froh sein, dass ich in der Nähe war, um Schlimmeres zu verhindern. Das hätte auch ganz schön ins Auge gehen können. Vielleicht sollte ich deinem Vater mal mitteilen, was seine Tochter hier so treibt."

Isabel reckte das Kinn – sie wusste genau, wie arrogant sie wirkte, und eben darauf legte sie es an. „Sie haben mir überhaupt nichts zu sagen, Mr. Mackenzie. Was tun Sie überhaupt hier? Auf dem Grundstück hat niemand außer der Familie und dem Personal etwas zu suchen!"

Er runzelte die Stirn. „Meine Frau arbeitet hier, aber das weißt du ganz genau."

Sie verzog die Lippen zu einem gekünstelten Lächeln. „Oh ja, Sarah, richtig? Ich glaube, ich werde ein paar Stücke aus dem Schmuckkästchen meiner Mutter verschwinden lassen und behaupten, ich hätte Sarah beobachtet, wie sie sie genommen hat. Was glauben Sie wohl, wem man mehr glauben wird? Einer einfachen Angestellten oder der Tochter des Hauses?"

Es war ungemein befriedigend mit anzusehen, wie Mackenzie erbleichte. „Das würdest du nicht tun!"

„Ach nein?" Ihr Lächeln wurde süffisant. „Ich wäre mir da an Ihrer Stelle nicht so sicher. Aber wer weiß, vielleicht lasse ich mir auch etwas anderes einfallen. Es gibt tausend Möglichkeiten, wie ich euch schaden könnte, und nichts, was ihr tun könnt, um mich daran zu hindern. Nichts", wiederholte sie, noch immer lächelnd. „Rein gar nichts."

Mackenzie starrte sie an, als würde er sie zum ersten Mal sehen. Und so war es vermutlich auch. Zumindest dürfte er diese Seite von ihr noch nicht gekannt haben.

Mit einem selbstzufriedenen Grinsen wandte Isabel sich ab und stolzierte zum Haus zurück. Sie war sich ziemlich sicher, dass er es nicht noch einmal wagen würde, ihr bei irgendetwas in die Quere zu kommen.

Zwei Wochen später wurde die Wiederwahl von William McFarlane öffentlich bekannt gegeben. Zur Feier dieses Erfolgs sollte ein großes Fest stattfinden, zu dem auch alle Einwohner von Moananui eingeladen waren. Im Grunde handelte es sich natürlich nur um eine einzige große Selbstinszenierung. Das Amt des Bürgermeisters reichte Niles Vater schon lange nicht mehr. Er strebte nach Höherem – und in diesem Zusammenhang versuchte er, sich überall einzuschleimen. Von Nile, als seinem einzigen Sohn, wurde natürlich erwartet, dass er seinen Vater unterstützte.

Dabei gab es kaum etwas, das Nile ferner lag. Wenn er ehrlich war, eignete sich sein Vater seiner Meinung nach überhaupt nicht für ein öffentliches Amt. Schlimm genug, dass er als Bürgermeister von Moananui ungestraft seine Machtspielchen spielen durfte. Wenn Nile daran dachte, dass William McFarlane vielleicht schon bald auf überregionaler Ebene Einfluss nehmen konnte, wurde ihm ganz übel.

Doch so lange er noch nicht volljährig war, musste er wohl oder übel gute Miene zum bösen Spiel machen und tun, was seine Eltern von ihm erwarteten – zumindest dem Anschein nach. Ein Grinsen huschte über seine Lippen, wenn er daran dachte, was sich hinter ihrem Rücken abspielte.

Seufzend ließ er sich auf sein Bett fallen. Das war einer der positiven Aspekte des heutigen Abends. Da sein Vater den gesamten Ort eingeladen hatte, schloss dies auch automatisch Mike und seine Familie mit ein. Und das bedeutete, sie konnten Zeit miteinander verbringen, ohne sich verstecken zu müssen.

Zumindest, solange sie sich nicht verdächtig machten.

Allerdings hatte Nile vor, den heutigen Abend zu nutzen. Er war bereit, den nächsten Schritt zu tun. Knutschen und fummeln war nett – nein, verdammt, er *liebte* es. Doch er wollte mehr. Er wollte Mike beweisen, wie ernst es ihm mit ihnen war. Und er sehnte sich danach, die Verbindung, die zwischen ihnen existierte, noch zu vertiefen.

Er hatte lange darüber nachgedacht. Und auch wenn Mike glaubte, dass er noch nicht so weit war – er selbst fühlte sich mehr als bereit. Und er würde ihn schon davon überzeugen.

Heute Abend.

Sein Herz klopfte schneller bei dem Gedanken daran, und er spürte, wie seine Wangen heiß wurden. Als es an der Tür klopfte, zuckte er zusammen. Hastig versteckte er die deutliche Beule, die sich in seiner Hose gebildet hatte, unter seiner Decke.

Es war seine Mutter – ausgerechnet! Nile unterdrückte ein Aufstöhnen.

„Ich wollte kurz mit dir sprechen, mein Junge", sagte sie. „Wie du weißt, sind im Moment alle Augen auf unsere Familie gerichtet, und es ist sehr wichtig für deinen Vater, dass wir einen guten Eindruck vermitteln."

Nile wand sich innerlich. Der äußere Anschein war seinen Eltern schon immer schrecklich wichtig gewesen. Und im Prinzip verstand er auch, warum – allerdings waren ihm diese Gründe ziemlich gleichgültig.

„Ja", entgegnete er knapp. „Und?"

„Ich ... *wir* möchten dich bitten, dich heute Abend von deiner allerbesten Seite zu zeigen." Sie bedachte ihn mit einem eindringlichen Blick. „Und dazu gehört auch, dass du dich nicht mit diesem *Jungen* herumtreibst."

Ihre Worte waren wie ein Stich in Niles Herz. „Ich weiß nicht, von wem du sprichst", stellte er sich dumm.

„Natürlich weißt du das." Seine Mutter runzelte die Stirn. „Ich meine den jungen Tancredi. Wir verbieten dir ja schon nicht, deine Zeit mit ihm zu verschwenden. Aber bitte nicht heute Abend!"

Störrisch starrte Nile die Wand an. Elisabeth McFarlane hatte ihn zwar nichts gefragt, dennoch war klar, dass sie auf eine Antwort wartete.

„Nile!"

„Also schön", erwiderte er mit mühsam unterdrücktem Ärger. „Ich werde mich heute Abend von Mike fernhalten – zufrieden?"

Seine Mutter lächelte. „Das war es, was ich hören wollte."

Nile schluckte hart. Er wollte seine Worte am liebsten zurücknehmen, doch was hätte das gebracht? Allerdings bedeutete das nicht, dass er vorhatte, seine Pläne bezüglich des heutigen Abends aufzugeben.

Ganz im Gegenteil sogar. Wenn überhaupt, dann hatte seine Mutter ihn sogar noch in seiner Entschlossenheit bestärkt.

Es war an der Zeit, dass er erwachsen wurde und seine eigenen Entscheidungen traf. Seine Eltern würden nicht mehr lange für ihn verantwortlich sein. Und von diesem Moment an wollte er in der Lage sein, auf eigenen Beinen zu stehen – zusammen mit Mike.

Wie das im Detail funktionieren sollte, wusste er noch nicht so genau. Mike hatte ein bisschen Geld, weil er in den vergangenen Sommern auf der Plantage mitgearbeitet hatte, allerdings hatte er von seinem Verdienst immer einen großen Teil seiner Familie gegeben. Nile selbst hingegen …

Es war nicht so, dass er nichts besaß. Von seinem Großvater hatte er ein kleines Treuhandvermögen geerbt. Doch das wurde von seinem Vater verwaltet. Und vermutlich würde eher die Hölle zufrieren, als dass William McFarlane zuließ, dass sein Sohn etwas davon in die Finger bekam.

Wobei … wenn ich erst einmal volljährig bin …

„Sind wir dann fertig?“, fragte er eisig. „Ich würde mich jetzt nämlich gern fertig machen – allein.“

Elisabeth McFarlane lachte. „Glaub mir, an dir ist nichts, was ich nicht schon gesehen hätte …“

Das wagte Nile ernsthaft zu bezweifeln, da es seine Mutter sicher nicht auf sich genommen hatte, persönlich seine Windeln zu wechseln. Davon abgesehen war allein die Vorstellung, sich nackt vor seiner Mutter zu zeigen, widerwärtig. „Oh Gott, Mutter, ich bin neunzehn! Wie lange wollt ihr mich noch wie einen dummen kleinen Jungen behandeln?“

„Für mich wirst du immer mein kleiner Junge bleiben“, erwiderte sie ungerührt.

Nile fragte sich, ob sie das noch immer so sehen würde, wenn sie die Wahrheit über ihn erfuhr. Doch es war die Reaktion seines Vaters, die er wirklich fürchten musste. Denn William McFarlane würde nicht zögern, Mikes Familie mit in seine Rache einzubeziehen.

Ehe sie das Zimmer verließ, wandte Elisabeth McFarlane sich noch einmal um. „Wir verlassen uns auf dich, Nile. Bitte enttäusche uns nicht, ja?"

Er rollte mit den Augen, doch insgeheim fluchte er. Er kannte diesen Blick nur zu gut. Vermutlich würden seine Eltern ihm den ganzen Abend über einen Anstandswauwau an die Seite stellen, nur um sicherzugehen, dass er sich angemessen benahm.

Bedeutete das am Ende, dass er seine Pläne mit Mike vergessen konnte?

Der Abend kam schneller als gedacht. Nile unterdrückte ein gequältes Stöhnen. Seine Mutter hatte ihn gezwungen, einen Anzug zu tragen. Gott, wie er die Teile hasste! Sie kratzten auf der Haut, und das dunkle Grau ließ ihn noch bleicher aussehen, als er ohnehin bereits war. Am liebsten wollte er auf sein Zimmer laufen und sich einfach etwas anderes anziehen. Vielleicht ein Paar Jeans und ein locker sitzendes Hemd – möglichst noch über dem Hosenbund getragen. Seine Mutter wäre schockiert.

Doch natürlich tat er nichts dergleichen. Stattdessen betrug er sich wie ein braver Junge und stellte sich in Reih und Glied mit dem Rest der Familie vor dem Haus auf, um die Gäste zu begrüßen.

Natürlich nicht die einfachen Leute aus dem Ort oder die Arbeiter und deren Familien, wie etwa die Tancredis. Eine persönliche Begrüßung, komplett mit aufgesetztem Lächeln und übertriebenem Händeschütteln erhielten nur die wirklich wichtigen Persönlichkeiten. Politiker, die William McFarlane voranbringen konnten. Geschäftspartner oder solche, die es werden wollten.

Leicht fiel es Nile nicht, die ganze Tortur, die gut und gerne eine Dreiviertelstunde dauerte, wortlos durchzustehen. Seine Mundwinkel schmerzten inzwischen regelrecht von dem Lächeln, das er auf seine Lippen zwingen musste.

„Ihr könnt jetzt etwas essen gehen, Kinder", verkündete ihre Mutter irgendwann, und Nile atmete erleichtert auf. Allerdings dauerte seine Erleichterung nur so lange an, bis Elisabeth McFarlane einen langen Blick mit Isabel wechselte, die daraufhin in seine Richtung schaute.

Oh nein, dachte er, als er eins und eins zusammenzählte. Bitte, nur das nicht. Offenbar hatte seine Mutter tatsächlich beschlossen, ihm einen Aufpasser zur Seite zu stellen, um sicherzugehen, dass er die Familie nicht blamierte. Dass dieser Jemand ausgerechnet Isabel sein musste …

Doch dann bemerkte er, wie Mags zu ihm hinübersah und kaum merklich nickte. Ein feines Lächeln glitt über sein Gesicht. Was auch geschah, zumindest auf einen Menschen konnte er sich stets verlassen.

Nun, genau genommen auf zwei, denn bei Mike wusste er ganz sicher, dass er alles für ihn tun würde.

Zu dritt gingen die Geschwister zum Buffet, das im Garten unter einem Pavillon aufgebaut war. Zur musikalischen Untermalung hatte William McFarlane eine Band engagiert, doch die war aufgrund der Gespräche der Gäste und dem Klirren von Geschirr und Besteck kaum zu hören.

„Und?", fragte Isabel und nahm sich einen Teller. „Hast du Mike heute Abend schon gesehen?"

Nile bedachte sie mit einem eisigen Blick. „Mutter hat mir verboten, mich mit ihm zu treffen – aber ich nehme an, darüber bist du bereits informiert."

Isabel lächelte. Sie hatte sich verändert in den vergangenen Jahren. Natürlich sah sie immer noch zauberhaft aus, und die

Verehrer standen bei ihr Schlange. Doch während ihr sonst stets nur das Beste und Teuerste gut genug war, gab es beim Thema Jungs nur einen, der für sie infrage kam.

Und das war Mike.

Ausgerechnet!

Natürlich würden ihre Eltern Mike ebenso wenig als Partner für ihre Tochter akzeptieren, wie sie es in Niles Fall täten. Und vermutlich war es gerade das, was sie so an ihm reizte. Die Tatsache, dass sie ihn nicht bekommen konnte, musste die ganze Sache für sie noch so viel interessanter machen …

Und dann war da noch der Punkt, dass Mike der beste Freund ihres Bruders war.

Nile konnte nicht genau sagen, wann dieses Konkurrenzgebaren seiner jüngeren Schwester angefangen hatte. Vermutlich war es etwas, das seine Eltern ihr eingebläut hatten. Dass man sich beweisen musste, wenn man in dieser Welt etwas gelten wollte.

Was auch immer es war, bei Isabel hatte es ganz offensichtlich Früchte getragen.

„Komm“, wandte Mags sich an Isabel, als sie gemeinsam den Buffetpavillon verließen. „Ich will mir die Tanzkapelle ansehen.“ Sie ergriff die Hand ihrer Schwester und zog Isabel mit sich fort.

Nile entging Izzys verunsicherter Blick nicht, den sie über die Schulter zurückwarf. Doch Maggie kannte kein Pardon, und kurz darauf waren die Mädchen in der Menge der Festgäste verschwunden.

Danke, Maggie! Danke! Danke! Danke!

Nile stellte seinen Teller auf einem der überall auf dem Grundstück verteilten Stehtische ab und eilte in entgegengesetzter Richtung davon. Mike und er hatten verabredet, dass sie sich, sobald es ihnen möglich war, bei dem kleinen Wäldchen hinter dem Haus treffen wollten. Von dort aus war es nur ein Katzensprung bis in die Plantage.

Die Lagerscheunen, die sich gerade außerhalb der Sichtweite des Kiwi Palace befanden – seine Eltern wollten sich schließlich nicht die herrliche Aussicht verbauen –, waren Niles Ziel für den heutigen Abend. Zu so später Stunde hielt sich dort generell niemand auf, und heute, während des großen Fests, erst recht nicht. Es mochte nicht der romantischste Ort auf der Welt sein, aber das war ihm egal, solange er mit Mike zusammen sein konnte.

Er beschleunigte seine Schritte, erleichtert darüber, von niemandem angesprochen worden zu sein. Die meisten der Freunde seines Vaters waren vermutlich damit beschäftigt, irgendwelche politischen Dinge zu besprechen, und die Leute im Ort interessierten sich nicht sonderlich für einen Jungen wie Nile.

Solange Isabel und seine Eltern abgelenkt waren, würde niemand ihm auch nur einen zweiten Blick schenken.

Oder Mike.

Sein Herz fing an, schneller zu schlagen, als er Mike erblickte, der mit dem Rücken gegen einen Eukalyptusbaum lehnte. Er hatte ein Knie angewinkelt und schaute zum Himmel hinauf, so als würde ihn der ganze Trubel um ihn herum schrecklich langweilen. Was vermutlich auch tatsächlich der Fall war.

Nile war bereits auf weniger als zwanzig Meter an ihn herangekommen, da bemerkte Mike ihn. Sein Lächeln war so warm und breit, als wäre gerade die Sonne aufgegangen.

Ganz egal, wie oft er es auch noch sehen mochte, Nile war davon überzeugt, dass der Anblick von Mikes lächelndem Gesicht etwas war, an das er sich niemals gewöhnen würde.

„Hey", sagte er und streifte im Vorbeigehen Mikes Hand.

Der winzige Kontakt reichte aus, um die Schmetterlinge in seinem Bauch aufflattern zu lassen. Und es waren nicht nur ein oder zwei, sondern ein ganzer verdammter Schwarm, der schon allein beim Gedanken an Mike mit den Flügeln zu schlagen begann.

„Hey", erwiderte Mike und folgte Nile ins dunkle Unterholz des Wäldchens. Schon bald blieben die Geräusche der Feier hinter ihnen zurück. Die Nacht hier draußen war erfüllt vom Rascheln des Winds in den Bäumen und Büschen und dem Zirpen der Grillen.

Als er sicher war, dass niemand sie mehr sehen konnte, ergriff er Mikes Hand. Er wandte sich um, weil er etwas sagen wollte, doch ehe es dazu kommen konnte, hatte Mike ihn bereits gegen einen Baumstamm gedrängt und küsste ihn so voller Hunger und Leidenschaft, als hätten sie sich seit Wochen nicht mehr gesehen.

Mikes Eindringlichkeit machte Nile atemlos. Seine Knie wurden weich, und er war froh, dass er sich an Mikes Schultern festklammern konnte, weil er nicht wusste, ob er sich ohne Hilfe noch auf den Beinen zu halten vermochte. Alles drehte sich, immer schneller und schneller, bis er das Gefühl hatte, die Kontrolle zu verlieren – und es fühlte sich so unbeschreiblich gut an.

Schließlich löste Mike sich schwer atmend von ihm.

Nile brauchte in paar Sekunden, um sich wieder zu fangen. „Großer Gott ..."

Mike grinste. „Es ist schon okay, wenn du mich einfach nur Mike nennst."

„Idiot!" Er knuffte ihn in die Seite, und sie verbrachten die nächsten Minuten damit, sich gegenseitig hin und her zu schubsen, bis sie lachend Arm in Arm am Boden lagen. Sie lachten und lachten, bis mit einem Mal die Stimmung umschlug und sie sich wieder küssten.

Es wurde zunehmend schwerer, einen klaren Gedanken zu fassen. Nile wollte einfach nur, dass dieser Moment niemals endete. Er wollte für alle Zeit in dieser winzigen, zerbrechlichen, perfekten Seifenblase der Realität bleiben und nie wieder auch nur einen einzigen Schritt hinaussetzen.

Doch wie alle Seifenblasen, war auch diese nicht für die Ewigkeit bestimmt.

Nile rappelte sich auf und streckte Mike die Hand hin. „Komm“, sagte er und zog ihn mit sich. „Ich möchte dir etwas zeigen.“

Erstaunt hob Mike eine Braue. „Was denn?“

„Eine Überraschung“, entgegnete Nile lächelnd.

Als sie etwas später die Scheunen erreichten, blieb er stehen. Mike runzelte die Stirn. „Das ist die Überraschung? Die Scheunen?“

„Nein.“ Niles Herz klopfte ihm vor Aufregung bis zum Hals. „*Ich* bin die Überraschung.“ Er fuhr mit der flachen Hand unter Mikes Hemd und leckte sich die Lippen, als er seine kühle glatte Haut unter den Fingerspitzen fühlte.

Mikes Pupillen weiteten sich. Sein Mund war leicht geöffnet, seine Lippen schimmerten im Mondschein. Ein Zittern durchlief ihn, Nile konnte es deutlich spüren.

Noch nie zuvor in seinem Leben hatte Nile sich so unsicher und zugleich so fest entschlossen gefühlt. In seinem Kopf drehte es sich so heftig, dass ihm schwindelig wurde. Doch er dachte gar nicht daran, auch nur einen Millimeter von seinem Plan zurückzuweichen.

Er wollte Mike.

Er wollte ihn so sehr, dass es fast schon wehtat.

Trotzdem zog er seine Hände zurück und führte Mike stattdessen in eine der Scheunen. Mit zitternden Fingern holte er eine Schachtel Streichhölzer aus der Hosentasche, riss eines an und entzündete den Docht einer Öllampe neben dem Eingang. Er selbst hatte sie am Morgen dort aufgehängt, als er alles für den heutigen Abend vorbereitet hatte.

Es sollte perfekt sein.

Doch im Grunde war es das schon, solange er nur mit Mike zusammen sein konnte.

„Was hast du vor?“, fragte dieser und schaute sich staunend um.

Nile hatte einige Kisten mithilfe der unter dem Dach angebrachten Hebekonstruktion versetzt. Auf diese Weise gab es nun eine kleine Nische, die auf den ersten Blick vom Tor aus nicht einzusehen war.

Dorthin ging er nun mit Mike.

Dieser atmete scharf ein, als der Schein der Laterne, die Nile mitgenommen hatte, auf die alte Matratze fiel, die auf dem Boden lag. Nile hatte sich bemüht, es etwas gemütlicher zu machen, indem er Decken darüber ausgebreitet und Kissen darauf drapiert hatte.

Natürlich war es keine Luxussuite, aber etwas anderes hatte er auf die Schnelle nicht organisieren können. Auch wenn er sein erstes Mal mit Mike lieber auf einer lauschigen Lichtung unter dem Sternenhimmel erlebt hätte – manche Dinge waren und blieben einfach unerreichbar.

Und vielleicht wäre das alles auch ein bisschen zu kitschig und übertrieben gewesen.

Seinem verdatterten Gesichtsausdruck nach zu urteilen, schien es Mike jedenfalls so, wie es war, zu gefallen. Und ehe er überhaupt irgendetwas sagen konnte, trat Nile auf ihn zu, schlang die Arme um den Nacken des anderen Jungen und stellte sich auf die Zehenspitzen. Wie immer ärgerte es ihn flüchtig, dass Mike sich trotzdem noch hinunterbeugen musste, um ihn zu küssen, doch vermutlich war es an der Zeit, sich mit seiner geringen Körpergröße abzufinden. Dass ihm noch ein größerer Wachstumsschub bevorstand, war in seinem Alter nicht mehr zu erwarten.

Ihre Lippen trafen aufeinander, und es war aufregend und vertraut zugleich. Sie stolperten ein paar Schritte, bis Nile mit dem Rücken gegen die Bretter der Scheunenwand stieß. Sein Herz hämmerte. Er wollte Mike so sehr, dass es schon fast schmerzte.

Ihm stockte der Atem, als starke Hände seine Hüften umfassten und ihre Körper noch enger zusammenbrachten. Kein Blatt Papier hätte jetzt mehr zwischen sie gepasst, und doch konnte Nile immer nur daran denken, dass er ihm noch näher sein wollte. Näher und näher und immer, immer näher.

Er stöhnte laut auf, als ihre Zungen sich berührten. Seine Hände wanderten über Mikes Schultern, die Brust hinab bis zu den Hüften, die er so fest umklammerte, dass seine Finger Abdrücke auf Mikes Haut hinterließen.

Sein Kopf war leicht, er fühlte sich, als würde er schweben.

Mikes ganz eigener Duft hüllte ihn ein, benebelte seine Sinne. Er roch nach Erde, Salz und Schweiß – eine Kombination, die ihm schier den Verstand raubte.

Mike trat zwischen seine leicht gespreizten Beine, und ein kurzes Rollen seiner Hüfte reichte aus, um Nile spüren zu lassen, was sich unter seinen dunklen Jeans verbarg.

Er schnappte nach Luft und lehnte den Kopf in den Nacken, als Mike seine Lippen über seinen Kieferknochen gleiten und dann seinen Hals hinunterwandern ließ. Über der Stelle, an der sein Puls am heftigsten hämmerte, verweilte Mike, ließ seine Zunge darüber gleiten.

Nile atmete scharf ein, und seine Hose war im Schritt inzwischen so eng, dass es schon beinahe schmerzte. Und es war eine Erleichterung, als Mike vor ihm in die Knie ging und langsam, fast behutsam den Knopf seiner Hose öffnete und den Reißverschluss hinunterzog. Er fuhr mit den Händen die Außenseite von Niles Schenkel hinauf, ohne ihn dabei aus den Augen zu lassen. Seine Blicke fühlten sich wie Feuer auf Niles Haut an. Er brannte, und es war Mike, der ihn in diesen Zustand versetzte.

Für immer Mike. Jetzt und für alle Zeiten. Nile konnte sich nicht vorstellen, dass es jemals einen anderen für ihn geben würde.

Sie küssten und streichelten sich gegenseitig, berührten jeden Quadratmillimeter Haut, den sie erreichen konnten. Nile war ganz schwindelig vor lauter Lust. Und als Mike zuerst sanft, dann immer fester an seinen Brustwarzen saugte, hatte Nile das

Gefühl, jeden Moment explodieren zu müssen. Ein Zustand, den er normalerweise mit offenen Armen willkommen geheißen hätte.

Doch nicht jetzt.

Nicht heute Abend. Er wollte mehr, *brauchte* mehr.

„Bitte, Mike, ich … will dich in mir spüren", flüsterte er, und obwohl seine Wangen brannten, meinte er es vollkommen ernst. Vermutlich hatte er in seinem ganzen Leben noch nie etwas so ernst gemeint.

Mike stöhnte heiser auf und hakte die Arme unter Niles Oberschenkel. Mit einem Ruck zog er ihn hoch und drückte ihn gegen die Wand.

Wie von selbst schlangen sich Niles Beine um die Taille des anderen Jungen, der seinerseits jeden Zentimeter Haut küsste, den er erreichen konnte. Gleichzeitig wanderten Mikes Hände langsam weiter herab, bis sie Niles Hintern umfassten.

Einen Augenblick lang war Nile sicher, dass er jeden Augenblick in seiner Hose explodieren würde. In seiner Verzweiflung biss er sich so fest auf die Unterlippe, dass er Blut schmeckte – und der Schmerz lenkte ihn ab, sodass es ihm gelang, die Kontrolle zu behalten.

Zumindest für den Moment.

„Mike, oh Gott, bitte … Ich brauche dich … jetzt!"

Weitere Worte waren nicht notwendig. Mike setzte ihn behutsam wieder auf dem Boden ab und strich ihm das schweißnasse Haar aus der Stirn. Dann küsste er ihn. „Du bist dir wirklich sicher …?"

Nile nickte energisch. „Ich will es. Bitte, lass mich nicht länger zappeln. Weißt du, wie lange ich schon auf diesen Augenblick warte?"

Mike atmete hörbar ein, seine Augen wurden groß. Dann beugte er sich hinab und küsste ihn, während er ihn mit sich in Richtung Matratze zog.

Nile spürte, wie Mikes Hände zitterten, als der ihm das

Hemd aufknöpfte und ihm anschließend das Unterhemd über den Kopf zog. Einen Moment lang starrte er ihn einfach nur an, so als würde er ihn zum ersten Mal sehen.

Dann zog er langsam sein eigenes Shirt aus. Nile leckte sich die Lippen beim Anblick seiner tief gebräunten Brust, die von der Arbeit auf der Plantage gestählt war. Mike nahm ihn bei der Hand, ließ sich auf die Matratze sinken und zog ihn hinter sich her. Dann setzte er sich rittlings auf ihn und fuhr mit der Zunge über eine seiner Brustwarzen, während er die andere zwischen seinen Fingerspitzen rollte.

Das Gefühl – halb Schmerz, halb Ekstase – war so heftig, dass Nile erstickt aufschrie. Sein ganzer Körper vibrierte, erfüllt von einer Energie, deren Quelle irgendwo tief in seinem Inneren lag.

Langsam, ganz langsam, kroch Mike weiter nach unten, hakte rechts und links jeweils einen Finger unter den Bund von Niles Hose und Unterhose und zog beide zusammen hinunter.

Nile kniff die Augen zusammen, als kühle Abendluft mit seiner Erektion in Berührung kam. Obwohl er ihn nicht sehen konnte, spürte er Mikes Blicke deutlich. Sie wanderten über seinen Körper und hinterließen brennende Spuren auf seiner Haut.

Das Herz klopfte ihm bis zum Hals. Obwohl sie sich wahrlich nicht zum ersten Mal unbekleidet sahen – sie hatten als kleine Jungs nackt zusammen im Meer geplanscht –, war es dieses Mal anders.

Aufregender.

Bedeutender.

Hastig entledigten sie sich ihrer restlichen Kleidungsstücke und lagen kurz darauf nebeneinander auf der Matratze. Sie schauten sich in die Augen, und mit einem Mal fühlte Nile sich wieder wie ein kleiner Junge, ängstlich und schüchtern. Doch er wusste auch, dass es jetzt kein Zurück mehr gab. Nicht, weil Mike ihm keinen Ausweg ließ – nein: Er wollte das hier so sehr, dass er an nichts anderes mehr denken konnte.

Mike und er liebten sich. Zwischen ihnen bestand eine ganz besondere Verbindung. War es da nicht ganz natürlich, dass sie diese geistige Nähe nun auch körperlich zu erreichen suchten?

Trotzdem war sein Mund trocken, und er bebte am ganzen Körper, als Mikes Hände über seine Oberarme wanderten.

„Hast du Angst?"

Es machte keinen Sinn, das Offensichtliche zu leugnen. Nile nickte schüchtern.

„Wir müssen das jetzt nicht tun, wenn du nicht willst, ich …"

„Schhh …" Nile schüttelte den Kopf. „Sei still und küss mich einfach!"

Dieser Kuss war anders als der vorherige. Sanfter und gefühlvoller. Es war, als würden sie ganz ohne Worte miteinander kommunizieren. Ihre Herzen schlugen im Gleichklang, sie waren wie ein Geist, gefangen in zwei verschiedenen Körpern, die sich danach sehnten, endlich wieder vereint zu sein.

Irgendwann machte Nile sich los, tastete neben der Matratze nach seiner Jacke und holte den kleinen Behälter Vaseline daraus hervor, bei dessen Anblick Mike hörbar schluckte. Mit einem Mal war er es, der nervös aussah. Er war mit einem Mal ganz blass geworden und … zitterte er etwa?

Irgendwann spürte Nile den warmen Atem seines Freundes an seinem Ohr.

„Darf ich *ihn* anfassen?", fragte Mike flüsternd.

„Oh Gott, ja!" Er hätte nicht für möglich gehalten, dass es sich so anders, so unglaublich *gut* anfühlen könnte, von Mike berührt zu werden. Es war nicht mit dem zu vergleichen, was er selbst hin und wieder schamerfüllt unter der Dusche tat. Ein bisschen war ihm, als hätte er sein ganzes Leben lang in Dunkelheit gelebt, nur um jetzt endlich das Licht zu erblicken.

„Oh … oh!"

„Okay?"

Mikes Stimme klang gepresst, doch immerhin war er – im Gegensatz zu ihm selbst – noch des Sprechens mächtig. Nile konnte nur heftig nicken, seufzen und stöhnen. Würde er diesen Moment auf alle Zeiten immer wieder und wieder erleben können, er wäre der glücklichste Mensch auf der Welt gewesen.

„Ich … du …“ Mit einem kehligen Grollen zog er Mike näher zu sich heran.

Er wollte nicht nur nehmen, sondern auch etwas für Mike tun. Er lockerte seinen Klammergriff um dessen Schultern und ließ nun seine Hand auf Wanderschaft in unbekannte Gefilde gehen.

Die erste Berührung war zaghaft, doch schon bald wurde ihm klar, dass es im Grunde nichts anderes war als bei ihm selbst, und er griff beherzter zu, was Mike mit einem lauten Stöhnen quittierte.

Vielleicht hatte das alles ja auch gar nichts mit Können zu tun, sondern vielmehr damit, dem anderen Menschen sein Herz und seine Seele zu öffnen. Ihm Vertrauen zu schenken und sich einfach fallen zu lassen.

Und als Mike sich schließlich seinem Eingang widmete, schwebte Nile schon zu hoch über den Wolken, als dass er mehr als ein leichtes Unbehagen verspürt hätte, als Mike vorsichtig mit einem Finger in ihn eindrang. Selbst dieses verging rasch, und bald fühlte es sich einfach nur unglaublich an.

Er drängte sich ihm entgegen. Noch nie hatte er sich einem anderen Menschen so nah gefühlt wie Mike in diesem Augenblick. Doch er wollte noch mehr.

„Mehr“, flüsterte Nile. „Bitte …“

Er sah, wie Mikes Adamsapfel hüpfte, zögerte aber nur kurz, ehe er die Position wechselte und sich hinter ihn legte. Nile hatte nicht einmal mitbekommen, dass Mike die Vaselinedose geöffnet hatte, doch als er jetzt etwas zögernd in ihn hineinglitt, spürte Nile keinerlei Schmerz. Es war ein unglaubliches Gefühl und die Geräusche, die Mike dabei machte, ließen Nile fast verrückt werden. In seinem Kopf drehte sich alles, er konnte nicht mehr klar denken.

Mikes Bewegungen wurden immer schneller und fahriger. Er war offenbar kurz davor, die Kontrolle zu verlieren, worüber Nile froh war.

„Oh Gott", keuchte er, als das Feuer, das sich in seinem Unterleib zusammengeballt hatte, unerträglich wurde. „Mike, ich …"

„Nile …"

Gleichzeitig stöhnten sie auf und klammerten sich aneinander, während sie beide von einem unglaublichen Höhepunkt geschüttelt wurden, wie sie ihn noch nie zuvor erlebt hatten.

„Ach komm schon, Izzy, wir können doch auch ohne Jungs Spaß haben!" Verzweifelt zerrte Maggie am Arm ihrer Schwester. „Lass uns einfach zusammen tanzen und …"

„Nein!" Isabel riss sich los und stapfte davon, den weit schwingenden Saum ihres blassblauen Kleids in der Hand. „Ich gehen jetzt Nile suchen. Er kann doch nicht einfach verschwunden sein!"

Maggie unterdrückte den Fluch, der ihr auf der Zunge lag, und lief ihrer Schwester nach. Zum Glück war sie in Richtung Haus unterwegs, also war die Gefahr, dass sie tatsächlich über Nile und Mike stolperte, eher gering.

Zumindest für den Augenblick.

„Was hast du denn bloß?", fragte sie und schüttelte den Kopf. „Sonst sagst du doch immer, dass Nile dir schrecklich auf die Nerven geht und nun rennst du ihm schon wieder hinterher."

Abrupt blieb Isabel stehen und wirbelte herum. „Punkt eins: Was ich tue und lasse geht dich absolut nichts an. Punkt zwei: Mutter hat mich gebeten, ein Auge auf Nile zu haben, weil sie nicht möchte, dass er sich heute Abend mit Mike herumtreibt." Sie runzelte die Stirn. „Und ich wette, dass er genau das jetzt gerade in diesem Moment tut."

„Nun lass ihn doch", versuchte Maggie erneut ihr Glück. „Du weißt doch, dass die beiden die besten Freunde sind. Mutter gefällt doch nur nicht, dass Mike aus einer Arbeiterfamilie stammt."

„Und?" Sie verschränkte die Arme vor der Brust. „Sie hat doch recht! Solche Leute passen einfach nicht zu uns. Nile sollte es besser wissen, als sich mit solchem Gesinde abzugeben."

„Izzy!" Maggie schaute sie ungläubig an. „Wenn ich mich recht erinnere, bist du einmal bis über beide Ohren in Mike Tancredi verknallt gewesen. Geht es vielleicht darum? Bist du eifersüchtig, weil Nile und er so viel Zeit zusammen verbringen?"

„Unsinn!", protestierte ihre Schwester, vielleicht eine Spur zu energisch, um glaubwürdig zu wirken. „Mike interessiert mich nicht. Ich könnte an jedem Finger ein Dutzend Jungs haben, die allesamt eine bessere Partie wären als er."

Margaret hob eine Braue. „Nun, aber vielleicht geht es gar nicht immer darum, eine gute Partie zu machen. Sei doch ehrlich, Izzy. Tief im Herzen schwärmst du noch immer für Mike. Und das ist okay. Er sieht ja auch ziemlich gut aus und …"

„Sei still!"

„Also doch." Ein wissendes Lächeln umspielte ihre Lippen. „Gib dir keine Mühe, es weiter zu leugnen. Ich kenne dich besser, Izzy. Du bist meine Schwester. Wir sind *Zwillinge*. Du kannst mir ebenso wenig etwas vormachen, wie ich dir."

„Ganz genau", entgegnete Isabel. „Und deshalb weiß ich auch, dass du mir etwas verschweigst, Mags." Sie bedachte Maggie mit einem durchdringenden Blick, der sie erschaudern ließ. Es war wirklich, als würde sie direkt bis auf den Grund ihrer Seele schauen, und all ihre Geheimnisse enträtseln können.

Was natürlich blanker Unfug war – oder?

„Du weißt, wo Nile sich rumtreibt, hab ich recht?"

Ertappt zuckte Maggie zusammen.

Sie wusste in der Tat ganz genau, wo ihr Bruder sich zurzeit vermutlich aufhielt. Sie hatte ihm immerhin dabei geholfen, für den heutigen Abend alles vorzubereiten und …

„Wo?“ Isabel packte sie am Arm und drückte so fest zu, dass es wehtat. „Wo ist er? Oder sollte ich besser fragen: Wo *sind sie*?“

Maggie schüttelte den Kopf. „Ich habe nicht die geringste Ahnung, wovon du sprichst“, behauptete sie und versuchte, den Griff ihrer Zwillingsschwester abzuschütteln. Doch für jemanden, der so zart und zierlich war, besaß Isabel ganz schön Kraft.

„Oh, ich denke, das weißt du sogar ganz genau. Und wenn du mir jetzt nicht sofort sagst, was du weißt, dann gehe ich zu Papa und sage ihm, dass Mike unseren Bruder gegen seinen Willen verschleppt hat!“

„Aber das ist doch gar nicht wahr!“

Isabels Augen wurden schmal. „Ich bin ziemlich sicher, dass Vater nicht an meinen Worten zweifeln wird – was meinst du?“

Maggie überlegte hin und her. Das Problem war, dass Isabel recht hatte. William McFarlane vergötterte Isabel – er würde ihre Lügen definitiv für bare Münze nehmen. Und am Ende konnte ihre Schwester immer noch behaupten, sie hätte sich getäuscht.

Aber wenn ihr Vater einen Suchtrupp losschickte, und Mike und Nile bei – was immer sie auch machen mochten – erwischt wurden … Sie mochte den Gedanken gar nicht zu Ende denken. Es würde auf eine Katastrophe hinauslaufen. Sie musste unbedingt verhindern, dass es dazu kam.

Dummerweise zweifelte sie nicht daran, dass Isabel ihre Drohung wahr machen würde, wenn sie nicht das bekam, was sie wollte. Maggie musste eine Entscheidung treffen – und zwar schnell. Und sie konnte nur hoffen, dass sie damit nicht erst das Unglück heraufbeschwor …

„Also gut“, sagte sie schließlich und strich nervös ihre Bluse glatt. „Du hast recht, sie sind zusammen, und ich weiß auch, wo sie sind. Aber bitte verrate Mutter und Vater nichts, du musst es mir versprechen.“

„Gar nichts muss ich!“ Isabels Augen sprühten Funken. „Nile weiß genau, was für ein Risiko er eingeht, indem er sich hinter dem Rücken unserer Eltern mit Mike trifft. Er ist selbst schuld, wenn die beiden seinetwegen Schwierigkeiten bekommen.“

„Izzy, bitte …“ Maggie wurde zunehmend nervöser. Sie wusste nicht, wie sie ihre Schwester davon abhalten sollte, ihre Eltern zu informieren. Ihre Gedanken rasten. Vielleicht würde Isabel sich von den Jungs besänftigen lassen. Mike hatte schon immer die Fähigkeit besessen, sie zu beruhigen. Sie musste es nur irgendwie hinkriegen, die beiden zu warnen, ehe Isabel und sie in etwas hineinplatzten, das sie beide garantiert nicht sehen wollten.

Maggie mochte erst sechzehn sein, doch naiv war sie deswegen noch lange nicht. Sie wusste genau, was vermutlich gerade zwischen Mike und Nile ablief – und es war nichts, wovon sie Zeugin sein wollte. Und sie war sich ziemlich sicher, dass Isabel es noch sehr viel schlechter aufnehmen würde.

„Also gut, ich bringe dich zu ihnen, okay? Dann reden wir alle und finden gemeinsam eine Lösung, einverstanden?“

Zögernd runzelte ihre Schwester die Stirn. „Ich weiß nicht. Was hätte ich davon?“

„Das besprichst du am besten mit Mike und Nile.“ Sie versuchte, sich nicht anmerken zu lassen, wie verzweifelt sie wirklich war. Isabel konnte Furcht wittern wie ein Bluthund seine Beute. Und wenn es erst einmal dazu kam, gab es keine Rettung mehr. Sie atmete tief durch. „Also?“

Zu ihrer Erleichterung nickte ihre Schwester.

Seufzend nahm sie Isabels Hand. „Komm.“

Sie umgingen die Feiernden, indem sie sich nah am Waldrand hielten. Beide sprachen sie kein Wort. Wozu auch? Soweit es Maggie betraf, war zwischen ihnen alles gesagt. Jetzt konnte sie noch hoffen und beten, dass es Mike gelingen würde, Isabel zur Vernunft zu bringen und das Schlimmste zu verhindern.

Bald ließen sie das Grundstück des Kiwi Palace hinter sich und drangen in das Waldstück ein, das sich daran anschloss.

Maggie unterdrückte ein Schaudern, als die Dunkelheit sie zu verschlucken schien. Es dauerte ein paar Sekunden, bis ihre Augen sich daran gewöhnt hatten – dann war im Schein des Mondes, der durch die Kronen der Bäume fiel, ein schmaler, ausgetretener Weg zu erkennen.

Obwohl sie in unmittelbarer Umgebung ihres Elternhauses jedes Fleckchen Erde kannte, kam ihr der Wald bei Nacht wie eine völlig andere Welt vor. Jedes Rascheln, jede Bewegung ließ sie zusammenzucken, während Isabel, die neben ihr herging, völlig ungerührt zu sein schien.

Aber ihre Schwester war schon immer die Furchtlosere von ihnen beiden gewesen. Isabel war viel zu sehr auf sich selbst bezogen, um Angst vor der Dunkelheit zu haben. Wer würde ihr schon etwas tun wollen? Sie war immerhin Isabel McFarlane, Lieblingstochter des einflussreichsten Mannes im ganzen Tal. Niemand würde es wagen, ihr auch nur ein Haar zu krümmen – und das schloss auch Geister, Untote und sonstige Spukgestalten mit ein.

Irgendwo in der Nähe rief ein Kiwi, und Maggie schrak erneut zusammen. Ein eisiger Schauer rieselte ihr den Rücken hinunter. Irgendwo hatte sie einmal gehört, dass dieser Laut den baldigen Tod eines Menschen ankündigte. Sie konnte nur hoffen, dass es sich um ein dummes Ammenmärchen handelte, doch das Gefühl von drohendem Unglück hatte sich tief in ihrer Magengrube festgesetzt.

Kurz darauf kamen die Scheunen in Sicht, und Maggie stockte das Herz. Das flackernde Licht, das durch die nicht ganz geschlossene Tür fiel, war in der Dunkelheit deutlich zu erkennen, und sie bemerkte, wie Isabel sich neben ihr versteifte.

Das war kein gutes Zeichen. Wenn ihre Schwester sich aufregte, würde es schwer werden, sie wieder zu beruhigen. Und zu allem Überfluss war Maggie immer noch nicht eingefallen, wie sie die beiden Jungs warnen sollte, ohne dass ihre Schwester merkte, was gespielt wurde.

„Da haben sie sich also versteckt“, fauchte Isabel.

Dann lief sie los.

Nile konnte sich keinen Ort auf der Welt vorstellen, an dem er sich geborgener fühlte als in Mikes Armen.

Sie lagen nebeneinander auf einer schäbigen alten Matratze in einer schäbigen alten Scheune, und trotzdem war er glücklicher als je zuvor in seinem Leben. Solange er mit Mike zusammen sein durfte, kümmerte es ihn weder das Wo noch das Wie. Es war, als würden sie sich in einer Blase aus Zeit und Raum befinden, die nur für sie beide existierte – und in der niemand sie erreichen konnte, um ihr Glück zu stören.

Die Jungen sprachen nicht. Es gab keine Notwendigkeit für Worte. Sie wussten auch so ganz genau, was der andere fühlte. Die ohnehin bereits starke Verbindung zwischen ihnen hatte sich noch weiter vertieft. Nile war, als könnte er fühlen, was Mike fühlte, hören, was Mike dachte, und sehen, was Mike sah. Es wäre fast schon ein bisschen unheimlich gewesen, würde es sich bei dem Menschen, mit dem er auf diese Weise verbunden war, nicht um Mike handeln.

Seinen besten Freund.

Seinen Geliebten.

Er schloss die Augen. Wenn sie doch nur immer so zusammen sein könnten … Er war es satt, sich immerzu verstecken zu müssen. Am liebsten wollte er in die Welt hinausbrüllen, dass er Mike liebte. Aber das ging natürlich nicht. *Noch* nicht. Ein paar Jahre noch, sagte er zu sich selbst.

Gedankenverloren spielte er mit Mikes Fingern, die auf seiner nackten Brust lagen, und malte sich aus, wie ihre gemeinsame Zukunft aussehen würde.

Sie mussten auf jeden Fall weg aus Moananui – fort aus dem Einflussgebiet seiner Familie. Vielleicht in eine der größeren

Städte, nach Auckland oder Wellington. Und wenn sie selbst dort nicht in Frieden leben konnten, dann würden sie Neuseeland eben den Rücken kehren. Sie konnten nach Amerika gehen. Oder nach Europa. Irgendwohin, wo es niemanden interessierte, wie sie lebten und wen sie liebten.

„Was ist los?", fragte Mike und strich ihm zärtlich eine Strähne aus dem Gesicht. „Du wirkst plötzlich so nachdenklich. Bereust du nun doch, dass wir miteinander geschlafen haben?"

Sofort schüttelte Nile den Kopf. Wenn es etwas in seinem Leben gab, das er nicht bereute, dann war es das. „Ich überlege nur, wie es sein wird, wenn wir beide endlich volljährig sind."

Mike hatte angefangen, mit Niles Haar zu spielen, hielt nun aber in der Bewegung inne.

Nile runzelte die Stirn. „Was ist? Hast du was?"

„Versteh mich bitte nicht falsch – ich kann es selbst kaum abwarten, endlich mit dir zusammen zu sein, aber … stell es dir nicht zu einfach vor. Leute wie wir werden immer und überall anecken. Wir werden auf Menschen treffen, die uns verdammen und verachten. Man wird uns beschimpfen und verspotten und uns alle möglichen Steine in den Weg legen. Bist du sicher, dass du das wirklich willst?"

„Wie kannst du das fragen?" Nile ergriff seine Hand und drückte sie. „Natürlich will ich das! Ich bin bereit, alles auf mich zu nehmen, um mit dir zusammen sein zu können, wirklich alles. Ich liebe dich."

Ein glückliches Strahlen glitt über Mikes Gesicht. „Und ich liebe …"

Er kam nicht dazu, den Satz zu vollenden, denn plötzlich erklang ein lautes Klirren.

Im nächsten Moment brach die Hölle los.

9. KAPITEL

Bay of Plenty, Herbst 2016

Das Verhalten seiner Mutter wurde immer rätselhafter, fand James. Er kannte Isabel McFarlane nur als starke, herrische Person, die ihre Ziele konsequent und gnadenlos verfolgte. Doch seit Vicky Tancredi in Neuseeland aufgetaucht war, schien sie irgendwie verändert.

Rastlos. Ja, das Wort beschrieb es wohl am besten.

Mitten in der Nacht wurde er immer wieder geweckt, weil sie unruhig in ihrem Arbeitszimmer auf und ab lief. Sie wirkte mitunter gedankenverloren und murmelte vor sich hin. Dabei schien es, als würde sie mit jemandem sprechen, obwohl sie allein im Raum war.

Was das Felsenhaus betraf, hatte sich ihre Einstellung in den vergangenen vier Wochen, die seit ihrem letzten Gespräch über dieses Thema vergangen waren, nicht geändert. Sie war vollkommen unnachgiebig und bereit, mit allen Mitteln dafür zu sorgen, dass es in ihren Besitz überging. Und James hatte es wirklich satt, mit anzusehen, wie seine Mutter ihren Willen ohne Rücksicht auf Verluste durchsetzte. Vicky war Mikes Tochter, verdammt! Er konnte nicht einfach so tatenlos abwarten und zuschauen, wie die große Isabel McFarlane sie vernichtete.

Denn nichts anderes würde sie tun, davon war er fest überzeugt. Er wusste nicht wie und womit, aber er zweifelte nicht daran, dass sie Mittel und Wege finden würde.

James atmete tief durch. Er saß vor dem Felsenhaus in seinem Wagen. Es war noch früh, und bisher hatte ihn niemand bemerkt. Wenn er jetzt den Rückwärtsgang einlegte, wendete und wieder nach Hause fuhr, brauchte niemand je zu erfahren, dass er hier gewesen war.

Sei nicht so ein elender Feigling, James McFarlane! Du willst doch jetzt nicht kneifen, oder? Sei ein Mann, bezieh endlich Position und biete Vicky deine Hilfe an. Deine Mutter wird sie sonst gnadenlos fertigmachen. Und wenn du das zulässt, bist du mindestens genauso schuldig, wie sie es ist.

Seufzend fuhr er sich mit beiden Händen durchs Haar. Er wusste selbst nicht, warum er sich eigentlich so anstellte. Es stimmte, Vicky Tancredi und er hatten nicht unbedingt den besten Start miteinander gehabt. Und vermutlich half es auch nicht besonders, dass er anfangs, wenn auch widerstrebend, praktisch mit seiner Mutter zusammengearbeitet hatte.

Sicher würde Vicky ihm ohnehin nicht glauben, wenn er jetzt plötzlich auftauchte, und behauptete, auf ihrer Seite zu stehen. Er wäre an ihrer Stelle auch misstrauisch. Vor allem, weil ein Teil von ihm das Felsenhaus tatsächlich noch immer wollte – und wahrscheinlich immer wollen würde. Immerhin war die Pension jahrelang sein großer Traum gewesen, so etwas vergaß man nicht einfach.

Aber es war Vickys gutes Recht, ihr Erbe zu behalten und es nach ihren Wünschen umzugestalten. Im Gegensatz zu seiner Mutter war er imstande, eine Niederlage zu akzeptieren.

Und er würde ein fairer Verlierer sein und ihr bei der Umsetzung ihrer Pläne helfen – wenn sie seine Unterstützung denn überhaupt wollte. Sein Konzept für das Felsenhaus war das Ergebnis seiner jahrelangen Überlegungen, und er war bereit, es an sie weiterzugeben.

Mike wäre stolz auf ihn gewesen. Er hätte sich darüber gefreut, dass seine Tochter die Unterstützung bekam, die sie brauchte.

Und nun steig endlich aus! Du sitzt jetzt wirklich lange genug hier rum und versuchst, Zeit zu schinden! Es ist genau, wie deine Mutter gesagt hat: Du hast dich bereits entschieden – und zwar für Vicky. Steh dazu.

Mit einem Seufzen stieß James die Fahrertür auf und kletterte aus dem Wagen. Es mochte albern sein, aber er war nervös. Sehr sogar. Sein Herz hämmerte, und in seinem Magen flatterte es aufgeregt. Aber warum nur?

Er war gerade bei der Haustür angelangt und hob die Hand, um anzuklopfen, als von innen geöffnet wurde.

„… sehen uns dann nachher und … Huch? James McFarlane?“

Es war eine Weile her, dass er Vicky Tancredi Auge in Auge gegenübergestanden hatte. Beinahe hätte er vergessen, wie unglaublich hinreißend sie war. Sein Herz setzte einen Schlag aus, nur um dann umso heftiger weiterzuklopfen, als sie die Stirn runzelte.

„Wenn Sie hier sind, um noch einmal zu versuchen, mich zum Kauf zu überreden – das können Sie vergessen. Daran werden auch die Drohungen Ihrer feinen Frau Mutter nichts ändern.“

Er schüttelte den Kopf – zuerst langsam, beinahe abwesend, dann energischer. „Ich weiß nichts von irgendwelchen Drohungen“, entgegnete er. „Und ich bin auch nicht hier, um noch einmal über mein Kaufangebot zu sprechen. Sie wollen bleiben, und ich respektiere das. Mike wäre sehr glücklich über Ihre Entscheidung gewesen, davon bin ich überzeugt.“

Sie blinzelte überrascht. „Aber … Ich … Nun, vielen Dank ist wohl das Beste, was ich jetzt sagen kann, nehme ich an. Aber wenn Sie nicht wegen des Hauses hier sind – warum dann?“

„Ich …“, er atmete tief durch. „In gewisser Weise bin ich trotzdem deswegen hier. Ich möchte Ihnen helfen … dir … wenn ich darf.“

Sie lächelte. „Was? Mich duzen oder mir helfen?“

Schmunzelnd neigte er den Kopf zur Seite. „Wie wäre es mit beidem?“

Was, zum Teufel, machte er hier eigentlich? Flirtete er etwa? Verflixt, ja, er flirtete mit Vicky Tancredi, der Tochter seines besten Freundes. Er musste den Verstand verloren haben!

Nach kurzem Überlegen nickte sie. „Also schön“, sagte sie. „Heather und Fiona sind der Ansicht, dass man Ihnen … dir …

vertrauen kann. Und ich vertraue den beiden, von daher … Willst du nicht reinkommen?"

Er hob die Schultern. „Wolltest du nicht gerade irgendwo hin?"

„Schon, aber einkaufen kann ich auch später noch. Die Milch läuft mir ja nicht davon, oder?"

„Vermutlich nicht. Andererseits … Was hältst du davon, wenn ich dich begleite? Wir können meinen Wagen nehmen und einen kleinen Umweg machen. Dabei haben wir dann Gelegenheit, in Ruhe über alles zu sprechen. Einverstanden?"

Sie nickte. „Einverstanden."

„Es ist schon irgendwie merkwürdig, oder?" Wie gebannt schaute Vicky zum Beifahrerfenster hinaus, während die Landschaft an ihnen vorüberflog. Auf der einen Seite der Straße zogen sich scheinbar endlose sattgrüne Hügel entlang, auf denen vereinzelt Schafe grasten, auf der anderen Seite schroffe Felsen und dann die tiefblauen Weiten der See.

„Was genau meinst du?"

Widerstrebend wandte sie ihren Blick von der Landschaft ab und blickte zu James hinüber, der hinter dem Steuer seines Wagens saß. Doch auch sein Anblick war nicht zu verachten. Wäre er nicht ausgerechnet der Sohn ihrer ärgsten Widersacherin, sie könnte glatt … Nein, was für ein absurder Gedanke. Sie kannte James im Grunde überhaupt nicht. Und nur weil er mit Fiona und Heather befreundet war – und früher mit ihrem Vater –, bedeutete das noch lange nicht, dass sich auch zwischen ihnen eine Freundschaft entwickeln würde – oder mehr.

Sie räusperte sich. „Nun, ich habe mich entschlossen, den Mittelpunkt meines Lebens von England nach Neuseeland zu verlagern. Heather, Fiona und ich arbeiten seit drei Wochen mit Hochdruck daran, das Felsenhaus herzurichten, damit wir es als Pension betreiben können. Alle notwendigen Genehmigungen sind beantragt, ebenso wie meine Aufenthalts- und Arbeitserlaubnis. Ich glaube, ich verstehe meinen Vater jetzt besser, als ich es in den vergangenen zwanzig Jahren getan habe. Und trotz alledem weiß ich so gut wie nichts über meine neue Heimat. Abgesehen davon, dass es hier ziemlich grün ist."

„Nun, Grün ist tatsächlich eine der hervorstechendsten Eigenschaften unseres schönen Landes. Allerdings hat Neuseeland durchaus auch mehr zu bieten. Zum Beispiel das Meer."

Ein Schauer durchrieselte Vicky. „Ja, die Klippen habe ich natürlich bereits gesehen."

Ihre Worte ließen einen Schatten über James' Züge gleiten. Vermutlich musste er ebenso wie sie daran denken, wie ihr Vater zu Tode gekommen war.

„Die Klippen ...", wiederholte er gedankenverloren. „Nun, die sind sicherlich majestätisch und eindrucksvoll – aber nicht unbedingt das beste Beispiel, um jemanden von den Qualitäten seiner neuen Heimat zu überzeugen." Er schien kurz zu überlegen und nickte dann. „Warte mal ..."

Er setzte den Blinker und bog von der Landstraße auf eine kleinere, holprigere Seitenstraße ab, die nach etwa einem halben Kilometer leicht anzusteigen begann. Die Landschaft war insgesamt recht hügelig, und so weit das Auge reichte, sah Vicky nur grüne Wiesen und Weiden.

Nun, zumindest, bis sie die Kuppe des Hügels erreichten.

Scharf atmete Vicky ein. „Das ist ja ..."

„Hübsch, nicht wahr?"

Sie war unfähig, ihre Augen von dem Anblick abzuwenden, der sich ihr bot. Das Meer war von einem tiefen Blau, wie sie es bisher nur von Ansichtskarten kannte. Am Horizont traf es auf das hellere Azurblau des Himmels, an dem sich eindrucksvolle, aber harmlose Wolkenberge türmten.

Es wehte eine leichte Brise, und auf den Kämmen der Wellen tanzten weiße Schaumkronen. Die Brandung war überraschend seicht und trug den Meeresschaum bis ans Ufer heran, wo er im makellos weißen Sand des Strandes versickerte.

„Nein", sagte sie, und ihre Stimme klang erstickt, so überwältigt war sie von der Schönheit ihrer Umgebung. „Nicht hübsch. Ergreifend. Atemberaubend."

Das alles waren keine Beschreibungen, die sie leichtfertig verwendete. Aber dieser Ort …

„Wollen wir vielleicht aussteigen und ein Stück am Strand spazieren gehen?", schlug er vor.

Vicky musste nicht lange überlegen. Der Wind riss ihr praktisch die Tür aus der Hand, als sie sie aufstieß. Kaum war sie aus dem Wagen heraus, da rannte sie auch schon los. Halb im Laufen versuchte sie, ihre Schuhe auszuziehen. Ihr Stolpern und Taumeln musste einen ziemlich lustigen Anblick abgeben, denn sie hörte James leise lachen.

„Keine Hektik", rief er ihr nach. „Der Strand läuft dir ebenso wenig davon wie die Milch, die du noch besorgen wolltest."

Er hatte ja keine Ahnung, wie lange sie sich danach gesehnt hatte, endlich das Meer zu sehen. Dabei hatte sie zu Hause in England gar nicht so weit von der Küste entfernt gelebt – von London aus war es ja praktisch um die Ecke. Doch ihre Mutter war nie mit ihr dorthin gefahren, und auch später, in ihrer Pflegefamilie, hatte es sich irgendwie nicht ergeben.

Sicher, von ihrem neuen Zuhause aus, dem Haus über den Klippen, konnte sie das Meer sehen. Aber irgendwie war das etwas anderes. Von ihrem Fenster aus wirkte es immer ein wenig düster, fast bedrohlich. Vielleicht weil sie genau wusste, dass ihr Vater nicht weit entfernt vom Haus in den Tod gestürzt war.

Sie konnte es sich selbst nicht recht erklären. Fest stand, dass dies ein unglaublich aufregender Moment für sie war. Den weichen Sand unter den nackten Füßen zu spüren, fühlte sich einfach unglaublich an. Er war warm und pudrig, und mit jedem Schritt grub sie ihre Zehen darin ein, während sie in Richtung Brandung lief.

Das Kreischen von Möwen, die über dem Wasser kreisten, vermischte sich mit dem sanften Rauschen der Wellen, die an den Strand rollten. Ihr Herz hämmerte heftig. Sie wollte diesen Moment am liebsten festhalten, in ihre Erinnerungen einbrennen und nie wieder loslassen.

Als das Wasser ihre Zehen umspülte, schrie Vicky überrascht auf. Sie hatte nicht damit gerechnet, dass es so *kalt* sein würde.

Sie hörte erneut James' leises Lachen. Er war ein Stück zurückgeblieben, und kam ihr jetzt langsam nach. „Willkommen im neuseeländischen Herbst", rief er ihr zu.

„Herbst?" Fragend schaute sie ihn an. „Es ist April! Und davon abgesehen herrscht eine geschätzte Durchschnittstemperatur von zwölf Grad!"

„Ich sag ja – Herbst …", erklärte er. „Du vergisst, dass wir uns auf der England gegenüberliegenden Seite der Erdkugel befinden. Wenn bei euch drüben Sommer ist, herrscht hier Winter, und umgekehrt. Aber wenn dein Heimweh zu groß wird und du unbedingt mal weiße Weihnachten brauchst, fahre ich mit dir rüber auf die Südinsel, zum Franz-Josef-Gletscher. Dort gibt es das ganze Jahr über Schnee und Eis."

Vicky schluckte. „Ich glaube nicht, dass ich unter Heimweh leiden werde", flüsterte sie.

James ließ sich in den warmen Sand sinken und klopfte mit der flachen Hand auf die Stelle rechts neben sich. „Komm, setz dich."

Sie tat, wie ihr geheißen. Vielleicht saß sie ein kleines bisschen *zu* dicht an James' Seite, aber es fühlte sich gut an, und er protestierte nicht, also beschloss sie, es einfach zu genießen.

„Wie war dein Leben so?", fragte er nach einer Weile. „Zu Hause in England, meine ich."

Sie verzog das Gesicht. Dieser Moment war einfach zu schön, um ihn mit bitteren Erinnerungen zu zerstören. Doch ein anderer Teil von ihr wollte sich ihm öffnen. Wollte ihm ihr Herz ausschütten und mit ihm teilen, was in ihr vorging. Aber war es dafür nicht noch etwas zu früh? Sie kannten sich doch kaum.

Sie atmete tief durch. „Es war … okay. Bevor Dad uns verlassen hat, war ich glücklich. Ich dachte, ich hätte die beste Familie auf der Welt. Als er dann fort war … Nun, sagen wir, es war nicht leicht für meine Mutter, damit zurechtzukommen. Die Kurzfassung ist, dass sie anfing, zur Flasche zu greifen. Und irgendwann war es einfach zu viel, und der Alkohol gewann. Danach kam ich in eine Pflegefamilie – und das war's auch schon."

Er schüttelte den Kopf. „Nein, das meine ich nicht. Wie war dein Leben als erwachsene Frau? Bevor du hierher nach Neuseeland aufgebrochen ist, um deinen Vater nach neunzehn Jahren Funkstille wiederzusehen."

„Nicht besonders aufregend", erwiderte sie. „Ich habe in einem kleinen Ein-Zimmer-Apartment gewohnt, aus dem ich ohnehin bald hätte ausziehen müssen, weil der Mietvertrag befristet war. Hatte ein paar Bekannte, aber keine wirklich engen Freunde, einen Job im Callcenter, zu dem ich mich jeden Morgen aufs Neue quälen musste." Sie lächelte gequält. „Du siehst – mehr oder weniger dasselbe, wie bei den meisten anderen Menschen."

„Also, ich finde, das klingt ziemlich deprimierend." Er hob eine Braue. „Wie kommt es, dass du keine Freunde hattest? Du bist doch gar nicht der Typ dafür, so zurückgezogen zu leben. Oder zumindest schätze ich dich so nicht ein. Und was deinen Job betrifft – warum hast du dir nicht etwas anderes gesucht, wenn er dich so frustriert hat?"

Nach kurzer Überlegung zuckte sie mit den Achseln. „Ich weiß auch nicht. Ich schätze, ich habe mich einfach treiben lassen. Irgendwann vor fast zwanzig Jahren hat mein Leben angefangen, aus der Bahn zu laufen. Aber ich kann meinen Vater nicht allein dafür verantwortlich machen, denn ich habe nichts unternommen, um daran wirklich etwas zu ändern." Sie lächelte schwach. „Weißt du, ich glaube, ich habe es noch nicht einmal wirklich bemerkt. Ein Tag ging in den nächsten über. Ich habe existiert, viel mehr aber auch nicht. Und ich glaube, hier in Neuseeland ist mir zum ersten Mal klar geworden, dass es so nicht weitergehen kann."

„Deshalb hast du dich entschlossen, hierzubleiben." Er nickte verständnisvoll. „Ich habe es übrigens wirklich ernst gemeint vorhin. Ich will dir gerne helfen, was die Pension betrifft. Es ist immerhin schon seit Jahren mein Traum gewesen, gemeinsam mit Mike genau so etwas auf die Beine zu stellen. Das Konzept habe ich schon seit einer Ewigkeit fertig, ebenso wie eine Kalkulation für die Bank. Wenn du willst, kannst du alles haben. Und wenn du Fragen hast …"

Sie machte große Augen. „Wirklich? Aber warum? Ich meine … Seien wir doch mal ehrlich, ich war nicht gerade besonders freundlich zu dir. Für mich war klar, dass du mit deiner Mutter unter einer Decke steckst."

„Ein Vorurteil, dem ich nicht zum ersten Mal begegne, das kannst du mir glauben", erwiderte er kopfschüttelnd. „Die Leute denken, wir McFarlanes müssten doch zusammenhalten – Blut ist dicker als Wasser, wenn du verstehst. Dabei ist das genaue Gegenteil der Fall. Meine Mutter zieht sowieso nur ihr eigenes Ding durch, und meine Tante Maggie, ihre Schwester, ist seit dem Vorfall von damals … Nun ja, sagen wir mal so: Sie ist ein wenig wunderlich."

Vicky runzelte die Stirn. „Was für ein Vorfall?"

„Genaues weiß ich leider auch nicht – es wurde immer ein riesiges Geheimnis daraus gemacht. Ich kann nur sagen, dass es ein Feuer gegeben hat, bei dem auch ein Mann ums Leben kam. Kurz darauf ging mein Onkel dann an die Uni nach Auckland. Als er ein paar Jahre später zurückkehrte, wurde er praktisch aus der Familie verbannt. Noch so eine Sache, über die das Mäntelchen des Schweigens ausgebreitet wird. Ich nehme allerdings an, dass es um seine Homosexualität ging und …" Er hielt inne und schaute Vicky an. „Ich … Du …"

Sie nickte. „Ich weiß über meinen Vater Bescheid, ja. Und auch darüber, dass er mit deinem Onkel liiert war."

„Liiert?“ James schnaubte. „Das klingt so klinisch und steril. Aber wenn ich jemals zwei Menschen erlebt habe, die einander von ganzem Herzen geliebt haben, dann waren es diese beiden.“ Als ihm klar wurde, was das für Vicky bedeuteten musste, seufzte er. „Tut mir leid. Ernsthaft. Für dich ist das vermutlich ein heikles Thema.“

„Nicht so sehr, wie ich zu Anfang dachte“, erwiderte sie. „Ich glaube, es gab da ein paar Dinge, die ich als kleines Kind nicht verstehen konnte. Und inzwischen frage ich mich, ob es da nicht auch so einiges gegeben hat, was meine Mutter mir nicht gesagt hat. Etwas, das meine Meinung über das, was passiert ist, vielleicht geändert hätte.“

„Was genau meinst du damit?“

Sie neigte den Kopf zur Seite. „Mein ganzes Leben lang war ich davon überzeugt, dass mein Vater die Schuld an unserem Unglück trug. Dass er meine Mutter und mich rücksichtslos im Stich gelassen hat, ohne ein Wort der Erklärung. Inzwischen zweifele ich allerdings mehr und mehr daran. Heather und Fiona sprachen von Briefen, die er an mich geschrieben hat.“

Er nickte. „Ja, ich weiß. Ich habe ihn oft dabei beobachtet, wie er sie schrieb. Nach Onkel Niles Tod hat er manchmal stundenlang am Küchentisch über ein paar Bögen Papier gesessen und sein Herz ausgeschüttet. Ich glaube, er war sehr unglücklich darüber, dass der Kontakt zwischen euch abgerissen ist.“ James runzelte die Stirn. „Du denkst, sie hat sie unterschlagen?“

„Ich weiß es nicht“, sagte Vicky. „Schon möglich. Aber diese Frage wird wohl für immer ungeklärt bleiben. Es ist nicht so, als könnte sie mir noch irgendjemand beantworten.“

Wie selbstverständlich legte James ihr einen Arm um die Schulter. Unwillkürlich versteifte Vicky sich. Die Berührung war im Grunde harmlos, ließ sie aber dennoch am ganzen Körper zu prickeln.

Was zum Teufel …?

Er schien ihre Reaktion nicht zu bemerken, und langsam

entspannte Vicky sich wieder. Wenn sie ehrlich sein wollte, fühlte es sich sogar ziemlich gut an, ihm so nah zu sein. Viel *zu* gut womöglich. Doch das war etwas, über das sie lieber nicht nachdenken wollte.

Sie hatte weiß Gott genügend andere Sorgen.

„Und du willst mir wirklich deine Pläne überlassen?", fragte sie schließlich. „Für die Pension, meine ich."

Er nickte. „Im Grunde hatte ich alles bereits fertig ausgearbeitet. Mir fehlte nur noch Mikes Zustimmung. Als mir klar wurde, dass er unsicher war und vorerst wohl kein grünes Licht geben würde, legte ich die Sache ad acta. Ich wusste, dass er wegen Nile so lange zögerte. Es war ihr gemeinsamer Traum gewesen, das Felsenhaus in eine Pension umzuwandeln. Ich glaube, allein der Gedanke an ihn schmerzte ihn bis zuletzt und deswegen konnte er sich nie durchringen, das Projekt ohne ihn zu vollenden."

„Wie lange ist dein Onkel jetzt schon tot?"

James lächelte. „Schon lange. Er war noch nicht besonders alt, als er starb. Etwa Mitte dreißig." Er seufzte. „Er war sehr krank … Aids. Außerdem litt er unter Depressionen und hat seine Medikamente immer wieder selbstständig abgesetzt – ansonsten hätte er wohl durchaus noch viel länger leben können."

„Aber mein Vater … Wenn sie sich doch so geliebt haben …"

„Die beiden wurden damals förmlich auseinandergerissen. Irgendwie muss herausgekommen sein, dass sie ein Paar waren. Es hätte wohl einen ziemlichen Skandal gegeben, wäre die Sache an die Öffentlichkeit gekommen. Mein Großvater war, wie heute meine Mutter, Bürgermeister von Moananui, und damit hörten seine politischen Ambitionen nicht auf. Von Nile wurde erwartet, dass er ein gehorsamer Sohn war, der den Anschein der perfekten Familie mittrug. Du kannst dir sicher vorstellen, wie die Nachricht über seine Homosexualität aufgenommen wurde. Nile muss ziemlich am Ende gewesen sein, als Mike dann nach England ging. Warum er nie versucht hat, Mike zu finden und stattdessen mit anderen Männern geschlafen hat, weiß ich nicht. So vertraut war mein Onkel auch mit mir nicht."

Vicky nickte. Das konnte sie sich sogar sehr gut vorstellen. „Also ist mein Vater nur in England gelandet, weil eure Familie seine aus Neuseeland vertrieben hat?"

„Zum Teil wahrscheinlich schon. Allerdings reicht der Einfluss der McFarlanes auch nicht aus, um jemanden zu zwingen, das Land zu verlassen. Sie hätten sich sicher anderswo in Neuseeland niederlassen und ein neues Leben beginnen können. Daher nehme ich an, dass mein Großvater ihnen Geld dafür gezahlt hat, dass sie ihre Koffer packten und nach Übersee verschwanden. Den Tancredis dürfte allerdings auch kaum eine andere Wahl geblieben sein. Meine Großeltern konnten die Sexualität ihres Sohnes vielleicht unter den Teppich kehren, aber für kleine Leute wie Mikes Eltern war das nicht so einfach."

„Das glaube ich gern", entgegnete sie. „Und in England muss mein Vater dann irgendwann meiner Mutter begegnet sein." Sie senkte den Blick. „Glaubst du, er hat sie je …?" Vicky ließ den Satz unvollendet. Es fiel ihr schwer, es laut auszusprechen.

„Ob er sie geliebt hat?" Als sie nickte, fuhr er sich mit beiden Händen durchs Haar. „Was soll ich dazu sagen? Ich nehme es an, ja. Mike war kein Mensch, der sich auf irgendwelche halben Sachen einließ. Entweder er war mit ganzem Herzen dabei oder gar nicht. Deshalb bin ich mir ziemlich sicher, dass er Gefühle für sie gehabt haben muss. Und nach der Geschichte mit Nile konnte er sich vermutlich nicht mehr vorstellen, mit irgendeinem anderen Mann zusammen zu sein."

Sie atmete tief durch. Ihr war, als hätte man ihr eine Last von den Schultern genommen, von deren Existenz sie nicht einmal etwas geahnt hatte. James hatte ihren Vater gut gekannt. Sehr gut sogar. Sie waren so etwas wie beste Freunde gewesen, vielleicht auch ein bisschen wie Familie. Wenn er glaubte, dass die Ehe ihrer Eltern nicht nur eine einzige große Lüge gewesen war, dann vertraute sie auf sein Urteil.

Und selbst wenn die Gefühle ihres Vaters für ihre Mutter tatsächlich nur vorgetäuscht gewesen waren – Vicky zweifelte nicht mehr länger daran, dass er zumindest sie, seine Tochter, wirklich von ganzem Herzen geliebt hatte.

Tränen stiegen ihr in die Augen. „Es tut mir so leid, weißt du?"

„Was?", fragte er und drückte sie sanft an sich.

„Dass ich all die Jahre so schrecklich wütend auf ihn gewesen bin. Wer weiß, hätte ich früher eingelenkt, wären wir vielleicht schon vor Jahren wieder vereint gewesen. Aber ich war zu stur, zu dickköpfig, um daran auch nur einen Gedanken zu verschwenden oder mich gar selbst auf die Suche nach ihm zu machen."

„Du bist Mike wirklich unglaublich ähnlich", bemerkte James, ließ seine Hand weiter nach oben wandern und fuhr ihr über das Haar. Er zog ihren Kopf zu sich heran, sodass sie sich an seine Schulter anlehnen konnte.

Sofort entspannte sie sich weiter. Nein, mehr als das. Ihr war, als würde mit einem Schlag alle Anspannung, aller Druck von ihr abfallen. Und das alles hatte sie nur James zu verdanken.

Sie schloss die Augen und atmete tief ein. Sie roch den Wind, das Salz des Meeres und James. Ein Hauch von Sandelholz schwang darin mit und die Erinnerungen an glückliche Zeiten schwappten in ihr hoch. „Ist das so?"

„Er war ein schrecklicher Sturkopf. Wenn er sich einmal etwas vorgenommen hatte, dann war es beinahe unmöglich, ihn wieder davon abzubringen."

Sie schmunzelte. „Ich schätze, diese Eigenschaft habe ich dann wohl von ihm geerbt."

Seltsamerweise empfand sie bei dem Gedanken keine Bitterkeit mehr. Es war, als hätte sie ihren Frieden mit der Vergangenheit gemacht. Zumindest, soweit das möglich war, ohne über alle Hintergründe Bescheid zu wissen. Doch auch mit dieser Tatsache hatte sie sich inzwischen abgefunden.

„Ich habe ein Tagebuch gefunden", sagte sie, völlig ohne Zusammenhang, einfach nur weil es ihr gerade wieder eingefallen war. Sie war in den vergangenen Wochen nicht dazu gekommen, sich wirklich damit zu befassen. Die Arbeit an der Pension hielt sie auf Trab. Aber vielleicht konnte James ihr ja dabei helfen, den Besitzer ausfindig zu machen und es ihm oder ihr zurückzugeben. Immerhin kannte er jeden hier in Moananui und Umgebung. Möglicherweise war er sogar in der Lage, die Handschrift zu identifizieren.

James hob eine Braue. „Ein Tagebuch?"

Sie nickte. „In einer alten Scheune. Ich war spazieren und bin versehentlich auf eurem Grundstück gelandet. Auf dem Dachboden der Scheune habe ich eine Kiste entdeckt, und darin befand sich, versteckt in der Seitenbespannung, ein Tagebuch."

„Weißt du, von wem es ist?"

„Nein – ich hoffte, dabei könntest du mir vielleicht helfen. Es scheint schon ziemlich alt zu sein, und hat offenbar lange in der feuchten Kiste gelegen. Aber ich bin sicher, dass sich der rechtmäßige Besitzer trotzdem freuen würde, es zurückzubekommen."

„Zeigst du es mir nachher, wenn wir wieder zurück beim Felsenhaus sind?"

„Meinetwegen können wir auch sofort aufbrechen?"

Er hob eine Braue. „Wolltest du nicht eigentlich einkaufen?"

„Schon, aber das ist nicht so wichtig." Jetzt, wo ihr das Buch wieder eingefallen war, brannte sie förmlich darauf, das Rätsel, das sich darum rankte, zu ergründen. Sie rappelte sich auf und klopfte sich den Sand von der Hose. Dann streckte sie die Hand nach ihm aus. „Komm, gehen wir."

Es war eine unbedachte Geste gewesen, und eigentlich hatte Vicky nicht damit gerechnet, dass er ihre Hand auch ergreifen würde. Doch sie hielt gegen sein Gewicht, als er sich aus dem Sand hochzog. Und plötzlich stand er ihr ganz nah, und sie konnte seine Wärme spüren. Für einen kurzen Moment hatte sie das Gefühl, er wollte sie küssen, bevor er sich umdrehte und auf das Auto zusteuerte.

Etwa zwanzig Minuten später erreichten sie das Felsenhaus. Hastig schloss Vicky auf und eilte dann, zwei Stufen auf einmal nehmend, gefolgt von James, die Treppe ins Obergeschoss hinauf.

„Wo hab ich es denn bloß hingetan …?“ Sie durchwühlte die Schublade ihres Nachttischs, schaute unter ihre Matratze und stieß einen triumphierenden Laut aus, als sie es schließlich aus der Ritze zwischen Matratze und Bettrahmen hervorzog.

Sie hielt es James hin, der es zögernd entgegennahm. Er grinste verlegen. „Weißt du, irgendwie fühlt sich das merkwürdig an. So als würde ich ungefragt in die Privatsphäre eines anderen Menschen eindringen. Ergibt das irgendeinen Sinn?“

„Großen sogar“, erwiderte Vicky und dachte zurück, wie sie sich gefühlt hatte, als ihr klar geworden war, worum es sich bei dem Buch handelte – und trotzdem angefangen hatte, darin zu lesen. „Aber ich weiß keinen anderen Weg, herauszufinden, wem es gehört – du etwa?“

Er schüttelte den Kopf. „Warum ist dir das so wichtig?“

„Ich weiß nicht.“ Sie hatte selbst schon darüber nachgedacht. „Vielleicht weil ich manchmal selbst wünschte, ich hätte irgendwelche Erinnerungsstücke an die Vergangenheit. Meine Mutter hat damals in ihrem Zorn alle Fotos verbrannt, auf denen mein Vater zu sehen war. Es existiert nichts mehr, das uns gemeinsam als Familie zeigt.“ Sie blinzelte, um die Tränen zurückzudrängen, die ihr in die Augen stiegen. „Es ist, als hätte es ein *Wir* niemals gegeben.“

„Aber du weißt es, dass dem nicht so ist. Und die Erinnerungen sind sicher aufgehoben.“ Er legte ihr eine Hand auf den Brustkorb, dort, wo ihr Herz am heftigsten schlug. „Hier drin.“

Nun konnte sie die Tränen wirklich nicht länger zurückhalten. Sie strömten über ihre Wangen und sammelten sich an ihrem Kinn, wo sie haltlos heruntertropften. Doch es kümmerte sie nicht. Es fühlte sich einfach zu gut an, mit jemandem zu reden, der einen tatsächlich verstand.

Ihre Mutter hatte das nie getan. Sie war viel zu verbittert und verletzt gewesen, um dazu in der Lage zu sein. Manchmal fragte Vicky sich, wie es wohl gewesen wäre, hätte Holly Tancredi sich nicht von ihrem Hass und ihrem Selbstmitleid davontragen lassen. Ob sie heute noch am Leben wäre?

Doch das waren müßige Gedanken. Was geschehen war, war geschehen. Nichts und niemand konnte daran etwas ändern.

Sie atmete tief durch, streckte die Schultern und nickte. „Du hast recht. Aber was ich eigentlich sagen wollte, war Folgendes: Vielleicht hat die Person, die ihr Herz in diesem Buch ausgeschüttet hat, auch etwas verloren, das ihr lieb und teuer war. Und wenn dem so ist, dann wird sie die Erinnerungen daran festhalten wollen. Dieses Buch, das du in den Händen hältst, ist eine davon."

Mit einem leisen Seufzen ließ James sich auf den Stuhl vor ihrem Schreibtisch nieder, der direkt unter dem Fenster stand. Helles Sonnenlicht fiel durch die luftigen weißen Gardinen und ließ das alte, vergilbte Buch in goldenem Glanz erstrahlen. Er schlug es auf und strich die erste Seite, die von Feuchtigkeit gewellt war, glatt.

Kaum dass er einen Blick darauf geworfen hatte, runzelte er die Stirn. Angespannt musterte Vicky ihn, die Hände abwechselnd zu Fäusten ballend und locker lassend. Und als er schließlich aufblickte, ahnte sie schon, was er sagen würde, ehe er auch nur den Mund öffnete.

„Ich weiß, wem das hier gehört", erklärte er. „Oder besser gehörte. Die Handschrift kenne ich beinahe so gut wie meine eigene, wo Mike jeden einzelnen Schnipsel aufbewahrt hat, den diese Person je zu Papier gebracht hat." Er machte eine kurze dramatische Pause, ehe er weitersprach. „Nile McFarlane", sagte er dann. „Das Tagebuch gehörte meinem verstorbenen Onkel."

Sie verbrachten die nächsten beiden Tage damit, das Buch von vorne bis hinten durchzuarbeiten. Jeden Abend kam James nach der Arbeit zum Felsenhaus, und sie brüteten am Küchentisch über den Aufzeichnungen seines Onkels.

Auch Heather und Fiona hatten sich inzwischen vom Vergangenheitsfieber anstecken lassen. Sie rätselten gemeinsam über Worte, die nicht mehr zu entziffern waren, und recherchierten die verschiedensten Tricks, um durch Flecken oder Gilb unkenntlich gewordene Seiten wieder lesbar zu machen.

Es war ein bisschen wie ein großes Abenteuer – doch Vicky versuchte nicht aus den Augen zu verlieren, dass es hier um einen echten Menschen ging. Ein echtes Leben.

Das des Geliebten ihres Vaters.

Es war bereits spät am Abend, als sie das Buch zuklappte und verkündete: „Ich bin hundemüde. Wenn ich nicht bald ins Bett komme, schlafe ich im Sitzen ein."

James, der neben ihr saß, streckte sich und gähnte. „Gott, ja, ein Bett wäre jetzt wirklich nicht schlecht. Ich fürchte allerdings, dass ich mich damit noch ein wenig gedulden muss. Meine Mutter gibt heute Abend eine ihrer berüchtigten Cocktailpartys. Ich werde also erst mal ein paar Hände schütteln und höflichen Small Talk führen müssen, wenn ich nach Hause komme. Anschließend werde ich vor lauter Lärm wohl kein Auge zubekommen."

„Oje", lachte Fiona. „Diese Partys sind in der Tat berühmt und berüchtigt. Isabel McFarlanes Versuch, Spitzenpolitiker mit einer Menge hochprozentigem Fusel und leicht bekleideten Damen zu beeindrucken."

Vicky hob eine Braue. „Irgendwie kann ich mir das nicht so wirklich vorstellen."

„Oh, aber Fiona hat recht." James stöhnte. „Genau so geht es auf den Feiern meiner Mutter zu. Und glaub bloß nicht, dass ihr das irgendwie unangenehm ist. Nein, keineswegs. Um an ihr Ziel zu gelangen, ist ihr wirklich jedes Mittel recht."

„Und du willst dir das wirklich heute Abend noch antun?" Vicky schaute ihn fragend an. „Du siehst ziemlich fertig aus."

Er zuckte mit den Achseln und lachte. „Danke für das Kompliment, aber was bleibt mir anderes übrig?"

„Du könntest zum Beispiel hier schlafen", schlug sie vor. Sie hatte sich nicht wirklich etwas dabei gedacht, doch als sie merkte, dass plötzlich alle Blicke auf sie gerichtet waren, errötete sie. „Auf der Couch, natürlich … auf der Couch!"

James' Mundwinkel zuckten. „Selbstverständlich, wo denn auch sonst?"

Vickys Wangen brannten, trotzdem brachte sie ein scheues Lächeln zustande. „Richtig", sagte sie. „Wo auch sonst."

Sie behielt die Tatsache, dass sie sich mit James auch etwas ganz anderes vorstellen konnte, lieber für sich.

Heather bot an, ihm Decken und Kissen zu bringen, damit er es sich bequem machen konnte, doch Vicky winkte ab. Sie hatte James das Angebot gemacht, hier zu übernachten, also würde sie sich nun auch um alles kümmern. Und ganz davon abgesehen gefiel ihr der Gedanke, noch ein bisschen Zeit mit ihm zu haben. Aus Gründen, über die sie lieber nicht weiter nachdenken wollte.

Während sie gemeinsam die Decken bezogen und das Sofa zurechtmachten, hatte sich ein Gespräch entwickelt, und inzwischen rückten die Zeiger der Uhr über der Wohnzimmertür bereits auf die Zwei zu. Vicky und Fiona waren längst zu Bett gegangen. Allmählich überlegte Vicky selbst schon, ob es nicht langsam ein wenig auffällig wurde und sie sich lieber mal verabschieden sollte, als James sich räusperte. „Sagtest du nicht, dass du müde bist?"

Verlegen zuckte sie mit den Schultern. „War ich auch. Aber dann ging es komischerweise wieder. Muss an der guten Gesellschaft liegen …"

„Ich fühle mich geschmeichelt", sagte er und rückte auf der Couch ein Stückchen näher an sie heran. Sofort fing Vickys

Herz an, heftiger zu klopfen. Würde er irgendwelche Annäherungsversuche machen? Und falls ja – wie sollte sie darauf reagieren?

Unsinn! Er sieht in dir nur Mikes Tochter, mehr nicht.

Aber wieso schaute er sie dann auf diese ganz besondere Weise an? Gab ihr das Gefühl, wunderschön und etwas Besonderes zu sein?

Hastig stand sie auf. „Ich lasse dich dann jetzt besser allein", murmelte sie. „Es gehört sich nicht, seine Gäste so lange vom Schlafen abzuhalten."

„Ich habe jeden einzelnen Augenblick davon genossen." Er lächelte.

Wieder flatterte es in ihrer Brust.

Sei vernünftig, Vicky! Wünsch ihm eine gute Nacht und dann sieh zu, dass du aus der Gefahrenzone kommst!

Doch ihre Beine verweigerten ihr beharrlich den Dienst. Wie angewurzelt stand sie da und schaute ihn an. Und als er aufstand und langsam auf sie zukam, gaben ihre Knie vor lauter Aufregung beinahe unter ihr nach.

„James ..."

Er streckte die Hand aus und strich ihr mit zwei Fingern eine Strähne hinters Ohr. Dabei streifte er ihre Wange.

Die Berührung war nur kurz, doch Vicky hatte sie überall am ganzen Körper zugleich gespürt. Dieses Gefühl war so stark. Sie hatte so etwas noch nie zuvor erlebt. Und es irritierte sie im gleichen Maße, wie es sie faszinierte.

Wie von selbst machte sie einen Schritt auf James zu und fand sich im nächsten Moment in seinen Armen wieder. Sein Duft hüllte sie ein und benebelte ihre Sinne. Sie schloss die Augen und lehnte den Kopf gegen seine breite Brust, während er sie einfach nur hielt.

Vicky spürte, wie sämtliche Anspannung aus ihrem Körper wich. Sie atmete tief und gleichmäßig, umfangen von seiner Wärme, geborgen in seiner Umarmung. Nichts und niemand konnte ihr in diesem Moment etwas anhaben. Sie fühlte sich sicher und behütet. So war es gewesen, wenn ihr Vater sie damals gehalten hatte.

Gleichzeitig war dies hier aber auch anders. Vollkommen anders. Denn das, was sie empfand, waren keine unschuldigen Gefühle, wie sie ein Kind für seinen Vater hegt. Ganz und gar nicht. Sie wollte James noch näher sein, ihn nie mehr loslassen …

All ihre Gedanken waren wie weggeblasen, als er ihr einen Finger unters Kinn legte und ihr Gesicht anhob. Sie blickte ihm in die Augen und verlagerte ihr Gewicht auf die Zehenspitzen, während er den Kopf zu ihr herabsenkte. Als ihre Lippen aufeinandertrafen, fielen ihre Lider flatternd zu.

Es fühlte sich genauso an, wie sie es sich insgeheim vorgestellt hatte – und noch viel besser. Seine Lippen waren weich und nachgiebig. Sie hatte das Gefühl, nach ihrem süßen Geschmack süchtig werden zu können.

Wie von selbst öffnete sie den Mund ein wenig und seufzte leise, als ihre Zungenspitzen sich berührten.

Mehr war es nicht – nur eine winzige, hauchzarte Berührung, ehe er sich wieder zurückzog, doch sie erschütterte Vicky bis in ihre Grundfesten.

Sie schlang die Arme um seinen Nacken und flüsterte seinen Namen direkt an seinem Ohr. Still standen sie da. Nur das Ticken der Uhr war zu hören und erinnerte sie daran, dass sie sich noch immer im Hier und Jetzt befanden.

Seine Finger fuhren durch ihr Haar, sanft und zärtlich. „Wir sollten jetzt besser schlafen gehen …“

Sie nickte langsam, obwohl sie nicht glaubte, dass sie auch nur ein Auge zutun würde. Ihre Nerven sangen, ihr Puls raste, und in ihrem Bauch flatterte ein ganzer Schwarm Schmetterlinge. Doch sie wusste auch, dass James recht hatte. Heute Nacht würde hier nicht mehr passieren. Es war bereits sehr viel mehr passiert, als sie jemals beabsichtigt hatte.

„Gute Nacht“, flüsterte sie, unfähig, ein glückliches Lächeln zu unterdrücken.

Er zeichnete mit dem Daumen die Konturen ihrer Lippen nach. „Gute Nacht – träum süß.“

Vicky fühlte sich, als würde sie auf Wolken schweben, während sie die Treppe ins Obergeschoss des Hauses hinauflief. Es war vermutlich keine besonders gute Idee, ausgerechnet mit dem Sohn der Frau etwas anzufangen, die sie aus dem Felsenhaus vertreiben wollte. Doch sie brachte es nicht über sich, jetzt darüber nachzudenken. Sie hatte das hier wirklich nicht geplant, aber vielleicht war es trotzdem gar nicht so verkehrt. Womöglich konnte James auch dabei helfen, sie zu erden, anstatt ihr Leben ins Chaos zu stürzen.

Worauf auch immer es hinauslaufen mochte, sie würde es auf jeden Fall herausfinden. Denn das, was sie heute Abend gespürt hatte, konnte sie nicht einfach so verfliegen lassen.

Mondlicht strömte durch das Wohnzimmerfenster und tauchte den Raum in silbrigen Schein. James lag auf der Couch – den Versuch, eine bequeme Position zu finden, hatte er längst aufgegeben – und starrte zur Decke hinauf.

Es war nicht die erste Nacht, die er im Felsenhaus verbrachte. Mike und er hatten oft die Zeit vergessen und bis in die frühen Morgenstunden miteinander geredet. Doch dieses Mal war etwas anders.

Nein, *alles* war anders.

Er glaubte, seine Lippen noch immer prickeln zu fühlen, dort, wo Vickys Mund sie berührt hatte. Diese unglaublich schöne Frau zu halten war aufregend gewesen. Und es war ihm unglaublich schwergefallen, der Sache ein Ende zu setzen. Doch er hatte nicht gewusst, wie lange er sich noch würde beherrschen können. Und er wollte auf keinen Fall irgendetwas überstürzen und Vicky zu etwas drängen, das sie nicht wirklich wollte.

Obwohl man nicht sagen konnte, dass sie besonders unwillig auf ihn gewirkt hatte. Aber wer weiß, vielleicht bereute sie es jetzt bereits.

Er selbst jedenfalls bereute zu seiner eigenen Überraschung überhaupt nichts.

Ganz im Gegenteil sogar. Er wollte Vicky so schnell wie möglich wieder küssen, denn dieser Kuss war mit Abstand das Beste, was ihm seit langer, langer Zeit passiert war.

Oder das Beste, was ihm überhaupt je passiert war. Er konnte sich jedenfalls nicht daran erinnern, dass ein einziger schüchterner Kuss ihn jemals so aus der Bahn geworfen hätte.

Aber – verdammt! – Vicky war auch wirklich etwas Besonderes. Und das nicht nur, weil sie Mikes Tochter war.

Vermutlich sollte es sich seltsam anfühlen. Immerhin war Mike für ihn eine Art Ersatzvater gewesen. Aber in Vicky so etwas wie eine Schwester zu sehen, war ihm nie auch nur in den Sinn gekommen. Allein der Gedanke erschien ihm vollkommen lächerlich. Die Atmosphäre zwischen ihnen war von Anfang an mit einer Spannung aufgeladen gewesen, für die er lange keine Bezeichnung gefunden hatte. Vermutlich, weil er davor zurückgeschreckt war, das Kind beim Namen zu nennen.

Er fühlte sich zu ihr hingezogen. Das Knistern in der Luft kam nicht von ungefähr. Aber Vicky war zu Anfang so abweisend und kühl gewesen. Sicher, er wusste, dass es vor allem das Verhalten seiner Mutter gewesen war, das sie so hatte reagieren lassen. Es passierte leider nur allzu leicht, dass man alle McFarlanes über einen Kamm schor. Dass er dann auch noch versucht hatte, ihr das Felsenhaus abzukaufen, musste sie in ihrem Misstrauen nur noch bestärkt haben. Aber das war ja jetzt, Gott sei Dank, endlich aus der Welt.

Zumindest hoffte James es inständig.

Er blinzelte, als er merkte, wie seine Lider langsam immer schwerer und schwerer wurden, doch es war zwecklos. Er glitt in einen leichten Schlummer – und in seinen Träumen tauchte immer wieder dieselbe Frau auf.

Vicky Tancredi.

Obwohl sie erschöpft war und sich ihre Glieder schwer wie Blei anfühlten, lag Vicky auch um vier Uhr früh noch wach in ihrem Bett. Ihr Körper war müde, aber ihre Gedanken kamen nicht zur Ruhe. Unruhig wälzte sie sich auf der Matratze hin und her, unfähig zu vergessen, wie sich James' Lippen auf den ihren angefühlt hatten. Und wenn sie ehrlich zu sich selbst war, *wollte* sie dieses Gefühl auch gar nicht vergessen. Sie wollte es für alle Zeiten festhalten, darin baden und immer wieder daran zurückdenken, wenn die Kälte dieser Welt sie einmal mehr zu übermannen drohte.

Wobei – seit sie nach Moananui gekommen war, verspürte sie eigentlich nur noch selten diese Leere und Einsamkeit, die früher praktisch ein fester Bestandteil ihres Lebens gewesen war. Und wenn sie sie doch einmal heimsuchten, dann längst nicht mit einer solchen Intensität wie zuvor. Vielleicht lag es daran, dass sie zum ersten Mal im Leben wirklich das Gefühl hatte, dazuzugehören; Teil einer Familie zu sein.

Denn auch wenn ihr Vater nicht mehr am Leben war, Heather und Fiona – und, ja, inzwischen auch James – fühlten sich wie eine Familie für sie an. Zumindest mehr, als sie es nach dem Weggang ihres Vaters je erlebt hatte. Und sie genoss es, mit Menschen zusammen zu sein, denen sie etwas bedeutete.

Und was James betraf …

Ja, sie war vorsichtig gewesen, einfach, weil er ein McFarlane war. Sie hatte es ignoriert, dass sie sich zu ihm hingezogen fühlte.

Doch jeder, mit dem sie bisher über ihn gesprochen hatte, bestärkte sie in ihrer Ansicht, dass er nicht wie seine Mutter war. Dass er ein warmherziger und freundlicher Mensch war, der mit den Machenschaften des McFarlane-Clans nichts zu tun haben wollte.

Dass er weder in die Politik einsteigen noch die Plantage der Familie übernehmen wollte, sondern stattdessen von einer eigenen kleinen Pension träumte, machte ihn ihr nur noch sympathischer. Und nun stellte er sich auch noch ganz offen gegen die große Isabel McFarlane.

Er unterstützt mich dabei, mir hier in Neuseeland ein Leben aufzubauen …

Vicky konnte von Glück reden, einen Menschen wie ihn zum Freund gewonnen zu haben. Nur dass sie inzwischen mehr für ihn empfand als rein freundschaftliche Gefühle …

Was würde sie dafür geben, wenn er jetzt neben ihr läge, anstatt unten auf dem unbequemen Sofa, das für ihn eigentlich viel zu klein war? Sie wollte ihm nah sein, ihn küssen und berühren – mehr nicht. Zu mehr war sie noch nicht bereit.

Und noch etwas anderes hielt Vicky davon ab, zur Ruhe zu kommen. Sie musste immer wieder an das Tagebuch von Nile McFarlane denken. Er schien ein Teenager – fast noch ein Kind – gewesen zu sein, als er sein Herz in diese Seiten ergoss. Und es war offensichtlich, dass er seinen besten Freund – ihren Vater – damals schon geliebt hatte.

Aber er war unsicher gewesen; hatte gefürchtet, dass seine Gefühle nicht erwidert wurden. Also hatte er geschwiegen und stattdessen in sein Tagebuch geschrieben. Von Fiona und Heather wusste sie, dass Mike und Nile erst sehr viel später – mit achtzehn oder neunzehn – zusammengekommen waren. So viele Jahre, in denen sie bereits ein glückliches Paar hätten sein können, waren verloren gegangen – geopfert der Furcht vor dem Risiko.

Diesen Fehler wollte sie selbst nicht wiederholen.

Sicher, damals hatten andere Zustände geherrscht, und davon abgesehen waren auch die Voraussetzungen vollkommen andere gewesen. Als schwules Paar Ende der siebziger Jahre des vergangenen Jahrhunderts, noch dazu in einem kleinen Ort wie Moananui, hätten Mike und Nile in echte Schwierigkeiten geraten können. Nicht nur mit den Leuten hier, sondern auch mit dem Gesetz. Außerdem waren die beiden damals natürlich noch sehr jung. Sie hatten selbst erst einmal mit der Erkenntnis klarkommen müssen, dass sie anders waren als die anderen Jungs. Dass ihre Freundschaft und Verbundenheit einen ganz anderen Ursprung hatte.

Die Hindernisse, die Vicky und James zu überwinden hatten, waren dagegen vollkommen nichtig. Ja, James war mit ihrem Vater befreundet gewesen, hatte eine fast väterliche Beziehung zu ihm gehabt, und James' Mutter war vermutlich Vickys größte Widersacherin. Doch wenn sie es beide wollten und den Sprung ins kalte Wasser wagten, dann konnten sie es schaffen.

Daran vermochte auch James' Mutter nichts zu ändern.

Vicky lag noch immer wach, träumte aber mit offenen Augen vor sich hin, als ein leises Geräusch draußen vor ihrem Fenster sie aufschrecken ließ. Zuerst schob sie es auf den Wind, der die Zweige eines Baumes gegen das Fenster geschlagen hatte. Dann aber hörte sie leise Stimmen, und ihr Herz fing an zu hämmern.

Wäre sie noch in London gewesen, hätte es sie nicht sonderlich irritiert. Dort waren ständig irgendwelche Geräusche zu hören. Autos, die vorbeifuhren, Menschen, die nach Hause kamen, auch mitten in der Nacht. Aber hier draußen …

Angespannt lag sie da und lauschte in die Stille.

Da war es wieder!

Heather und Fiona lagen längst in ihren Betten und schliefen, ebenso wie James unten auf dem Sofa. Das konnte nur eines heißen.

Einbrecher!

Sofort war sie hellwach und trotzdem wie erstarrt. Es war schon früher ihre große Angst gewesen, dass jemand in ihr Apartment eindringen könnte, während sie noch darin war.

Doch auch das war etwas, das eher in eine große Stadt wie London gehörte.

Moananui hingegen war ein winziger Ort, ein kleiner Fleck auf der Landkarte. Wer brach hier schon irgendwo ein, außer ein paar Jugendlichen in den örtlichen Kiosk, um ihre heimlichen Alkoholreserven aufzufüllen? Menschen von außerhalb, die ein Haus auskundschafteten, fielen in einer Gegend, in der jeder jeden kannte, sofort auf.

Vicky konnte nicht verstehen, was draußen gesprochen wurde – sie wusste nur, dass die Stimmen näher kamen.

Oh Gott …

Sie musste sich förmlich *zwingen*, sich in Bewegung zu setzen. Doch irgendwie schaffte sie es aus dem Bett und zur Tür hinaus. Allerdings stieß sie auf dem Weg dahin mit dem Ellbogen ihre Lampe vom Nachttisch, die mit einem lauten Klirren in tausend Teile zerbarst.

Vicky war kaum draußen auf dem Korridor angelangt, da flog auch schon die Tür zu Fionas und Heathers Schlafzimmer auf. Kurz darauf hörte sie eilige Schritte auf der Treppe.

„Einbrecher", stieß sie, noch immer atemlos vor Schreck hervor. „Draußen vor meinem Fenster!"

James, der gerade am oberen Treppenabsatz angelangt war, zögerte keine Sekunde. Er stürmte an Vicky vorbei, durchquerte ihr Zimmer mit zwei langen Schritten und riss das Fenster auf. Sie wollte ihm noch zurufen, dass er vorsichtig sein sollte, da hörte sie ihn bereits unterdrückt fluchen.

„Oh Gott!" Sie schrie erschrocken auf, als er sich umdrehte.

Da war Blut auf seinem Hemd.

So viel Blut.

10. KAPITEL

Moananui, 1982

Mike hörte die Flammen, ehe er sie sah. Vor vielen Jahren hatte er einmal geholfen, einen kleineren Waldbrand zu löschen. Das Geräusch war genau dasselbe gewesen: dieses Fauchen, wie von einem lebendigen Wesen, bereit, jeden zu verschlingen, der sich ihm in den Weg stellte.

Und genau das war Feuer für ihn seit damals auch: ein gefährliches Raubtier, vor dem man sich hüten musste, wenn man überleben wollte.

„Raus!"

Das war alles, woran Mike in diesem Augenblick denken konnte. Wenn es tatsächlich brannte, dann mussten sie aus dieser verdammten Scheune raus – und zwar schnell. Hier war alles voll mit trockenem Holz von den Kisten, dem Heu, dem Staub – das ganze Zeug würde brennen wie Zunder.

Mike sprang in seine Hose und streifte sich in Windeseile sein Hemd über, während Nile ihn aus weit aufgerissenen Augen anstarrte. Er sah aus, als hätte er überhaupt nicht begriffen, was hier vor sich ging. Dass sie sich ernsthaft in Gefahr befanden – sogar in *Lebens*gefahr, wenn das Feuer sich ausbreitete und den Ausgang der Scheune von ihnen abschnitt.

Mike packte seinen Freund unter den Achseln und zerrte ihn auf die Beine. „Hörst du nicht?" Inzwischen roch es eindeutig verräuchert, und Mikes Augen fingen an zu tränen. „Es brennt, Nile. Wir müssen raus hier! Mach schon!"

Seine Worte rissen Nile wie aus einer Trance. Er rappelte sich auf, schlüpfte ebenfalls in seine Klamotten und griff nach Mikes Hand.

Sie kamen um den von Nile errichteten, provisorischen Paravent aus Kisten hervor. Beide atmeten scharf ein, als sie sahen, was sich bisher vor ihrem Blick verborgen hatte.

Es war ein regelrechtes Inferno. Das Feuer hatte sich bereits rechts und links vom Scheunentor ausgebreitet, leckte orangerot an den Stützbalken empor und schwärzte das Holz der Dachkonstruktion. Für einen Moment stand Mike einfach nur da und konnte nichts anders tun als starren.

So stellte er sich die Hölle vor.

Das Fauchen der Flammen war mittlerweile ohrenbetäubend, die Luft von dichtem Rauch erfüllt.

Er drückte Niles Hand und lief, den Arm vor Mund und Nase gepresst, auf den Ausgang zu. Im selben Moment ging ein Knarren durch die Dachkonstruktion. Ein schwerer Balken stürzte nur wenige Meter vor ihnen brennend zu Boden und versperrte ihnen den Weg.

Mike fluchte. Was nun? Weil die Kisten zumindest einen Teil des Qualms und der Hitze zurückgehalten hatten, zerrte er Nile zurück zu ihrer Decke, die noch immer auf dem Boden ausgebreitet lag.

„Was machen wir denn jetzt?“ Aus großen Augen schaute Nile ihn an. Tränen schimmerten darin, und sein Haar war vollkommen zerzaust, weil er sich immer wieder nervös mit der freien Hand hindurchfuhr.

Mike packte ihn bei den Schultern und schaute ihm direkt in die Augen. „Alles wird gut, hörst du?“ Um seine Botschaft zu verdeutlichen, schüttelte er seinen Freund leicht. Dessen Lippen waren vom Küssen immer noch ein wenig geschwollen. Mike schluckte. Gott, wenn er daran dachte, dass er sich noch vor ein paar Minuten wie der glücklichste Mensch auf der Welt gefühlt hatte …

Mit Nile zu schlafen war die Erfüllung all seiner Träume gewesen, und noch mehr. Es hatte sich schon so lange danach gesehnt, jedoch nicht gewagt, etwas zu unternehmen.

Und nun das!

Suchend blickte Mike sich um. Hier gab es keinen Ausgang, kein Fenster – nichts. Die Wand mochte nur aus Holz bestehen, doch ohne jedes Werkzeug würden sie es nicht schaffen, sie zu durchbrechen. Was nicht bedeutete, dass er es nicht trotzdem versuchen musste.

Mit der Kraft der Verzweiflung trat er auf die Lattenwand ein. Er spürte zwar die leichte Vibration des Holzes, doch die Bretter gaben nicht nach. Das Holz, das hier draußen zum Errichten von Wirtschaftsgebäuden genutzt wurde, war elastisch, aber zäh.

Er hörte Nile hinter sich gequält husten, und auch in seinen Lungen brannte es. Doch er durfte jetzt nicht aufgeben. Irgendwie musste er Nile hier rausholen. Er *musste*. Es gab überhaupt keine Alternative.

Und dann hörte er plötzlich jemanden rufen.

„Niiiile! Miiiike!"

Es war eine Frauenstimme – oder vielmehr die eines Mädchens.

Nile und er schauten sich an und sprachen gleichzeitig aus, was sie beide dachten: „Maggie."

Mike atmete so tief durch, wie es angesichts des zunehmend dichter werdenden Qualms möglich war, und rief: „Maggie! Maggie, ich bin's Mike! Hol Hilfe! Wir stecken hier hinten in der Scheune fest und kommen allein nicht raus!"

„Oh Gott", hörte er sie zurückrufen. „Ich bin gleich wieder zurück! Haltet durch!"

Ein Teil von Mike wollte sie am liebsten zurückrufen, weil er sich davor fürchtete, zurückgelassen zu werden. Doch Maggie war ihre einzige Chance, hier mit heiler Haut herauszukommen. Sie brauchten Hilfe, denn sonst blieb ihnen nichts anderes übrig, als den Weg durchs Feuer zu wagen.

Und der würde vermutlich tödlich oder zumindest mit schweren Verbrennungen für sie enden.

Der Gedanke erfüllte ihn mit Angst – weniger um seiner selbst als um Niles willen. Wenn ihn in diesem Moment jemand vor die Wahl gestellt hätte, sein eigenes Leben zu opfern, um das seines Freundes zu retten, Mike hätte keine Sekunde gezögert.

Nile musste leben. Um jeden Preis.

Die Sekunden verstrichen, wurden zu Minuten, die sich zu Ewigkeiten streckten. Das Feuer hatte inzwischen auf den gesamten Dachstuhl übergegriffen. Es war nur noch eine Frage der Zeit, bis die Konstruktion unter dem Gewicht des Daches einstürzen und sie beide unter sich begraben würde.

Wenn das geschah, waren sie so gut wie am Ende und würden mit an Sicherheit grenzender Wahrscheinlichkeit sterben. Es war für Mike kein Trost, dass er in seinen letzten Momenten nicht allein sein würde. Er wünschte …

„Jungs? Jungs, seid ihr da drin?"

„Hier, ja, wir sind hier!" Mike riss die Augen auf. „Da ist jemand! Hörst du, Nile? Da ist jemand! Jetzt ist es nur noch eine Frage von Minuten, bis wir gerettet werden!"

Er sagte das hauptsächlich, um Nile aufzumuntern. Insgeheim war er davon nicht ganz so überzeugt, aber er versuchte, es sich nicht anmerken zu lassen. Stattdessen hielt er Nile umklammert, der am ganzen Körper zitterte und sein Gesicht gegen Mikes Schulter gepresst hatte.

Sie hielten sich dicht am Boden, wo der Rauch noch nicht ganz so dicht war. Doch früher oder später würde ihnen die Luft zum Atmen ausgehen – eher früher, so wie sich die Dinge entwickelten. Und das Dach über ihnen gab immer besorgniserregendere Geräusche von sich. Lange würde die Konstruktion den Flammen nicht mehr standhalten. Es war lange her, dass Mike gebetet hatte. Er war sich nicht sicher, ob er überhaupt an Gott glaubte, aber in diesem Moment war er bereit, seine Seele zu verkaufen, solange nur Nile gerettet wurde.

„Wir sind hier!", schrie er noch einmal so laut er konnte. „Hier ganz hinten! Hilfe!"

Tränen strömten über Maggies Wangen und verschleierten ihren Blick. Sie wollte schreien und toben, doch sie fühlte sich vor Entsetzen wie gelähmt. Seit sie mit Duncan Mackenzie, einem der Arbeiter, zur brennenden Scheune zurückgekehrt war, hatte sie sich nicht mehr von der Stelle gerührt.

Sie wusste nicht, wo Isabel war. In dem ganzen Trubel hatte sie ihre Schwester vollkommen aus den Augen verloren. Und auf dem Fest schien noch niemand mitbekommen zu haben, welche Katastrophe sich hier, etwas abseits vom Haus, abspielte.

„Nile“, schluchzte sie und ballte in verzweifelter Wut die Hände zu Fäusten. „Mike!“

Die Scheune brannte inzwischen lichterloh; die Hitze, die davon ausging, war so überwältigend, dass sie einem den Atem raubte. Und inmitten dieses Infernos befanden sich ihr großer Bruder und dessen Freund, eingeschlossen von den Flammen – und es gab nichts, was sie dagegen tun konnte.

Duncan Mackenzie ging vor ihr in die Hocke und umfasste ihre Schultern. Seine Stimme schien wie aus weiter Entfernung an ihr Ohr zu dringen. Maggie blinzelte nicht einmal; ihr war, als wäre sie in einem schrecklichen Albtraum gefangen, aus dem sie einfach nicht aufwachen konnte, ganz gleich, wie sehr sie sich auch bemühte.

„Ich hole deinen Bruder da raus, Kleines“, sagte er zu ihr. „Bleib du hier und komm der Scheune nicht zu nah. Ich kriege das schon hin, okay?“

Sie wusste nicht, ob sie es geschafft hatte, zu nicken, jedenfalls richtete er sich wieder auf und lief auf den Eingang der lichterloh brennenden Scheune zu. Als er inmitten der Flammen verschwand, atmete Maggie scharf ein.

Panik stieg in ihr auf.

Was, wenn Mackenzie es nicht schaffte? Wenn er selbst von den Flammen eingekreist wurde und sie alle drei bei lebendigem Leib verbrannten?

Oh Gott! Oh Gott!

Plötzlich waren da Stimmen um sie herum. Sie sah ihren Vater, einige der Partygäste und Arbeiter, die aufgescheucht wie Ameisen um den brennenden Ameisenhaufen herumliefen.

Oh Gott! Oh Gott!

Ihr Vater packte sie und schüttelte sie unsanft, sodass ihre Zähne aufeinanderstießen. Er hatte die Augen weit aufgerissen, und seine Lippen bewegten sich, doch sie konnte nicht hören, was er sagte.

Oh Gott! Oh Gott!

Ein tiefes Dröhnen ging durch die Scheune – Maggie hörte es weniger, als dass sie die Vibrationen tief in sich drin spürte. Es *klang* wie das letzte verzweifelte Aufbäumen eines sterbenden Tieres.

Und Maggie konnte einfach nur dastehen und starren. Sie wollte die Augen schließen, nicht mit ansehen müssen, wie Nile und Mike unter den Trümmern der brennenden Scheune begraben wurden. Doch ihr Körper weigerte sich, auch nur einen Muskel zu rühren.

Zumindest willentlich, denn sie zitterte am ganzen Leib und wurde von heftigen Schluchzern geschüttelt.

Oh Gott! Oh Gott!

Und dann war sie plötzlich froh, die Augen nicht geschlossen zu haben, denn inmitten des dichten Qualms stolperten, hustend und keuchend, Duncan Mackenzie, Nile und Mike aus der Flammenhölle heraus. Die Gesichter der drei waren von Ruß geschwärzt, und die Jungen sahen aus, als würden sie jeden Moment zusammenbrechen.

Mackenzie jedoch blickte sich suchend um.

„Maggie, was ist mit deiner Schwester?“, hörte sie ihn schließlich wie durch eine dicke Schicht Watte hindurch fragen. Dann lauter: „Hat jemand Isabel McFarlane gesehen?“

Maggie machte den Mund auf, aber kein Laut, nicht einmal ein Krächzen, drang aus ihrer staubtrockenen Kehle. Duncan fluchte, wirbelte herum und rannte in die Scheune zurück.

Halt! wollte Maggie ihm noch zurufen. Sie war sich beinahe sicher, dass Isabel sich nicht im Inneren der Scheune befand, obwohl sie sich beim besten Willen nicht erinnern konnte, wo sie sie zuletzt gesehen hatte. Alles war so furchtbar verschwommen …

Und dann war es zu spät. Duncan Mackenzie wurde vom dichten Rauch verschluckt, als ein berstendes Geräusch den Boden erbeben ließ. Plötzlich schien sich alles in Zeitlupe abzuspielen. Der Dachstuhl der Scheune neigte sich in der Mitte, lodernde Trümmer fielen zu Boden. Im nächsten Moment stürzte das gesamte Gebäude wie ein brennendes Kartenhaus in sich zusammen.

Die Flammen brüllten auf, und Maggie sank in die Knie, als ihr klar wurde, was das bedeutete.

Duncan Mackenzie – treusorgender Familienvater und Ehemann – war tot.

Er war gestorben, weil sie es nicht geschafft hatte, den Mund aufzumachen.

Oh Gott! Oh Gott!

Nile lag auf seinem Bett und starrte an die Decke. Doc Halligan, der wie die meisten Einwohner von Moananui auf der Feier gewesen war, hatte Mike und ihn untersucht und befunden, dass sie mit einer leichten Rauchvergiftung und einem gehörigen Schreck davongekommen waren.

Doch weder ihr Gesundheitszustand noch der heldenhafte Einsatz von Duncan Mackenzie oder das apathische Verhalten von Maggie war jetzt das Thema im Nebenraum. Er konnte ganz genau hören, was sich dort drüben abspielte – die Stimme seines Vaters dröhnte durch das ganze Haus und war vermutlich noch im Dienstbotentrakt deutlich zu vernehmen – und Nile wünschte sich, er könnte einfach nur einschlafen und am nächsten Morgen aufwachen, um festzustellen, dass es sich bei all dem nur um einen schlechten Traum handelte.

„Was soll das heißen, du hast die beiden zusammen gesehen? Was hat dieser Tancredi-Bengel mit deinem Bruder angestellt?"

„Angestellt?" Isabel lachte schrill auf. „Also, es sah für mich nicht so aus, als hätte Mike sich sonderlich anstrengen müssen, um Nile rumzukriegen …"

Nile ballte die Hände zu Fäusten und presste sie auf seine Augen. Wenn er doch nur endlich aufwachen könnte! Das hier konnte nicht wirklich geschehen. Es *durfte* nicht!

Doch das Gezeter im Nebenzimmer ging weiter.

„Das kann ich mir nicht vorstellen", hörte er seine Mutter protestieren. „Nile ist nicht … *homosexuell.*" Sie spuckte das Wort aus, als wäre es ein ekelhaftes Insekt, das sie am liebsten unter dem Absatz ihrer hohen Schuhe zerquetschten wollte. „Das hätten wir doch bemerkt."

„Ich wäre mir da nicht so sicher, Elisabeth", wandte sein Vater ein. „Der Junge war schon immer ein wenig wunderlich. Woher wissen wir, dass er nicht wirklich einer von *denen* ist. Immerhin treibt er sich ständig mit diesem Tancredi-Bengel herum."

Seine Mutter schluchzte, und Nile rollte sich auf dem Bett zusammen, bis sein Kinn fast seine Knie berührte. Am liebsten wollte er sich einfach in Luft auflösen. Aber das war ein feiger Gedanke. Außerdem – was sollte dann aus Mike werden? Er durfte nicht zulassen, dass ihm alle Schuld gegeben wurde!

Schon wetterte sein Vater: „Aber damit ist jetzt Schluss! Von der Plantage jagen werde ich sie – die ganze Sippe! Ich werde dafür sorgen, dass keiner von denen irgendwo hier in der Umgebung jemals wieder Arbeit findet. Wenn ich an die öffentliche Demütigung und die Schande denke, die diese ganze Sache für unsere Familie mit sich bringen wird …"

Nile konnte nicht länger einfach nur daliegen und ihnen zuhören. Obwohl sich jeder Knochen in seinem Leib schwer wie Blei anfühlte, kämpfte er sich aus dem Bett und schleppte sich aus dem Zimmer. Sie wollten Mikes und seine Zukunft diskutieren? Fein! Aber da hatte er auch noch ein Wörtchen mitzureden!

Niemand bemerkte ihn, als er den Raum betrat. Seine Eltern und Isabel stritten miteinander, während Maggie in einem Sessel saß und teilnahmslos vor sich hinstarrte. Sie war blass, und ihre Augen hatten sämtlichen Glanz verloren. Es wirkte, als wäre sie gar nicht wirklich da. Und vielleicht war es auch tatsächlich so. Immerhin hatte sie mit ansehen müssen, wie Duncan Mackenzie in den Tod gelaufen war.

Doch anstatt sich um sie zu kümmern, waren ihre Eltern lediglich darauf fixiert, was zwischen Mike und ihm passiert war. Und was sie unternehmen konnten, um einen Skandal für die Familie zu vermeiden. Nur das war es, was sie interessierte. Nicht Maggie, und auch nicht der tote Arbeiter und dessen Familie.

Mit einem Mal spürte Nile, wie heftige Wut in ihm hochkochte. „Hört auf!“, schrie er – und mit einem Schlag wurde es tatsächlich still im Raum. Alle Blicke waren nun auf ihn gerichtet, und für einen Moment fühlte es sich so an, als könnten sie in ihn hineinsehen und all seine Gedanken und Geheimnisse ergründen.

Doch das war natürlich blanker Unfug. Und selbst wenn – sein größtes Geheimnis war jetzt keines mehr. Alle wussten über Mike und ihn Bescheid. Und vielleicht war das sogar besser so. Nun brauchten Mike und er sich wenigstens nicht mehr zu verstecken.

Aber wieso fühlte Nile sich dann kein bisschen besser?

Sein Vater war es, der sich zuerst wieder in der Gewalt hatte. „Hast du irgendetwas zu diesem … Schlamassel zu sagen, den du und dieser Tancredi-Junge angerichtet haben? Ist dir eigentlich klar, wie wir jetzt dastehen, deine Mutter und ich? Alle Welt wird denken, dass wir eine erbärmliche Schwuchtel großgezogen haben. Auf dem Papier bin ich vielleicht noch der Bürgermeister von Moananui, aber mehr auch nicht. Ich kann kaum erwarten, dass die Menschen mir jetzt noch vertrauen, wo …“

„Sag es doch ruhig“, brüllte Nile ihn an. Seine Hände, die er noch immer zu Fäusten geballt hatte, zitterten. „Jetzt, wo dein eigener Sohn mit einem anderen Jungen erwischt worden ist. Aber weißt du was? Es ist mir völlig egal, was aus deinem Bürgermeisteramt wird! Mir ist egal, was du von Mike und meiner Liebe zu ihm hältst. Das ist nicht wichtig. Wir haben uns und …“

Mit drei langen Schritten durchquerte William McFarlane das Zimmer und verpasste Nile eine Ohrfeige, die ihn gegen die Wand taumeln ließ. Aus weit aufgerissenen Augen starrte er seinen Vater an, während er eine Hand auf seine brennende Wange presste. Ihm war, als wäre die ganze Welt aus den Fugen geraten.

Seine Eltern mochten nicht perfekt sein, sie mochten ihn nicht in der Formung seines Charakters unterstützen oder darin, eigene Entscheidungen zu treffen. Aber weder seine Mutter noch sein Vater hatten je die Hand gegen ihn erhoben.

Bis jetzt.

„William, bitte!“ Seine Mutter klang, als wäre sie den Tränen nah. Doch abgesehen von dieser sehr halbherzigen Bitte tat sie nichts, um ihrem Sohn zu helfen. Und wenn er ehrlich war, hatte er auch nicht damit gerechnet. Elisabeth McFarlane war ihm nie wirklich eine Mutter gewesen. Zu einigen der Kindermädchen, die im Haushalt der Familie stets gewechselt hatten, besaß er ein innigeres Verhältnis als zu ihr. Sie war nie für ihn da gewesen, wenn er sie gebraucht hatte. Stattdessen hatte sie immer nur ihrem Ehemann nach dem Mund geredet und ihn in allen Entscheidungen bekräftigt. Sowohl den politischen als auch denen, die die Familie betrafen.

„Das hast du dir doch selbst zuzuschreiben“, fauchte Isabel und sah ihren Bruder hasserfüllt an.

Nile hatte seine Schwester noch nie so gesehen, obwohl ihm immer klar gewesen war, dass sie eine dunkle Seite in sich trug und nicht der liebe Engel war, den sie so gut spielen konnte. Wie oft war sie gehässig und abfällig den Dienstboten und Plantagenarbeitern gegenüber gewesen? Wie oft hatte sie ihr lächerliches bisschen Macht, das ihr Name ihr verlieh, an Schwächeren demonstriert, ganz einfach nur, weil sie es konnte?

Irgendwie war ihm stets die Hoffnung geblieben, dass sie sich eines Tages ändern würde. Doch wenn er sie jetzt anschaute, konnte er nicht mehr daran glauben. Und es war ihm, ehrlich gesagt, auch egal.

„Sei still!", fuhr er sie gefährlich leise an. „Nur wegen dir ist es doch überhaupt so weit gekommen! Und das alles, weil du deine Nase in Angelegenheiten stecken musstest, die dich nicht das Geringste angehen! Weil du eifersüchtig gewesen bist!"

„Deine Schwester ist wohl kaum schuld an deinen abartigen Neigungen", ging William McFarlane eisig dazwischen. „Du – du ganz allein – bist verantwortlich für alles, was jetzt passieren wird."

Wütend starrte Nile zu seinem Vater empor, der drohend über ihm aufragte. „Du hast mir gar nichts mehr zu sagen! Ich bin kein kleiner Junge mehr, dem du vorschreiben kannst, wie er sein Leben zu leben hat. Ich mag noch nicht ganz volljährig sein, aber …"

„Oh, hör doch auf", fiel sein Vater ihm ins Wort. „Als wärest du in der Lage, auf eigenen Beinen zu stehen. Allein die Vorstellung ist lachhaft. Ohne unsere Unterstützung bist du doch hilflos wie ein neugeborenes Lamm."

„Ich …"

Mit einer barschen Handbewegung brachte William McFarlane ihn zum Schweigen. „Spar dir deine Einwände. Was immer jetzt auch geschieht, liegt nicht mehr in deiner Hand. Du hast bereits genug Unheil angerichtet, von nun an werde ich mich um alles kümmern."

Misstrauisch schaute Nile ihn an. „Wie meinst du das – kümmern?"

„Ich meine, dass ich versuchen werde, möglichst viel Schaden von unserer Familie abzuwenden. Schlimm genug, dass bei deinem kleinen Abenteuer einer meiner besten Arbeiter ums Leben gekommen ist und wir seiner Witwe jetzt eine Abfindung zahlen müssen, um sie zum Schweigen zu bringen."

„Das ist alles, was dich interessiert?" Nile schüttelte den Kopf. „Dir geht es nur ums Geld? Ein Mensch ist gestorben!"

„Ja – und wessen Schuld ist das?" William McFarlane wirkte vollkommen ruhig, doch an seiner Schläfe klopfte die kleine Ader heftig, die immer dann anschwoll, wenn er sich aufregte. „Dir haben wir diese Katastrophe zu verdanken. Hättest du dich nicht von diesem Tancredi-Bengel zu solchen Abartigkeiten verführen lassen, wäre es niemals so weit gekommen!"

„Hör endlich auf, Mike einen Bengel zu nennen!" Nile musste sich zusammenreißen, um nicht vollkommen die Beherrschung zu verlieren. Es war wichtig, die Ruhe zu bewahren. Nur so konnte er überhaupt noch irgendetwas retten. „Und was wir getan haben, war nicht abartig, Vater. Wir *lieben* uns."

Eine steile Falte bildete sich auf William McFarlanes Stirn. „Das ist *ekelhaft*!", stieß er angewidert hervor. „Wie du so etwas auch nur sagen kannst, ist mir schleierhaft." Er schüttelte den Kopf. „Das hat alles dieser Junge getan. Er hat dich verdorben. Ich hätte schon viel früher eingreifen müssen, aber jetzt sehe ich nicht länger tatenlos zu, wie er dir weiter Flausen in den Kopf setzt. Er kommt weg! Und wenn seine Eltern nicht von allein zur Vernunft kommen, dann werde ich eben ein bisschen nachhelfen. Sex unter Männern ist in diesem Land nämlich nach wie vor gegen das Gesetz. Ich bin sicher, dass sich der Polizeichef sehr dafür interessieren wird, wenn ich eine Anzeige wegen der Schändung meines Sohnes einreiche."

Nile spürte, wie ihm alles Blut aus dem Gesicht wich. „Das würdest du nicht tun", stieß er heiser hervor, obwohl er keineswegs an der Entschlossenheit seines Vaters zweifelte. Er wusste, dass William McFarlane zu allem im Stande war, um den Ruf der Familie zu schützen.

Dafür würde er vermutlich sogar seinen einzigen Sohn ans Messer liefern – doch das würde ja zum Glück dank eines passenden Sündenbocks nicht nötig sein.

Für die Frage, wie es zu dem Brand gekommen war, interessierte sich überhaupt niemand. Es schien, als wäre das Leben eines Arbeiters nicht so bedeutsam wie die Tatsache, dass dem Namen McFarlane womöglich ein Makel anhaften könnte.

Waren seine Eltern wirklich so kaltherzig?

Ein Lächeln umspielte die Lippen seines Vaters. „Ich biete den Tancredis die Chance, mit einem kleinen Startkapital und einer Überfahrt nach Europa irgendwo anders ein neues Leben anzufangen. Wenn sie vernünftig sind, werden sie begreifen, dass sie sich auf diese Weise recht glimpflich aus der Affäre ziehen können. Aber ganz gleich, wie sie sich auch entscheiden, eines steht fest: Du wirst diesen Jungen niemals wiedersehen – haben wir uns verstanden?"

Eine eisige Kälte breitete sich in Nile aus. Er wusste, ebenso wie sein Vater, dass den Tancredis keine andere Wahl bleiben würde, als dieses Angebot anzunehmen. Und ihm war auch klar, dass es für Mike die beste Lösung sein würde. Auf diese Weise brauchte er sich nicht dem Hass und der Verachtung jener Menschen auszusetzen, die niemals verstehen würden, was zwischen ihnen gewesen war. Er entging der Gefahr, vor Gericht gezerrt, öffentlich gedemütigt und am Ende womöglich sogar noch verurteilt zu werden.

Nile wurde klar, dass die Situation hoffnungslos war. Sein Vater hatte gewonnen, und es war besser, sich schnellstens damit abzufinden – Mike zuliebe.

Ein Jahr später – Moananui, 1983

Die Zeit bis zu seinem zwanzigsten Geburtstag war für Nile gleichzeitig wie im Flug und schleichend langsam vergangen. Etwas war mit ihm nicht mehr in Ordnung seit jener Nacht, in dem das Feuer ein Leben ausgelöscht und zwei weitere völlig aus der Bahn geworfen hatte.

Oder vielmehr drei, wenn man Maggie mitzählte, die sich von ihrem Schock niemals wirklich erholt hatte. Die meiste Zeit über schlich sie wie ein Gespenst umher, redete wirres Zeug und gab vor, sich nicht mehr an die Feuersbrunst zu erinnern, die der Auslöser für ihre Veränderung gewesen war.

Isabel, schon immer William McFarlanes heimliche Favoritin, war nun, da sie von ihren Geschwistern keine Konkurrenz mehr zu erwarten hatte, zur neuen Thronfolgerin aufgerückt. Die meiste Zeit über führte sie sich bereits wie die Herrin des Kiwi Palace auf – zumindest dann, wenn ihre Eltern nicht zugegen waren.

Früher hätte Nile sich über das Verhalten seiner Schwester aufgeregt. Doch seit Mike nicht mehr da war, hatte er Mühe, überhaupt etwas zu empfinden. Er fühlte sich ausgebrannt und leer. Die Tage zogen an ihm vorüber, und es war für ihn meist schon ein Erfolg, wenn er es schaffte, sich morgens aus dem Bett zu quälen. Nichts schien mehr einen Sinn zu machen. Nicht, nachdem Mike ihm klipp und klar erklärt hatte, dass es für sie keine gemeinsame Zukunft gab.

Er fühlte sich, als hätte man ihm den Boden unter den Füßen weggezogen. Und auch zwölf Monate später war es nicht besser, sondern eher noch schlimmer geworden.

In ein paar Tagen sollte er nach Auckland aufbrechen, um dort sein Betriebswirtschaftsstudium zu beginnen. Während er auf der einen Seite froh war, endlich dem Haus seiner Eltern entkommen zu können, war der Gedanke, auf eigenen Beinen stehen zu müssen, furchteinflößend.

Mit Mike an seiner Seite hätte er keine Sekunde gezögert – allein aber …

Sein ganzes Leben erschien ihm von Tag zu Tag mehr wie ein schlechter Scherz; nur dass er absolut nicht darüber lachen konnte.

Er hatte sogar schon überlegt, sich ein Ticket nach England zu besorgen. Doch was sollte er da?

Bei dem Gedanken daran, dass Mike ihn nicht mehr wollte, stieg Übelkeit in ihm auf. Er konnte noch immer nicht glauben, dass das wirklich geschehen war. Dass Mike ihm wirklich ins Gesicht gesagt hatte, dass sie von nun an getrennte Wege gehen sollten. Es erschien ihm so unwirklich, so irreal. Wie konnte Mike so etwas auch nur denken? Sie gehörten doch zusammen!

Doch offenbar sah er das anders. Und auch wenn Nile nicht glaubte, dass er sich damit jemals würde abfinden können – ihm blieb nichts anders übrig, als damit zu leben.

Ob es ihm nun gefiel oder nicht.

Neun Monate später

Das *Lovaz* war ein bisschen heruntergekommen, die Kunstlederbezüge der Barhocker rissig, und auf der Theke und den Tischen hatten sich die Wasserringe so tief eingegraben, dass kein Reiniger der Welt sie mehr daraus entfernen konnte. Doch die schummrige Beleuchtung half dabei, zu überspielen, dass die Bar schon bessere Tage gesehen hatte. Und im Grunde war es Nile auch vollkommen egal. Er kam nicht her, um zu relaxen oder sich einen schönen Abend zu machen.

Er kam wegen der Männer.

Nachdem er nach Auckland an die Uni gekommen war, hatte er sich zunächst vollkommen in sich zurückgezogen. Doch dann hatte er festgestellt, dass man hier in der Stadt alles ein wenig lockerer sah. Natürlich galten auch hier dieselben Gesetze wie in Moananui, trotzdem musste man sich als schwuler Mann nicht so vollkommen verstecken. Wenn man nicht gerade in aller Öffentlichkeit über die Stränge schlug, wurde in der Regel kein großes Aufhebens darum gemacht. Sicher gab es auch Übergriffe auf Homosexuelle, aber die Stimmung insgesamt war weniger feindselig. Auch wenn das ein Grund für Nile gewesen wäre, sich sehr viel wohler zu fühlen – doch etwas fehlte. Nein, nicht etwas.

Jemand.

Mike.

Nachdem er nach dieser Entdeckung zum ersten Mal einen Abend um die Häuser gezogen war, war Nile sturzbetrunken mit einem wildfremden Typen im Bett gelandet. Es war nicht so gewesen wie mit Mike. Überhaupt nicht. Doch zumindest hatte er sich danach für eine Weile nicht mehr so leer und einsam gefühlt wie zuvor.

Schnell war es für ihn zu einer Art Sucht geworden. Beinahe jeden Abend zog er jetzt durch die einschlägigen Bars und Clubs der Stadt, immer auf der Suche nach schnellem und unverbindlichem Sex. Es ließ ihn jedes Mal für einen Moment vergessen, wie jämmerlich sein Leben ohne Mike war.

Die Uni litt bereits unter seinen Eskapaden, doch davon hatten seine Eltern bisher zum Glück nichts mitbekommen. Er konnte sich schon vorstellen, wie sie reagieren würden. Aber selbst das konnte ihn nicht mehr wirklich berühren. Vielleicht wollte ein Teil von ihm sie auf diese Weise sogar bestrafen.

Sie hatten ihm Mike weggenommen – aber das bedeutete nicht, dass er jetzt nach ihren Regeln spielte. Oder dass er auch nur eine Spur weniger darauf versessen war, sich von seinen Eltern abzukapseln.

„Hey, Sweety, was machst du für ein finsteres Gesicht?“ Der Mann, der sich neben ihm auf den Barhocker plumpsen ließ, war mindestens fünfzehn Jahre älter als Nile und locker doppelt so schwer. Sein Haar war dünn, und er schwitzte stark, doch sein Lächeln wirkte selbstsicher. „Ich lad dich auf einen Drink ein. Was ist dein übliches Gift?“

Nile bestellte sich einen Cosmopolitan – den teuersten Cocktail, der auf der Karte stand. Der Typ war auf eine schnelle Nummer aus – dafür konnte er zumindest etwas springen lassen. Denn auch wenn er nicht Niles Typ war, er war schließlich nicht Mike, spielte er mit dem Gedanken, mit ihm auf der Toilette zu verschwinden.

Manchmal fragte er sich selbst, warum er nicht einfach die Vergangenheit hinter sich ließ und in eine neue Zukunft startete. Fakt war, dass es ihm einfach nicht gelang. Er schaffte es nicht, Mike aus seinem Leben zu streichen. Er liebte ihn immer noch viel zu sehr.

„Was ist?“, fragte der Typ – er hatte gerade seinen Namen genannt, doch Nile merkte sich solche Nebensächlichkeiten nicht. Geduldig waren seine Sexpartner üblicherweise weniger. Sie wussten, was sie wollten – und wenn jemand versuchte, Zeit zu schinden, verloren sie recht schnell das Interesse. „Wollen wir uns aufs Klo verziehen?“

Im Grunde hatte Nile nichts anderes erwartet. Kerle, die einen in heruntergekommenen Bars wie dieser aufrissen, wollten meist nicht für irgendein Motel oder zumindest ein stilles Hinterzimmer zahlen. Und wenn er ehrlich zu sich selbst war, hatte er es in den vergangenen Monaten schon an schlimmeren Orten getrieben als der schäbigen Toilette des *Lovaz*.

Er ließ sich von seinem Barhocker herunterrutschen und ging vor in Richtung Waschräume. Als der Typ ihm nicht sofort folgte, schaute er zurück und hob fragend eine Braue. Daraufhin stand der Kerl so eilig auf, dass er beinahe stolperte.

Nile wusste, dass die meisten Männer überrascht waren, wenn er auf ihre plumpen Annäherungsversuche einstieg. Vermutlich war ihnen allen im Grunde klar, dass sie bei ihm eigentlich keine Chance hatten.

Eigentlich.

Sie konnten ja nicht ahnen, dass es ihm vollkommen gleichgültig war, mit wem er zusammen war – in Gedanken war er immer nur bei Mike. Und auch wenn es mit keinem anderen nach ihm je wieder so gewesen war wie mit ihm – Nile konnte einfach nicht aufhören, diesem Gefühl hinterherzujagen.

Er schloss einfach die Augen, als der Typ anfing, ihn zu begrapschen. Sein Atem stank nach billigem Fusel und Zigarettenqualm, doch als er Nile küsste, versuchte der sich einzureden, Mikes süße Lippen auf seinen zu spüren.

Seufzend stöhnte er auf, als der Mann ihm die Hose herunterzog und anfing, seinen noch schlaffen Schwanz zu massieren. Doch es dauerte eine ganze Weile, bis sich bei ihm etwas regte. Die Illusion, Mike vor sich zu haben, nutzte sich mit jedem neuen Kerl mehr und mehr ab. Nile fürchtete, dass er eines Tages nicht einmal mehr wissen würde, wie Mike aussah …

Seinem aktuellen Sexpartner schien es herzlich egal zu sein, ob er bei der Sache war oder nicht. Als er merkte, wie abwesend Nile wirkte, packte er ihn bei den Schultern und drehte ihn grob um, sodass sein Gesicht gegen die schmutzig-gelben Fliesen neben dem Pissoir gepresst wurde.

Der Geruch, der ihm in die Nase stieg, war widerwärtig, doch Nile zwang sich, auch das zu ignorieren. Der übergewichtige Typ hinter ihm machte sich derweil an seiner eigenen Gürtelschnalle zu schaffen. Auch das war typisch – er bemühte sich nicht einmal sicherzustellen, ob Nile in irgendeiner Weise vorbereitet war. Stattdessen schob und drückte er ihn in die richtige Position und grunzte im nächsten Moment überrascht auf, als er merkte, wie eng Nile noch war. Doch anstatt jetzt vielleicht innezuhalten, schien ihn das nur noch weiter anzuspornen.

Er keuchte und schnaubte, und am liebsten wollte Nile ihn anfahren, endlich die Klappe zu halten. So sehr er auch die Augen zusammenkniff und versuchte, dabei an Mike zu denken – es funktionierte einfach nicht.

Schließlich stockten die Hüften des anderen Mannes, und er stieß ein letztes heiseres Grunzen aus. Dann zog er sich aus Nile zurück, raffte seine Hose hoch und verschwand ohne ein einziges Wort aus der Toilette.

Nile blieb allein zurück, und wie so oft nach einem ähnlichen Intermezzo, fühlte er sich nicht erleichtert oder befriedigt, sondern einfach nur schrecklich und widerwärtig.

Was würde Mike wohl von ihm denken, wenn er ihn so sehen könnte?

Abrupt stieg Übelkeit in ihm auf. Rasch beugte er sich vor und übergab sich in das Urinal. Nicht alles Erbrochene schaffte es in die Schüssel, doch das konnte Nile kaum gleichgültiger sein. Er ekelte sich vor sich selbst, und als er etwas später durch die inzwischen gut gefüllte Bar stolperte, brannten Tränen in seinen Augen.

Was, um Himmels willen, war bloß aus ihm geworden?

Wie hatte er nur so tief sinken können?

Wahrscheinlich war es besser, wenn er Mike niemals wiedersah. Er hatte ohnehin keine Ahnung, wie er ihm unter diesen Umständen jemals wieder unter die Augen treten sollte.

Bay of Plenty, Winter 1987

Manchmal fragte Nile sich, ob er gestorben und Moananui seine persönliche Hölle war. In diesem Fall, vermutete er, war sein Vater wohl die Inkarnation des Teufels. Besonders wundern würde es ihn nicht.

Seit knapp vier Monaten lebte er nun wieder im Kiwi Palace.

Es hatte eine Weile gedauert, bis seine Eltern herausfanden, dass er die Uni mehr oder weniger hingeschmissen und sich stattdessen durch die Betten von Auckland geschlafen hatte – obwohl tatsächliche Betten dabei eher selten eine Rolle gespielt hatten. Die erste Reaktion seines Vaters war gewesen, ihm die monatliche Unterstützung zu streichen. Deshalb war Nile dazu übergegangen, Geld für seine sexuellen Gefälligkeiten zu verlangen. Im Grunde lag es doch auf der Hand – warum sollte er etwas kostenlos tun, wenn er damit auch seinen Lebensunterhalt bestreiten konnte?

Er hatte sich dafür gehasst. Hatte sich vor sich selbst geekelt und sich vorgestellt, was Mike wohl von ihm halten würde, wenn er ihn so sehen könnte.

Als ihm dann eines Abends einer seiner Kunden eine Bierflasche übergezogen hatte, als es ans Bezahlen ging, und Nile im Krankenhaus gelandet war, war schließlich alles aufgeflogen.

Da er noch immer seinen Studentenausweis bei sich getragen hatte, hatte man sich mit der Uni in Verbindung gesetzt. Dort hatte man sich an seine Eltern gewandt. Daraufhin war Nile so schnell wie möglich nach Hause geholt worden, wo sein Vater ihn unter Kontrolle hatte.

Seither fristete Nile praktisch ein Leben als Aussätziger inmitten seiner eigenen Familie. Einzig Maggie verhielt sich ihm gegenüber noch genauso, wie sie es getan hatte, bevor er zur Uni gegangen war. Doch in ihrem Zustand war sie nicht unbedingt eine besonders starke Verbündete. Sie war noch immer verwirrt und schien mal in der Gegenwart, mal in der Vergangenheit zu leben.

Nun, zumindest war er mittlerweile volljährig, sodass seine Eltern ihm keinen Strich mehr durch die Rechnung machen konnten, was sein Treuhandkonto betraf. Und vor ein paar Tagen hatte er erfahren, dass das Haus über den Klippen, in dem schon seit einer kleinen Ewigkeit niemand mehr lebte, zum Verkauf stand.

Seinen Traum, nach England zu gehen und nach Mike zu suchen, hatte Nile längst aufgegeben. Wie sollte er ihm gegenübertreten, nach allem, was er getan hatte? Und irgendwie wusste er, dass er, wenn er Moananui endgültig den Rücken kehren würde, früher oder später vermutlich wieder in irgendeiner schmutzigen Gasse landen würde.

So sehr er sich mitunter auch selbst verabscheute, sterben wollte er nicht. Und die Tatsache, dass er seine Eltern jeden Tag aufs Neue mit seiner schieren Existenz beschämen konnte, war im Grunde genommen ein kleiner Triumph, der es ihm ermöglichte, jeden neuen Tag durchzuhalten.

Wenn erst einmal alle Welt über den schwulen Sohn der McFarlanes Bescheid wusste, würden seine Eltern sich wünschen, ihn niemals in diese Welt gesetzt zu haben – sofern sie das nicht ohnehin bereits taten. Nile für seinen Teil konnte sich das gut vorstellen.

Sehr gut sogar.

Doch so wie er es sah, war das nicht unbedingt ein großer Verlust für ihn. Er hatte schon lange gewusst, dass er nicht der goldene Junge sein konnte, den sie sich erträumten. Nun war das böse Erwachen für seine Familie eben ein wenig verstörender ausgefallen, als ursprünglich angedacht.

Aber das geschah ihnen nur recht.

11. KAPITEL

Bay of Plenty, Herbst 2016

„Großer Gott, du bist ja verletzt!“, hörte James jemanden rufen. Es war Vicky. Sie flog beinahe durchs Zimmer, so schnell war sie bei ihm. Nervös tastete sie ihn auf der Suche nach Verletzungen ab, wobei ihre Hände fahrig über seinen Körper strichen.

„Das ist nur ein Kratzer, halb so wild.“ Er versuchte, sie zu beruhigen, doch die Wunde an seiner Hand blutete tatsächlich ziemlich heftig. „Es waren zwei Männer. Einer hatte ein Messer dabei. Ich habe ihn wohl überrascht, als ich das Fenster aufriss. Als er zustechen wollte, habe ich ihn abgewehrt. Dabei hat er mich erwischt.“

„Ich habe die Polizei und den Notarzt gerufen“, erklärte Fiona, die zu ihnen in den Raum trat. Sie hatte den Arm schützend um Heathers Schulter gelegt, doch ihre Partnerin zitterte am ganzen Körper wie Espenlaub. „Der Polizeichef hat versprochen, sofort jemanden herzuschicken, um die Eindringlinge möglichst noch abzufangen.“

„Unwahrscheinlich, dass er damit Erfolg haben wird“, sagte James und schleppte sich zum Bett hinüber, als er merkte, wie seine Knie unter ihm nachzugeben drohten.

Erschrocken schaute Vicky ihn an. Sie war kreidebleich, wirkte aber bereits wieder ein wenig gefasster. Zumindest bis zu dem Moment, als sie die Wunde an seiner Hand zum ersten Mal wirklich sah.

„Um Himmels willen“, stieß sie heiser hervor. „Halte die Hand nach oben, ich hole dir etwas, um die Blutung zu stillen.“ Sie eilte zur Kommode, öffnete die oberste Schublade und zog wahllos ein Tuch daraus hervor, das vermutlich noch von ihrem Vater stammte. Fest presste sie es auf die Wunde, auch wenn James im ersten Moment zusammenzuckte und schmerzhaft das Gesicht verzog.

Es vergingen keine zwanzig Minuten, bis sowohl ein Krankenwagen als auch ein Streifenwagen der örtlichen Polizei eintrafen. Heather ließ die Sanitäter herein, damit sie sich sofort um James kümmern konnten.

„Damit müssen Sie aber ins Krankenhaus", sagte einer der Männer. „Es könnten Muskeln oder Sehnen verletzt worden sein. Außerdem muss die Wunde genäht werden und …" Er runzelte die Stirn. „Sie haben einiges an Blut verloren. Ich hielte es für besser, wenn Sie über Nacht zur Beobachtung in der Klinik blieben."

„Ist das denn wirklich notwendig?" James rollte mit den Augen. „Es geht mir doch eigentlich schon wieder ganz gut." Er stand auf, um es zu beweisen – mit dem Effekt, dass ihm sofort schwarz vor Augen wurde und er aufs Bett zurücksackte.

„Natürlich gehst du ins Krankenhaus", erklärte Vicky vehement. Irgendwie fand er ihre Entschlossenheit verflixt sexy. „Und ich werde dich begleiten." Fragend schaute sie die Sanitäter an. „Ich kann doch mitkommen, oder?"

„Dann bleiben wir aber auch nicht hier!", platzte Fiona hervor. „Was, wenn diese Kerle wiederkommen?"

Heather schenkte ihr ein beruhigendes Lächeln. „Wir können sicher für ein oder zwei Nächte bei meiner Cousine Tiffany unterkommen. Ich rufe sie gleich an und erkläre ihr die Situation."

Obwohl James es nicht gerne tat, ließ er zu, dass die Sanitäter ihn auf einer Bahre zu ihrem Wagen trugen. Es mochte nicht besonders rühmlich sein, doch die Alternative – bewusstlos auf der Treppe zusammenzusacken und sich dabei womöglich noch einen Arm oder ein Bein zu brechen – war auch nicht erstrebenswerter.

Auf der Fahrt ins Krankenhaus hielt Vicky die ganze Zeit über seine Hand, was dieses ganze Drama um einiges angenehmer machte.

Im Krankenhaus konnten die Ärzte beruhigt feststellen, dass

die Wunde zwar recht tief, Sehnen, Bänder und Muskeln allerdings nicht verletzt worden waren.

Es dauerte. James hatte das Gefühl, ewig darauf warten zu müssen, bis er endlich genäht wurde. Doch die ganze Zeit über war Vicky bei ihm. So wie sie im Krankenwagen seine Hand gehalten hatte, blieb sie auch jetzt an seiner Seite und machte die unangenehme Prozedur dadurch um einiges erträglicher.

Zu seinem eigenen Erstaunen musste er sich eingestehen, dass er sie bewunderte. Sie war nicht so verwöhnt und hilflos, wie er zu Anfang angenommen hatte, kurz nachdem sie in Moananui eingetroffen war. Sie war stark und selbstständig, und sie bewahrte selbst in schwierigen Situationen die Nerven. Heather und Fiona war sie eine gute Freundin, und auch ihre Meinung gegenüber Mike schien sich geändert zu haben. Sie schien ihren Frieden mit ihm gemacht zu haben. James bedauerte es sehr, dass die beiden sich nicht mehr kennengelernt hatten.

„So, das war's", verkündete die Ärztin, die seine Wunde versorgt hatte. „Eine Schwester wird gleich kommen, um Sie auf Ihr Zimmer zu bringen. Morgen früh können Sie dann …"

„Muss das unbedingt sein?", fiel er ihr ins Wort. „Ich möchte nicht so gerne die Nacht im Krankenhaus verbringen. Wenn es sich also vermeiden ließe …"

„Nun, sofern es jemanden gäbe, der ein Auge auf Sie hätte …" Die Ärztin schaute in Vickys Richtung, die zunächst nicht verstand, dann aber energisch nickte.

„Aber natürlich, ich kann mich um ihn kümmern. Das ist überhaupt kein Problem."

„Bist du sicher? Ich will dir keine Umstände machen", warf er rasch ein.

Vicky hob eine Braue, ehe sie sich wieder an die Ärztin wandte. „Muss ich irgendetwas Besonderes beachten?"

„Er muss natürlich nicht rund um die Uhr unter Beobachtung stehen, aber es wäre schon gut, wenn sich zumindest über Nacht jemand im selben Raum aufhalten würde."

„Überhaupt kein Thema, das lässt sich einrichten.“

Die Ärztin zuckte mit den Achseln. „Dann spricht im Grunde nichts gegen eine sofortige Entlassung. Sie müssten mir allerdings ein Formular unterzeichnen, in dem Sie bestätigen, dass Sie über die Gefahren und Risiken in Kenntnis gesetzt worden sind.“

James setzte sich auf. „Nichts lieber als das.“

Das Felsenhaus lag im Dunkeln, als Vicky und James etwa eine Stunde später mit dem Taxi dort vorfuhren. Offenbar waren Fiona und Heather tatsächlich zu Heathers Cousine gefahren. Jedenfalls war alles still, und als Vicky die Eingangstür öffnete, bemerkte sie, dass jemand sie doppelt abgeschlossen hatte.

„Komm rein“, sagte sie. „Ich mache uns einen Beruhigungstee.“

James schmunzelte. „Brauchen wir den denn?“

Sie wandte sich zu ihm um. „Also, ich für meinen Teil auf jeden Fall.“ Sie trat auf ihn zu, legte ihm eine Hand auf die Wange und schaute ihn einen langen Moment einfach nur an. „Ich habe mir Sorgen um dich gemacht.“

„Das brauchtest du nicht …“

„Ach nein?“ Hastig zog sie ihre Hand wieder weg. „Und das entscheidest du jetzt? Wann ich mir Sorgen um dich machen darf und wann nicht?“

Mit der unverletzten Hand fuhr er sich durchs Haar. „Nein, natürlich nicht. So hatte ich das nicht gemeint, ich … Ach, verdammt …“ Betreten schaute er sie an. „Es tut mir leid …“

Sie schüttelte den Kopf. „Schon okay.“

„Wirklich?“ Er trat auf sie zu, und sie machte unwillkürlich einen Schritt zurück. Doch er folgte ihr langsam, bis sie mit dem Rücken gegen die Wand stieß. Ganz vorsichtig trat er noch einen Schritt näher. Sie konnte seine Wärme spüren.

„Ich möchte dich noch einmal küssen“, sagte er ernst. „Ist das in Ordnung für dich?“

Die Frage war absurd – zumindest kam es Vicky so vor. Sie konnte an nichts anderes denken als daran, seine Lippen auf ihren zu spüren. Ihr Atem ging schnell, während sein Blick ihren gefangen hielt. Sie hatte das Gefühl, in den grauen Tiefen seiner Augen zu versinken, die sie an das Meer an einem stürmischen Tag erinnerten.

Sie traute ihrer eigenen Stimme nicht, deshalb nickte sie nur und kam ihm ein winziges Stück entgegen, indem sie sich von der Wand löste. Eine deutlichere Einladung brauchte James nicht.

Der Kuss war zart, beinahe schüchtern; ihre Lippen berührten sich kaum. Es war wie ein vorsichtiges Taxieren. Sie prüften, wie weit sie gehen konnten, bis sie den Meeresgrund erreichten.

Dann spürte Vicky, wie er mit der Zungenspitze ihre Oberlippe entlangstrich. Sie öffnete ihren Mund ein klein wenig und ließ ihn ein. Mit einem Seufzen ließ sie sich gegen seinen starken Körper sinken. Die Wirkung war überwältigend. Sie hatte das Gefühl, dass die Welt um sie herum hinter einem Schleier der Bedeutungslosigkeit verschwand. Es gab nur noch James und sie – nichts anderes zählte mehr.

Sie schlang die Arme um seinen Nacken, während er besitzergreifend ihre Taille umfasste und sie noch näher zu sich heranzog.

Vicky konnte spüren, wie erregt er war, und – *oh Gott!* – auch sie war es. Es fühlte sich an, als würde sie von einem Strudel davongerissen, aus dem es kein Entkommen gab.

Nicht, dass sie das wollte – entkommen. Nein, ganz und gar nicht. Sie war genau dort, wo sie sein wollte; dort, wo sie hingehörte. Sie spürte, dass es richtig war, und hörte auf, dagegen anzukämpfen.

James vertiefte den Kuss, ließ ihn ewig dauern. Sie beide ließen ihre Hände über den Körper des anderen wandern. Vicky konnte das Spiel der Muskeln unter seiner Haut fühlen, als sie mit ihren Fingern unter sein Hemd und über seine Brust fuhr.

Er umfasste ihren Po und versuchte, sie anzuheben, doch seine verletzte Hand machte ihm einen Strich durch die Rechnung. Vicky wollte ihm noch näher sein – so nah, wie es nur ging, fuhr mit ihren Händen in sein Haar, schlang beide Beine um seine Hüften. Nach Halt suchend presste er sie gegen die Wand.

Ihre Gesichter waren jetzt auf einer Höhe. Sie hatten den Kuss unterbrochen und sahen einander einfach nur an. James' Lippen waren leicht geöffnet, die Pupillen riesig und tiefschwarz.

„Ich will nichts tun, mit dem du dich nicht hundertprozentig wohlfühlst", flüsterte er. „Sag mir, was du willst …"

Sie erwiderte seinen Blick ein paar Sekunden lang, ehe sie sich vorbeugte und zuerst ganz sanft seine Lippen, dann seine Kinnlinie entlang bis zum Ohr küsste. „Dich", raunte sie und achtete darauf, dass ihr warmer Atem seine Ohrmuschel streifte.

Ein spürbares Zittern durchlief seinen Körper. Vicky wurde fast schwindelig vor Verlangen. Sie konnte sich nicht erinnern, jemals einen Mann so begehrt zu haben.

War es falsch? Vermutlich. Und es war überhaupt nicht ihre Art, so schnell zur Sache zu kommen.

Aber wollte sie deshalb die Reißleine ziehen, solange es noch möglich war? Himmelherrgott, *nein*!

„Schlafzimmer", wisperte sie. „Jetzt …"

„Oh Gott … Du machst mich vollkommen verrückt, Victoria Tancredi …" Sie löste ihre Beine und ließ sich an ihm hinuntergleiten, bevor er sie trotz des Schmerzes, den er dabei zweifellos verspürte, erneut packte und auf seine Arme nahm.

Es überraschte sie selbst ein bisschen, wie sehr es sie antörnte. Normalerweise hätte sie sofort protestiert und ihn gezwungen, sie abzusetzen. Doch von ihm die Treppe hinauf und in ihr Schlafzimmer getragen zu werden, als wöge sie kaum etwas, war ein unbeschreibliches Gefühl.

Sie stöhnte heiser auf, als er sie wenige Augenblicke später auf ihr Bett gleiten ließ und ihr Rücken mit dem kühlen Laken in Berührung kam. Der Kontrast zu der Hitze, die James' Körper ausstrahlte, als er sich über sie beugte, ließ sie erschauern.

Als sie sich dieses Mal küssten, war es nicht mehr schüchtern oder zurückhaltend. Ihre Münder waren wie miteinander verschmolzen, während ihre Hände versuchten, so viel wie möglich vom jeweils anderen zu berühren – zu spüren.

Vicky war wie berauscht vor Lust. Ohne den Kuss zu unterbrechen, öffnete sie den Gürtel seiner Hose, dann den Knopf und schließlich den Reißverschluss. Vorsichtig strich sie mit den Fingern über die Wölbung darunter.

Er stöhnte erstickt auf und drängte sich ihr entgegen.

Sie schluckte hart, ihr Atem ging stoßweise.

Noch nie hatte sie einen Mann so sehr gewollt wie James in diesem Augenblick. Sie war eingehüllt von seinem männlichen Duft und seiner Körperwärme, und jeder Atemzug verstärkte die Sehnsucht, von ihm ganz in Besitz genommen zu werden.

„Ich will dich", sagte sie leise. „Ich will alles, was du bereit bist, mir zu geben, James."

Sie setzte sich ein Stück weit auf und zog sich ihren Pullover über den Kopf, sodass sie nur noch in Jeans und BH vor James saß. Sein Blick wanderte über ihren Körper, und sie hatte das Gefühl, ihn wie eine physische Berührung zu spüren.

Als er endlich die Hände ausstreckte und mit den Fingern ihre Seiten hinauffuhr, erbebte sie am ganzen Körper. Mit einer Hand löste er den Verschluss ihres BHs und strich die Träger von ihren Schultern, bevor er sie mit einem Griff um ihre Hüfte unter sich zog. Sanft und doch bestimmt umfasste er ihre Brüste, liebkoste mit dem Daumen der unverletzten Hand eine ihrer Knospen, bis Vicky sich vor Erregung unter ihm wand.

Sie bäumte sich auf und klammerte sich an seine Schultern, während ein Schauer nach dem anderen ihren Körper schüttelte.

Das Pochen zwischen ihren Schenkeln wurde immer stärker,

und in ihrem Kopf drehte sich alles. Die Fähigkeit, einen klaren Gedanken zu fassen, hatte sie längst verloren.

In seinem Blick lag ein leidenschaftliches Funkeln. Ein zufriedenes Lächeln umspielte seine Mundwinkel.

„Lass dich fallen", sagte er leise, beugte sich herab und zog eine Spur brennender Küsse zwischen ihren Brüsten und über ihren Bauch hinab. Als er den Bund ihrer Hose erreichte, schaute er zu ihr auf, die Augen von langen dunklen Wimpern beschattet. Einen nach dem anderen öffnete er die Knöpfe ihrer Jeans.

Vicky hob ihre Hüften an, er streifte ihr die Hose mitsamt ihrem Slip herunter und ließ sie neben dem Bett zu Boden fallen. Mit den Fingerspitzen fuhr er an ihren Beinen hinauf zu ihren Hüften. Hauchte weitere Küsse auf ihren Bauch und zog die Spur weiter, bis hinunter zwischen ihre Schenkel.

Scharf sog sie den Atem ein, als seine Lippen ihre empfindsamste Stelle erreichten. Sie bebte am ganzen Körper und glaubte, vor Erregung explodieren zu müssen.

„James, bitte ...!"

Sie grub ihre Finger in die Laken und drängte sich ihm entgegen. Stöhnte laut auf, als er mit einem Finger in sie eindrang. Sie konnte nicht mehr denken, wusste nur eines: Wenn James so weitermachte, würde sie ...

„Oh Gott, James ...!"

Für einen Moment löste er sich von ihr, um endlich auch seine Hose loszuwerden, streifte sie ab und ließ sie zu den restlichen Klamotten neben das Bett fallen.

Einen Augenblick schaute er sie einfach nur an, wie ein Sammler das kostbare Gemälde eines alten Meisters betrachten würde: ehrfürchtig und besitzergreifend.

Es raubte Vicky schier den Atem.

Noch nie hatte sie ein Mann auf diese Weise angesehen. Es war schwindelerregend und schürte ihre Leidenschaft mehr, als sie jemals für möglich gehalten hätte.

Sie konnte nicht mehr länger warten, doch … Heiser räusperte sie sich. „Hast du zufällig …"

Er verstand sie, auch ohne dass sie es aussprechen musste, rollte sich vom Bett und suchte auf dem Boden nach seiner Hose. Er zerrte seine Brieftasche aus der hinteren Tasche und fischte ein Kondompäckchen daraus hervor. Im nächsten Moment war er wieder über Vicky.

Ihre Erregung war schier unerträglich. James schien es ähnlich zu ergehen. Hastig riss er die Folienverpackung auf und streifte sich das Kondom über. Dann stützte er sich auf der Matratze neben Vicky ab und drang langsam in sie ein.

Vicky öffnete den Mund zu einem heiseren Schrei, doch ehe auch nur ein Laut ihre Kehle verlassen konnte, küsste James sie tief und leidenschaftlich.

Sie fühlte sich wie von Sinnen. Sie ließ sich einfach davontragen, klammerte sich an James' Schultern fest, als müsse sie ohne ihn ertrinken. Ganz selbstverständlich verfielen sie in einen Rhythmus, und sie spürte ihn tief in sich.

Ihr Herz hämmerte, ihr Atem ging schnell und gepresst, und ihr ganzer Körper spannte sich an wie eine Bogensehne, bis sich der Druck in einem unglaublichen Höhepunkt entlud, wie Vicky ihn noch nie zuvor erlebt hatte. Schon wurde auch James von der Welle des Höhepunktes erfasst und mitgerissen. Heiser stöhnte er ihren Namen und ließ sich dann schwer auf sie sinken, bevor er sich mit ihr gemeinsam zur Seite rollte.

Schwer atmend lag James da. Vickys Kopf ruhte auf Höhe eines Herzens auf seiner Brust, und er streichelte ihr geistesabwesend übers Haar, das sich seidig und glatt unter seinen Fingern anfühlte.

Seine verletzte Hand pochte ein wenig, doch der Schmerz war erträglich. Und er lenkte ihn nicht von den Gedanken ab, die ihm durch den Kopf gingen.

Er empfand mehr für Vicky, als er sich zunächst eingestanden hatte, so viel war klar. In der Vergangenheit mochte er vielleicht nicht unbedingt ein Ladykiller gewesen sein, aber auch kein Kind von Traurigkeit. Und mit keiner Frau zuvor hatte es sich so intensiv, so unglaublich angefühlt wie mit Vicky.

Ein Lächeln huschte über seine Lippen, als er überlegte, was Mike wohl dazu gesagt hätte. Er hoffte inständig, dass sein väterlicher Freund stolz und froh gewesen wäre. Eigentlich war er sich dessen sogar ziemlich sicher. Vicky war auf dem besten Weg, hier in Moananui ein neues Leben anzufangen. Das war mehr, als Mike sich in seinen kühnsten Träumen jemals auszumalen gewagt hätte. James wusste das – immerhin hatten sie oft genug darüber gesprochen.

Es hatte Mike unglaublichen Mut gekostet zu versuchen, Vicky ausfindig zu machen. Nachdem all seine Briefe all die Jahre ungeöffnet an ihn zurückgeschickt worden waren, hatte er große Angst gehabt, dass sie ihn womöglich gar nicht wiedersehen wollte. Es hatte ihn verrückt gemacht.

Dass es nie zu einem Wiedersehen gekommen war, stimmte James traurig. Mike hatte so auf eine Versöhnung, auf eine Chance gehofft, Vicky alles zu erklären …

Plötzlich fiel James etwas ein, das er die ganze Zeit über völlig vergessen hatte.

„Hast du eigentlich zwischen Mikes Sachen seine Memoiren gefunden?“, fragte er leise, um Vicky nicht zu wecken, sollte sie tatsächlich eingeschlafen sein, doch das war sie nicht.

Sie hob ihren Kopf und stützte sich auf ihrem Ellenbogen ab. „Nein“, antwortete sie. „Heather und Fiona haben erzählt, dass er daran geschrieben hat, aber ich habe noch nichts gesehen. Wie kommst du jetzt darauf?“

Lächelnd schüttelte er den Kopf. „Tut mir leid, das war jetzt vermutlich nicht sonderlich romantisch …“

Vicky lachte. „Nein, nicht direkt. Aber jetzt hast mich neugierig gemacht. Was hat es mit den Aufzeichnungen meines Vaters auf sich?“

Er zuckte mit den Schultern. „Ich weiß es ehrlich gesagt selbst nicht so genau. Alles, was ich mit Sicherheit sagen kann, ist, dass meine Mutter sich deswegen große Sorgen macht."

Irritiert hob Vicky eine Braue. „Und du weißt nicht, warum?"

„Nein. Ich habe oft genug versucht, ihr die Wahrheit zu entlocken, aber sie wollte einfach nicht mit der Sprache herausrücken. Auf jeden Fall ist es ihr wichtig genug, dass sie deshalb unbedingt das Felsenhaus haben will."

Ruckartig setzte Vicky sich auf. „Dann lass uns diese Memoiren suchen", erwiderte sie. „Du sagst ja selbst, dass deine Mutter eine nicht zu unterschätzende Gegnerin ist. Dass ich mich entschieden habe, das Haus zu behalten und hier eine Pension zu betreiben, hat sie wahrscheinlich ziemlich gegen mich aufgebracht. Es wäre mir lieber, wenn ich für den Fall der Fälle ein Druckmittel gegen sie in der Hand hätte. Und so, wie sich das anhört, könnte genau das in den Memoiren zu finden sein."

Nach kurzem Nachdenken nickte James. Er hatte ein etwas schlechtes Gewissen, sich mit Vicky gegen seine eigene Mutter zu verbünden, aber das hatte Isabel sich selbst zuzuschreiben. Ganz davon abgesehen, dass ihr Verhältnis zueinander nie sonderlich herzlich oder gar liebevoll gewesen war.

Als Vicky aufstehen wollte, hielt er sie zurück. „Warte", sagte er. „Das gerade … Ich wollte dir noch sagen …"

Sie lächelte. „Das war ziemlich unglaublich und … ich …" Sie schien nicht recht zu wissen, wie sie ihre Gedanken in Worte fassen sollte. Schließlich beugte sie sich vor und küsste ihn lang und leidenschaftlich, und James verstand auch so, was sie ihm sagen wollte.

Und er konnte ihr nur zustimmen – der Sex war wirklich atemberaubend gewesen. Doch das war es nicht, was ihn so tief bewegt hatte. Zumindest nicht allein. Er spürte einfach, dass da mehr war. Es lag in der Luft, praktisch greifbar, und doch wieder nicht, wie ein Schmetterling, der immer dann außer Reichweite flatterte, wenn man die Hand nach ihm ausstreckte.

Als sie sich wieder von ihm löste, hatte James fast schon wieder vergessen, wovon sie vorher gesprochen hatten. Nicht aber Vicky.

„Ich möchte nach diesen Aufzeichnungen suchen", sagte sie und machte Anstalten aufzustehen."

„Jetzt?", fragte er und warf einen Blick auf den Radiowecker, der auf ihrem Nachttisch stand. Es war vier Uhr. „Es ist mitten in der Nacht. Kann das nicht bis morgen früh warten?"

Sie schüttelte den Kopf. „Nein, kann es nicht", sagte sie und blickte ihn nachdenklich an. Ist dir schon mal in den Sinn gekommen, dich zu fragen, was die Einbrecher hier eigentlich gewollt haben?"

Er hob die Schultern. „Was werden Einbrecher schon wollen? Sachen stehlen."

„Ich kann mir aber nicht vorstellen, dass sie hier irgendwelche Reichtümer vermutet haben. Zudem ist das hier ein Kaff, James. Wann ist es hier schon mal zu einem Einbruch gekommen? Und du wurdest verletzt. Ich glaube nicht, dass das hier so häufig geschieht."

James runzelte die Stirn. Langsam dämmerte ihm, worauf Vicky anspielte. „Du meinst, es ging um Mikes Aufzeichnungen? Und dass meine Mutter damit zu tun hat?"

Vicky erwiderte nichts, doch ihr Blick sprach Bände. James schwieg. Der Gedanke war gar nicht so absurd, wie er sich im ersten Moment anhörte. Trotzdem wollte er nicht daran glauben, dass seine Mutter damit etwas zu tun hatte. So weit würde doch selbst sie nicht gehen – oder?

Das Problem war, dass er sich da gar nicht so sicher war, wie er es gern gewesen wäre. Denn er konnte nicht leugnen, dass er ihr ein solches Verhalten durchaus zutraute. Er kannte seine Mutter gut genug und wusste, dass sie zu vielem bereit war, um ein Ziel zu erreichen. Und wenn es in Mikes Aufzeichnungen wirklich etwas gab, das sie unter Verschluss halten wollte, dann würde sie alles daransetzen, diese Aufzeichnungen in die Finger zu bekommen. Nachdem Vicky sich nun entschlossen hatte, hierzubleiben und das Haus über den Klippen zu behalten, bliebe seiner Mutter keine andere Wahl, als zu derartigen Mitteln zu greifen.

Dennoch – sollte er nicht wenigstens, solange nichts bewiesen war, das Beste von seiner Mutter denken?

Andererseits spiegelte das doch genau ihr Verhältnis wider. Sie hatten sich nie sonderlich nahgestanden, doch seit seiner Weigerung, ihr dabei zu helfen, Vicky aus Moananui zu vertreiben, behandelte Isabel McFarlane ihn wie einen Verräter. Inzwischen überlegte er ernsthaft, ob er sich nicht einfach eine eigene Wohnung irgendwo in der Nähe suchen sollte, um ein bisschen Abstand zu gewinnen. Der einzige Grund, warum er das nicht schon längst getan hatte, war seine Tante Maggie.

Die Vorstellung, sie ganz allein zusammen mit seiner Mutter in dem großen Haus zu wissen … Nein, damit fühlte er sich ganz und gar nicht wohl. Andererseits wusste er auch, dass er nicht den Rest seiner Tage damit verbringen konnte, auf Maggie aufzupassen. Mike hätte sicher gewusst, wie er mit der Situation umgehen sollte. Hätte ihn wahrscheinlich darin bestärkt, dass er sein eigenes Leben leben musste.

Seufzend fuhr er sich mit der Hand über die Augen. Er fiel ihm noch immer schwer, wirklich zu begreifen, dass er Mike nie mehr wiedersehen würde. Ein Teil von ihm hoffte darauf, dass er eines Tages vor der Tür stehen und erklären würde, dass das alles nur ein dummer Scherz gewesen war.

Es war alles so unerklärlich! Mike war kein Trinker gewesen. Nicht mehr. Wieso hatte er ausgerechnet an diesem Abend wieder zur Flasche greifen müssen? Was war geschehen, das ihn so aus der Bahn geworfen hatte? James unterdrückte einen Fluch. Es frustrierte ihn, dass er auf diese Fragen wohl niemals eine Antwort erhalten würde. Doch das Gefühl, dass er nicht dagewesen war, als sein Freund ihn am dringendsten gebraucht hätte, ließ ihn einfach nicht los.

Mit den Fingerspitzen glättete Vicky die Falten, die sich auf seiner Stirn gebildet hatten. Er war völlig abwesend gewesen. Hatte sie fast vergessen und gar nicht bemerkt, dass sie ihn die ganze Zeit über beobachtete. „Wenn es dich wirklich so stört, können wir natürlich auch bis morgen warten“, sagte sie.

Doch er schüttelte den Kopf. Er würde heute Nacht vermutlich ohnehin keinen Schlaf mehr finden. Warum also Zeit damit verschwenden, mit offenen Augen an die dunkle Zimmerdecke zu starren?

„Nein“, sagte er. „Am besten, wir fangen gleich mit der Suche an.“

Vicky war aufgeregt. Nicht nur aufgrund der Aussicht, womöglich bald etwas gegen Isabel McFarlane in der Hand zu haben, was diese in ihre Grenzen weisen konnte. Nein, sie war auch neugierig darauf, mehr über ihren Vater zu erfahren – und zwar nicht durch eine dritte Person, sondern durch ihn selbst.

Vielleicht würde sich durch das Manuskript auch endlich aufklären, was damals zwischen ihrer Mutter und ihrem Vater vorgefallen war. Ob sich die Dinge tatsächlich so zugetragen hatten, wie Vicky mehr als ihr halbes Leben lang geglaubt hatte – oder ob ihre Mutter verbittert genug gewesen war, die Wahrheit ihren eigenen Vorstellungen anzupassen.

Wenn sie ehrlich sein wollte, dann traute Vicky ihr ein solches Verhalten durchaus zu. So sehr sie ihre Mutter auch geliebt hatte, sie war nicht selten berechnend gewesen. Andererseits – vielleicht hatte sie übertrieben, aber trotzdem hatte Mike sie verraten. Er hatte sie verlassen, um seine wirklich wahre große Liebe wiederzusehen, und diese Person war ein Mann gewesen. Welche Frau hätte das nicht verletzt? Und Holly Tancredi neigte nun einmal zu Übertreibungen. Das war einfach ihre Art, mit diesen Dingen umzugehen.

Doch um endlich Mikes Sicht auf die Geschehnisse kennenzulernen, mussten James und sie seine Aufzeichnungen erst einmal finden. Und das gestaltete sich schwieriger, als sie beide angenommen hätten. Sie durchforsteten Mikes ehemaliges Arbeitszimmer und auch sein Schlafzimmer – die beiden Orte, an denen sie das Manuskript am ehesten vermuteten. Doch nirgends war auch nur die geringste Spur zu finden. Keine einzelnen Blätter, in der unordentlichen Handschrift ihres Vaters vollgekritzelt, oder mit Schreibmaschine abgetippte Aufzeichnungen.

Nichts.

„Du hast ihn besser gekannt als jeder andere", sagte Vicky irgendwann. „Wo würde er seine Memoiren versteckt haben?" Sie schüttelte den Kopf. „Und wozu überhaupt die Heimlichtuerei? Es war ja nicht so, als hätte er irgendwelche Staatsgeheimnisse zu verraten gehabt."

„Nein", erwiderte James. „Das sicher nicht. Aber er hat immer sehr geheimnisvoll getan. So, als würde sein Manuskript einige wirklich brisante Dinge behandeln. Aber wenn ich ehrlich sein soll, kann ich mir das nicht wirklich vorstellen. Ich nehme allerdings an, darin wird erklärt, wie es dazu kam, dass mein Onkel Nile aus der Familie ausgeschlossen wurde." Er schüttelte den Kopf. „Sie haben einfach so getan, als hätte es ihn nie gegeben. Ich war schon mit zwölf ein ziemlich rebellischer Teenager, sonst hätte ich ihn und Mike wohl nie kennengelernt."

„Und du weißt nicht, worum es bei dem Krach in eurer Familie ging?"

„Nein. Es wurde einfach nicht darüber gesprochen." Bitter fügte er hinzu: „Die McFarlanes waren schon immer besonders gut darin, das Deckmäntelchen des Schweigens über Dingen auszubreiten, die sie lieber nicht diskutieren wollten. Ich nehme allerdings an, dass es mit der Beziehung meines Onkels zu Mike zu tun hatte. Mein Großvater dürfte nicht sonderlich angetan davon gewesen sein, einen Homosexuellen in der Familie zu haben. Damit haben ja selbst heute noch so manche Leute Schwierigkeiten. Besonders hier draußen auf dem Land. Aber damals … Es muss furchtbar gewesen sein. Eine Hexenjagd."

Gedankenverloren fuhren sie damit fort, die Unterlagen von Vickys Vater durchzusehen – ohne jeden Erfolg.

„Einige Sachen sind oben auf dem Speicher", sagte sie schließlich. „Vielleicht finden wir da noch irgendwas, ich …"

„Warte mal!"

Vicky hob eine Braue. „Ist dir etwas eingefallen?"

Er nickte. „Komm", sagte er und ergriff sie beim Handgelenk. „Ich glaube, ich weiß, wo Mike das Manuskript versteckt hat."

Sie gingen wieder ins Arbeitszimmer. Vicky runzelte die Stirn. „Nein, nein, hier ist es nicht", sagte sie. „Hier haben wir doch alles schon mindestens dreimal durchgesehen und …"

James schien ihr gar nicht zuzuhören. Stattdessen machte er sich an dem antiken Sekretär zu schaffen, an dem Vicky in den letzten Tagen so oft gesessen hatte. Er öffnete das Fach, in dem sie die Pläne für die Pension aufbewahrte, die James ihr überlassen hatte. Doch anstatt sich die Dokumente vorzunehmen, tastete er den Rahmen des Innengehäuses ab, bis er schließlich ein triumphierendes Schnauben ausstieß.

Vicky wollte ihn gerade fragen, was er entdeckt hatte, als sie ein schnappendes Geräusch vernahm, und der Deckel des Fachs, den sie für massiv gehalten hatte, aufsprang.

„Ach du meine Güte!", stieß sie hervor.

James grinste. „Mike hat mir vor Ewigkeiten mal von dem Geheimfach in seinem Sekretär erzählt, aber ich hatte vollkommen vergessen, dass es existiert. Erst unser ganzes Gerede über Geheimnisse hat mich wieder daran erinnert."

Langsam trat Vicky auf den Schreibtisch zu. Ihre Finger zitterten, als sie sie nach dem Deckel des Geheimfachs ausstreckte. Sie klappte ihn hoch – und atmete scharf ein, als darunter ein

Stapel säuberlich getippter Manuskriptseiten zum Vorschein kam.

Sie wollte James am liebsten um den Hals fallen vor Begeisterung. Hätte er nicht eben diesen Geistesblitz gehabt, die Aufzeichnungen ihres Vaters wären womöglich nie entdeckt worden. Vorsichtig, beinahe ehrfürchtig, hob sie die Papiere aus ihrem Versteck heraus.

„Ihr habt sie also gefunden", erklang in dem Moment eine Stimme von der Tür her. „Vielen Dank, ich glaube nicht, dass ich auf eigene Faust jemals darauf gestoßen wäre. Und nun umdrehen und her damit – aber bitte schön langsam."

Vicky tat, wie ihr geheißen wurde – und blickte geradewegs in den drohenden Lauf einer Pistole.

12. KAPITEL

Auszug aus Mike Tancredis Aufzeichnungen

Während der gesamten Überfahrt nach England versuchte ich, Nile zu vergessen. Doch immer, wenn ich die Augen schloss, sah ich ihn vor mir, wie er in Tränen aufgelöst am Hafenkai stand.

Ich hatte mich zwingen müssen, ihm die kalte Schulter zu zeigen. Um meiner selbst, vor allem aber um seinetwillen. Neuseeland würde für mich von jenem Tag an nur noch eine entfernte Erinnerung sein. Es gab kein Zurück mehr. Hätte ich Nile versprochen, ihm zu schreiben und auf den Tag zu warten, an dem wir uns endlich wiedersehen würden, hätte ihn das vielleicht für den Moment getröstet. Auf lange Sicht aber wäre alles nur noch schwerer für ihn geworden.

Ironischerweise wurde mir das aber erst selbst richtig klar, als ich später allein in unserem neuen Zuhause, einem schäbigen Zwei-Zimmer-Apartment in Ost-London saß. Mein Vater arbeitete als Hilfsarbeiter beim Straßenbau, und sein wöchentlicher Verdienst reichte gerade aus, um die Miete zu bezahlen. Meine Mutter putzte bei ein paar wohlhabenderen Familien in der City, um Geld für die Dinge des täglichen Alltags zur Verfügung zu haben. Ich hatte mich ebenfalls um einen Job bemüht, um meine Eltern zu entlasten. Aber sie wollten nicht, dass ich irgendwelche Gelegenheitsjobs machte – ich sollte lieber in die Lehre gehen, damit ich später einmal eine anständige und gut bezahlte Stelle bekam.

Doch das Interesse der Leute, einen frisch eingeschifften, unerfahrenen Jungen aus Neuseeland als Lehrling einzustellen, war nicht gerade besonders groß. Vor allem, da meine einzige Qualifikation darin bestand, Kiwis zu ernten und zu verpacken. Und so verbrachte ich den lieben langen Tag damit, je nach Wetter draußen auf der Straße oder drinnen auf der Couch herumzulungern.

So unvorstellbar es auch klingen mochte – dagegen war mein Leben in Moananui regelrecht aufregend gewesen. Vor allem, weil es dort, abgesehen von meinen Eltern, Menschen gegeben hatte, die mir etwas bedeuteten.

Aber wem wollte ich eigentlich etwas vormachen? Es war Nile, den ich am allermeisten vermisste. So sehr, dass es sich manchmal beinahe wie körperlicher Schmerz anfühlte.

Nach ein paar Monaten war ich kurz davor, mich von der nächsten Brücke zu stürzen. Was hatte das alles überhaupt noch für einen Sinn? Ich fühlte mich, als würde ich nur noch existieren, um meinen Eltern das Leben schwer zu machen. Für mich hatten sie alle Brücken hinter sich abgebrochen. Und das, obwohl ich längst alt genug war, um auf eigenen Beinen zu stehen.

Sie hätten sich einfach nur von mir lossagen müssen, und der alte McFarlane hätte sie mit Freuden weiterbeschäftigt – ja, vielleicht wäre es für ihn sogar die größere Genugtuung gewesen. Doch meine Eltern waren gute Leute, loyal und liebevoll. Nicht ein einziges Mal hörte ich meinen Vater darüber klagen, was ich angerichtet hatte. Wie meine Mutter war er vermutlich ein wenig enttäuscht darüber, dass sein einziges Kind sich als schwul erwiesen hatte, und es somit keine Enkel für sie geben würde. Doch auch zu diesem Thema fiel nie ein böses Wort. Ich kann gar nicht sagen, wie dankbar ich ihnen dafür war, und es bis heute bin.

Es änderte aber nichts an der Tatsache, dass ich immer tiefer und tiefer in ein bodenloses schwarzes Loch sank.

Ich weiß ehrlich gesagt nicht mehr genau, wie meine Eltern mich dazu überredeten, zu dem Tanzabend mitzugehen, der von der Kirche veranstaltet wurde. Ich hatte grundsätzlich nicht viel für solche Veranstaltungen übrig und zu jener Zeit noch viel weniger als sonst. Vermutlich wollte ich ihnen einfach einen Gefallen tun; ihnen zeigen, dass sie sich um mich keine Sorgen machen mussten.

Ich bereute es in dem Moment, in dem ich den Gemeindesaal betrat. Lauter ältere Herrschaften, die sich bei wässriger Weinschorle und Gurkenhäppchen miteinander amüsierten. Ich wollte am liebsten auf dem Absatz kehrtmachen und wieder verschwinden, doch meine Eltern waren so glücklich und erleichtert, mich endlich einmal wieder unter Menschen zu sehen, dass ich es einfach nicht übers Herz brachte.

Ich stellte mich in eine Ecke und rechnete damit, den Rest des Abends allein und unbehelligt von anderen dort zu verbringen. Doch das Schicksal wollte es anders – oder besser, ein hübsches schwarzhaariges Mädchen, das sich mir als Holly Cartruthers vorstellte.

Sie hatte etwas an sich, das mich sofort für sie einnahm. Vielleicht war es ihre direkte, unverblümte Art, die mich irgendwie an Nile erinnerte. Sie wusste genau, was sie wollte – und scheute nicht davor zurück, es sich zu nehmen.

Und zu meiner grenzenlosen Überraschung wollte sie mich.

Ich betrank mich an diesem Abend mit Weinschorle und billigem Gin. Wir tanzten und lachten, und am Ende nahm sie mich mit zu sich nach Hause und wir schliefen miteinander. Es war hastig und ungeübt und nicht sonderlich gut – für keinen von uns beiden. Hinterher zog ich mich hastig an und rannte im wahrsten Sinne des Wortes davon. Doch war dies das Ende? Nur ein kleines Intermezzo, das nichts zu bedeuten hatte?

Überraschenderweise nicht.

Holly war ungemein willensstark und hartnäckig. Sie dachte nicht daran, sich davon abschrecken zu lassen, dass ich, noch immer sturzbetrunken, praktisch aus ihrer Wohnung geflüchtet war. Ich konnte mich nicht erinnern, ihr meine Adresse genannt zu haben, aber sie stand am nächsten Nachmittag mit zwei Kinokarten vor meiner Tür.

„Meine Freundin hat abgesagt, da waren die Karten schon bezahlt. Was ist, kommst du mit?“

Ich schaute sie fragend an. Ehrlich gesagt hatte ich nach dem vorangegangenen Abend nicht damit gerechnet, sie noch einmal wiederzusehen – und noch viel weniger damit, dass sie weiterhin Interesse an mir hatte.

„Ich … also …“ Mehr brachte ich vor lauter Überraschung nicht zustande. Sie wertete mein Gestammel als Zustimmung, und ehe ich mich versah, befanden wir uns auch schon auf dem Weg zum Kino.

Von da an trafen wir uns regelmäßig. Natürlich dachte ich noch immer viel an Nile. Verdammt, er spukte mir die ganze Zeit über im Kopf herum, aber wenn ich mit Holly zusammen war, konnte ich mich zumindest für eine kurze Weile ablenken.

Obwohl sie sich die größte Mühe gab, mich noch einmal zu verführen, konnte ich in der ersten Zeit nicht wieder mit ihr schlafen. Ich versuchte zu vergessen, was zwischen uns passiert war, redete mir ein, es war ein Unfall gewesen, sonst nichts. Ich hatte ein schlechtes Gewissen Nile gegenüber, denn mein Herz gehörte ihm ganz allein.

Knapp anderthalb Monate später erfuhr ich dann, dass besagter *Unfall* nicht ohne Folgen geblieben war.

Im ersten Moment war ich entsetzt, ja, regelrecht schockiert. Wir hatten doch nur *ein einziges Mal* Sex gehabt! Doch mir war selbst klar, wie albern es war, so zu denken. Einmal ist keinmal galt in diesem Zusammenhang nun mal nicht – und ich musste mich nun der Verantwortung für meine eigene Dummheit stellen.

Meine Eltern waren, trotz unserer finanziellen Situation und der Tatsache, dass ich bisher noch keine Ausbildungsstelle hatte finden können, ganz begeistert über die Aussicht, nun doch noch Großeltern zu werden. Keiner von uns verlor je ein Wort über Nile oder generell über die Tatsache, dass ich zu Hause in Neuseeland eine Beziehung zu einem Mann gehabt hatte – weder unter uns, noch in Hollys Gegenwart. Und so mies ich mich auch fühlte, Nile zu verleugnen, ich wollte für Holly da sein und mein Kind nicht verlieren.

Denn genau das war das kleine Wesen zu diesem Zeitpunkt bereits: mein Kind.

Und für dieses Kind wollte ich versuchen, ein guter Vater zu sein. Ein guter Mensch. Ein *normaler* Mensch.

Vielleicht, so dachte ich, war es an der Zeit, endlich Verantwortung für mein Handeln zu übernehmen. Ich liebte Holly nicht, nicht so, wie ich Nile liebte, aber wir verstanden uns gut, fühlten uns wohl miteinander. Also bat ich sie, mich zu heiraten.

Sie sagte sofort Ja.

Die Vorbereitungen für die Hochzeit kamen mir seltsam irreal vor. Das Aufgebot, die Einladungen, das Essen, die Blumen … Zum Glück war meine Mutter froh und glücklich, sich um all diese Dinge kümmern zu dürfen.

Die einzigen Vorbereitungen, die mir wirklich Freude machten, waren die, die unser Kind betrafen. An den Wochenenden, während Holly mit meiner Mutter auf die Jagd nach dem richtigen Hochzeitskleid ging, strich ich das Kinderzimmer, baute die Wiege auf und hängte ein Mobile darüber. Den Gedanken an die bevorstehende Trauung verdrängte ich die meiste Zeit über.

Schließlich wurde Victoria – oder Vicky, wie wir sie bald nannten – geboren, und von da an rückte für mich alles andere noch weiter in den Hintergrund. Ich merkte, dass Holly sich darüber ärgerte, während sie auf der anderen Seite froh war, dass ich ihr viele der Pflichten abnahm, die ihr als Mutter zugekommen wären.

Die Hochzeit verging für mich wie in einem Traum. Ich bekam es kaum richtig mit, da waren Holly und ich schon Mann und Frau.

Ob ich an Nile dachte, während ich meiner Frau am Altar die Treue schwor?

Ja, das tat ich. Immerzu. Ich wünschte, er wäre es, mit dem ich zusammen sein konnte. Aber das war nicht möglich. Er würde es vermutlich nicht einmal mehr wollen, nachdem ich ihm bei meiner Abreise klipp und klar gesagt hatte, dass es für uns keine gemeinsame Zukunft gab – und es war die Wahrheit gewesen.

Und immerhin hatte ich zusammen mit Holly nun eine gemeinsame Tochter.

Ich musste akzeptieren, dass es das vollkommene Glück für mich nicht geben würde. Dass ich das schätzen musste, was ich hatte. Ich hatte Holly gern, wir kamen gut miteinander aus. Ich fühlte mich zwar nicht wirklich zu ihr hingezogen, aber hin und wieder kam ich auch meinen ehelichen Pflichten trotzdem nach. Zu Anfang häufiger, dann immer seltener.

Trotzdem bemühte ich mich, ein guter Ehemann und Vater zu sein. Ich nahm meine Versuche, eine Stelle zu finden, mit erneutem Eifer wieder auf, und das scheinbar Unmögliche geschah: Der Inhaber eines Autohauses gab mir eine Chance und nahm mich als Lehrling in seinen Betrieb auf. Ich stellte mich gut an, und nach dem Abschluss meiner Ausbildung behielt er mich als Verkäufer.

Von da an ging es für mich zumindest beruflich immer weiter bergauf. Und auch zu Hause lief es gar nicht so schlecht. Holly und ich mochten nicht das eingespielte Team sein, das Nile und ich gewesen waren. Aber die meiste Zeit über gestaltete sich unser Zusammenleben recht harmonisch. Ich schaffte es für eine Weile, meine Vergangenheit tatsächlich hinter mir zu lassen.

Zumindest glaubte ich das.

Ich war glücklich und liebte meine Tochter über alles. Erst später begriff ich, dass es vor allem Vicky war, die uns als Familie zusammenhielt. Sie war das Fundament unserer Ehe, und selbst mir war klar, dass das nicht gesund sein konnte. Doch ich verschloss die Augen vor der Realität, weil es leichter war, die Zweifel zu verdrängen.

Wie nicht anders zu erwarten gewesen war, funktionierte diese Taktik nur eine gewisse Weile lang. Die Fassade unseres heilen Familienglücks bekam erste sichtbare Risse, als Vicky etwa fünf Jahre alt war.

Holly fing an, immer unzufriedener zu werden. Wir schliefen nur sehr selten miteinander. Ich schob vor, zu gestresst, zu müde, zu beschäftigt zu sein. Doch die traurige Wahrheit lautete, dass ich sie schlichtweg nicht wollte. Und ich war dumm genug anzunehmen, dass sie meine billigen Ausreden nicht durchschaute.

Ich hatte keine dumme Frau geheiratet – ganz im Gegenteil sogar. Sie spürte, dass etwas zwischen uns nicht stimmte. Vielleicht hatte sie es sogar von Anfang an gewusst.

„Sei doch wenigstens ehrlich“, herrschte sie mich eines Abends an, als ich mal wieder spät von der Arbeit nach Hause kam. Vor ihr auf dem Tisch stand eine fast leere Flasche Wein, und Holly lallte leicht. „Wenn du eine Geliebte hast, dann sag es mir einfach und verkaufe mich nicht länger für dumm!“

„Ich habe keine Geliebte“, entgegnete ich, und es war seltsam, dass es gleichzeitig die Wahrheit war und sich doch wie eine Lüge anfühlte. Denn ich mochte niemanden haben, mit dem ich an ihrer Stelle das Bett teilte, aber mein Herz gehörte trotzdem jemand anderem.

In diesem Moment wurde mir womöglich zum ersten Mal wirklich bewusst, dass ich einen riesigen Fehler gemacht hatte. Es war nicht fair gewesen, Holly zu heiraten. Ihr und Vicky, aber auch mir selbst gegenüber nicht. Ich liebte meine Tochter wirklich über alles, aber von da an wurde das Zusammenleben mit Holly von Tag zu Tag unerträglicher.

Mir war klar, dass das mit uns auf Dauer nicht funktionieren konnte. Doch ich wusste auch, dass Holly mich nicht einfach so gehen lassen würde. Ganz gleich, ob sie mich nun liebte oder nicht, ob sie nun glücklich mit mir war oder nicht – sie hielt das fest, was ihr gehörte. Und genau deshalb war sie nicht bereit, mich ohne Weiteres aufzugeben.

Nicht etwa, weil sie das Zusammenleben mit mir so liebte

oder weil sie fürchtete, dass unsere Tochter den Vater verlieren würde. Nein, in diesem Fall waren ihre Beweggründe vollkommen egoistischer Natur.

Holly war daran gewöhnt, zu bekommen, was sie wollte, wann sie es wollte – und es zu behalten, komme, was wolle.

Ganze neun Jahre lang spielte ich ihr kleines Spiel mit. Wir redeten kaum noch, schliefen nicht mehr miteinander und gingen uns ansonsten, soweit es irgend möglich war, aus dem Weg. Doch jedes Mal, wenn ich das Wort Scheidung auch nur aussprach, wurde Holly fuchsteufelswild.

Sie drohte damit, mir Vicky wegzunehmen, wenn ich nicht bei ihr blieb. Sie kannte meine Schwachstelle ganz genau und wusste, dass ich für meine Tochter alles tun würde.

So sehr ich begonnen hatte, Holly zu verabscheuen – Victoria liebte ich mehr als mein eigenes Leben. Nur für sie erhielt ich diese Farce von einem Familienleben aufrecht, auch wenn es mitunter schier unerträglich war. Sie sollte glücklich sein, alles andere war bedeutungslos.

Und dann erhielt ich, nach beinahe fünfzehn Jahren, in denen wir uns nicht gesehen oder gesprochen hatten, wie aus heiterem Himmel einen Brief von Nile.

Moananui, 18. Dezember 1996

Mike,

du hast ja keine Ahnung, wie oft ich bereits mit dem Gedanken gespielt habe, dir zu schreiben. Doch immer, wenn ich, den Stift in der Hand, am Tisch saß, schien das leere Blatt Papier mich zu verhöhnen.

So vieles zwischen uns ist ungesagt geblieben. So viele Dinge wurden niemals ausgesprochen.

Damals, am Hafenkai, hast du mir gesagt, dass du mich niemals wiedersehen willst. Es hat mir das Herz herausge-

rissen, diese Worte aus deinem Mund zu hören, aber ich liebte dich zu sehr, um mich über deinen Willen hinwegzusetzen.

Bis heute.

Wenn du diesen Brief zu Ende gelesen hast, wirst du mich vielleicht verstehen. Möglicherweise verfluchst du mich auch, aber das Risiko muss ich eingehen.

Ich habe lange darüber nachgedacht, ob ich dir diese Zeilen wirklich schreiben soll, nachdem ich extra einen Detektiv eingeschaltet habe, um dich in England ausfindig zu machen. Du sollst dich meinetwegen nicht verpflichtet fühlen, und ich versuche auch nicht, dir ein schlechtes Gewissen zu machen. Aber es erschien mir nicht richtig, dich über meinen Zustand im Dunkeln zu lassen. Die Wahrscheinlichkeit, dass du aus dem Munde irgendeines Fremden davon erfährst, ist verschwindend gering – dennoch bin ich nicht bereit, dieses Wagnis einzugehen.

Ich werde sterben, Mike. Nicht heute und nicht morgen, aber bald.

Nachdem du fortgegangen bist, habe ich eine Zeit lang Dinge getan, auf die ich nicht besonders stolz bin. Ich habe mich herumgetrieben und mit jedem Mann geschlafen, der mich wollte. Ich erzähle dir das nicht, um dich zu verletzen, Mike. Aber du musst wissen, was ich getan habe, um zu begreifen, was mit mir geschehen wird.

Ich habe Aids, Mike. Nicht erst seit gestern, wie du dir vorstellen kannst. Und mein Arzt meint, ich hätte mit der Krankheit auch noch viele Jahre lang leben können, wäre ich so vernünftig gewesen, meine Medikamente korrekt zu nehmen.

Du kennst mich – ich war noch nie besonders gut darin, Vorschriften einzuhalten. Die Wahrheit ist, dass ich lange Zeit keinen Sinn darin gesehen habe, weiterzumachen. Ich gestehe, dass ich mein Verhalten heute ein wenig bereue.

Doch es ist zu spät, um daran noch etwas zu ändern. Mir bleibt vielleicht noch ein Jahr, vermutlich aber weniger. Und bevor ich gehe, will ich reinen Tisch machen und wenigstens ein paar Dinge in meinem verkorksten Leben in Ordnung bringen. Ich habe nie aufgehört, dich zu lieben, Mike. So sehr ich mir manchmal auch gewünscht habe, dich vergessen zu können – ich war einfach nicht in der Lage dazu.

Du bist die Liebe meines Lebens. Und genau deshalb hoffe ich, dass du glücklich bist. Niemand verdient es mehr als du, den Menschen gefunden zu haben, mit dem du dein Leben teilen willst. Gibt es ihn? Oder sie? Ich habe nie gewagt zu fragen, ob du für eine deiner Freundinnen hier in Moananui wirklich etwas empfunden hast. Aber ich schätze, das ist jetzt auch nicht mehr wirklich von Bedeutung.

Ich würde mir wünschen zu erfahren, wie es dir ergangen ist, aber ich werde dich nicht drängen. Dies wird der einzige Brief sein, den du von mir erhältst. Sollte ich nichts mehr von dir hören, dann gehe ich davon aus, dass du es vorziehst, Vergangenes vergangen sein zu lassen.

Bitte glaube mir, wenn ich dir sage, dass ich es dir nicht verübeln werde. Wie immer du dich entscheidest, mein Herz wird, so lange es noch schlägt, für immer nur dir gehören.

Nile

Nach dem ersten Durchlesen fühlte ich mich wie betäubt. Nile. Nach all den Jahren. Doch das Einzige, woran ich denken konnte, war, dass er sterben würde.

Ich hatte ihn nie vergessen können. Nicht einmal, als Holly und ich noch glücklich waren – wenn man das wirklich so nennen kann. Ein Teil von mir hatte wohl immer noch gehofft, dass wir uns eines fernen Tages wiedersehen würden, auch wenn ich ihn damals weggeschickt habe. Natürlich gab es keine konkreten Pläne, nein. Es war eher eine Art diffuse Hoffnung gewesen. Doch irgendwie auch mehr als das. Tief in meinem Innern hatte ich mir nie vorstellen können, wirklich den Rest meines Lebens ohne ihn zu sein.

Und nun musste ich den Tatsachen ins Auge sehen.

Nile würde nicht, wie durch ein Wunder, in ein paar Jahren vor meiner Tür stehen. Er würde sterben. Sehr bald sogar. Wenn ich ihn also wirklich noch einmal sehen wollte, dann musste ich selbst handeln. Und zwar schnell.

Es war nicht einmal so sehr eine bewusste Entscheidung. Ich buchte den Flug nach Neuseeland, ohne lange darüber nachzudenken. Es fühlte sich so natürlich an wie atmen. Meine Koffer waren im Nu gepackt, und ich saß gerade an einem Brief für Vicky, als Holly aus der Stadt zurückkam.

Sie hatte sich mit einer Freundin getroffen – behauptete sie. Ich vermutete schon lange, dass sie sich heimlich mit einem anderen Mann traf. Nicht, dass ich es ihr übel nahm. Ich hätte mir einfach nur ein bisschen Ehrlichkeit gewünscht. Wir wussten schließlich beide, das unsere Ehe nichts weiter als eine Fassade war, die dem Zweck diente, Vicky das Zuhause zu geben, das sie verdiente.

Zumindest empfand ich es so.

„Wo willst du hin?“, fuhr sie mich an, als sie den Koffer erblickte. „Du willst es jetzt wirklich durchziehen, oder? Du willst mich verlassen.“

Ich schüttelte den Kopf. „Nein“, sagte ich. „Aber ich muss nach Neuseeland. Heute noch. Es ist eine … familiäre Angelegenheit.“

„Hast wohl eine andere, die drüben auf dich wartet, wie?“

Ich weiß selbst nicht, warum mich ihre Spitzzüngigkeit nach all den Jahren noch so verletzte. Doch wie immer traf jeder ihrer winzigen Giftpfeile ihr Ziel – und ich wurde es langsam müde, mich vor ihr zu rechtfertigen.

„Was willst du eigentlich von mir?“, erwiderte ich gereizt. „Glaubst du, ich weiß nicht, dass du mich längst ersetzt hast? Aber das ist in Ordnung, Holly. Tu, wonach immer dir der Sinn steht, es kümmert mich nicht. Du und ich, das war von Anfang an ein schrecklicher Fehler. Wir gehören nicht zusammen, das hätte ich gleich erkennen müssen.“

Ihr Blick war eisig. „Und wieso, wenn ich fragen darf? Bin ich etwa nicht gut genug für den feinen Herrn? Ist er der Meinung, dass er etwas Besseres verdient?“ Ihre Augen verengten sich zu schmalen Schlitzen. „Deine Eltern haben so ein großes Geheimnis aus eurer Vergangenheit gemacht, es kam mir vor, als versuchten sie, etwas zu verbergen. Einen dunklen Fleck in eurer Familiengeschichte. Aber das war mir egal, weil ich davon ausging, dass wir gemeinsam ein neues Leben beginnen würden – hier in England. Dass du Neuseeland hinter dir lassen würdest. Aber so langsam dämmert es mir, dass du wegen einer Frau gegangen bist. Was ist passiert? Hast du sie geschwängert und bei Nacht und Nebel sitzen gelassen?“

Ich wurde zunehmend wütender. Traute sie mir ein so schäbiges Verhalten denn wirklich zu? Ich war fassungslos. Verletzt. Und wollte ihr in diesem Moment einfach ebenfalls wehtun – wenn auch nicht körperlich.

„Du bist die einzige *Frau*, mit der ich je etwas hatte – zufrieden?“

Sie starrte mich an. Ihr war nicht entgangen, wie ich das Wort *Frau* ausdrücklich betont hatte.

„Ein Mann also.“ Sie nickte langsam. „Irgendwie habe ich es mir manchmal schon gedacht.“ Dann zuckte sie mit den Schultern. „Weißt du, ich bin fast ein bisschen froh darüber. So liegt es wenigstens nicht an mir. Aber eines interessiert mich: Hast du dich deshalb an mich herangemacht? Weil du ein Alibi gebraucht hast?“

Ich schüttelte den Kopf. „Nein, ob du es glaubst oder nicht – ich hatte dich wirklich gern. Davon abgesehen warst du es, die mich verführt hat. Nicht, dass das irgendwie von Bedeutung wäre. Es hätte klappen können mit uns, wenn …"

„Wenn ich ein Mann gewesen wäre?" Sie lachte mir ins Gesicht. „Tut mir leid, der Sex mit mir muss für dich grauenvoll gewesen sein. Immerhin fehlte mir ja ein entscheidendes Teil, nicht wahr?"

„Großer Gott, Holly, was redest du denn da? Ich hätte nicht mit dir geschlafen, wenn ich dich nicht attraktiv gefunden hätte." Es fiel mir schwer zu erklären, was ich selbst nicht so genau verstand. „Ich schätze, ich habe mich nie wirklich festgelegt. Ebenso wie du die einzige Frau für mich warst, gab es auch nur einen einzigen Mann." Ich zuckte mit den Achseln. „Vermutlich mag ich beides. Oder es war einfach immer die Person, der Charakter, der für mich wichtig war. Ich …"

„Du kannst dir deine fadenscheinigen Ausreden sparen", fiel Holly mir ins Wort. „Es ist nun wirklich nicht so, als würdest du mir das Herz brechen. Und im Grunde macht es ja auch nichts. Wir haben bisher einigermaßen als Ehepaar funktioniert, wir werden es auch weiterhin tun."

Ich schüttelte den Kopf.

„Ich muss gehen", sagte ich leise. „Nile ist schwer krank und …"

„Du willst mich *verlassen*?" Ihre Augen wurden schmal. „Kommt gar nicht infrage! Wenn du jetzt gehst, brauchst du niemals wieder zurückzukommen, hast du das verstanden?"

Jedes ihrer Worte traf mich wie ein Peitschenhieb, doch vermutlich hatte ich es nicht anders verdient. Ich konnte nicht bereuen, dass ich sie geheiratet hatte, denn der Zeit mit ihr verdankte ich das Beste, was es in meinem Leben je geben würde.

Meine Tochter.

Aber es war trotzdem ein Fehler gewesen. Und ich war mir sicher, dass Holly das ebenfalls wusste. Deshalb verstand ich nicht, warum sie sich jetzt so verhielt. Unsere Beziehung war von Anfang an auf Sand gebaut gewesen. Und ich verübelte Holly nicht einmal, dass sie wütend auf mich war. Jede andere Ehefrau hätte vermutlich ganz ähnlich reagiert. Aber sie musste doch einsehen, dass wir unter den gegebenen Umständen nicht einfach so weitermachen konnten, als wäre nichts geschehen!

Und wozu auch? Wir liebten uns doch ohnehin schon längst nicht mehr – ich war mir nicht einmal sicher, dass wir es je getan hatten.

„Wir sprechen später noch einmal darüber", sagte ich und nahm meinen Koffer. „Ich muss jetzt los. Mein Flug geht in ein paar Stunden. Wir telefonieren, wenn ich in Neuseeland angekommen bin. Gib Vicky einen Kuss von mir und sag ihr, dass ich ihr alles erklären werde, sobald ich zurück bin."

Einen Moment lang starrte Holly mich einfach nur an, dann schüttelte sie den Kopf. „Nein, mein Lieber. Wenn du jetzt durch diese Tür hinausgehst, kannst du dir abschminken, deine Tochter irgendwann noch einmal wiederzusehen!"

Entsetzt sah ich sie an. „Das kannst du nicht machen, Holly."

„Du wirst schon sehen, wie ich kann!"

Meine Gedanken rasten. Was sollte ich jetzt tun? Klein beigeben und erst mal hierbleiben, nur damit Holly ihren Willen bekam? Nein, damit durfte ich sie nicht durchkommen lassen. Sie würde es nur immer wieder versuchen. Außerdem musste ich unbedingt zu Nile. Ich konnte den Gedanken nicht ertragen, dass er in Neuseeland einsam und allein auf den Tod wartete. Das durfte – wollte – ich nicht zulassen, nicht einmal Vicky zuliebe.

Irgendwie würde ich die Sache zwischen Holly und mir schon regeln, wenn ich aus Neuseeland zurückkam. Aber nicht jetzt.

„Wir unterhalten uns später darüber", sagte ich und griff nach meinem Koffer. „Ich melde mich bei dir, sobald ich zurück bin."

Ich glaube nicht, dass mir vierundzwanzig Stunden jemals wieder so lange vorkamen wie auf dem Flug nach Neuseeland. Ein paar Mal schlief ich ein und wurde von Träumen gequält, in denen ich bei meiner Ankunft erfuhr, dass Nile bereits nicht mehr lebte; dass ich zu spät gekommen war.

Mir wäre nie in den Sinn gekommen, dass er wieder in Moananui wohnen könnte, aber genau das war die Absenderadresse seines Briefes gewesen. Zu meiner Erleichterung lebte er nicht im Haus seiner Eltern. Ich wusste schon nicht, wie ich ihm selbst gegenübertreten sollte, nach allem, was zwischen uns vorgefallen war. Aber eine Konfrontation mit seiner Familie war das Letzte, was ich wollte. Vielleicht war es feige, doch das konnte ich einfach nicht. Zumindest nicht gleich nach meiner Ankunft.

Ich kannte das Haus, in dem er jetzt lebte, gut. Es war einsam gelegen, direkt oberhalb der Klippen.

Vom Flughafen aus nahm ich mir einen Mietwagen, und mit jedem Kilometer, den ich zurücklegte, wuchs meine Anspannung. Nile deutete in seinem Brief an, dass er mir nicht böse war – auch wenn mein Verhalten ihm sehr wehgetan haben musste.

Würde es seltsam sein, sich nach so langer Zeit wieder gegenüberzustehen? Würden wir uns in die Arme schließen oder uns verhalten wie Fremde, die einander nichts zu sagen hatten?

Der Gedanke, dass wir uns fremd geworden sein könnten, ließ mich innerlich frösteln. Das durfte nicht passiert sein. Obwohl ich ihn seit mehr als fünfzehn Jahren nicht mehr gesehen hatte, war Nile für mich immer ein fester Bestandteil meines Lebens geblieben. Er war für alle Zeiten fest in meinem Herzen eingeschlossen. Ich glaubte nicht, dass ich damit würde umgehen können, wenn er mich mit der Höflichkeit behandelte, die man gegenüber entfernten Verwandten an den Tag legte, die man nur alle Jubeljahre einmal traf.

Nicht nach allem, was damals zwischen uns war.

Unsere Eltern mochten unsere Liebe für jugendliche Schwärmerei und eine alberne Dummheit gehalten haben. Doch nun war ich hier als erwachsener Mann und Vater einer kleinen Tochter, und liebte Nile noch immer genauso wie am ersten Tag.

Und würde es immer tun, solange das Herz in meiner Brust noch schlug – und vermutlich auch darüber hinaus.

Ich war ein nervliches Wrack, als ich das Haus bei den Felsen erreichte. Es dunkelte bereits, und der Himmel über dem Meer war sternenklar. Der Mond schien direkt über dem Dach des gedrungen wirkenden Gebäudes zu stehen, während mein Mietwagen den steilen Weg hinaufkroch.

Ich sah, dass hinter den kleinen Fenstern Licht flackerte, und die Realität traf mich wie ein Faustschlag in die Magengrube. Die ganze Zeit über hatte ich mich wie ein Schlafwandler gefühlt, dessen Handlungen von einer höheren Macht bestimmt wurden. Und ich glaube, erst in diesem Moment wurde mir wirklich klar, dass dies kein Traum war.

Ich würde Nile wiedersehen.

Meinen Nile.

Und das in wenigen Minuten.

Mein Herz hämmerte so heftig, dass es sich anfühlte, als wollte es meinen Brustkorb sprengen. Eigentlich hatte ich vorgehabt, noch einen Moment im Wagen sitzen zu bleiben, um mich zu beruhigen, doch Nile musste die Motorengeräusche gehört haben. Ich hatte den Motor kaum abgestellt, da öffnete sich bereits die Haustür.

Mir stockte der Atem.

Nile.

Nile!

Ich konnte es nicht glauben. Wie erstarrt saß ich hinter dem Steuer und schaute ihn einfach nur an. Ich konnte mich gar nicht sattsehen. Er war es tatsächlich. Ich konnte ihn vor mir sehen, und doch kam es mir noch immer unwirklich vor.

Nile erholte sich schneller von seiner Überraschung. Er

sprang die Verandastufen herunter und rannte über das Rasenstück bis zu meinem Wagen – barfuß, wie mir jetzt auffiel. Die Autotür wurde aufgerissen, und die Zeit schien stillzustehen.

Wir starrten uns einen langen Moment einfach nur an, dann ergriff Nile meine Hand und zog mich praktisch aus dem Wagen. Doch anstatt mir um den Hals zu fallen, wie ich es erwartet hatte, trat er einen Schritt zurück.

Unsicher blickte er aus niedergeschlagenen Augen zu mir auf. Er sah noch immer genauso aus, wie ich ihn in Erinnerung hatte. Älter, sicher. Sein rabenschwarzes Haar war nur von wenigen grauen Strähnen durchzogen, aber sein Gesicht wirkte noch immer so jugendlich wie an dem Tag, an dem ich ihn zum letzten Mal gesehen hatte. Oder zumindest kam es mir damals, im silbrigen Schein des Mondes, so vor.

Ich ging auf ihn zu, doch er hob abwehrend die Hände. Obwohl diese simple Geste mir das Herz brach, blieb ich stehen. Ich besaß nicht das Recht, mich ihm zu nähern. Er war gar nicht mein Nile. Nicht mehr. Ich hatte alles Recht verwirkt, als ich ihn bei meiner Abfahrt vor mehr als fünfzehn Jahren so brüsk zurückgewiesen hatte.

„Du bist hier …“ Seine Stimme klang heiser, bebte leicht. Er hob die Hand und fuhr sich über die Augen. Weinte er? Ich konnte es im Mondschein nicht erkennen. „Ich hatte nicht damit gerechnet. Du … hast meinen Brief also erhalten.“

Ich nickte stumm, unfähig, auch nur ein Wort hervorzubringen. Jede Faser meines Körpers schrie danach, Nile in meine Arme zu schließen. Ob er den Kopf noch immer gegen meine Brust schmiegen und seine Hände auf meine Schultern legen würde, so wie früher? Ich sehnte mich so sehr danach, es herauszufinden, dass es körperlich schmerzte. Aber durfte ich es mir erlauben? Würde er es zulassen?

Das Herz schlug mir bis zum Hals. „Du … siehst gut aus“, stieß ich mühsam hervor.

Ein bitteres Lächeln ließ seine Mundwinkel zucken. „Nein,

tue ich nicht, aber trotzdem vielen Dank. Und vermutlich könnte es wirklich schlimmer sein. Für jemanden, der bereits mit einem Bein im Grab steht, sehe ich noch ganz passabel aus."

Ich konnte nicht anders – ich trat auf ihn zu. Wie sollte ich mit ansehen, wie er sich selbst quälte, ohne zumindest zu *versuchen*, ihm Trost zu spenden? Auch wenn ich keine Ahnung hatte, ob das in seiner Situation überhaupt möglich war.

Ich streckte ihm meine Hände entgegen, doch er wich wieder zurück. Aber es war keine Abneigung, die ich in seinen Augen las, sondern Furcht.

„Du solltest ... mir lieber nicht zu nah kommen", sagte er. „Ich will nicht ... ich darf dich nicht anstecken."

Ich schüttelte den Kopf. „Sei nicht albern."

Die Zeiten, in denen viele Menschen davor zurückschreckten, einen an Aids Erkrankten zu berühren, aus demselben Glas zu trinken oder mit derselben Gabel zu essen, waren nun wirklich vorbei.

Natürlich hatte ich auch Angst. Aber nicht *vor* Nile, sondern *um* ihn. Ich wollte nicht, dass er starb. Er *durfte* nicht sterben.

Jetzt, wo er mir gegenüberstand, war es, als hätte es die vergangenen fünfzehn Jahre niemals gegeben. Ich liebte ihn noch genauso wie am ersten Tag.

Und ich wollte ihn nicht wieder verlieren.

„Solange wir nicht ungeschützt ..." Ich zögerte, es auszusprechen. Wir hatten uns seit einer kleinen Ewigkeit nicht mehr gesehen, und ich fing sofort an, von Sex zu sprechen? Ich wollte am liebsten im Boden versinken.

Zum Glück nahm Nile die Sache mit Humor. „Nun, ich für meinen Teil hatte vor, es erst mal langsam angehen zu lassen", sagte er mit einem jungenhaften Grinsen, das mich so sehr an früher erinnerte, dass es schmerzte. Ich konnte mich wirklich nicht mehr länger zurückhalten. Keine Sekunde lang. Ich überbrückte den letzten Schritt zwischen uns und schloss ihn in meine Arme.

Es fühlte sich an wie das Natürlichste auf der Welt.

Seine Schultern bebten, als er vor Erleichterung und Wiedersehensfreude laut schluchzte. Mein Hemd wurde feucht von seinen Tränen, aber das störte mich nicht. Ich gebe gerne zu, dass auch ich vor Überwältigung und Freude geweint habe. Ich hatte nach all den Jahren nicht mehr zu hoffen gewagt, dass wir uns jemals wiedersehen würden. Ihn nun in meinen Armen zu spüren war ein unglaubliches, ein befreiendes und zugleich beängstigendes Gefühl.

Beängstigend deshalb, weil ich wusste, dass unsere Zeit zusammen nur begrenzt war. Ich konnte den Sand in unserer gemeinsamen Sanduhr förmlich rieseln sehen. Und ich wusste nicht, wie ich damit umgehen sollte, dass ich Nile schon bald wieder verlieren würde.

Dann wurde mir klar, wie egoistisch diese Gedanken waren. Nicht ich würde sterben, sondern Nile – auch wenn ich sicher war, dass ein Teil von mir mit ihm gehen würde, wohin auch immer die Seele nach dem Tod entschwand. Ich war mir nicht sicher, ob ich an Gott, an Engel und ein Paradies glaubte, aber um Niles Willen wünschte ich mir, dass es existierte.

Er verdiente es, an einen guten Ort zu kommen. Irgendwohin, wo er sich nicht mit der Selbstgerechtigkeit, der Grausamkeit und der Engstirnigkeit der Menschen befassen musste.

Ich barg das Gesicht in seinem weichen, rabenschwarzen Haar. Es roch noch genauso, wie ich es in Erinnerung hatte; frisch und sauber, nach einem Hauch von Zitronengras.

„Oh Gott, ich hab dich so vermisst", schluchzte ich und zog ihn wieder an mich, als er sich behutsam von mir losmachen wollte.

Ich konnte das Lächeln in seiner Stimme hören, als er sagte: „Nun komm doch erst mal rein. Ich koche uns einen Tee und wir reden?"

Zögernd und widerwillig ließ ich von ihm ab und folgte ihm ins Haus. Drinnen wirkte es überraschend anheimelnd. Die

Einrichtung war nicht modern, vieles schien aus zweiter Hand, womöglich sogar vom Sperrmüll zu stammen. Doch alles war sauber und gepflegt, typisch Nile eben.

„Wohnst du schon lange hier?"

„Ich habe es gekauft, kurz nachdem ich aus Auckland zurückkam. Bei meinen Eltern im Kiwi Palace zu leben ..." Er schüttelte müde den Kopf. „Das ging einfach nicht mehr."

„Aber du bist in Moananui geblieben", stellte ich fest.

Er zuckte mit den Achseln. „Maggie lebt immer noch hier. Sie ist die Einzige aus der Familie, mit der ich noch Kontakt habe, auch wenn sie nicht mehr dieselbe ist wie früher. Meine Eltern wollen nichts mehr mit mir zu tun haben, seit sie von meiner Erkrankung wissen."

Manchmal frage ich mich heute, während ich diese Zeilen niederschreibe, ob ich jemals irgendeinen Menschen so sehr gehasst habe wie Niles Eltern und Isabel. Ich glaube ehrlich gesagt nicht, dass das überhaupt möglich wäre. Diese drei Menschen haben mein ganzes Leben immer wieder auf den Kopf gestellt. Aber was noch viel schlimmer war – sie hatten Nile das seine systematisch zur Hölle gemacht. Und am Ende waren sie durch ihre Uneinsichtigkeit auch für seinen Tod verantwortlich – so zumindest sehe ich es.

Ihm war anzusehen, wie schwer es ihm fiel, darüber zu reden. Er hatte immer versucht, seine Familie irgendwie zufriedenzustellen, auch wenn sie von ihm erwarteten, ein anderer Mensch zu werden. Sie wollten den Jungen ihrer Vorstellungen, ein Abziehbild ihrer selbst – und als er ihnen das nicht geben konnte, wandten sie sich einfach von ihm ab.

Er schüttelte den Kopf. „Ich kann immer noch nicht glauben, dass du tatsächlich hier bist ..." Mit einer Hand deutete er in den Raum, der sich am Ende des Korridors befand. „Setz dich schon mal. Ich koch uns erst einmal den Tee." Er zögerte kurz. „Wie früher? Earl Grey, keine Milch, ein Stück Zucker?"

Dass er sogar noch wusste, wie ich meinen Tee trank, rührte

mich. Andererseits, warum wunderte es mich? Schließlich hatte auch ich keine seiner kleinen Eigenheiten jemals vergessen.

Es dauerte nicht lange, bis ich im Nachbarraum einen Kessel pfeifen hörte. Kurz darauf trat Nile mit einem Serviertablett ins Zimmer, auf dem zwei Becher mit dampfendem Inhalt standen.

„Hier", sagte er und reichte mir meinen Becher. Von unzähligen Spülvorgängen war der Aufdruck – das Wappen der Universität, die er besucht hatte, sowie deren Motto – ganz verblichen. Doch es handelte sich ganz offensichtlich um die bessere Tasse, denn bei Niles eigener war der Henkel abgebrochen, und der Rand hatte Sprünge. „Ich hoffe, er schmeckt dir. Es ist schon eine Weile her, dass ich für jemand anderen als mich selbst irgendetwas zubereitet habe."

„Wie ist es dir ergangen?", fragte ich ihn und schaute ihn unverwandt an. „Und Nile, ich möchte eine ehrliche Antwort, bitte. Für mich brauchst du nichts schönzureden. Als ich damals fortging, hoffte ich, dass du vielleicht jemanden finden würdest, mit dem du glücklich sein könntest, aber ... Ich schätze, das war wohl nur ein Wunschtraum."

Nile lächelte. „Da hast du wohl recht. Ich nehme an, so ist es wohl einfach, wenn man jemanden wirklich liebt", sagte er. „Man kann nicht einfach so ein neues Leben anfangen und so tun, als sei nie etwas geschehen."

Ich erinnere mich noch gut, wie seine Worte mir damals die Kehle zugeschnürt hatten. War es nicht genau das, was ich getan oder zumindest versucht hatte? Mit Holly ein neues Leben anfangen?

Nun, man sah ja, wohin es mich gebracht hatte. Ich bereute es nicht, sie getroffen und mich auf sie, auf diese Beziehung eingelassen zu haben – wegen Vicky. Doch davon abgesehen war unsere Ehe im Endeffekt eine Katastrophe gewesen, und wirkliche Liebe hatte es in unserer Beziehung nie gegeben. Ich hatte lange Zeit versucht, derartige Gefühle zu erzwingen – vergeblich. Meine Zuneigung zu Holly hatte einfach nicht ausgereicht und wahre Liebe nicht ersetzen können.

Nile hatte das offenbar begriffen, ohne denselben Fehler zu machen wie ich. Allerdings hatte seine Art und Weise, mit dem Verlust umzugehen, ihn krank gemacht, während mein Leben weitergehen würde – wenn ich damals auch noch nicht sagen konnte, wie.

Gedankenverloren starrte er in seine Tasse, und ich rechnete kaum noch mit einer Antwort, als er zu sprechen begann. „Wie es mir ergangen ist …"

Und dann erzählte er mir alles. Was seine Eltern unternommen hatten, um ihn zu „heilen". Dass sie kurz davor gewesen waren, ihn medikamentös zu behandeln, dann allerdings doch entschieden, dass er vielleicht einfach nur eine normale Umgebung brauchte, um sich diese Flausen aus dem Kopf zu schlagen. Und dass ich allein der Grund gewesen war, dass ihr Sohn so verdorben war. Jetzt, da ich weg war und keinen Einfluss mehr auf Nile hatte, schien für sie die Gefahr gebannt, und so schickten sie ihn nach Auckland.

Besonders schwer fiel es mir, ihn von seiner Zeit in Auckland erzählen zu hören. Natürlich tat die Vorstellung weh, dass er mit anderen Männern Sex gehabt hatte, doch das war es nicht, was mich so erschütterte.

Vielmehr war es die Verzweiflung, die ich selbst in diesem Moment noch in seiner Stimme hörte und an der Art, wie er mir von seinem Leben berichtete. Es war die Tatsache, dass ich die Schuld an diesem Schmerz und dieser Hoffnungslosigkeit trug.

„Ich versuchte zu vergessen, dass es dich gab. Ich wollte dich nicht mehr lieben. Ich wollte dich aus meinem Herzen reißen, damit der Schmerz endlich aufhörte." Das waren seine Worte an diesem Abend, und sie schnitten mir tief ins Herz.

Doch ich wollte es hören. Ich wollte *alles* hören, denn dies war *Niles* Geschichte. Er hatte gelitten, und wenn ich auch damals nicht für ihn hatte da sein können, heute konnte ich es.

Erst, als Nile erzählte, was nach seiner Rückkehr nach Moananui geschehen war, änderte sich seine Stimmung. Er strahlte eine gewisse Zufriedenheit aus. Zum ersten Mal, seit er zu erzählen begonnen hatte, breitete sich ein Lächeln auf seinen Lippen aus.

„Und dann tat ich das, was ich schon längst hätte tun sollen", erwiderte er. „Ich habe mein Leben selbst in die Hand genommen und mir mein Treuhandvermögen auszahlen lassen. Damit habe ich dieses Haus hier gekauft, und es blieb noch genug übrig, dass ich den Rest meines Lebens komfortabel verbringen kann – allzu lange wird es ja nicht mehr sein."

Es machte mir Angst, ihn so reden zu hören, aber es gab mir gleichzeitig auch Hoffnung. Er hatte akzeptiert, dass er sterben würde. Hatte sich mit seinem Schicksal abgefunden. Auch wenn es nach außen hin nie so gewirkt hatte, war Nile schon immer der Stärkere von uns beiden gewesen.

Ich stellte die Tasse, die ich noch immer mit einer Hand hielt, auf dem Tisch ab, stand auf und ging zu ihm hinüber. Als ich mich neben ihn setzte, spürte ich, wie er sich versteifte, und zweifelte einen Augenblick daran, ob ich wirklich das Richtige tat. Doch ich konnte nicht einfach so tatenlos zusehen, wie er versuchte, diese gewaltige Last allein zu stemmen. Ich legte meinen Arm um seine Schultern und er schien förmlich in sich zusammenzubrechen wie ein fragiles Kartenhaus, das von einer Windböe umgestoßen wurde.

Ich zog ihn zu mir heran und er barg das Gesicht an meiner Brust. Lange Zeit saßen wir einfach nur so da. Stumme Schluchzer schüttelten seinen Körper, während ich ihn hielt und mit einer Hand über das kurz geschorene Haar in seinem Nacken strich.

„Es ist vielleicht egoistisch von mir, dir das jetzt zu sagen", murmelte er schließlich, ohne mich anzusehen. „Aber ich habe nie aufgehört dich zu lieben, Mike. Und wenn ich nur einen einzigen Wunsch frei hätte, dann würde mir wünschen, dass du mich jetzt küsst, aber …"

Dieses Mal zögerte ich keine Sekunde. Ich verschloss seinen Mund mit meinen Lippen, und mir war in diesem Moment ganz egal, was für mögliche oder unmögliche Konsequenzen es für uns beide haben könnte. Ich wollte ihm einfach nur nah sein, ihm zeigen, wie sehr auch ich ihn noch immer liebte. Und wie hoch auch immer der Preis sein würde, den ich dafür zu zahlen hatte, er wäre es wert. Denn die Zeit, die ich noch mit Nile verbringen konnte, war begrenzt. Und ich wollte jede einzelne Sekunde auskosten, als wäre es die letzte.

„Ich habe lange darüber nachgedacht, was damals geschehen ist", sagte Nile, als wir am selben Abend nebeneinander im Bett lagen. Es war nichts passiert, außer noch weiterer tiefer, sehnsuchtsvoller Küsse. Wir hatten so viel Zeit aufzuholen. So viel zu erzählen. Für diesen Abend genügte uns die Gegenwart des anderen vollkommen.

„Du meinst deine Zeit in Auckland?"

Er schüttelte den Kopf. „Nein, ich meine jene Nacht … Die Scheune … Ich bin mir inzwischen sicher, dass es nicht einfach nur ein Unfall gewesen ist."

Ich runzelte die Stirn. „Du denkst … es hat jemand nachgeholfen?"

„Nun, vielleicht nicht absichtlich, aber … Ich habe mich, während ich nach meiner Rückkehr aus Auckland im Haus meiner Eltern lebte, oft und lange mit Maggie unterhalten."

Ein Lächeln glitt über meine Lippen. „Maggie … Wie geht es ihr?"

„Sie ist niemals über die Sache damals hinweggekommen. Mutter sagt, sie sei einfach nur verwirrt. Vater und Isabel sind da weniger zimperlich und bezeichnen sie als verrückt."

„Und? Ist sie es?"

Er schüttelte den Kopf. „Ehrlich gesagt, ich weiß es nicht. Die meiste Zeit kommt sie mir einfach nur wie ein hilfloses kleines Mädchen vor, das sich im Wald verirrt hat und alleine nicht wieder zurück nach Hause findet. Verstehst du, was ich meine?“

Ich verstand, sehr gut sogar. „Und du denkst, dass man dem, was sie sagt, trotzdem Glauben schenken kann?“

Nile nickte ernst. „Allerdings. Und wenn es sich so zugetragen hat, wie ich es mir aus ihren Worten zusammengereimt habe, wundert es mich nicht einmal sonderlich …“

Ich schaute ihn fragend an. „Was genau ist deiner Meinung nach damals geschehen?“

13. KAPITEL

Bay of Plenty, Herbst 2016

„Was zum Teufel …?" Ungläubig starrte James seine Mutter an. „Leg das Ding weg, um Himmels willen!"

Er machte Anstalten, auf sie zuzugehen, doch Isabel schüttelte energisch den Kopf. „Keinen Schritt weiter, James, ich meine es ernst!"

Spöttisch hob er eine Braue. „Als würdest du auf mich schießen! Wir mögen nie die beste Beziehung zueinander gehabt haben, aber ich bin immer noch dein Sohn."

Der Lauf der Waffe wanderte nach links, bis er nur noch auf Vicky zielte. „Stimmt. Aber glaube nicht, dass ich bei einer Tancredi irgendwelche Skrupel hätte!"

„Aber … Das ist doch Wahnsinn!" Er fuhr sich mit beiden Händen durchs Haar – eine Geste der Verzweiflung. „Was hat das alles zu bedeuten, Mutter? Was hat es mit diesem Manuskript auf sich, dass du bereit bist, dafür so weit zu gehen?"

„Gebt es mir einfach, und ich werde dafür sorgen, dass niemand die Wahrheit je erfahren muss."

„Aber ich *will* es wissen, verdammt!", begehrte Vicky neben ihm auf. „Mein Vater hat hier sein Leben niedergeschrieben. Es ist alles, was ich von ihm noch habe, und ich werde nicht zulassen, dass Sie sein Andenken vernichten."

James stellte sich schützend vor Vicky, als diese sich an ihm vorbeidrängen wollte. Langsam schüttelte er den Kopf. „Nein, Mutter, so läuft das nicht. Ich sag dir, wie es jetzt weitergeht: Du legst diese verdammte Pistole weg, und dann setzen wir uns alle an einen Tisch und sprechen in Ruhe über alles."

„Nein!" Isabel McFarlane schüttelte energisch den Kopf. „Nein, nein, nein! Ich kann das nicht zulassen, verstehst du das denn nicht? Ich *kann* es einfach nicht!"

Er machte vorsichtig einen Schritt auf sie zu. So hatte er seine Mutter noch nie zuvor gesehen. Sie schien überhaupt nicht mehr sie selbst zu sein. Die kühle und beherrschte Fassade war einfach verschwunden – stattdessen kam eine zutiefst verunsicherte Person zum Vorschein, die kurz davorstand, die Kontrolle zu verlieren.

Doch dazu durfte er es nicht kommen lassen. Nicht auszudenken, was dann passieren würde.

„Bleib stehen!“, sagte sie drohend, wich dabei aber einen Schritt zurück. In ihren Augen flackerte es. „Ich mache keine Scherze. Gebt mir das Manuskript, und alles kommt in Ordnung. Tut ihr es aber nicht …“

James atmete tief durch. Er wusste, Vicky würde die Aufzeichnungen ihres Vaters nicht freiwillig aufgeben – und er konnte sie gut verstehen. Unglücklicherweise traute er seiner Mutter in diesem Zustand wirklich alles zu.

Was, wenn sie sich in die Ecke gedrängt fühlte und tatsächlich den Abzug betätigte?

Um Vicky zu schützen, zog er sie hinter sich.

„James!“ Die Stimme seiner Mutter kippte. Mehr und mehr erinnerte sie ihn an ein Raubtier, dessen scheinbar leichte Beute sich in eine zischende Klapperschlange verwandelt hatte. „Geh jetzt auf der Stelle da weg! Tu wenigstens ein *einziges* Mal, was ich dir sage, verdammt! Wenn ich diese Frau nicht aufhalte, wird sie unsere ganze Familie zerstören!“

Beruhigend hob er die Hände. „Ich komme jetzt zu dir und nehme dir die Pistole ab, okay? Ich …“

Seine Mutter schluchzte jetzt beinahe. Die Finger, die die Waffe hielten, bebten. „Geh weg! Geh, *bitte*!“

Isabel McFarlane war keine Frau, die um etwas bat – sie nahm sich einfach, was sie wollte. Dass sie es nun tat, zeigte überdeutlich, wie verzweifelt sie sein musste. Und obwohl sie nichts getan hatte, um etwas Derartiges zu verdienen, verspürte James einen Anflug von Mitleid.

„Mutter, nimm doch Vernunft an ... Gib mir einfach die Waffe, und wir vergessen die ganze Sache. Niemand wird erfahren, was hier heute Nacht geschehen ist – nicht wahr, Vicky?“, raunte er ihr über die Schulter zu.

Er spürte, wie sie kurz zögerte, bevor sie antwortete: „Von mir aus können wir die Polizei heraushalten. Auch wenn Sie doch sicher auch hinter dem versuchten Einbruch hier im Haus stecken, oder etwa nicht? Ist Ihnen eigentlich klar, dass James ...“

„Vicky“, fiel er ihr ins Wort. „Lass gut sein ...“

Die Atmosphäre in dem kleinen Raum war zum Zerreißen gespannt. James glaubte förmlich die Luft knistern zu hören. Es war klar, dass jetzt bald etwas passieren musste. Entweder würde ein Schuss fallen oder, wie er inständig hoffte, seine Mutter ließ die Waffe sinken.

Unglücklicherweise wirkte Isabel noch immer wild entschlossen.

Was immer in diesem Manuskript stand – es besaß anscheinend tatsächlich die Macht, ihrer aller Leben bis in die Grundfesten zu erschüttern. Und er fürchtete sich beinahe selbst ein wenig vor dem, was Mikes Aufzeichnungen enthüllen würden.

Doch jede schreckliche Wahrheit war besser als die Lüge, die sie nun schon seit so vielen Jahren lebten. Was immer auch geschehen sein mochte, James konnte sich jetzt nicht mehr einfach abwenden und so tun, als sei nichts geschehen.

Dazu war es zu spät.

„Was ist passiert, Mum?“ Es war lange her, dass er sie zum letzten Mal so genannt hatte. Überhaupt waren Kosenamen zwischen ihnen eher die Ausnahme gewesen als die Regel. Für einen Moment konnte er förmlich sehen, wie ihr Blick weich wurde. Doch es dauerte nur den Bruchteil einer Sekunde an – dann hatte sie sich wieder im Griff.

„Glaub mir, es ist besser, wenn du nichts davon weißt“, entgegnete sie kryptisch. „Es ist am besten für uns alle, wenn ich dieses Geheimnis eines Tages mit ins Grab nehme." Ihr Blick schweifte in die Ferne, doch der Lauf der Pistole war noch immer auf ihn gerichtet. „Mike hätte niemals anfangen dürfen, in der Vergangenheit herumzuwühlen. Was geschehen ist, ist geschehen. Kein Wissen der Welt kann daran etwas ändern. Aber er wollte das einfach nicht begreifen. Immer musste er weiterbohren und bohren und bohren und ..."

James runzelte die Stirn. Was mochte in der Vergangenheit geschehen sein, was hatte das alles zu bedeuten?

Und dann fielen plötzlich ein paar Puzzleteile, an die er schon gar nicht mehr gedacht hatte, an ihren Platz, und plötzlich ergab alles einen Sinn.

Mikes Unfall, die Tatsache, dass er in seiner Todesnacht angeblich zur Flasche gegriffen haben sollte ...

Ungläubig starrte er seine Mutter an. „Mum, du hast doch nicht ...?"

„Was?" Vicky versuchte, sich an ihm vorbeizudrängen. „Sie hat nicht – was? James, würdest du mir *bitte* erklären, was hier gespielt wird? Was hat deine Mutter getan?"

„Er hat mir doch gar keine andere Wahl gelassen!", schrie Isabel und ruderte wild mit der Hand, mit der sie die Waffe hielt, in der Luft herum. „Ich war an jenem Abend bei Mike, ja. Ich wollte mit ihm reden, ihn zur Vernunft bringen. Verdammt, ihm muss doch klar gewesen sein, dass dieses Manuskript niemals an die Öffentlichkeit gebracht werden durfte. Doch er hat nur gelacht und gesagt, auf diese Weise würde ich endlich bekommen, was ich verdiene!"

Vicky, die neben ihm stand, erbleichte. „Oh Gott! Sie ... Sie haben ihn auf dem Gewissen. Sie haben meinen Vater getötet, stimmt's? Er hat Ihnen nicht gegeben, was Sie von ihm haben wollten, und da haben Sie ihn die Klippen hinuntergestoßen!"

„Nein!" Energisch schüttelte Isabel den Kopf. „Es war keine Absicht, ich ... Wir haben uns gestritten, das stimmt. Ich bin an jenem Abend zu ihm gegangen, weil ich ihn darüber prahlen hörte, dass er seine Memoiren fast fertiggestellt hatte. Irgendetwas *musste* ich doch unternehmen! Er wollte einfach nicht auf mich hören und …“

Erstickt brach sie ab.

„Und dann? Was dann, Mutter?“, fragte James atemlos.

Einen Moment schwieg Isabel noch, dann schließlich nickte sie und begann zu erzählen …

Bay of Plenty, Herbst 2016

„Wenn du wirklich denkst, mich davon abhalten zu können, dich vor der ganzen Welt bloßzustellen, dann bist du verrückt! Du hast uns das angetan! Nile wäre womöglich noch am Leben ohne dich und …“

Sie standen auf dem Parkplatz vor dem Haus. Donner krachte, und nur Sekunden später schlug ein Blitz irgendwo in der Nähe ein und ließ den Boden unter ihren Füßen erzittern.

Es regnete in Strömen, und auf dem aufgeweichten Boden hatten sich kleine Rinnsale gebildet, die rasch den Hügel hinabflossen. Der Mond war hinter einer dichten Wolkendecke verborgen, und die stockfinstere Nacht wurde nur von den ab und zu aufleuchtenden Blitzen erhellt.

Isabels Haar, das sonst immer perfekt frisiert war, klebte ihr in nassen Strähnen am Kopf und wehte ihr immer wieder ins Gesicht. Genervt wischte sie es sich mit einer hektischen Handbewegung aus den Augen. „Nimm doch endlich Vernunft an!“

Mike war nicht da gewesen, als sie am Felsenhaus ankam, also hatte sie beschlossen, in ihrem Auto auf ihn zu warten. Sie hatte ihn abgepasst, als er mit seinem Wagen aus dem Ort zurückgekehrt war. Er war kaum ausgestiegen, da hatte auch Isabel die Fahrertür ihres Autos aufgerissen und war auf ihn zugestürmt.

Sie hatte versuchen wollen, noch einmal vernünftig mit ihm zu sprechen, doch daran war überhaupt nicht zu denken gewesen. Mike war sofort auf Konfrontationskurs gegangen.

Klappernd schlugen Isabels Zähne aufeinander. Ihr war eiskalt – und das lag nicht nur an dem scharfen Wind, der vom Meer her blies und die Wellen, die sich gegen die Klippen warfen, zu meterhohen Brechern auftürmte. Nein, es war der Gedanke, dass Mike sein Wissen in die Welt hinausschreien würde, der sie innerlich zu Eis erstarren ließ.

Seit Monaten wusste sie nun schon über seine Pläne Bescheid. Er selbst hatte ihr in seiner Arroganz davon erzählt. Ihr war vorher gar nicht klar gewesen, wie viel er wirklich wusste. Und sie konnte sich immer noch nicht wirklich erklären, woher er dieses Wissen hatte. Von Nile, nahm sie an. Und der konnte es nur von Maggie haben.

Maggie …

Sie wusste alles, natürlich wusste sie alles. Sie waren Zwillinge. So unterschiedlich sie auch gewesen waren, damals hatten sie noch alles miteinander geteilt. Jedes Geheimnis. Und Isabel hatte nicht gut genug aufgepasst, dass dieses, ihr größtes und gefährlichstes Geheimnis, gewahrt wurde. Doch diesen Fehler wollte sie nun wiedergutmachen. Sie konnte nicht zulassen, dass irgendjemand die Wahrheit erfuhr. Sie durfte es nicht. Alles, wofür sie lebte, würde in sich zusammenbrechen. Die Plantage, ihr Bürgermeisteramt – einfach alles!

Wütend hielt sie Mike am Arm zurück, als er an ihr vorbei ins Haus stürmen wollte. „Bleib gefälligst stehen, wenn ich mit dir rede!“, fuhr sie ihn an. „Ich werde nicht zulassen, dass du alles kaputt machst!“

„Ausgerechnet du sprichst von kaputt machen? Du, die mit ihrer Missgunst und ihrer Eifersucht überhaupt erst alles ins Rollen gebracht hast? Nile hat lange Gespräche mit Maggie geführt und so schließlich alles erfahren. Ich weiß Bescheid, Isabel!“

Er brüllte gegen den Sturm an, seine Stimme überschlug sich förmlich. Wieder donnerte es, und die Erde erbebte. Ein weiterer Blitz ließ die Nacht für den Bruchteil einer Sekunde taghell werden.

„Du weißt überhaupt nichts“, schrie sie zurück – ihre schlimmsten Befürchtungen hatten sich also bewahrheitet. „Maggie ist verwirrt. Und du bist verrückt, wenn du auch nur ein Wort von ihrem Geschwafel glaubst. Sie weiß doch gar nicht, was sie sagt. Es ist unverantwortlich von dir, eine kranke Frau für deine Zwecke zu benutzen!“

„Oh, an die Nacht des Feuers scheint sie sich aber ziemlich gut zu erinnern“, wandte Mike mit einem spöttischen kleinen Lächeln ein. „Du warst es, die damals den Brand gelegt hat, nicht wahr? Weil du eifersüchtig auf deinen eigenen Bruder warst und nicht ertragen konntest, dass ich mit jemand anderem glücklich bin.“

„Nein!“ Vehement schüttelte Isabel den Kopf. „So war es nicht! Ich … Es stimmt, dass ich rasend eifersüchtig war. Ich konnte einfach nicht verstehen, wieso du meinen Bruder – einen Mann – mir vorgezogen hast. Ich wollte loslaufen, um meinen Vater zu informieren, doch Maggie hielt mich zurück. Wir stritten miteinander. Sie schubste mich gegen die Wand. Durch die Erschütterung fiel die Lampe, die neben der Tür hing, zu Boden. Es brannte sofort lichterloh!“

Wütend starrte Mike sie an. „Und du erwartest wirklich von mir, dass ich dir das glaube?“

„Es war ein Unfall, Mike! Keiner hat das, was passiert ist, gewollt. Aber wenn es herausgekommen wäre … Maggie stand doch völlig neben sich. Was denkst du, wäre passiert, hätte ich die Wahrheit gesagt? Man hätte sie uns weggenommen. Sie wäre in irgendein Sanatorium gekommen, wo man sie mit Medikamenten vollgepumpt hätte, bis sie nicht einmal mehr ihren eigenen Namen …“

„Ja, ja! Und du bist natürlich gänzlich unschuldig und hast nur versucht, deine Schwester zu schützen, was? Wem versuchst du hier eigentlich etwas vorzumachen? Mir oder dir selbst?“ Er schüttelte den Kopf. „Mach dich nicht lächerlich, Isabel! Ich kenne dich zu gut, als dass ich mich so einfach von dir blenden lassen würde. Es ist an der Zeit, dass endlich die Wahrheit ans Licht kommt. Das bin ich Nile schuldig. Und du kannst mich nicht davon abhalten, Isabel. Hetz von mir aus deine Anwälte auf mich und verklag mich, das ist mir alles egal. Hauptsache, die Leute sehen endlich dein wahres Gesicht!"

Er ließ sie einfach stehen und lief den Weg entlang in Richtung Haus, doch sie folgte ihm und hielt ihn zurück. „Das lasse ich nicht zu!"

„Und wie willst du mich aufhalten? Ich werde nicht schweigen. Nicht mehr. Deine Familie hat lange genug über dieses Tal geherrscht. Damit muss jetzt Schluss sein."

Er stapfte weiter, um das Haus herum, und Isabel musste sich beeilen, mit ihm Schritt zu halten. Sie war inzwischen bis auf die Knochen durchnässt, und der Wind stach wie winzige Dolche aus Eis auf der Haut. Doch sie konnte nur an eines denken: Daran, dass sie Mike dieses Manuskript abnehmen musste, ehe es in die falschen Hände gelangte. Und sie musste ihn irgendwie davon überzeugen, die Vergangenheit ruhen zu lassen.

Nur wie?

Wie?

Erneut schaffte sie es, zu ihm aufzuschließen, ehe er ins Haus gelangen konnte. „Verdammt, Mike!"

Er wirbelte herum, und sie versetzte ihm einen heftigen Stoß, der ihn zwei Schritte zurücktaumeln ließ.

Erschrocken über sich selbst starrte sie ihn an. Sie wusste nicht, was in sie gefahren war. Sonst hatte sie sich stets unter Kontrolle. Nichts konnte sie so sehr erschüttern, dass sie die Beherrschung verlor. Das war eine ihrer größten Stärken. Etwas, das sie von den anderen Menschen abhob. Weil es sie stärker machte. Besonnener. Doch ausgerechnet heute Nacht, wo es so wichtig war, einen kühlen Kopf zu behalten, schien ihr diese Fähigkeit völlig abzugehen.

„Du kannst froh sein, dass ich niemals eine Frau anrühren würde …"

Obwohl sie ganz genau wusste, wie Mike es gemeint hatte, konnte sie sich doch nicht zurückhalten. „Und zwar in mehr als nur einer Hinsicht, oder?"

„Nur, weil ich dich nicht wollte, Isabel, heißt das noch lange nicht, dass ich mit Frauen generell nichts anfangen konnte!" Mikes Augen verengten sich zu schmalen Schlitzen. „Und wenn Provokation jetzt deine Taktik ist, mich zu überzeugen, muss ich dir leider sagen, dass du es völlig falsch angehst. Und jetzt tritt bitte zur Seite. Soweit es mich betrifft, ist diese Diskussion beendet. Und ich habe keine Lust, mir hier draußen bei diesem Sauwetter den Tod zu holen."

„Du bleibst hier!" Erneut versetzte sie ihm einen Stoß, doch dieses Mal war Mike darauf vorbereitet und packte sie bei den Oberarmen.

„Bist du verrückt geworden?", herrschte er sie an. „Reiß dich zusammen! Oder willst du, dass ich die Polizei rufe? Dann kannst du dich allerdings auch darauf verlassen, dass die Bombe noch heute Abend platzt." Er schaute sie an, und sie sah in seinen Augen etwas, das sie von ihm bisher nicht kannte – trotz allem, was in der Vergangenheit zwischen ihnen vorgefallen war.

Hass.

„Aber weißt du was? Warum soll ich eigentlich noch länger warten? Ich glaube, ich stelle die ersten Kapitel gleich heute Nacht online."

Er war nicht einfach nur verärgert oder wütend. Nein, das hier ging sehr viel tiefer. Und sie zweifelte nicht eine Sekunde daran, dass er wahr machen würde, was er angekündigt hatte. Er würde die Wahrheit – oder das, was er für die Wahrheit hielt – ans Licht bringen. Und nichts, was sie sagte oder tat, konnte ihn davon abbringen.

Die Erkenntnis traf sie wie ein Schlag in die Magengrube. Sie hatte nichts gegen ihn in der Hand. Kein Druckmittel, das sie gegen ihn benutzen konnte.

Er ging einfach so an ihr vorbei zum Haus.

In Isabels Kopf wirbelte alles durcheinander. Sie konnte ihn nicht einfach so damit durchkommen lassen. Sie musste etwas unternehmen.

Schnell!

Hastig setzte sie sich in Bewegung. Dabei glitt sie auf dem schlammigen Boden aus und landete im Matsch. Mike drehte sich nicht einmal um, als sie erschrocken aufschrie.

Einem Donnerschlag folgte nur den Bruchteil einer Sekunde später erneut ein greller Blitz. Isabel rappelte sich auf und folgte Mike. Sie versetzte ihm einen Stoß, der ihn stolpern ließ. Doch dabei hielt er sich an ihr fest, sodass sie zusammen mit ihm zu Boden gerissen wurde.

Isabel war zuerst wieder auf den Beinen. Sie war fest entschlossen, Mike irgendwie zu zwingen, sein Vorhaben aufzugeben. Wie, das wusste sie selbst nicht. Es stand nur fest, dass sie keine andere Wahl hatte.

Langsam richtete auch er sich wieder auf. Ohne sie auch nur eines Blickes zu würdigen, wandte er sich sofort in Richtung Haus. Glaubte er wirklich, dass sie einfach so aufgeben würde? Dieser Narr!

Sie packte ihn bei den Schultern, drehte ihn zu sich herum und griff erneut an. Doch auch für sie selbst war es absehbar, wer bei dieser Auseinandersetzung den Kürzeren ziehen würde. Frustriert und wütend schubste Isabel ihn von sich weg – und schrie erschrocken auf, als sie bemerkte, wie nah sie der Abbruchkante der Klippen gekommen waren.

Mikes Augen weiteten sich, als sein Fuß plötzlich ins Leere trat. Er ruderte mit den Armen. Isabel machte einige große Schritte auf ihn zu und streckte die Hand aus.

Zu spät.

Mit einem heiseren Schrei, der vom nächsten Donner übertönt wurde, fiel Mike wie ein Stein in die Tiefe.

Bay of Plenty, Herbst 2016

„Ich habe das nicht gewollt.“ Isabels Stimme klang dünn und zittrig. „Es war ein Unfall! Ich hatte nie vor, ihm etwas anzutun! Ich …“

„Du hast ihn die Klippen heruntergestoßen!“ James war vollkommen schockiert über das, was seine Mutter ihnen gerade gestanden hatte. „Und dann? Das mit dem Alkohol, der in der Nähe gefunden wurde, war doch sicher auch deine Idee, oder?“

„Was sollte ich denn tun? Niemand hätte geglaubt, dass er einfach so in die Tiefe gestürzt ist. Dazu kannte er sich auf dem Grundstück viel zu gut aus. Aber wenn er wieder angefangen hätte zu trinken …“

Die Hand, mit der Isabel die Waffe umklammert hielt, zitterte inzwischen unkontrollierbar. James war sich nicht sicher, ob das ein gutes Zeichen war oder nicht. Er konnte seine Mutter einfach nicht mehr einschätzen. Bis vor ein paar Minuten wäre er bereit gewesen zu schwören, dass sie niemals so weit gehen würde, einen anderen Menschen zu verletzen. Und nun musste er mit der Realität zurechtkommen, dass sie jemanden getötet hatte.

Nein, nicht *jemanden*.

Seinen engsten Vertrauten.

Mike.

„Sie haben ihn auf dem Gewissen, mit Ihrem Egoismus, Ihrer Kaltblütigkeit und Ihrer Unnachgiebigkeit!“, schluchzte Vicky neben ihm. „Sie haben mir die Chance genommen, mich mit ihm auszusöhnen. Ich hasse Sie!“

An Isabel schienen ihre Worte einfach abzuperlen. Überhaupt hatte James das Gefühl, dass sie überhaupt nichts um sich herum wahrnahm.

„Du musst das verstehen, Junge.“ Sie schüttelte den Kopf. „Das alles ist nicht meine Schuld. *Sie* waren es, die das Unglück über unsere Familie gebracht haben. Dein Onkel Nile und sein Liebhaber! Ich erinnere mich noch genau an jene Nacht, als ich die beiden in flagranti zusammen erwischt habe. Sie hatten mich nicht bemerkt, aber ich konnte alles sehen, und es war so *widerlich*! Ich konnte nur noch daran denken, dass es aufhören musste. Deshalb wollte ich zu meinem Vater. Mir war klar, wenn er davon erfuhr, würde er dem ganzen einen Riegel vorschieben. Doch Maggie hielt mich zurück. Sie hatte schon immer auf *ihrer* Seite gestanden. Ich wusste, dass sie versuchte, Nile und Mike zu beschützen – und es machte mich so unsagbar wütend! Ich war ihre Zwillingsschwester. Sie sollte zu mir stehen, doch sie wollte mich einfach nicht gehen lassen. Wir stritten miteinander, dabei ging im Eifer des Gefechts eine Öllampe zu Bruch. Und dann brannte die Scheune, und plötzlich war ein Arbeiter tot, und es herrschte riesiges Chaos. Aber wenn Maggie keinen Streit mit mir angefangen hätte, wäre das alles nie passiert."

„Oh, natürlich sind nur die anderen schuld, wie?" James ballte die Hände zu Fäusten. „Mike und Onkel Nile, weil sie sich geliebt haben. Tante Maggie, weil sie sich dir in den Weg gestellt hat. Aber nicht du. Niemals du. Dabei wäre ohne dich nichts von alledem geschehen." Er starrte sie wütend an. „Überleg doch mal! Hättest du dich nicht von deinem Hass und deiner Engstirnigkeit blenden lassen, wären Mike und Nile vielleicht miteinander glücklich geworden. Maggie wäre nicht *verrückt*, wie du es nennst, und dieser Arbeiter würde auch noch leben." Er erwähnte dabei nicht, dass Vicky in diesem Fall vermutlich nie geboren worden wäre. Allein der Gedanke ließ ihn erschaudern. „*Du* hast mit deinen Handlungen alles erst ins Rutschen gebracht. Nicht etwa, weil du dir Sorgen um deine Schwester gemacht hättest. Nein, es ging nur um dich selbst. Du warst eifersüchtig und missgünstig. Und als du dann erkennen musstest, wie groß der Schaden war, den du angerichtet hast, warst du zu feige, zu deinen Taten zu stehen. Ich kann nicht glauben, dass ich tatsächlich einmal zu dir aufgeblickt habe. Mit dem, was du uns gerade erzählt hast, hast du jeglichen Respekt von mir verloren, den ich einmal für dich empfunden habe, Mutter. Ich ..."

Mit einem Mal hörte er wie aus weiter Ferne das Geräusch von Sirenen. Vicky versteifte sich, und im selben Augenblick ruckte Isabels Kopf in Richtung Fenster.

„Nein ..."

Das war der Moment, auf den James gewartet hatte. Er sprang nach vorne und überbrückte den Zwischenraum zwischen sich und seiner Mutter. Beherzt packte er ihr Handgelenk und griff nach dem Lauf der Waffe. Doch Isabel hatte sich schneller von ihrem Schreck erholt, als er erwartet hatte. Sie wehrte sich energisch gegen den Angriff ihres Sohnes.

Sie rangen verbissen miteinander – und plötzlich zerriss ein Schuss die Stille.

Vicky schrie auf.

Sie war wie erstarrt gewesen, als James plötzlich vorgesprungen war. Erst das Geräusch des Schusses riss sie nun aus ihrer Lähmung.

James stolperte zurück. Er hatte die Hand auf Höhe des Schlüsselbeins gegen die Brust gepresst. Mit Entsetzen sah sie, wie sich langsam ein roter Fleck auf dem hellen Stoff seines Hemdes ausbreitete.

Er war getroffen!

Sie zögerte keine Sekunde und war sofort bei ihm.

„Was haben Sie getan?", fuhr sie Isabel an. Wie versteinert stand diese da, die Waffe noch immer in der Hand, und starrte ihren Sohn an.

Dann wirbelte sie herum und stürmte zur Tür hinaus. Doch darum konnte Vicky sich jetzt nicht kümmern. James' Leben war in diesem Moment das Wichtigste.

Sie umfasste sein Gesicht mit beiden Händen und schaute

ihm in die Augen – zumindest war er bei Bewusstsein, doch sie konnte sehen, dass er nicht mehr lange durchhalten würde.

Hastig fischte Vicky ihr Handy aus ihrer Hosentasche, wählte die Notrufnummer und rief einen Krankenwagen ins Felsenhaus.

„Gleich ist Hilfe da“, sagte sie, nachdem der Anruf beendet war, und zwang ein wackliges Lächeln auf ihre Lippen. Irgendwie musste sie die Blutung stillen. Sie zog ihre Jacke aus, umfasste James' Handgelenk und schob seine Hand beiseite, um an die Wunde zu gelangen. Dann presste sie die Strickjacke darauf. „Nur noch ein paar Minuten, ja? Halte durch, schau mich an, James. Du musst wach bleiben, für mich. Ich …“ Sie schluckte hart. „Ich … ich liebe dich. Und ich könnte es nicht ertragen, dich jetzt zu verlieren.“

Vicky merkte, dass James immer schwächer wurde. Der Stoff ihrer Jacke war bereits von dem Blut getränkt, das aus der Wunde austrat. Sie konnte die Blutung einfach nicht stoppen. Wenn nicht bald der Krankenwagen eintraf, würde James' Zustand wirklich kritisch werden.

Er hob eine Hand und legte sie über ihre. Vicky versuchte, nicht zusammenzuzucken, als sie sah, wie blutverschmiert sie war. „Keine Sorge“, stieß er zwischen zusammengebissenen Zähnen hervor. „Ich habe nicht vor, irgendwohin zu gehen. Wo ist meine Mutter?“

Vickys Miene verhärtete sich. „Sie ist davongelaufen“, erklärte sie knapp und konzentrierte sich sofort wieder auf James. „Hast du große Schmerzen?“

Er schüttelte den Kopf, doch sie sah ihm an, dass er log.

Obwohl sie so verzweifelt darauf gewartet hatte, zuckte Vicky erschrocken zusammen, als zwei Sanitäter in den Raum stürmten, gefolgt von zwei Polizeibeamten. Ohne viele Worte bedeuteten die Sanitäter Vicky, ihnen Platz zu machen, damit sie sich um James kümmern konnten.

Sofort wandten sich die Polizisten an Vicky. „Wir wurden

gerufen, weil hier jemand mit einer Pistole zwei andere Personen bedroht hat", sagte einer der Männer.

„Isabel McFarlane", erklärte Vicky hastig und deutete zur Hintertür. „Sie ist da raus. Aber seien Sie vorsichtig, sie ist noch immer bewaffnet."

Wortlos stürmten die Beamten wieder zur Tür hinaus und Isabel McFarlane hinterher. Inzwischen war James auf einer Trage stabilisiert, die Wunde notdürftig versorgt worden. Die Blutung hatte ein wenig nachgelassen, doch er wirkte noch immer blass und wie ein Schatten seiner selbst. Kurz bevor die Liege in den Krankenwagen geschoben wurde, griff James nach Vickys Hand.

„Ich liebe dich auch!", flüsterte er ihr zu, bevor die Türen des Wagens geschlossen wurden.

Isabel stolperte im Dunkeln den Weg entlang, der durch den Garten führte. Die Nacht war mondlos, und der schwache Schein der Sterne half kaum dabei, sich zu orientieren.

Dicht neben sich hörte sie, wie die Wellen sich an den Klippen brachen, doch sie konnte nicht einmal den Boden zu ihren Füßen erkennen. Das einzige Licht stammte von den Taschenlampen, die sie ein Stück hinter sich sehen konnte, wenn sie über die Schulter zurückblickte.

Es waren zwei Männer, die ihr folgten. Und eines stand fest: Wenn man sie kriegte, würde kein Geld der Welt, kein Einfluss und kein Bürgermeisterposten ihren Kopf aus der Schlinge ziehen können.

Sie hatte ihren eigenen Sohn angeschossen und war dann einfach abgehauen. Die Ereignisse der vergangenen Stunde kamen ihr vollkommen irreal und unwirklich vor. War es das wirklich wert gewesen?

Dieses verdammte Manuskript!

Was hatte sie nicht alles versucht, um es in ihren Besitz zu bringen! Sogar Einbrecher hatte sie engagiert, um ihr Mikes

Aufzeichnungen zu beschaffen. Doch diese Versager hatten nicht nur das ganze Felsenhaus in Aufruhr versetzt und James verletzt – sie waren auch mit leeren Händen zurückgekehrt.

Also war sie selbst hingefahren und hatte gesehen, wie diese beiden Lesben das Haus verließen. Die Luft war rein gewesen, und sie hatte sich durch eines der Kellerfenster Zutritt verschafft. Doch kurz darauf waren oben wieder Schritte erklungen, und sie hatte Stimmen gehört.

James' und Victoria Tancredis Stimmen.

Sie hatte sich im Keller versteckt gehalten in der Hoffnung, dass die beiden gleich zu Bett gehen würden. Doch stattdessen konnte sie sie die ganze Zeit über irgendwo im Haus herumrumoren hören.

Ihr war nur die Wahl geblieben, unverrichteter Dinge wieder zu verschwinden, oder das Risiko einzugehen, erwischt zu werden.

Sie hatte sich für Letzteres entschieden.

Und das hatte sie nun davon.

Als sie Mikes Tochter mit dessen Aufzeichnungen gesehen hatte, waren ihr alle Sicherungen durchgebrannt. Sie wusste, wenn sie die Papiere nicht in die Hand bekam, dann war alles aus. Die Wahrheit über das, was vor nunmehr beinahe fünfunddreißig Jahren geschehen war, durfte auf gar keinen Fall ans Licht kommen. Sie wäre bereit gewesen, alles zu tun, um ihr Geheimnis zu wahren, doch nun stand sie mit dem Rücken zur Wand.

Es gab keinen Ausweg mehr für sie.

Zum ersten Mal in ihrem Leben wusste Isabel McFarlane nicht, wie es weitergehen sollte. Wenn sie sich der Polizei stellte, würde es einen riesigen Prozess geben; eine Schlammschlacht, die den Namen McFarlane auf alle Ewigkeit durch den Schmutz zog. Die Menschen würden mit dem Finger auf sie zeigen, und alles, was sie sich aufgebaut hatte, würde mit ihren Taten in Zusammenhang gebracht werden.

Wollte sie das?

Weglaufen hatte keinen Zweck. Wo sollte sie denn hin? Es gab keinen Ort, an dem sie sich dauerhaft verstecken konnte. Sie hatte keine Freunde, die ihr Unterschlupf gewähren würden. Und was wäre das auch für ein Leben, ständig auf der Flucht?

Isabel blieb stehen.

Sie hörte, wie die Polizisten, die ihr auf den Fersen waren, sich näherten; ihr gehetztes Schnaufen, ihre Schritte. Die Klippen konnten nur wenige Meter entfernt sein. Sie wandte sich in die Richtung, aus der das Geräusch der Wellen kam.

Vorsichtig setzte sie einen Fuß vor den anderen, ehe sie die Abbruchkante direkt vor sich hatte. Dann blickte sie noch einmal zurück – ihre Verfolger waren jetzt ganz nah.

Sie konnte das Meer sehen, in dem sich der Himmel spiegelte, und unter sich die weißen Schaumkronen der Wellen.

War es hier gewesen, wo sie Mike in die Tiefe gestürzt hatte? Wäre es nicht eine Ironie des Schicksals, wenn sie an genau derselben Stelle starb?

Ein Lächeln legte sich auf ihre Lippen.

Sie schloss die Augen und ließ sich nach vorne fallen.

14. KAPITEL

Sieben Monate später

Hast du auch ganz sicher daran gedacht ..."

„... den Fahrer zum Flughafen nach Auckland zu schicken?" James schüttelte grinsend den Kopf. „Nein, natürlich nicht. Und ehe du fragst: Ja, die Zimmer sind tipptopp in Ordnung und Heather ist gerade dabei, den Willkommensbrunch vorzubereiten." Er legte Vicky einen Arm um die Schulter und drückte sie an sich. „Es gibt wirklich keinen Grund, sich Sorgen zu machen. Alles ist perfekt."

Vicky lächelte. Sie konnte nicht anders, als alles immer wieder durchzugehen. So nervös war sie wirklich schon lange nicht mehr gewesen. Es hing einfach so viel davon ab, dass die Pension ein Erfolg wurde. Sie wollte ihren Gästen einen unvergesslichen Aufenthalt bereiten – darauf hatten James und sie über ein halbes Jahr lang hingearbeitet. Und es war viel Arbeit gewesen. Sie hatten viele der alten Möbel restauriert und der Pension so ein wenig Geschichte eingehaucht.

„Glaubst du wirklich?" Fragend schaute sie zu ihm auf. „Das hier ist mir sehr wichtig."

„Ich weiß", sagte er und strich ihr zärtlich übers Haar. „Und ich bin sicher, Mike wäre sehr stolz auf dich gewesen, wenn er diesen Tag noch hätte erleben können."

Seine Worte riefen zugleich gute wie auch traurige Erinnerungen in ihr hervor. Es fiel ihr noch immer schwer zu begreifen, dass ihr Vater tatsächlich von James' Mutter getötet worden war. Doch genau für diese Tat musste sie sich zurzeit vor Gericht verantworten.

Isabel McFarlane hatte versucht, sich das Leben zu nehmen, um ihrer Verhaftung zu entgehen. Doch die Beamten, die ihr auf den Fersen gewesen waren, hatten sie zum Glück davon abgehalten. Vicky hätte es nicht ertragen, wenn diese Frau ungestraft davongekommen wäre – nicht nach allem, was sie getan hatte.

James' Verletzung war zum Glück nur ein glatter Durchschuss gewesen, von dem er sich recht bald wieder erholt hatte. Dass es so glimpflich ausgegangen war, verdankten sie einzig und allein Heather und Fiona. Die beiden waren bereits auf dem Weg zu Heathers Cousine gewesen, als sie es sich doch anders überlegten. Irgendwie, so erklärte Fiona später, hatte sie so ein merkwürdiges Gefühl gehabt. Sie waren also zurück zum Felsenhaus gefahren und hatten durch das hell erleuchtete Fenster Isabel McFarlane gesehen, wie sie jemanden mit ihrer Pistole bedrohte, und daraufhin die Polizei alarmiert.

Tage später, nachdem sich der größte Trubel gelegt hatte, nahmen Vicky und James sich Mikes Aufzeichnungen vor. Was darin stand, erschütterte und entsetzte sie beide – doch es war auch die bewegende Liebesgeschichte von zwei Männern, denen das Schicksal so manchen Stein in den Weg gelegt hatte.

Sie unterhielten sich lange und ausgiebig über das, was sie lasen. Würde es irgendjemandem helfen, wenn die ganze Wahrheit ans Tageslicht kam? Wenn man die Vergangenheit aufwühlte und alte Wunden wieder aufriss?

Gemeinsam waren sie zu dem Schluss gekommen, dass sie Mikes Aufzeichnungen zurückhalten wollten. Isabel würde auch so ihre gerechte Strafe erhalten. Sie hatte ein lückenloses Geständnis abgelegt, was die Nacht von Mikes Tod betraf. Es konnte kein Zweifel daran bestehen, dass sie verurteilt werde würde. Aber – und das überraschte Vicky wirklich, denn sie hatte es Isabel nicht wirklich zugetraut – sie schien ihre Taten ernsthaft zu bereuen. Und deshalb verstand Vicky auch, dass James seine Mutter regelmäßig im Untersuchungsgefängnis besuchte. Er war, abgesehen von ihrer Schwester Maggie, die jetzt bei ihnen im Felsenhaus wohnte, der einzige Mensch, den Isabel auf der Welt noch hatte. Und auch wenn die Einsicht wirklich spät gekommen war – immerhin schien sie ihre Lektion tatsächlich gelernt zu haben.

Vicky seufzte. Was James und sie betraf – die Ereignisse jener Nacht hatten sie endgültig zusammengeschweißt. Einen Moment lang war sie sicher gewesen, ihn zu verlieren. Sie erinnerte sich noch genau an den Moment, in dem der Schuss gefallen war und sie nicht gewusst hatte, was geschehen war.

James hätte tot sein können. Allein der Gedanke war mehr, als sie ertragen konnte. Auch heute noch schreckte sie des Öfteren nachts schweißgebadet auf und konnte sich erst wieder beruhigen, wenn sie ihn im Bett neben sich spürte; seine Wärme und den ihm eigenen Duft einatmete.

Sie liebte ihn von ganzem Herzen. So sehr, wie sie noch nie zuvor einen Menschen geliebt hatte. Und das machte es ihr leichter, die Entscheidung zu verstehen, die ihr Vater getroffen hatte.

Aus seinen Aufzeichnungen wusste sie, dass er es sich nicht leicht gemacht hatte, und dass es nie seine Absicht gewesen war, sie im Stich zu lassen. Manchmal wünschte sie sich, sie könnte ihre Mutter zur Rede stellen. Zu gern wollte sie wissen, warum Holly Tancredi so gehandelt hatte. Wahrscheinlich waren die Briefe ihres Vaters nie bei ihr angekommen, weil sie zu häufig umgezogen waren und damit ständig ihre Adressen gewechselt hatten. Sie konnte sich gut vorstellen, dass ihre Mutter genau das geplant hatte. Nach allem, was Mike in seinen Aufzeichnungen erzählt hatte, war sie sehr wütend und verletzt gewesen, als er England verließ. Sie hatte alles getan, um ihm den Kontakt zu seiner Tochter zu verwehren.

Ihre Mutter war kein schlechter Mensch gewesen. Doch der Frust und die Enttäuschung darüber, wie ihr Leben verlaufen war, hatten sie bitter werden lassen.

Vicky hasste sie nicht dafür. Sie konnte sie nicht hassen, selbst wenn sie es wollte. Ihre Mutter hatte sich mit ihrem Handeln letztendlich selbst ins Unglück gestürzt. Sie tat ihr leid.

„Da kommen sie", rief James und riss sie aus ihren Gedanken. Tatsächlich sah sie, als sie aus dem Wohnzimmerfenster blickte, einen silbergrauen Kombi den Weg zum Haus hinauffahren. Darin saßen ihre ersten Gäste: Ein junges Pärchen aus den Vereinigten Staaten und eines aus London – ihrer Heimatstadt.

Sofort fing ihr Herz vor Aufregung an, heftiger zu klopfen. Doch irgendwie schaffte James es, sie gleich wieder zu erden, indem er ihre Hand ergriff und sie sanft drückte.

„Es ist alles so perfekt, wie es nur sein kann", sagte er leise und zog sie mit sich in Richtung Korridor, um mit ihr gemeinsam ihre Gäste zu begrüßen.

Und Vicky konnte nicht anders, als ihm zuzustimmen.

Alles war so perfekt, wie es nur sein konnte.

Als sie sich auf den Weg hierher nach Neuseeland gemacht hatte, war ihr Leben ein einziger Scherbenhaufen gewesen. Sie hatte sich verlassen gefühlt und ein Dasein geführt, das sie weder ausfüllte noch glücklich machte. Ohne enge Freunde, ohne Zuneigung, ohne Liebe.

Sie hatte nicht erwartet, dass sich daran jemals etwas ändern würde. Ja, sie war sich nicht einmal dessen bewusst gewesen, dass ihr Leben so einsam und trostlos gewesen war. Erst jetzt, wo die Leere gefüllt und die Kälte vertrieben worden war, wusste sie, was ihr all die Jahre gefehlt hatte.

James hatte ihr gebrochenes Herz genommen und die Teile wieder zusammengefügt. Es war vielleicht nicht mehr so makellos und glänzend wie früher, und es mochte einige Kratzer und Sprünge haben, doch James hatte ihr gezeigt, dass es trotz allem noch schön war.

Und wert, geliebt zu werden.

EPILOG

Auszug aus Mike Tancredis Aufzeichnungen

Ich glaube nicht, dass ich jemals einen anderen Menschen so geliebt habe wie Nile. Meine Tochter natürlich, aber das ist eine andere Form von Liebe. Das, was ich für Nile empfand, war bitter und süß zugleich. Selbst als es aufs Ende zuging und sein Zustand immer schlechter wurde, betete ich jede Nacht selbstsüchtig dafür, dass er mir noch nicht genommen würde.

Die langen Jahre, in denen wir getrennt gewesen waren, hatten uns nicht entfremdet. Er war noch immer genau derselbe Mann, in den ich mich verliebt hatte. Älter zwar. Kränker. Aber ich sah ihn nicht mit meinen Augen, sondern mit dem Herzen.

„Wenn ich tot bin“, sagte er etwa zwei Wochen, bevor er endgültig die Augen schloss, „musst du mir einen großen Wunsch erfüllen.“

„Du wirst noch lange nicht …“

Er hob die Hand, um mich zu unterbrechen. Ein trauriges Lächeln umspielte seine Lippen. „Mike, bitte. Wir sollten nicht die Augen vor der Realität verschließen. Was ist also? Wirst du mir einen großen Gefallen tun?“

Fragend schaute ich ihn an und strich ihm das dünn gewordene Haar aus der Stirn. Er saß in seinem Sessel im Wohnzimmer. Das wuchtige Möbelstück ließ ihn so winzig und zerbrechlich wirken, dass es mich wie ein Stich mitten ins Herz traf. „Was immer du willst.“

„Es wird dir nicht gefallen“, erwiderte er, und ich spürte, wie mein Magen sich zu einem schmerzhaften Knoten zusammenzog. „Ich möchte, dass du, wenn ich tot bin, so schnell wie möglich wieder damit anfängst, dein Leben zu leben.“

Ich wollte sofort protestieren, doch er brachte mich erneut zum Schweigen.

„Mir ist klar, dass das nicht so leicht ist, wie es sich anhört. Und du kannst mir glauben, wenn ich dir sage, dass ich lieber bei dir bleiben würde. Aber ich schätze, man kann sich sein Schicksal eben nicht immer aussuchen. Und wenn ich schon nicht bei dir sein kann, um dir in den Hintern zu treten, muss ich mich wenigstens darauf verlassen können, dass du es selbst tust."

Er atmete tief durch und schloss die Augen, so als hätte das viele Reden allein ihn unglaublich angestrengt. Ich fühlte mich hilflos wie ein kleiner Junge. Ich wäre bereit gewesen, so gut wie alles dafür zu tun, dass er wieder gesund wurde. Doch den Tod konnte ich nicht austricksen.

Man sollte meinen, dass ich mich in den Monaten, die ich nach meiner Rückkehr nach Neuseeland mit Nile verbrachte, damit abgefunden hätte, dass er sterben würde. Doch das war leichter gesagt als getan. Allein der Gedanke, dass er schon bald nicht mehr in meinem Leben sein würde, war mir unvorstellbar. So sehr ich es auch versuchte, ich bekam es einfach nicht in meinen Kopf. Oft lag ich nachts wach, einfach nur um Niles Atem zu lauschen; um mich zu vergewissern, dass er noch lebte.

Mein Kopf wusste, dass es nicht mehr allzu lange so weitergehen würde. Doch mein Herz weigerte sich, dies zu akzeptieren.

„Es ist mir wirklich wichtig", sprach er schließlich weiter. „Was sagst du?"

Ich ließ die Schultern hängen. „Ich weiß nicht, ob ich das kann ..."

„Du kannst und du wirst." Er streckte die Hand nach mir aus, und ich kniete mich neben seinen Sessel.

Der Kuss, mit dem er meine Lippen verschloss, überraschte mich, denn Nile brachte nur noch selten die Energie dazu auf. Wir hatten, seit wir wieder zusammen waren, nicht mehr miteinander geschlafen. Es lag nicht daran, dass ich mich nicht nach ihm sehnte. Ich fürchtete mich auch nicht davor, mich bei ihm zu infizieren. Die Krankheit ist furchtbar und besitzt eine hohe

Ansteckungsgefahr. Dennoch kann man sich mit den richtigen Vorkehrungen sicher davor schützen – doch Nile wollte kein Risiko eingehen.

„Ich kann nur Frieden finden, wenn du mir versprichst, dass ich mir um dich keine Sorgen machen muss."

Ich senkte den Blick. „Das musst du nicht", sagte ich. „Wirklich nicht. Du kennst mich."

Er hob eine Braue. „Eben deshalb mache ich mir ja Gedanken. Nach außen hin spielst du immer den Unnahbaren, den nichts auf der Welt erschüttern kann. Aber in Wahrheit bist du ganz anders. Du hast ein großes Herz, Mike, und genau das liebe ich so an dir. Ich fürchte nur, du könntest daran zerbrechen, wenn es dir gebrochen wird. Und ich will nicht der Grund dafür sein, dass das passiert."

Ich schluckte hart. „Ich komme schon wieder auf die Beine", entgegnete ich vage. Ich wollte ihm nichts versprechen, von dem ich wusste, dass ich es unmöglich einhalten konnte. Und ich denke, das spürte er auch.

Seufzend umfasste er mein Gesicht mit beiden Händen. „Es mag verrückt klingen, aber … wenn mir jemand die Chance geben könnte, etwas in meinem Leben zu ändern – ich würde alles wieder genauso machen wie zuvor. Denn am Ende hat mich das Schicksal wieder zu dir geführt. Und ich könnte nicht glücklicher und dankbarer sein."

„Aber du wirst …"

„Sterben?" Er lachte auf, und es klang nicht verbittert oder wütend. „Ja, stimmt. Aber müssen wir das nicht alle früher oder später? Zugegeben, ich bin vielleicht ein bisschen früher dran als manch anderer, aber … so ist nun mal der Lauf der Dinge. Und ich bereue nichts. Mein Leben wäre nur ein trauriger Abklatsch der Realität gewesen, hätten wir uns nicht kennengelernt. Du bist die Liebe meines Lebens."

Ich beugte mich vor und küsste ihn. „Und du meine", flüsterte ich gegen seine Lippen.

In den folgenden Tagen redeten wir viel über die Vergangenheit. Manchmal glaube ich, dass Nile genau gewusst haben musste, dass es bald so weit sein würde. Vielleicht wusste ich es damals auch schon und wollte es einfach nur nicht sehen. Gemeinsam ließen wir unsere Jugend noch einmal aufleben. Stundenlang saßen wir im Wohnzimmer zusammen, er in seinem Sessel, ich zu seinen Füßen auf dem Boden, den Rücken gegen seine Schienbeine gelehnt, seine Hand in meinem Haar.

Ich musste immer wieder daran denken, was er gesagt hatte.

Dass er nichts bereute.

Dass er glücklich war.

In so manchen Momenten hatte ich Tränen in den Augen. Doch ich wollte nicht weinen. Die Zeit, die ihm noch blieb, wollte ich nicht damit verbringen, Trübsal zu blasen. Trauern konnte ich, wenn er nicht mehr da war. Jetzt galt es, jede einzelne Sekunde mit ihm auszukosten.

Nile war bereits zu schwach, um wirklich etwas gemeinsam unternehmen zu können. Doch wir gingen oft hinaus in den Garten, und er saß auf dem Schaukelstuhl, den ich dick mit Decken und Kissen für ihn ausgepolstert hatte, reckte das Gesicht zum Himmel und genoss das Gefühl der Sonnenstrahlen auf seiner Haut.

Viele Male wünschte ich mir, einen Augenblick einfach einfrieren und für immer darin weiterleben zu können. Ich wollte Fotos machen, um mich an jeden Moment zu erinnern. Doch damit hätte ich am Ende nur erreicht, dass ich unsere gemeinsame Zeit nicht mit allen Sinnen erlebt hätte.

Eines Abends, er saß lächelnd in seinem Sessel und lauschte dem Prasseln und Knacken der Flammen im Kamin, räusperte er sich und fragte mich mit belegter Stimme: „Würdest du mit mir tanzen?“

„Aber wir haben doch gar keine Musik“, wandte ich ein.

Er fing an, die Melodie eines alten Bowie-Songs zu summen und grinste so jungenhaft, das es mir fast das Herz brach.

Ich war besorgt. Er war in den letzten Tagen so schwach gewesen, dass er sich kaum aus eigener Kraft auf den Beinen halten konnte. Jede Anstrengung schien ihn unersetzbare Lebensenergie zu kosten. Und dennoch stand ich auf, reichte ihm meine Hand und half ihm auf.

Er legte seine Arme um meinen Nacken, und wir fingen an, uns im Takt der Musik zu wiegen. Ich schloss die Augen und legte meinen Kopf auf seinen Scheitel. Seine Wange lag an meiner Brust, sodass er meinen Herzschlag hören konnte.

Zum ersten Mal seit Wochen wagte ich es, meinen Tränen freien Lauf zu lassen, und ich spürte an der nassen Stelle auf meinem Shirt, dass er ebenfalls weinte.

Wir tanzten so lange miteinander, bis er nicht mehr konnte. Dann half ich ihm, sich wieder in seinen Sessel zu setzen, und ging in die Küche, um uns beiden einen Tee aufzubrühen.

Als ich zurückkam, waren Niles Lider geschlossen, und ein glückliches Lächeln lag auf seinen Lippen – doch er hatte aufgehört zu atmen.

Ich hatte den Menschen verloren, den ich über alles liebte, und ich wusste, dass die Wochen und Monate, die nun folgen würden, die schwärzesten sein würden, die ich je durchleben würde. Aber in diesem flüchtigen Augenblick war ich froh – darüber, dass ich die kurze Zeit, die uns gemeinsam geblieben war, zu einer glücklichen Zeit hatte machen können.

Der Zeit unseres Lebens.

– ENDE –

Lesen Sie auch von Danielle Stevens:

Band-Nr. 25829

9,99 € (D)

ISBN: 978-3-95649-170-2

eBook: 978-3-95649-434-5

304 Seiten

Danielle Stevens

Im Tal der Kolibris

Hamburg, 19. Jh.: Mit bangem Herzen umklammert die junge Charlotte das goldene Medaillon – das Einzige, was ihr von ihrer geliebten Mutter geblieben ist. In wenigen Minuten wird sie ins ferne Chile aufbrechen. Dort soll sie den vermögenden Großgrundbesitzer Miguel Duarte heiraten. Und vielleicht, so hofft sie, kann sie in dem ungezähmten Land endlich das Geheimnis um das Verschwinden ihrer Mutter lüften. Doch das Schicksal hat anderes im Sinn: Auf der Überfahrt verliert Charlotte ihr Herz an einen mittellosen Maat. Lieber will sie mit ihrer Familie und den Regeln der Gesellschaft brechen, als ohne Leander zu sein! Aber bevor sie ihre Verlobung lösen kann, erreicht sie eine furchtbare Nachricht …